Collins

Easy Learning

易學易記

西英漢會話

Spanish Conversation

U0063666

商務印書館

© Harper Collins Publishers Ltd. (2006)

© in the Chinese material The Commercial Press (H.K.) Ltd. (2017)

Collins Easy Learning: Spanish Conversation

Publishing Director: Lorna Knight

Editorial Director: Michela Clari

Managing Editor: Maree Airlie

Contributors: Cordelia Lily, Jeremy Butterfield, José María Ruiz Vaca, Fernando León Solís

Acknowledgements

We would like to thank those authors and publishers who kindly gave permission for copyright material to be used in the Collins Word Web. We would also like to thank Times Newspapers Ltd. for providing valuable data.

Collins 易學易記西英漢會話

中文翻譯：鮑靜靜

責任編輯：黃家麗

封面設計：李莫冰

出　　版：商務印書館 (香港) 有限公司

　　　　　香港筲箕灣耀興道 3 號東滙廣場 8 樓

　　　　　http://www.commercialpress.com.hk

發　　行：香港聯合書刊物流有限公司

　　　　　香港新界大埔汀麗路 36 號中華商務印刷大廈 3 字樓

印　　刷：中華商務彩色印刷有限公司

　　　　　香港新界大埔汀麗路 36 號中華商務印刷大廈 14 字樓

版　　次：2017 年 10 月第 1 版第 1 次印刷

　　　　　©2017 商務印書館 (香港) 有限公司

　　　　　ISBN 978 962 07 0358 4

　　　　　Printed in Hong Kong

目錄

前言

本書宗旨

本書是全新編譯的西英漢三語對照會話書，適合同時學習西班牙語和英語的讀者使用。書內西班牙語及英語內容均自然地道，真實可靠，無論出於何種需要，如旅遊、出差或定居，都有助溝通自如，增添自信。

提供的幫助

要精通一種外語，必須掌握運用詞彙、語法、發音等各方面，但是要融會貫通西班牙語的所有精髓，同時擁有地道口音，是需要花上一定時間的。本書已經涵蓋詞彙、語法、發音等範疇，並介紹了常用語言結構，使讀者能夠有足夠自信，用地道西班牙語參與對話。

內容結構

本書由 12 個單元組成，每個單元分別介紹某種特定語境之下的西班牙語會話，並總結了每個單元的所有關鍵用語。書中還包括所有重要的日常用語和轉折詞，使讀者掌握更地道的西班牙語。

語法和動詞變位表提供更多西班牙語知識，使讀者能夠從容應付任何情況。書後的西英漢對照詞彙，涵蓋了最常用的詞彙，確保讀者用西班牙語說話時，用詞更有個性色彩。

編寫理念

我們通過語言表達想法和與人交流。在不同情景下，我們用不同語言表達自己，比如獲取資訊、表示贊同、表示反對、投訴、提出建議等。為此，我們需要根據語境掌握不同句型，比如……怎麼樣？、甚麼時候……？、我可以……？、我想……等。本書每個單元都介紹某情景下所需的各種句子，並按句型排列，備中文標題方便速查所需句型。每個單元中，又以"不可不知"的小標題帶出西班牙語和英語之間的重要差異。

交流應該是一個雙向過程，理解對方要表達的意思和作出恰當回應同樣重要。本書每個單元的結尾，都會介紹特定語境中可能出現的各種常用短語，掌握這些內容將有助讀者用西班牙語與別人交流。

想用西班牙語進行有效交流，不僅需要具備語言能力，還要了解西班牙的文化。了解西語國家的文化風俗及生活方式，有助交流時更具自信。本書每個單元的結尾，都設有"生活小貼士"，以幫助讀者更深入了解當地的語言、人文和地理。

選擇本書的理由

- 方便使用：介紹各種常用句式，幫助讀者提高自信心，使用地道流暢的西班牙語與別人交談

- 方便閱讀：採用簡明、現代的編排方式，使讀者速查所需內容

- 方便理解：列出各種在特定語境中可能出現的常用語

〈Collins 易學易記〉系列

本書屬於〈Collins 易學易記〉系列，該系列包括學習英語的七本工具書：《Collins 易學易記英語拼寫》、《Collins 易學易記英語慣用語》、《Collins 易學易記英語寫作》、《Collins 易學易記英語詞彙》、《Collins 易學易記英語會話》、《Collins 易學易記英語用法》及《Collins 易學易記英語語法 & 標點符號》。

西班牙語發音

西班牙語發音比想像中簡單。首先，讀音與拼寫幾乎一致，看着生詞就能讀出音來，或者聽到讀音就能拼寫出來。其次，西班牙語發音與英語發音沒有明顯不同。以下這些規則會幫助你的發音更自然流暢。

西班牙語元音

英語非重讀元音發音類似英語 mother 中的 -er，比如：central（中心的）、January（一月）。西班牙語則不同，每個元音都必須發音清晰。

以下是西班牙語元音與英語對比的大致發音：

a　—發音介乎英語 h<u>a</u>t 中的 a 與南部英語 h<u>u</u>t 中的 u

e　—發音類似英語 p<u>e</u>t 中的 e

i　—發音類似英語 b<u>ee</u>n 中的 ee，但更短促些

o　—發音類似英語 h<u>o</u>t 中的 o

u　—發音類似英語 t<u>oo</u> 中的 oo，但更短促些

西班牙語輔音

以下是西班牙語輔音與英語對比的大致發音：

b, v　—放在詞首，發音完全相同，類似英語 <u>b</u>oy 中的 b，比如 barato、valija；其他情況下，發音類似英語 <u>v</u>ery 中的 v，但上下唇不接觸，比如 labio、lavar。

c　—發音一般類似英語 <u>k</u>arate 中的 k，比如 casa、comprar，但在元音 e 和 i 前（比如 cita、cielo）時，在大部份西班牙地區，發音類似英語 <u>th</u>in 中的 th；在西班牙其他地區和拉美國家，發音類似英語 <u>s</u>ame 中的 s。

cu　—發音類似英語 <u>qu</u>een 中的 qu，比如 cuatro

ch　—發音類似英語 <u>ch</u>urch 中的 ch，比如 chicle

d　—放在字首，發音類似英語 <u>d</u>eep 中的 d，比如 deporte

放在元音之間或輔音之後，發音類似英語 <u>th</u>ough 中的 th，比如 querido、andén

放在字尾通常不發音，比如 verdad

g —發音一般類似英語 goat 中的 g（比如 gamba、grifo），但在元音 e 和 i 前（比如 gente、gimnasio）時，在大部份西班牙地區，發音類似英語 loch 中的 ch；在西班牙其他地區和拉美國家，發音類似英語字母 h。

gu —放在元音 a 前發音類似英語 gw，比如 guardar

放在元音 e 和 i 前發音類似英語 get 中的 g，比如 guerra、guitarra

h —從不發音

j —比如 jefe、junio，在大部份西班牙地區，發音類似英語 loch 中的 ch，在西班牙其他地區和拉美國家，發音同英語 h。

ll —發音類似英語 yet 中的 y，比如 ampolla

ñ —發音類似英語 onion 中的 n，比如 español

qu —發音類似英語 keep 中的 k，比如 quince

z —比如 zanahoria、zumo，在大部份西班牙地區，發音類似英語 thin 中的 th；在西班牙其他地區和拉丁美洲國家，發音類似英語 same 中的 s。

重讀音節

要使西班牙語聽上去更流暢，必須掌握如何重讀音節。重讀音節的規則很簡單。

以元音或輔音 -s 或 -n 結尾的單詞，並且沒有重音符號的，重讀倒數第二個音節，比如：

la playa（海灘）   amueblado（配有傢具的）

el equipaje（行李）   compramos（我們買）

el parachoques（汽車保險桿）   joven（年輕）

以 -s 或 -n 以外的其他輔音結尾的單詞，並且沒有重音符號的，重讀最後一個音節，比如：

el　despertador（鬧鐘）　　　　　aparcar（停車）

el　animal（動物）　　　　　　　andaluz（安達盧西亞人）

la　verdad（事實）　　　　　　　el español（西班牙語）

所有不適用於這兩個重讀規則的單詞，都在需要重讀的音節上標有重音符
號，比如：

último（最後）　　　　　　　　　próximo（下一個）

el análisis（分析）　　　　　　　jóvenes（年輕的複數形式）

fácil（簡單）　　　　　　　　　la excursión（短途旅行）

¿LO SABÍAS? 不可不知

有些單詞的單數形式上標有重音符號，而複數形式卻沒有；反之亦
然，比如：ración、raciones；joven、jóvenes。

單元 1　聊天

¿Qué tal? 你好嗎 ?

不管是打算在西班牙語國家工作，還是跟説西班牙語的朋友交往，都會希望自己能夠與之溝通，了解他們更多。本單元介紹如何在不同的日常情境中，用地道西班牙語跟泛泛之交、朋友、家人及同事自如地交流。

問候

為了使交流有良好開始，必須懂得如何恰當問候別人。跟英語一樣，用西班牙語向人問候也有數種表達方式。可以簡單説 **hola**（您好或你好），也可以説 **buenos días**（早安），**buenas tardes**（下午好或晚上好 —— 天黑以前）或者 **buenas noches**（晚上好 —— 天黑以後）。實際上兩者經常並用，如：**hola, buenos días** 和 **hola, buenas tardes**。

……你好、早安、……下午 / 晚上好

Hola.	**Hello.** 你好。
¡Hola, Jaime!	**Hi** Jaime! *海梅，你好 !*
Buenos días	**Good morning.** 早安。
Hola, buenos días.	**Good morning.** 早安。
Buenas tardes, Luis.	**Good afternoon,** Luis. *路易斯，下午好。*
Buenas noches.	**Good evening.** 晚上好。

¿LO SABÍAS? 不可不知

在街上遇到朋友或相識的人，又不打算停下來聊天，一般只説 **hasta luego** 或 **adiós**，而不説 **hola**。

向認識的人問候，最簡單的方式就是用 **¿Qué tal?**。這種表達方法

很不正式，只適用於問候非常熟悉的人。如果想更正式一點，就用 **¿Cómo está?** 問候稱呼 usted 的人。

Hola, Juana, **¿qué tal**?	Hi, **how are you**, Juana? 嗨，胡安娜，你好嗎？
¡Buenos días! **¿Cómo está**, señor García?	Good morning! **How are you**, Mr García? 早安！加西亞先生，你好嗎？
Hola, Pepe, **¿qué tal te va**?	Hello, Pepe, **how's it going**? 你好，佩佩，最近怎樣？
¿Qué pasa, Raquel? ¡Cuánto tiempo sin verte!	**How are things**, Raquel? It's ages since I've seen you! 拉寇兒，最近好嗎？很久不見！

跟不是很熟的人説再見，可以用 **adiós**（再見）或 **hasta pronto**（過一會見）。如果想更隨意一點，也可以只説 **hasta luego**（回頭見）。

再見……、晚安

¡Adiós!	**Goodbye**! 再見！
¡Adiós! ¡Hasta otra!	**Goodbye**! See you again! 再見！下次見！
¡Buenas noches!	**Good night**! 晚安！

¿LO SABÍAS? 不可不知

Buenas noches 同時表示英語 good evening 和 good night（晚上好），所以在晚上到達和離開某處時都可以用它。跟同事等第二天還要見面的人道別時，可以説 **hasta mañana**（明天見）。

……見！

¡Hasta luego!	**See you**! 回頭見！
¡Hasta pronto!	**See you** soon! 過一會見！
¡Hasta mañana!	**See you** tomorrow! 明天見！
¡Hasta el lunes!	**See you** on Monday! 週一見！

介紹他人

想把認識的人介紹給對方，最簡單的方式就是用 **éste es** 和 **ésta es**（這是），介紹男性時用 **éste es**，介紹女性時用 **ésta es**。

……這是……、我向你介紹……

José, **éste es** mi marido.	José, **this is** my husband. 荷西，這是我老公。
Pedro, **ésta es** Marta Valls.	Pedro, **this is** Marta Valls. 佩德羅，這是瑪塔・瓦斯。
Quiero presentarte a nuestro director de ventas, Jorge Mata.	**Let me introduce you to** our sales director, Jorge Mata. 我向你介紹我們的銷售總監豪赫・馬塔。
Quiero que conozcas a mi amigo Daniel.	**I'd like you to meet** my friend Daniel. 我向你介紹我朋友丹尼爾。

¿LO SABÍAS? 不可不知

當被介紹給他人時，需要知道怎麼回應。傳統的說法是 **encantado**，但現在一般只用於正式或商務場合；現在大多數情況下對方會說 **¡Hola! ¿Qué tal?**，而你也可以用同樣方式 —— **¡Hola! ¿Qué tal?** 作出回應。

介紹自己

要讓交談進行下去，至少要能夠介紹自己的名字、身份、職業以及來自哪裏。西班牙語表達 "我叫甚麼" 的方式跟英語很不同，用 **me llamo**（字面意思是我稱呼自己）表示。**me llamo** 的動詞原形是 **llamarse**。表達 "他（她）叫甚麼"，就用 **se llama**。關於類似 **llamarse** 這類反身動詞的更多內容，見 280 頁。

我 / 他 / 她叫⋯⋯

Me llamo Daniel Norrington.	**My name is** Daniel Norrington. 我叫丹尼爾・諾靈頓。
Me llamo Liz Owen.	**My name is** Liz Owen. 我叫莉茲・奧雲。
Me llamo Jack.	**My name is** Jack. 我叫傑克。
Se llama Kevin.	**His name is** Kevin. 他叫奇雲。
Se llama Helen.	**Her name is** Helen. 她叫海倫。

我⋯⋯

Soy amigo de Paul.	**I'm** a friend of Paul's. 我是保羅的朋友。
Soy el hermano de Rodrigo.	**I'm** Rodrigo's brother. 我是羅里戈的兄弟。
Soy soltero.	**I'm** single. 我單身。
Soy maestro.	**I'm** a teacher. 我是老師。
Soy representante.	**I'm** a rep. 我是推銷員。
Trabajo de programador para Compumax.	**I work** as a programmer for Compumax. 我在 Compumax 公司當程序設計員。

¿LO SABÍAS? 不可不知

用西班牙語介紹自己的職業時，一般不需要像在英語中加 a 或 an 那樣，在職業前加不定冠詞，可以直接説：**soy maestro**（我是老師），**soy enfermera**（我是護士）。

介紹自己的年齡，可以用 **tengo** 加年齡和 **años**（字面意思是我有⋯⋯歲）來表示。**tengo** 的動詞原形是 **tener**。關於 **tener** 的更多內容，見 314 頁。

我⋯⋯歲

Tengo veintidós **años**.	**I'm** twenty-two **years old**. 我 22 歲。
Tengo treinta y siete **años**.	**I'm** thirty-seven. 我 37 歲。

Mi hijo **tiene** siete **años**.	My son**'s** seven. 我兒子七歲。
¿Cuántos **años tienes**?	How old **are you**? 你多大了？

我 / 我們有……

Tengo dos hermanas.	**I have** two sisters. 我有兩個姐妹。
Tengo un hijo y una hija.	**I have** a son and a daughter. 我有一子一女。
Tenemos familia en el sur de España.	**We have** relatives in the south of Spain. 我們有親戚住在西班牙南部。
¿**Tienes** hijos?	**Have you got** any children? 你有孩子嗎？

我 / 我們……住……

Vivo en Gales.	**I live** in Wales. 我住在威爾斯。
Vivo solo.	**I live** on my own. 我自己住。
Vivimos en un apartamento.	**We live** in a flat. 我們住在一個住宅單位裏。

¿LO SABÍAS? 不可不知

記住，如果是女性，要説 **vivo sola** 而不是 **vivo solo**。

我……在 / 留……

Estoy en el Excelsior Palace.	**I'm staying** at the Excelsior Palace. 我住在怡東皇宮酒店。
Estoy en casa de unos amigos.	**I'm staying** with friends. 我住在朋友家裏。
Me quedo una semana en Madrid.	**I'm staying** in Madrid for a week. 我在馬德里逗留一個星期。
Me voy a quedar unos cuantos días más.	**I'm going to stay** for a few more days. 我打算多留幾天。

介紹自己時，需要表達 "已經持續做某事多久了"，比如：西班牙語學了多久了，其中一種表達方式是用 **hace** 加時間和 **que**，再加動詞現在時。關於現在時更多的內容，見 280 頁。當然，如下例所示，

也可以用 **llevo** 表示英語 I've been（我已經）。

我已經……、我……才……

Hace cinco años **que soy** enfermera.	**I've been** a nurse **for** five years. 我已經做了五年護士。
Hace diez años **que vivo** en España.	**I've been living** in Spain **for** ten years. 我已經在西班牙住了十年。
Hace sólo dos días **que estoy** aquí.	**I've** only **been** here **for** two days. 我來這裏才兩天。
Llevo dos semanas en Madrid.	**I've been** in Madrid **for** two weeks. 我已經在馬德里逗留了兩個星期。
Llevo dos años **estudiando** español.	**I've been studying** Spanish **for** two years. 我已經學了兩年西班牙語。
Llevo seis meses **de** camarera.	**I've been** a waitress **for** six months. 我已經做了六個月侍應。

道歉

有時可能需要他人道歉。表達道歉的最簡單方式就是用 **perdona**（對稱呼他為 **tú** 的人）和 **perdone**（對稱呼他為 **usted** 的人）。

對不起……

Perdona.	**I'm sorry**. 對不起。
Perdona por no pasar a verte, pero no tuve tiempo.	**I'm sorry** I didn't call in, but I didn't have time. 對不起我沒有拜訪你，我當時沒空。
Perdone que llegue tarde.	**I'm sorry** I'm late. 對不起我遲到了。
Siento no haberte llamado para decírtelo.	**I'm sorry** I didn't phone to let you know. 對不起我沒有打電話告訴你。

如果需要讓別人讓路或不小心撞到了別人，就説 **perdón**（不好意思或對不起）。

恐怕／抱歉……

Lo siento, pero no puedo ir.	**I'm afraid that** I can't come. 恐怕我去不了。
Lo siento, pero no entendí tu nombre.	**I'm afraid** I didn't catch your name. 抱歉我沒有聽清楚你的名字。
Me temo que no tengo tu número.	**I'm afraid that** I don't have your number. 恐怕我沒有你的電話號碼。

獲取資訊

在社交場合，要了解他人或他們的家庭、工作等等更多，可以用 **háblame**（請告訴我）。

請告訴我……

Háblame un poco de ti.	**Tell me** a bit about yourself. 請告訴我一些你自己的事。
Háblame de tu familia.	**Tell me** about your family. 請告訴我你家庭的背景。
¿En qué consiste tu trabajo?	**Tell me** what your job involves. 請告訴我你的工作做些甚麼。

在社交場合聊天時可以問以下問題。

……甚麼……？、……是？

¿Cuál es tu dirección?	**What's** your address? 你的地址是甚麼？
¿Cuál es el número de teléfono de Francisco?	**What's** Francisco's phone number? 法蘭西斯高的電話號碼是甚麼？

¿**En qué** trabajas?	**What** do you do for a living? 你是做甚麼工作的？
Perdona, ¿**qué** has dicho?	Sorry, **what** did you say? 對不起，你剛才說甚麼？
¿**Qué** significa 'azafata'?	**What** does 'azafata' mean? "azafata" 是甚麼意思？
¿**Cómo** te llamas?	**What's** your name? 你叫甚麼名字？

你可能經常需要詢問 "東西在哪裏"。緊記用 ¿**Dónde...?** 表示 "在哪裏" 時，用 **está** 表示英語 is（是）。

……哪裏……？

¿**Dónde** quieres que quedemos?	**Where** do you want to meet? 你想在哪裏見面？
¿**Dónde** trabajas?	**Where** do you work? 你在哪裏工作？
¿**Dónde** vives?	**Where** do you live? 你住在哪裏？
¿**Dónde está** tu piso?	**Where's** your flat? 你家在哪裏？
¿**Dónde** te quedas?	**Where** are you staying? 你現在住在哪裏？
¿**De dónde** vienes?	**Where** do you come **from**? 你從哪裏來？

……甚麼時候……？

¿**Cuándo** estarás aquí?	**When** will you get here? 你甚麼時候到這裏？
¿**Cuándo** es tu cumpleaños?	**When's** your birthday? 你甚麼時候生日？
¿Sábes **cuándo** dará a luz Marta?	Do you know **when** Marta's baby's due? 你知道瑪塔生孩子的預產期是甚麼時候嗎？
¿**A qué hora** quieres quedar?	**When** do you want to meet? 你想甚麼時候見面？

……多久了？

¿**Cuánto tiempo hace que** estás en España?	**How long have** you been in Spain? 您來西班牙多久了？

¿**Cuánto tiempo hace que** trabajas aquí?	**How long have** you been working here? 您在這裏工作多久了?
¿**Cuánto tiempo hace que** esperas?	**How long have** you been waiting? 您等了多久了?

在社交場合詢問他人 "事情進展如何或已經進行得怎麼樣",通常用詞組 ¿**Qué tal...?** 加名詞提問,而無需使用任何動詞。

······怎麼樣?

¿**Qué tal** las vacaciones?	**How was** your holiday? 你的假期過得怎麼樣?
¿**Qué tal** el vuelo?	**How was** your flight? 你的航程怎麼樣?
¿**Qué tal** el hotel?	**How's** the hotel? 這家酒店怎麼樣?

如果想詢問朋友或相識之人為甚麼做了或者沒做某事,可以用 ¿**Por qué...?**(······為甚麼······?)加過去時來提問。

······為甚麼······?

¿**Por qué** te fuiste de Barcelona?	**Why** did you move from Barcelona? 你為甚麼從巴塞隆拿搬來這裏?
¿**Por qué** decidiste dedicarte a la enseñanza?	**Why** did you choose a career in teaching? 你為甚麼選擇當老師?
¿**Por qué** no fuiste ayer?	**Why** didn't you go yesterday? 你為甚麼昨天沒去?
¿**Por qué** no me llamaste anoche por teléfono?	**Why** didn't you ring me last night? 昨晚你為甚麼沒打電話給我?

表達想要做甚麼

跟朋友和同事聊天時,會發現有很多事情想一起做。要表達 "想要做甚麼",可以用 **me gustaría**(我想)表示。**gustaría** 的動詞原形是 **gustar**。

我 / 我們想……

Me gustaría darte las gracias por tu ayuda.	**I'd like to** thank you for helping me. 我想謝謝你幫了我。
Me gustaría hablar luego contigo.	**I'd like to** speak to you later. 我想稍後再跟你説。
Nos gustaría presentarte a un amigo.	**We'd like** you **to** meet a friend. 我們想介紹個朋友給你。
Nos gustaría invitarte a tomar una copa.	**We'd like to** invite you out for a drink. 我們想邀請你出去喝一杯。

或者，也可以用 **quiero** 加動詞不定式表示 "我想"。想請求他人為你做某事，可以用 **quiero que** 加動詞虛擬式表示。關於虛擬式的更多內容，見 284 頁。

我想 / 希望……

Quiero organizar una fiesta sorpresa.	**I want to** organize a surprise party. 我想籌備一個令人驚喜的派對。
Quiero invitar a algunos amigos para mi cumpleaños.	**I want to** have a few friends over for my birthday. 我想請數個朋友來為我慶祝生日。
Quiero que vengas conmigo.	**I want** you **to** come with me. 我希望你跟我一起去。
Quiero que esta noche todo salga bien.	**I want** this evening **to** be a success. 我希望今晚一切順利。

要詢問認識的人自己應不應做甚麼，可以用 **¿Crees que debo...?**（你認為我應該……？）加動詞不定式表示。**debo** 的動詞原形是 **deber**。關於 **deber** 的更多內容，見 287 頁。

我 / 我們該……？

¿Crees que debo invitar a su hermana?	**Should I** invite his sister? 我該邀請他妹妹嗎？

¿Crees que debo llamarle otra vez?	**Should I** call him again? 我該再打個電話給他嗎？
¿Te parece buena idea ir a un restaurante chino?	**Should we** go to a Chinese restaurant? 我們該去中式餐廳吃飯嗎？

表達意見

跟認識的人聊天，常常想要表達對事情的看法。西班牙語 **creo** 或 **pienso** 都可以用來表達看法，都相當於英語 I think（我認為）。也可以用 **me parece** 表示，相當於英語 it seems to me（在我看來）。

我認為⋯⋯

Creo que tienes razón.	**I think** you've got a point. 我認為你說得有道理。
Creo que deberíamos irnos a medianoche.	**I think** we should leave at midnight. 我認為我們應該在午夜出發。
Pienso que Sonia tiene razón.	**I think** Sonia's right. 我認為索尼亞說得對。
Pienso que es un poco tarde para ir al cine.	**I think** it's a bit late to go to the cinema. 我認為現在去電影院有點晚了。
Me parece una idea estupenda.	**I think** it's a great idea. 我認為這個主意太好了。
A mí no me parece que sea así en absoluto.	**I don't think** that's the case at all. 我認為事情完全不是這樣的。

¿LO SABÍAS? 不可不知

別忘了要在 **me parece**、**creo** 和 **pienso** 後加 **que**（英語 that）。在英語裏可以省略連詞 that，但在西班牙語裏不能省略。

提出建議

跟朋友和同事在一起，也許會建議一起做些事情。一種簡單方式就

是用 **podríamos**（我們可以）加動詞不定式提出建議。**podríamos** 的動詞原形是 **poder**。關於 **poder** 更多的內容，見 305 頁。

我們可以……

Podríamos quedar otro día.	**We could** postpone our date. 我們可以改天再見。
Podríamos salir a tomar algo alguna vez.	**We could** go out for a drink sometime. 我們可以改天出去喝一杯。
Podríamos quedar en el Café Central.	**We could** meet at the Café Central. 我們可以在中央咖啡館見面。

跟英語一樣，可以用 **¿Por qué no...?**（何不……？）提出建議。

何不……？

¿**Por qué no** les llamas?	**Why don't** you phone them? 你何不打個電話給他們？
¿**Por qué no** invitamos a Pablo y a su novia?	**Why don't** we invite Pablo and his girlfriend? 我們何不邀請巴勃羅和他女朋友？
¿**Por qué no** quedamos algún día?	**Why don't** we get together sometime? 我們何不改天聚一聚？
¿**Quieres que** comamos juntos?	**Why don't** we have lunch together? 我們何不一起吃午飯？

還可以用 **¿Y si... ?**（你看……怎麼樣？）加動詞現在時提出建議。

（你看）……怎麼樣？

¿**Y si** les invitamos a cenar?	**How about** inviting them for dinner? 我們邀請他們一起吃晚飯怎麼樣？
¿**Y si** te vienes con nosotros?	**How about** coming with us? 你跟我們一起來怎麼樣？
¿**Y si** paso a por ti por la mañana?	**How about** I pick you up in the morning? 我上午過來接你怎麼樣？

要表達自己的看法，可以用西班牙語 **en mi opinión** 表示 "依我看 in my opinion" 的意思。

依我看⋯⋯

En mi opinión, es una buena propuesta.	**In my opinion**, it's a good suggestion. 依我看這是一個好建議。
En mi opinión, no es verdad.	It's not true, **in my opinion**. 依我看這不是事實。
En mi opinión, va a causar problemas.	**In my view**, it'll cause problems. 依我看這樣會出問題。

詢問他人對事情的看法時，也可以用動詞 **parecer**，但這種情況下只能用作短語 **¿Qué te parece...?**（你認為⋯⋯怎麼樣？）出現。

你認為⋯⋯怎麼樣？

¿Qué te parece su última película?	**What do you think of** his latest film? 你認為他最近拍的那部電影怎麼樣？
¿Qué te parece la idea?	**What do you think of** the idea? 你認為這個主意怎麼樣？
¿Qué te pareció el nuevo equipo?	**What did you think of** the new team? 你認為這個新團隊怎麼樣？
¿Qué te parece?	**What do you think?** 你認為怎麼樣？

表示是否贊同他人的觀點，可以用 **estoy de acuerdo**（我同意）或 **no estoy de acuerdo**（我不同意）表示。

我 / 你同意⋯⋯、我⋯⋯不贊成 / 不同意⋯⋯

Estoy de acuerdo.	**I agree**. 我同意。
Estoy de acuerdo con Mercedes.	**I agree with** Mercedes. 我同意梅賽德斯的觀點。
No estoy de acuerdo con esta decisión.	**I don't agree with** this decision. 我不贊成這個決定。

No estoy en absoluto **de acuerdo con** Maite.	I completely **disagree with** Maite. 我完全不同意瑪伊特的看法。
¡**Estoy** totalmente **de acuerdo contigo**!	I entirely **agree with you**! 我完全同意你的看法。
¿**Estás de acuerdo**?	**Do you agree**? 你同意嗎？

¿LO SABÍAS? 不可不知

記住，對稱呼 **tú** 的人用 **contigo** 來表示英語 with you 的意思。

西班牙語動詞 **tener**（有）可以用在短語 **tener razón** 中表示 "是對的"。關於 **tener** 的更多內容，見 314 頁。

······是······對······

¡**Tienes razón**!	**You're right**! 你是對的。
Creo que **tienes razón**.	I think **you're right**. 我認為你是對的。
Es Antonio quien **tiene razón**.	It's Antonio who**'s right**. 是安東尼奧對。

談論計劃

跟生意夥伴和朋友安排計劃時，如果是在談論已經確定的計劃，如英語中用 I'm seeing him tonight.（我今晚將會見到他。），在西班牙語中常用將來時表示。關於將來時的更多內容，見 281 頁。

······我 / 我們要······

Veré a Felipe el jueves.	**I'm seeing** Felipe on Thursday. 週四我要見費利佩。
La **veré** esta tarde.	**I'm seeing** her this afternoon. 今天下午我要見她。
Iremos al cine esta noche.	**We're going** to the cinema tonight. 今晚我們要去看電影。

| **Comeremos** juntos el próximo viernes. | **We're having lunch** together next Friday. 下週五我們要一起吃午飯。 |

¿LO SABÍAS? 不可不知

如上面第一個例句所示，西班牙語裏用 **ver a alguien** 表示"見某人"。關於 **a** 的更多用法，見 271 頁。

英語中常常用 I'm going to（我打算）談論未來的計劃。西班牙語也是一樣，用 **voy a**（我打算）或 **vamos a**（我們打算）加動詞表示"打算做某事"。**voy** 和 **vamos** 的動詞原形是 **ir**。關於 **ir** 的更多內容，見 301 頁。

我 / 我們打算……

Voy a telefonearle.	**I'm going to** phone him. 我打算打電話給他。
Voy a decirle que no puedo ir.	**I'm going to** tell him I can't come. 我打算告訴他我去不了。
Vamos a decirles que vengan un poco más tarde.	**We're going to** tell them to come a little later. 我們打算叫他們遲一點來。

作出安排

和認識的人一起籌備活動，可以用 **¿Qué te parece si...?**（你看……可以嗎？）來詢問安排的事情是否適合他們。**parece** 的動詞原形是 **parecer**（使認為）。

……可以嗎 / 行嗎？

| **¿Qué te parece si** cenamos a las nueve? | **Will it be all right if** we have dinner at nine? 我們九時吃晚餐可以嗎？ |
| **¿Qué te parece si** te llamo la semana que viene? | **Will it be all right if** I phone you next week? 我下週打電話給你可以嗎？ |

| ¿**Qué os parece si** nos vemos más tarde? | **How about** meeting up later? 以後再見可以嗎？ |

詢問他人是否你做某事會更好，用 **prefieres** 或 **prefiere**（分別對應說話時稱之為 **tú** 或 **usted** 的人）加 **que** 和動詞虛擬式表示。關於虛擬式更多的內容，見 284 頁。

你寧願……嗎？

¿**Prefieres que** quedemos en el centro?	**Would you rather** we met in town? 你寧願在市中心和我見面嗎？
¿**Prefieres que** quedemos otro día?	**Would you rather** we put back our date? 你寧願推遲約會嗎？
¿**Prefieres que** pase a recogerte?	**Would you rather** I came to collect you? 你寧願我來接你嗎？

……會不會更好？

¿**Es mejor** invitar también a las parejas?	**Would it be better to** invite partners as well? 一併邀請同伴來會不會更好？
¿**Es mejor** avisarte antes de pasar por allí?	**Would it be better to** let you know before dropping in? 去拜訪你之前先告訴你一聲會不會更好？
¿**Es mejor** llamarte por la noche?	**Is it better to** ring you in the evening? 晚上給你打電話會不會更好？

……同意 / 贊成……

¿**Estamos de acuerdo** sobre la fecha?	**Are we agreed** on the date? 我們都贊成這個日期嗎？
¿**Estamos de acuerdo** en dónde nos encontraremos?	**Are we agreed** on where to meet? 我們都同意見面的地點吧？
¡**De acuerdo**!	**Agreed**! 同意！

表達必須做甚麼

用西班牙語表達必須做某事,可以用 **tengo que**(我必須)加動詞不定式表示。

……我 / 我們必須……

Tengo que hacer una llamada.	**I have to** make a phone call. 我必須打個電話。
Esta noche **tengo que** quedarme en casa.	**I have to** stay in tonight. 今晚我必須留在家裏。
Tenemos que estar allí a las ocho en punto.	**We have to** be there at eight o' clock sharp. 我們必須在八時正到那裏。

用西班牙語表達必須做某事,也可以用 **debo**(我必須)加動詞不定式表示。**debo** 的動詞原形是 **deber**。關於 **deber** 的更多內容,見 287 頁。

……我 / 你必須……

Esta noche **debo** irme temprano.	**I must** leave early tonight. 今晚我必須早點走。
Debo decirle que no puedo ir.	**I must** tell her that I can't come. 我必須告訴她我不能去。
No debes llegar tarde.	**You mustn't** be late. 你必須準時。

表達應該做某事,用 **debería**(我應該)加不定式。

我 / 你應該……

Debería llamar a Ana.	**I should** call Ana. 我應該打電話給安娜。

Debería irme ya.	**I should** be going now. 我應該現在就走。
Deberías venir a visitarnos.	**You should** come and visit us. 你應該過來看看我們。

¿LO SABÍAS? 不可不知

如上面第一個例句所示，西班牙語中 **llamar a alguien** 表示英語 to call somebody（打電話給某人）。關於 **a** 的更多用法，見 271 頁。

留心聰聽

下面是你跟他人見面聊天時可能會被問到的一些問題，以及他們可能會作出的一些評論。

¿Es la primera vez que vienes a España?	Is this the first time that you've been to Spain? 你第一次來西班牙嗎？
¿Cuánto tiempo hace que estudias español?	How long have you been learning Spanish? 你學西班牙語多久了？
¿Te estás enterando de la conversación?	Are you following the conversation? 你聽得懂我說話嗎？
Habla usted muy bien español.	Your Spanish is very good. 你的西班牙語說得非常好。
¿Hablo demasiado rápido?	Am I speaking too fast? 我是不是說得太快了？
¿Prefiere que hable en inglés?	Would you prefer it if I spoke English? 你是否更喜歡我說英語？
¿Quiere que repita lo que he dicho?	Shall I repeat what I said? 我要重複剛才說的話嗎？
¿Quiere que hable más despacio?	Do you want me to speak more slowly? 你想我說得慢一點嗎？
Me puedes tutear.	You can call me tú. 你可以稱呼我為 tú。
¿Nos tuteamos?	Shall we call each other tú? 我們可以用 tú 稱呼對方嗎？

¿Cuánto tiempo vas a estar en Madrid?

How long are you staying in Madrid? 你要在馬德里停留多久？

¿Te gusta Sevilla?

How do you like Seville? 你覺得西維爾怎麼樣？

¿Vienes por aquí a menudo?

Do you come here often? 你經常來這裏嗎？

¿Estás aquí con amigos?

Are you here with friends? 你是跟朋友一起來的嗎？

¿Estás casado?

Are you married? 你結婚了嗎？

生活小貼士

• 跟一個陌生人或者不是很熟悉的人交談時,用 **usted** 稱呼英語中的 you(您)。

• 每天一起共事的同事,一般都用 **tú** 稱呼對方,但彼此還不太熟悉之前,最好先以 usted(您)稱呼,特是對年紀比你大或年長的同事。很多人不喜歡被別人稱呼為 **usted**,他們會覺得太正式了,因此通常會建議你改稱他們 **tú**,他們會對你說:**puedes tutearme**(你可以稱呼我 **tú**)或 **nos podemos tutear**(我們都可以用 **tú** 稱呼對方)。如果你一開始就覺得用 **tú** 來稱呼對方會更自然一些,那麼就可以先問對方:**¿Nos tuteamos?**(我們可以用 **tú** 稱呼對方嗎?)。

• 第一次在社交場合跟別人見面,如果對方是男的,通常會握手(**darse la mano**),如果對方是女的,則要親吻一下對方。在商務或者其他正式場合見面,大家都會互相握手致意。

• 男性朋友之間通常會握手或互相拍對方背部表示友善,而女性朋友之間則會彼此親吻(**darse un beso**)。男人通常也會親吻他們的女性朋友,而且在某些特殊情況下,比如碰到親戚時,男性之間也會互相親吻。西班牙人通常會親吻對方兩次,每邊臉頰親一次。

• 網上約會在西班牙已經非常普遍。如今,聊天室(**Los chats**)和短訊(**los SMS**)已成為溝通與交流的一種重要方式。和英語一樣,西班牙人也在網上用大量的西班牙語縮略語進行"交談"。

• 如果聽到有人在談論他們的同伴(**pareja**),請記住,雖然 **pareja** 這個詞是一個陰性名詞,但是它同時適用於男性和女性。

單元 2　交通旅行

¡Buen viaje! 旅途愉快！

本單元介紹如何在開車出行、趕火車、坐飛機或是出海的時候，用地道的西班牙語熟練查詢時間表或決定最佳路線。

談論計劃

英語中用 *I'm going to*（我將會去）表示"要去哪裏"和"要做甚麼"，西班牙語也一樣，用 voy a（我要）加地點或另一個動詞來表達。

……我 / 我們……會 / 要……

La semana que viene **voy a** Segovia.	**I'm going to** Segovia next week. 下星期我將會去塞戈維亞。
Voy a pasar un día en Pamplona.	**I'm going to** spend a day in Pamplona. 我會在旁普隆納逗留一天。
Primero **vamos a** Madrid.	First, **we're going to** Madrid. 我們先要去馬德里。
Luego **vamos a** Vigo.	Then **we're going to** Vigo. 然後我們會去比戈。
Vamos a coger el tren de las siete.	**We're going to** get the seven o'clock train. 我們要乘坐七時的火車。

在計劃行程時，用 **tengo la intención de**（我打算……）加動詞不定式表示"計劃做甚麼"。**tengo** 的動詞原形是 **tener**（有）。關於 **tener** 的更多內容，見 314 頁。

我 / 我們打算……

Tengo la intención de ir a Málaga.	**I'm planning to** go to Málaga. 我打算去馬拉加。

Tengo la intención de alquilar un coche.	**I'm planning to** hire a car. 我打算租輛車。
Tenemos la intención de ir por la costa.	**We're planning to** drive along the coast. 我們打算沿着海邊開車。

表達想做甚麼

用 **quiero**（我想）加動詞不定式表示"想做甚麼"。**quiero** 的動詞原形是 **querer**（想），關於 **querer** 的更多內容，見 308 頁。

我 / 我們……想……

Quiero hacer varias excursiones.	**I want to** go on several trips. 我想去數個地方旅遊。
Quiero ver el Museo Guggenheim.	**I'd like to** see the Guggenheim Museum. 我想參觀古根漢美術館。
Queremos conducir los dos.	**Both of us want to** be able to drive. 我們兩人都想開車。

tengo ganas de（我很想）加動詞不定式表示"很想做甚麼"。

我很想……

Tengo ganas de parar en Cuenca para dar una vuelta.	**I feel like** stopping in Cuenca to have a look around. 我很想在昆卡停下來逛一逛。
Tengo ganas de hacer una parada.	**I feel like** stopping for a bit. 我很想稍作停留。

espero（我希望）加動詞不定式表示"希望做甚麼"。

我 / 我們希望……

Espero llegar allí en unas tres horas.	**I'm hoping to** be there in about three hours. 我希望三小時內趕到那裏。

Espero llegar allí antes de que se haga de noche.	**I'm hoping to** get there before nightfall. 我希望天黑前趕到那裏。
Espero visitar el monasterio.	**I'm hoping to** visit the monastery. 我希望參觀寺院。
Esperamos ir a ver Montserrat.	**We're hoping to** go and see Montserrat. 我們希望去參觀蒙塞拉特島。

計劃行程時，可用 **me gustaría**（我想）加動詞不定式表示"想要做甚麼"。

我想……

Me gustaría ver Madrid.	**I'd like to** see Madrid. 我想去馬德里看看。
Me gustaría alquilar un quad.	**I'd like to** hire a quad bike. 我想租一輛四輪單車。
Nos gustaría asistir a la feria del vino.	**We'd like to** go to the wine fair. 我想參加美酒節。

計劃行程時，除了表達"喜歡甚麼"或"想做甚麼"，還可用 **prefiero**（我更喜歡或我寧願）或委婉地説 **preferiría**（我更喜歡或我寧願）來表達"更想做甚麼"。

我寧願……、我 / 我們更喜歡……

Prefiero ir a pie.	**I'd rather** walk. 我寧願走路去。
Prefiero viajar en tren.	**I prefer** travelling by train. 我寧願坐火車旅行。
Yo preferiría ir en autobús.	**I'd prefer** to go by bus. 我更喜歡坐巴士去。
Nosotros preferiríamos quedarnos en casa.	**We'd rather** stay at home. 我們更喜歡留在家裏。

提出建議

提建議説可以做甚麼，可委婉地説 **podríamos**（我們或許可以），

或者直接說 **podemos**（我們可以）。這兩個詞的動詞原形為 **poder**（能）。關於 **poder** 的更多內容，見 305 頁。

……我們（或許）可以……

Podríamos ir mañana.	**We could** go tomorrow. 我們或許可以明天去。
Podríamos ir en el AVE.	**We could** take the high-speed train. 我們或許可以坐高速列車去。
Si lo prefieres, **podríamos** ir andando.	**We could** walk there, **if you prefer**. 如果你願意，我們或許可以走路去。
Si quieres, **podemos** coger un taxi.	**We can** take a taxi **if you like**. 如果你喜歡，我們可以坐計程車去。

用西班牙語提建議也可以和英語一樣，用 **¿Por qué no...?**（……要不……？）來表示。

……要不……？

¿Por qué no preguntamos por coches de alquiler?	**Why don't** we ask about hiring a car? 我們要不問問怎樣租車？
¿Por qué no cogemos el metro?	**Why don't** we take the metro? 我們要不坐地鐵去？
¿Por qué no coges un taxi?	**Why don't** you get a taxi? 你要不叫輛計程車？

我們……怎麼樣？

¿Qué te parece si nos vamos a Toledo?	**How about** going to Toledo? 我們去托萊多怎麼樣？
¿Qué te parece si alquilamos una furgoneta?	**How about** hiring a van? 我們租一輛客貨車怎麼樣？
¿Qué te parece si vamos por la autopista?	**How about** going on the motorway? 我們走高速公路怎麼樣？

詢問他人想要做甚麼，可用 **¿Te gustaría...?**（你想……嗎？）或 **¿Te apetece...?**（你看……怎麼樣？）加動詞不定式表示。

你想……嗎？、你看……怎麼樣？

¿Te gustaría ir a Cuenca?	**Would you like** to go to Cuenca? 你想去昆卡嗎？
¿Te gustaría coger un taxi?	**Would you like** to get a taxi? 你想叫輛計程車嗎？
¿Te apetece ir a la playa?	**Do you fancy** going to the beach? 你看去海灘怎麼樣？
¿Te apetece dar un paseo?	**Do you fancy** going for a walk? 你看出去散散步怎麼樣？

英語 Let's...!（我們……吧！）西班牙語可以用 **¡Vamos a...!** 加動詞不定式來表示。

我們……吧！

¡Vamos a aparcar allí!	**Let's** park there! 我們把車泊在那裏吧！
¡Vamos a coger el ascensor!	**Let's** take the lift! 我們乘搭升降機吧！
¡Vamos a subir hasta arriba en el teleférico!	**Let's** go up to the top by cable car! 我們坐纜車上山頂吧！

主動提出做某事，可以用動詞現在時表示，也可以用 **voy a**（我會……）、**vamos a**（我們會……）加動詞不定式表示。

我 / 我們會……

Yo compro los billetes.	**I'll buy** the tickets. 我會買票。
Llamo a un taxi.	**I'll call** a taxi. 我會叫輛計程車。
Yo te **llevo** a la estación.	**I'll take** you to the station. 我會載你到車站。
Yo voy a buscarte al aeropuerto.	**I'll come and pick you up** at the airport. 我會去機場接你。

Nosotros te vamos a buscar a la estación.	**We'll pick you up** at the railway station. 我們會去火車站接你。

到一個陌生的地方旅行，需要問路或徵求建議前，可以先說 **perdone**（不好意思）或 **perdone, por favor**（不好意思，請問）以引起對方注意。

……怎樣去……？、這是去……？、……該走哪條路？

Perdone, por favor, **¿cómo se llega al** centro?	Excuse me, **how do I get to** the city centre? 不好意思，請問怎樣去市中心？
¿Cómo se llega a la estación de tren?	**How do we get to** the railway station? 我們應該怎樣去火車站？
¿Para ir al Museo Picasso, por favor?	**How do I get to** the Picasso Museum, please? 請問怎樣去畢加索美術館？
¿Para ir a la estación de autobuses **es por aquí**?	**Is it this way to** the bus station? 這是去巴士站的路嗎？
Perdone, **¿por dónde se va** a Segovia?	Excuse me, **which way do I go** for Segovia? 不好意思，去塞戈維亞該走哪條路？

是往 / 可以到……嗎？、您會在……停車嗎？

¿Voy bien para el aeropuerto?	**Am I going** the right way for the airport? 這條路是往機場的嗎？
¿Vamos bien para la autopista?	**Are we going** the right way for the motorway? 我們從這條路可以到高速公路嗎？
¿Va usted al aeropuerto?	**Do you go** to the airport? 您是往機場嗎？
¿Para usted en la plaza de España?	**Do you stop** in the plaza de España? 您會在西班牙廣場停車嗎？

……哪裏……？

Perdone, ¿**dónde está** la consigna?	Excuse me, **where's** the left luggage office? 不好意思，行李寄存處在哪裏？
Por favor, ¿**dónde está** la parada de taxis más cercana?	**Where's** the nearest taxi rank, please? 請問，最近的計程車停靠站在哪裏？
¿**Dónde están** los servicios?	**Where are** the toilets? 洗手間在哪裏？
¿Sabe usted **de dónde** salen los autobuses a Torrejón?	Do you know **where** the buses to Torrejón leave **from**? 您知道去托雷洪的巴士從哪裏出發嗎？
Perdone, ¿**dónde** se compran los billetes, por favor?	Excuse me, **where** do I buy a ticket, please? 不好意思，請問在哪裏買票？

詢問坐哪輛巴士、哪個月台、哪條線等，用 ¿**Qué...?** 加名詞表示。

……哪……？

¿**Qué** línea tengo que coger?	**Which** line do I need to take? 我該乘搭哪條線？
¿De **qué** vía sale el tren a Vilanova?	**Which** platform does the train for Vilanova leave from? 去比拉諾華的火車在哪個月台開出？
¿**Qué** autobuses van al centro?	**Which** buses go to the centre of town? 哪輛巴士會去市中心？

詢問公車、火車或航班出發時間或其他事情發生的時間，可以用 ¿**A qué hora...?**（何時……？）。

……何時……？

¿**A qué hora** embarcamos?	**What time** are we boarding? 我們何時登機？

¿**A qué hora** empieza el metro?	**What time** does the underground open? 地鐵的首班車何時開出？
¿**A qué hora** llegamos a Valencia?	**What time** do we get to Valencia? 我們何時到華倫西亞？
¿**A qué hora sale** el siguiente vuelo para Madrid?	**What time's** the next flight for Madrid? 下一班開往馬德里的航班何時起飛？
¿**A qué hora sale** el primer tren de la mañana para Tarragona?	**What time's** the first train in the morning to Tarragona? 首列開往塔拉戈納的火車何時開出？

旅途中需要詢問某些特定區域的服務設施時，可以用西班牙語 ¿**Hay...?** 來表示英語的 Is there...? 和 Are there...?（有沒有……？）。

……有沒有……？

¿**Hay** una gasolinera por aquí cerca?	**Is there** a petrol station near here? 附近有沒有加油站？
¿**Hay** una parada de metro por aquí?	**Is there** an underground station near here? 附近有沒有地鐵站？
¿**Hay** descuentos para estudiantes?	**Is there** a reduction for students? 學生有沒有優惠價？
¿**Hay** servicios en la estación de tren?	**Are there** any toilets at the train station? 火車站有沒有洗手間？
¿**Hay** tren directo hasta Barcelona?	**Is there** a direct train to Barcelona? 有沒有直達巴塞隆拿的火車？

請牢記，西班牙語 **ser** 和 **estar** 都相當於英語 *to be*，關於具體用法，見 271 頁。

……嗎？

¿**Está** lejos?	**Is it** far? 很遠嗎？
¿**Está** cerca de aquí?	**Is it** near here? 離這裏近嗎？

¿**Está** en el centro de la ciudad?	**Is** it in the town centre? 是在市中心嗎？
¿**Está** ocupado este asiento?	**Is** this seat free? 這個位置有人坐嗎？
¿**Está** incluido el seguro?	**Is** the insurance included? 已包括保險了嗎？
¿**Es** ésta la parada para el museo?	**Is** this the right stop for the museum? 這站是博物館嗎？
Perdone, ¿**es** éste el tren que va a Toledo?	Excuse me, **is** this the train for Toledo? 請問，這是往托萊多的火車嗎？

詢問價格，單數用 ¿**Cuánto cuesta...?** 或 ¿**Cuánto vale...?**（……多少錢？），複數用 ¿**Cuánto cuestan...?** 或 ¿**Cuánto valen...?**（……多少錢？）。

……多少錢？

¿**Cuánto cuesta** un billete a Madrid?	**How much is** a ticket to Madrid? 往馬德里的車票多少錢？
¿**Cuánto cuesta** dejar una maleta en consigna?	**How much does it cost** to leave a case in left luggage? 寄存一個行李箱多少錢？
¿**Cuánto vale** el vuelo?	**How much is** the flight? 機票多少錢？
¿**Cuánto cuestan** las tarjetas de diez viajes?	**How much are** cards that are valid for ten journeys? 買一張十次來回的卡多少錢？
¿**Cuánto costaría** alquilar un coche dos días?	**How much would it cost** to hire a car for two days? 租兩天車要多少錢？
¿**Cuánto me cobraría por** llevarme a Tarragona?	**How much would you charge to** take me to Tarragona? 帶我去塔拉戈納要多少錢？

……多久……？

¿**Cuánto se tarda** en llegar a Figueres?	**How long does it take** to get to Figueres? 去菲格雷斯要多久？

¿Sabe **cuánto se tarda** de León a Madrid?	Do you know **how long it takes** from León to Madrid? 你知道從萊昂到馬德里要多久嗎？
¿Cuánto tardaremos en llegar allí?	**How long will it take us** to get there? 到那裏要多久？
¿Cuánto dura el viaje?	**How long is** the journey? 整個旅程要多久？

旅途中需要詢問巴士、火車等的班次等，可以用 **¿Cada cuánto tiempo...?**（每隔多久……？）加動詞現在時表示。

……多久……？

¿Cada cuánto tiempo pasa el autobús a Sitges?	**How often** does the bus to Sitges run? 去西切斯的巴士多久一班？
¿Cada cuánto tiempo hay vuelos a Londres?	**How often** is there a flight to London? 去倫敦的航班多久一班？
¿Cada cuánto tiempo sale un tren para Vilafranca?	**How often** is there a train to Vilafranca? 去維拉弗蘭卡的火車多久一班？

不管是租車、詢問時間表或座位，詢問 "有沒有甚麼"，都可以用 **¿Tienen...?**（有沒有……？）。**tienen** 的動詞原形是 **tener**。關於 **tener** 的更多內容，見 314 頁。

……有沒有……？

¿Tienen monovolúmenes de alquiler?	**Do you have** people carriers for hire? 這裏有沒有車出租？
¿Tienen coches más pequeños?	**Do you have** any smaller cars? 有沒有更小的汽車？
¿Tienen horarios de trenes?	**Do you have** train timetables? 有沒有列車時間表？
¿Le quedan asientos de pasillo?	**Have you got any** aisle seats **left**? 還有沒有靠走廊的位置？

索取東西

英語中索取東西用 a..., please（請給我……），西班牙語中陽性名詞用 **un..., por favor**，陰性名詞用 **una..., por favor**；或者，可以直接説 **¿Me da...?**（請給我……）。

請給我……

Un billete sencillo, **por favor**.	A single, **please**. 請給我一張單程票。
Tres billetes de ida y vuelta a Cáceres, **por favor**.	Three returns to Cáceres, **please**. 請給我三張去卡塞雷斯的來回票。
¿Me da un mapa del metro?	**Can I have** a map of the underground, please? 請給我一張地鐵路線圖。
¿Me da un horario de trenes?	**Can I have** a train timetable, please? 請給我一張列車時間表。
¿Me da un billete de ida y vuelta a Madrid?	**Can I have** a return to Madrid? 請給我一張去馬德里的來回票。

可以用 **quiero** 或 **quisiera**（我想……）表示"想要甚麼或想要做甚麼"。**quiero** 和 **quisiera** 的動詞原形是 **querer**。關於 **querer** 的更多內容，見 308 頁。

我想……

Quiero alquilar una bicicleta.	**I'd like** to hire a bike. 我想租一輛單車。
Quiero denunciar la pérdida de mis maletas.	**I'd like** to report my luggage missing. 我想報失我的行李。
Quisiera un billete de ida a Alicante.	**I'd like** a single to Alicante. 我想買一張去阿里坎特的單程票。
Quisiera billetes de ida y vuelta a Zaragoza para dos adultos.	**I'd like** two adult returns to Zaragoza. 我想買兩張去薩拉戈薩的成人來回票。

請求他人幫忙，可以用 **¿Puede...?** 和 **¿Podría...?**（您能……？和您可以……？）。**puede** 和 **podría** 的動詞原形都是 **poder**。關於 **poder** 的更多內容，見 305 頁。

……您……能 / 可以……？

¿**Puede** avisarme cuando estemos cerca del museo?	**Can you** tell me when we're near the museum? 快到博物館的時候您能告訴我嗎？
¿**Puede** dejarme aquí?	**Can you** drop me here? 您能讓我在這裏下車嗎？
¿**Puede** decirme cómo se llega a la catedral?	**Can you** tell me how to get to the cathedral? 您能告訴我去大教堂怎麼走嗎？
¿**Podría** comprobar la presión de los neumáticos?	**Could you** check the tyre pressure? 您可以幫我測試輪胎氣壓嗎？
¿**Podría** comprobar el nivel de aceite?	**Could you** check the oil? 您可以幫我測油量嗎？

請帶我去……

¿**Me lleva** al Barrio Gótico, por favor?	**Can you take me** to the Barrio Gótico, please? 請帶我去哥特區。
¿**Me lleva** al Hostal Principal en la avenida de Vilanova, por favor?	**Can you take me** to the Hostal Principal in avenida de Vilanova, please? 請帶我去比拉諾華街的首席大酒店。
Al Hotel Don Sancho, **por favor**.	**To the** Hotel Don Sancho, **please**. 請帶我去唐桑丘酒店。

徵求允許

徵求他人允許做某事，可以用 **¿Puedo...?** 或 **¿Se puede...?**（我可以……？）表示。**Puedo** 和 **puede** 的動詞原形是 **poder**。關於 **poder** 的更多內容，見 305 頁。

……（我）可以……？

¿**Puedo** pagar con visa?	**Can I** pay by visa? 我可以用信用卡付款嗎？
¿**Puedo** pagar con tarjeta?	**Can I** pay by card? 我可以用銀行卡付款嗎？
¿**Se puede** abrir la ventanilla?	**May I** open the window? 我可以開窗嗎？
¿**Se puede** fumar en el tren?	**Is** smoking **allowed** on the train? 火車上可以吸煙嗎？

詢問他人是否介意自己做某事，可以用 ¿**Le importa que...?**（您介意……嗎？）加動詞的現在虛擬式表示。關於虛擬式的更多內容，見 284 頁。

您介意……嗎？

¿**Le importa que** ponga mi maleta en el portaequipajes?	Do you mind if I put my suitcase on the rack? 您介意我把行李箱放在架上嗎？
¿**Le importa que** me siente aquí?	**Do you mind if** I sit here? 您介意我坐在這裏嗎？

表達必須做甚麼

用 **tengo que** 加動詞不定式表示"必須做甚麼"。**tengo** 的動詞原形是 **tener**（有）。關於 **tener** 的更多內容，見 314 頁。

我 / 我們必須……

Tengo que coger otro vuelo para ir a Bilbao.	**I have to** get a connecting flight to get to Bilbao. 我必須轉機去畢爾包。
Tengo que comprar un chaleco reflectante.	**I have to** buy a high-visibility vest. 我必須買一件反光背心。
Tengo que coger el tren de las 8.30.	**I have to** catch the 8.30 train. 我必須趕上 8:30 的火車。

Tenemos que hacer una reserva.	**We have to** make a reservation. 我們必須先預訂。
¿**Tenemos que** cambiar de tren?	**Do we have to** change trains? 我們必須換乘火車嗎？

另一種表達"必須做甚麼"的方式是 **hay que**（你必須或我必須）。

你 / 我們必須……

Hay que enseñar el carnet de conducir.	**You have to** show your driving licence. 你必須出示駕駛執照。
Hay que imprimir el billete electrónico.	**You have to** print out your e-ticket. 你必須把電子票打印出來。
Hay que devolver el coche antes de las tres.	**We have to** get the car back before three. 我們必須在三時前歸還汽車。

用 **debería** 加動詞不定式表示"應該做甚麼"。**debería** 的動詞原形是 **deber**。關於 **deber** 的更多內容，見 287 頁。

我 / 我們應該……

Debería comprar mi billete por Internet.	**I should** buy my ticket online. 我應該在網上買票。
Deberíamos echar más gasolina.	**We should** get some more petrol. 我們應該多加點油。
Deberíamos ir a recoger el equipaje.	**We ought to** go and pick up the luggage. 我們應該去取行李。

留心聆聽

以下是一些外出旅遊時用得上的常用語。

El tren de Cáce res sale de la vía tres.	The train for Cáceres is leaving from platform three. 往卡塞雷斯的火車在三號月台開出。

¿Puedo ver su billete?

Can I see your ticket? 我可以看看您的票嗎？

¿Le importa que me siente aquí?

Do you mind if I sit here? 您介不介意我坐這裏？

Es mejor que coja un taxi.

You'd be better getting a taxi. 您最好坐計程車去。

Cuando llegue a la plaza pregunte allí.

Ask again when you get to the square. 到了廣場您再問一下。

Siga recto hasta el semáforo.

Go straight on till you get to the traffic lights. 一直往前走，走到交通燈。

Coja la primera calle a la derecha.

Take the first turning on the right. 第一個路口右轉。

Gire a la izquierda.

Turn left. 左轉。

Está muy cerca.

It's very near. 離這裏很近。

Está enfrente de la catedral.

It's opposite the cathedral. 在大教堂對面。

Se puede ir andando.

It's within walking distance. 步行即達。

Está a tres paradas de aquí.

It's three stops from here. 離這裏有三個站。

生活小貼士

• 西班牙人隨時都要帶身份證，他們認為任何人都可能隨時被查驗身份。入住酒店或者營地的時候請準備好護照，因為你可能會被要求出示這些證件：**¿Su carnet?**（請出示您的身份證。）或是 **¿Su pasaporte?**（請出示您的護照。）。由於要隨身攜帶護照，記得把它放在一個安全的地方。

• 負責開車的人必須隨時準備好駕駛執照，以供警察檢查。警察也許會問你：**¿Me deja ver su carnet de conducir?**（我可以看看您的駕駛執照嗎？）如果你沒帶駕駛執照，就會被罰款。

• 計劃行程時，記着西班牙的高速公路（**autopistas**）一般都是收費的。旅途中常常會碰到收費站（**peaje**），要麼取票，要麼付費。如果要找零，或是不用卡付費，就要開往寫着 **manual**（人工付費）的通道；如果不是，就開往寫着 **automático** 的通道。現在，還有一種通道叫電子付費通道（**Telepeaje**），藍底白字寫着一個 T 字。這些通道是專門供裝有可以追蹤行程的晶片和自動付費的汽車使用的。

• 西班牙語國家的人大多沒有排隊的習慣。在巴士站或詢問處排隊，不知道誰排在最後，就可以問 **¿Quién es el último?**（誰排在最後？）

• 如巴士站沒有時間表，可以問等車的人有沒有看到你等的那班車經過，如：**¿Ha pasado el número 33?**（有沒有看到 33 號車到站？）

單元 3　賓至如歸

¡Que descanses! 睡個好覺！

本單元介紹在西班牙語國家旅行時，如何用地道的西班牙語找到合適的住處（酒店、旅店、自助式酒店，或是租住單位），並確保旅行期間一切都令人滿意；同時也列出了一些應對接待處或房東的小竅門。

表達想要甚麼

在當地的旅遊諮詢處等地方詢問住宿，可以用 **busco**（我在找）表明 "要找甚麼樣的住宿"。**busco** 的動詞原形是 **buscar**。

我 / 我們在找……

Busco un hotel que no sea demasiado caro.	**I'm looking for** a hotel which isn't too expensive. 我在找價格不太貴的酒店。
Busco un hotel de tres estrellas.	**I'm looking for** a three-star hotel. 我在找一間三星級的酒店。
Estamos buscando un camping.	**We're looking for** a campsite. 我們在找一個營地。
Estamos buscando una casa que sirva para una familia de seis miembros.	**We're looking for** a villa suitable for a family of six. 我們在找能住一家六口的度假別墅。

我 / 她要……

Necesito un hotel que esté cerca del palacio de congresos.	**I need** a hotel that's near the conference centre. 我要找一間在會議中心附近的酒店。
Necesito algún sitio desde el que se pueda ir andando a las tiendas.	**I need** somewhere that's within walking distance of the shops. 我要找一個可步行至商店的地方住。

Necesito un piso para un mes.	**I need** a flat for a month. 我要租個住宅單位住一個月。
Necesita un hotel donde hablen inglés.	**She needs** a hotel where they speak English. 她要找一間有說英語的人接待的酒店住。

可以用 **quiero** 或 **quisiera**(我想) 表示 "想要怎樣的房間、住多久" 等。**quiero** 和 **quisiera** 的動詞原形是 **querer**。關於 **querer** 的更多內容,見 308 頁。

我 / 我們想……

Quiero reservar una habitación doble para dos noches.	**I'd like** to book a double room for two nights. 我想訂一間雙人房住兩晚。
Quiero cambiar de habitación.	**I'd like** to change rooms. 我想換個房間。
Quiero que me devuelvan el dinero.	**I want** a refund. 我想退款。
Queremos quedarnos una noche más.	**We'd like** to stay another night. 我們想多住一晚。
Queremos alquilar un piso en el centro de la ciudad.	**We'd like** to rent a flat in the centre of town. 我們想在市中心租個單位。
Quisiera una habitación con balcón.	**I'd like** a room with a balcony. 我想要一間有陽台的房間。

¿LO SABÍAS? 不可不知

如例句一所示,表示 "要住幾晚" 用 **para**。

選定住宿前需要知道"是否離得近、貴不貴"等信息。請牢記，西班牙語 **ser** 和 **estar** 都相當於英語 *to be*。表示事物的固定特徵用 **ser**，表示事物的暫時狀態或所處位置用 **estar**。關於 **ser** 和 **estar** 的更多內容，見 271 頁。

……嗎？

¿**Es** muy caro?	**Is it** very expensive? 這很貴嗎？
¿**Es** un hotel moderno?	**Is it** a modern hotel? 這是一間現代化的酒店嗎？
¿**Está** lejos el camping?	**Is** the campsite far? 營地離這裏遠嗎？
¿**Está** incluido el desayuno en el precio?	**Is** breakfast included in the price? 這價格包括早餐嗎？
¿**Está** lista ya nuestra habitación?	**Is** our room ready yet? 我們的房間收拾好了嗎？

用西班牙語詢問"某物怎樣"，可以用 **¿Cómo...?**（……怎樣？）加動詞 **ser** 表示。

……怎樣？

¿**Cómo es** el hotel?	**What's** the hotel **like**? 這間酒店怎樣？
¿**Cómo es** la zona?	**What is** the area **like**? 這個地區怎樣？
¿**Cómo son** las habitaciones?	**What are** the rooms **like**? 房間怎樣？

詢問價格可以用 **¿Cuánto cuesta...?**（……多少錢？）。

……多少錢？

¿**Cuánto cuesta** una habitación doble por noche?	**How much is** a double room per night? 雙人房每晚多少錢？

¿**Cuánto cuesta** con pensión completa?	**How much is** full board? 食宿全包多少錢？
¿**Cuánto cuesta** alquilar una casa de dos habitaciones durante dos semanas?	**How much would it cost** to rent a two-bedroom house for two weeks? 租一間兩房的屋住兩週要多少錢？
¿**Cuánto costaría** quedarse una noche más?	**How much would it be** to stay an extra night? 多住一晚要多少錢？

選住宿要考慮那裏提供甚麼設施，記着，西班牙語 ¿**Hay...?** 可以同時表示英語中的 *Is there...?* 和 *Are there...?*（有沒有……？）。

……有沒有 / 能不能……？

¿**Hay** acceso a Internet en las habitaciones?	**Is there** internet access in the rooms? 房間裏能不能上網？
¿**Hay** calefacción central en el apartamento?	**Is there** central heating in the apartment? 公寓裏有沒有中央供暖系統？
¿**Hay** algún sitio para comer **por aquí cerca**?	**Is there** anywhere **near here** where we can get something to eat? 這附近有沒有吃飯的地方？
¿**Hay** aseos para minusválidos?	**Are there** any disabled toilets? 有沒有殘疾人士專用的洗手間？

入住後，首先要找到各個設施的位置。可以用 ¿**Dónde...?**（……在哪裏？）搭配動詞 **estar** 詢問 "某物在哪裏"。

……在哪裏？

¿**Dónde está** el bar?	**Where's** the bar? 酒吧在哪裏？
¿**Dónde está** la piscina?	**Where's** the swimming pool? 游泳池在哪裏？
¿**Dónde están** los ascensores?	**Where are** the lifts? 電梯在哪裏？

| ¿Puede decirme **dónde está** el restaurante? | Can you tell me **where** the dining room **is**? 請問飯廳在哪裏? |

x

內容，見 305 頁。

我可以……嗎？

¿**Puedo** pagar con tarjeta de crédito?	**Can I** pay by credit card? 我可以用信用卡付款嗎？
¿**Puedo** dejar la mochila en recepción?	**Can I** leave my rucksack at reception? 我可以把背包放在接待處嗎？
¿**Se puede** aparcar en la calle?	**Can I** park in the street? 我可以把車泊在街上嗎？

介紹自己

不管身處何處，都需要簡單介紹一下自己，如叫甚麼名字或者國籍等。

我……叫……、我是 / 姓……

Soy la señora Smith. He reservado una habitación doble para esta noche.	**My name is** Mrs Smith. 我是史密夫太太。I've booked a double room for tonight. 我預訂了一間今晚的雙人房。
Mi marido se llama Peter.	**My husband's name is** Peter. 我先生叫彼得。
Me llamo Gary Morris.	**My name's** Gary Morris. 我叫加利·莫利斯。
Mi apellido es Morris y mi nombre de pila es Gary. Se escribe M-O-R-R-I-S, con dos erres.	**My surname's** Morris, and my first name is Gary. It's spelt M-O-R-R-I-S, with two rs. 我姓莫利斯，名叫加利·M-O-R-R-I-S，兩個r。

我 / 我們……

Soy británico.	**I'm** British. 我是英國人。
Mi mujer y yo **somos de** Portsmouth.	My wife and I **are from** Portsmouth. 我們夫妻倆都來自樸茨茅斯。

Mi novia y yo **somos** británicos.	My girlfriend and I **are** British. 我和我女朋友都是英國人。
Estoy aquí de vacaciones.	**I'm** on holiday here. 我來這裏度假。
Estamos aquí en viaje de negocios.	**We're** here on a business trip. 我們來這裏公幹。

¿LO SABÍAS? 不可不知

正如最後兩個例句中那樣，説到為甚麼會在西班牙，一般用 **estoy** 而不用 **soy**。

我 / 我們……在……

Estoy en el Hotel Principal.	**I'm staying** at the Hotel Principal. 我住在首席大酒店。
Estamos estudiando español.	**We're studying** Spanish. 我們在學西班牙語。
Estamos viajando por el país.	**We're travelling** round the country. 我們正在這個國家周圍遊覽。

索取東西

詢問酒店、家庭旅館、旅店或旅遊諮詢處等是否有房間、資料或某些服務等，可以用 **¿Tienen...?**（有沒有……？）。**tienen** 的動詞原形是 **tener**，關於 **tener** 的更多內容，見 314 頁。

……有沒有……？、……可以……？

¿Tienen habitaciones libres?	**Have you got** any rooms available? 有沒有空房間？
¿Tienen información sobre alojamiento?	**Have you got** any information about accommodation? 這裏有沒有關於住宿的資料？
¿Tienen acceso a Internet?	**Do you have** internet access? 這裏可以上網嗎？

請求他人做某事，用 **¿Puede...?** 和 **¿Podría...?**（您能……嗎？或您可以……嗎？）。**puede** 和 **podría** 的動詞原形都是 **poder**。關於 **poder** 的更多內容，見 305 頁。

您能……？、請……？

¿**Puede** enviarme un e-mail para confirmar la reserva?	**Can you** email me to confirm the booking? 您能發封確認預訂的電郵給我嗎？
¿**Puede** despertarme a las siete, por favor?	**Can you** give me an alarm call at seven o'clock, please? 請您七時叫醒我好嗎？
¿**Puede** cambiar las toallas, por favor?	**Can you** change the towels, please? 請您換換毛巾好嗎？
¿**Me puede** dar el número de la persona a quien hay que llamar si hay algún problema？	**Can you** give me the number I should call if there are any problems? 請問您可給我有問題時該打的電話嗎？
¿**Podría** enseñarme la habitación?	**Could you** show me the room? 您可以讓我看看房間嗎？
¿**Podría** darnos una habitación de no fumadores?	**Could you** give us a non-smoking room? 您可以給我們一間非吸煙房嗎？
¿**Podría** enseñarme cómo funciona la cocina?	**Could you** show me how the cooker works? 您可以告訴我那些廚具怎麼用嗎？

您介不介意……？

¿**Le importaría** pedirme un taxi?	**Would you mind** calling a taxi for me? 您介不介意幫我叫輛計程車？
¿**Le importaría** subirme las maletas a mi habitación?	**Would you mind** taking my suitcases up to my room? 您介不介意幫我搬行李到房間？

用西班牙語表達索取東西，一般都用現在時，可以用現在時間句 **¿Me da...?**（請給我……）表示。

請⋯⋯給我⋯⋯、可以⋯⋯嗎？

¿**Me da** la llave del apartamento, por favor?	**Can I have** the key to my apartment, please? 請給我住屋的鑰匙。
¿**Me da** un recibo, por favor?	**Can I have** a receipt, please? 請給我一張收據。
¿**Nos da** dos toallas más?	**Can we have** two more towels? 請多給我們兩條毛巾。
¿**Me puede dar** una cuna para el niño?	**Can I have** a cot for the baby, please? 可以給我一張嬰兒牀嗎？

¿LO SABÍAS? 不可不知

用西班牙語表達索取額外東西，比如多要兩條毛巾，可以用 **más**（多），緊跟在索取的東西之後。

表達必須做甚麼

我們經常需要告訴身邊的人自己必須做甚麼，並尋求他們的幫助。可以用 **tengo que**（我必須）加動詞不定式表示"必須做甚麼"。**tengo** 的動詞原形是 **tener**。關於 **tener** 的更多內容，見 314 頁。

我 / 我們⋯⋯必須⋯⋯

Tengo que irme temprano para coger el vuelo.	**I have to** leave early to catch my flight. 我必須早點出發趕飛機。
Tengo que enviar un e-mail.	**I've got to** send an email. 我必須發一封電郵。
Tenemos que estar en Málaga para las ocho.	**We have to** be in Málaga by eight o'clock. 我們八時前必須到馬拉加。
Tenemos que hacer una llamada al extranjero.	**We need to** make an international call. 我們必須打個國際長途電話。

徵求允許

不管我們在哪裏，都需要知道哪些事情能做、哪些事情不能做，比如 "哪裏可以泊車、哪裏可以露營" 等。可以用 **¿Puedo...?**（我可以……嗎？）和 **¿Podemos...?**（我們可以……嗎？）來詢問 "是否可以做某事"。**puedo** 和 **podemos** 的動詞原形都是 **poder** 。關於 **poder** 的更多內容，見 305 頁。

我 / 我們可以……嗎？

¿**Puedo** ver la habitación primero?	**Can I** see the room first? 我可以先看看房間嗎？
¿**Puedo** dejar aquí las maletas cinco minutos?	**Can I** leave my suitcases here for five minutes? 我可以把行李放在這裏五分鐘嗎？
¿**Puedo** fumar aquí?	**Can I** smoke in here? 我可以在這裏吸煙嗎？
¿**Podemos** acampar aquí?	**Can we** camp here? 我們可以在這裏露營嗎？
¿**Podemos** bañarnos en la piscina?	**Can we** use the pool? 我們可以用游泳池嗎？

您介不介意……？

¿**Le importa que** aparque el coche fuera un momento?	**Do you mind if** I park my car outside for a moment? 您介不介意我的車泊在外面一會？
¿**Le importa que** pague con tarjeta de crédito?	**Do you mind if** I pay by credit card? 您介不介意我用信用卡付款？
¿**Le importa que** lleguemos tarde?	**Is it ok if** we arrive rather late? 您介不介意我們會遲，即很晚才到？

表達喜歡、不喜歡和更喜歡

表達想要哪種住宿時，請牢記，西班牙語表示 *I like*（我喜歡）的方式與英語很不同，用 **me gusta** 加名詞單數、**me gustan** 加名詞複

數表示 "我喜歡"。

我 / 我們……喜歡……

Me gusta quedarme en hotels pequeños.	**I like** staying in small hotels. 我喜歡住小旅館。
Me gustan las casas antiguas de estilo español.	**I like** old Spanish houses. 我喜歡西班牙風格的老房子。
Me encanta esta pensión.	**I love** this guest house. 我很喜歡這間小旅館。
Nos encantan los campings de montaña.	**We love** campsites in the mountains. 我們很喜歡山上的營地。

直接在 **me gusta** 和 **me gustan** 前加 **no** 表示 "不喜歡"。

……我 / 我們不喜歡……

No me gusta esta habitación, es muy oscura.	**I don't like** this room, it's too dark. 這個房間太暗了，我不喜歡。
No me gusta cenar en el hotel.	**I don't like** having dinner at the hotel. 我不喜歡在這間酒店吃晚餐。
No me gustan los hoteles modernos de la costa.	**I don't like** the modern hotels on the coast. 我不喜歡臨海的現代化酒店。
No nos gusta alojarnos en apartamentos.	**We don't like** staying in apartments. 我們不喜歡住公寓。

可以用 **prefiero**（我更喜歡）表示 "更喜歡"。

……我更喜歡……、我寧願……、我們更想要……

Prefiero una habitación en la planta baja.	**I'd prefer** a room on the ground floor. 我更喜歡底層的房間。
Prefiero quedarme sólo una noche.	**I'd rather** stay for just one night. 我寧願只住一晚。

Prefiero la media pensión **a** la pensión completa.	**I'd rather** have half board **than** full board. 比起食宿全包，我更喜歡半食宿。
Preferimos un hotel céntrico.	**We'd prefer** a hotel in the centre. 我們更想要一個位於市中心的酒店。

提出建議

和説西語的朋友或同事一起找地方住，需要提出建議時，可以用 **¿Qué te parece si...?** 或 **¿Y si...?**（你看……怎麼樣？）加動詞現在時表示。關於現在時的更多內容，見 280 頁。

……怎麼樣？

¿Qué te parece si nos quedamos un día más?	**How about** staying one more day? 我們多住一天怎麼樣？
¿Qué te parece si buscamos alojamiento en el centro?	**How about** looking for accommodation in the centre of town? 我們在市中心找地方住怎麼樣？
¿Y si alquilamos un apartamento?	**How about** renting an apartment? 我們租個公寓住怎麼樣？
¿Y si pasamos la noche aquí?	**How about** spending the night here? 我們在這裏過夜怎麼樣？

何不……？

¿Por qué no preguntamos en la oficina de turismo?	**Why don't** we ask at the tourist office? 我們何不問問旅遊諮詢處？
¿Por qué no te quedas en un hotel más barato?	**Why don't** you stay at a cheaper hotel? 你何不住一間便宜點的酒店？
¿Por qué no buscamos un camping más cercano a la costa?	**Why don't** we look for a campsite nearer the coast? 我們何不找一個離海近一點的營地？

也可以用 **podríamos**（我們可以）建議 "可以做某事"。

我們可以……

Podríamos preguntar en la oficina de turismo.	**We could** ask at the tourist office. 我們可以問問旅遊諮詢處。
Podríamos intentar en el Hotel Europa.	**We could** try the Hotel Europa. 我們可以試試住歐洲酒店。
Podríamos llamar al propietario.	**We could** try phoning the landlord. 我們可以試試打電話給房東。

談論計劃

在旅行或度假時決定留在哪裏很重要,想用西班牙語談論這些旅行計劃時,可用 **voy a**(我打算)或者 **vamos a**(我們打算)加動詞不定式表示"打算做甚麼"。**voy** 和 **vamos** 的動詞原形是 ir(去)。關於 **ir** 的更多內容,見 301 頁。

我 / 我們打算……

Voy a alquilar una casa en las montañas.	**I'm going to** rent a villa in the mountains. 我打算租一個山莊別墅。
Voy a quedarme en un hotel en Barcelona.	**I'm going to** stay in a hotel in Barcelona. 我打算住在巴塞隆拿的酒店裏。
Vamos a quedarnos con unos amigos españoles en Madrid.	**We're going to** stay with some Spanish friends in Madrid. 我們打算跟幾個西班牙朋友住在馬德里。

談論計劃也可以用 **tengo pensado**(我打算……)加動詞不定式來表示。**tengo** 的動詞原形是 **tener**。關於 **tener** 的更多內容,見 314 頁。

我 / 我們打算……

Tengo pensado pasar un par de días en cada sitio.	**I'm planning to** spend a couple of days in each place. 我打算每個地方都逗留幾天。

Tenemos pensado buscar una casa en la costa para pasar las vacaciones.	**We're planning to** look for a holiday home by the coast. 我們打算找個海邊度假屋度假。
Tenemos pensado buscarnos un camping.	**We're planning on** going to a campsite. 我們打算去營地。

投訴

可惜的是，我們住宿過程中得到的服務總有不盡人意之處。用西班牙語投訴很簡單，用 **hay** 表示英語的 *there is* 或 *there are*（有），用 **no hay** 表示 *there isn't* 或 *there aren't*（沒有）就可以了。

……（有）……

Hay demasiado ruido.	**There's** too much noise. 這裏太嘈雜了。
Hay una gotera en el techo.	**There's** a leak in the ceiling. 屋頂有個裂縫。
Hay cucarachas en el apartamento.	**There are** cockroaches in the apartment. 房間裏有蟑螂。

……沒有……

No hay agua caliente.	**There isn't** any hot water. 沒有熱水。
No hay toallas limpias en la habitación.	**There aren't** any clean towels in the room. 房間裏沒有乾淨的毛巾了。
La habitación **no tiene** balcón.	The room **doesn't have** a balcony. 房間沒有陽台。
El apartamento **no tiene** aire acondicionado.	The apartment **doesn't have** air-conditioning. 這個住宅沒有空調。

在下面的例子中，描述事物固有的性質，用動詞 **ser**，比如：牀不舒服；描述事物的暫時狀態，用動詞 **estar**，比如房間很髒。關於 **ser** 和 **estar** 的更多內容，見 271 頁。

⋯⋯（是）⋯⋯、⋯⋯不是⋯⋯

Este hotel **es** demasiado ruidoso.	This hotel**'s** too noisy. 這個酒店太吵了。
Las camas **son** muy incómodas.	The beds **are** very uncomfortable. 這些牀很不舒服。
El apartamento **está** sucio.	The apartment**'s** dirty. 這住宅很髒。
El agua de la piscina **no está** limpia.	The water in the swimming pool **isn't** very clean. 游泳池的水不是很乾淨。
Hace mucho calor aquí.	**It's** very hot in here. 這裏很熱。
Hace mucho frío aquí.	**It's** very cold in here. 這裏很冷。

¿LO SABÍAS? 不可不知

記着，用西班牙語談論天氣或室內溫度，用動詞 **hacer**（做、造）。關於 **hacer** 的更多內容，見 299 頁。

留心聆聽

以下是找地方住的時候可能會聽到的一些常用語。

¿Qué tipo de alojamiento busca?	What type of accommodation are you looking for? 您要找怎樣的住宿？
Estamos completos.	We're full. 我們吃飽了。
¿Para cuántas noches?	For how many nights? 住多少晚？
¿Para cuántas personas?	For how many people? 多少個人住？
¿Me deja su nombre, por favor?	Can I have your name, please? 請告訴我您的名字。
¿Me puede deletrear su nombre, si es tan amable?	Can you spell your name for me, please? 請問您的名字怎麼拼寫？
¿A nombre de quién está la reserva?	Whose name is the booking in? 請問是用誰的名字預訂的？

¿Me deja ver su pasaporte, por favor?
Can I see your passport, please? 請出示您的護照。

¿Cuál es el número de su habitación?
What's your room number? 您的房間號碼是多少？

Tiene que dejar una señal.
You have to leave a deposit. 您需要交按金。

¿En qué número podemos localizarlo?
What number can we contact you on? 您的聯繫電話是？

¿Cómo quiere pagar?
How would you like to pay? 您用甚麼方式付錢？

Por favor, rellene este formulario.
Please fill in this form. 請您填寫這份表格。

Por favor, firme aquí.
Please sign here. 請在這裏簽名。

Tiene que dejar la habitación antes de las doce.
You have to be out of the room by twelve o'clock. 請您在十二時前退房。

生活小貼士

• 在西班牙，最經濟的酒店和家庭旅館，是只提供最基本住宿的 **pensiones**（小旅館）和 **hostales**（旅社）。不像英國的 B&B（Bed & Breakfast 提供住宿與免費早餐的家庭旅館），**pensiones** 和 **hostales** 一般不提供免費早餐，如要吃早餐就要出去吃。

• 另一方面，坐落於古堡或寺院等名勝古蹟中的高級酒店，叫 **paradores nacionales de turismo**（國家旅遊酒店）。

• 近年來，一種類似鄉村別墅（**casas rurales**）的住宿正在西班牙悄然興起。它們是由鄉間的民宅或村舍改造而成的假日酒店或家庭旅館。

• 接待員或侍應通常會稱呼男士為 **caballero**（先生的尊稱），稱呼女士為 **señora**（女士的尊稱）。同時，如果侍應很年輕，就可以直接用 **tú**（你）稱呼他們而無需用 **usted**（您），儘管他們會回稱你 **usted**（您）。

• 想在西班牙租一個住宅單位住下來，需要和房東（**dueño** 或 **propietario**）簽訂一份租約（**contrato de arrendamiento**），並支付一份相當於一至兩個月租金的按金（**fianza**）。

單元 4　美酒佳餚

¡Buen provecho! 用餐愉快！

本單元介紹如何在西班牙外出用餐時自信地用簡潔、地道的西班牙語和侍應交流以及和朋友聊天；同時也提供了點餐的一些小秘訣和侍應常用的詞句。

作出安排

和説西班牙語的朋友或同事外出用餐，想對見面的地點和時間作出安排，可以用動詞 **quedar** 表示"見面或安排見面"。

我們（在）……見面……？

¿**Quedamos** en el restaurante?	**Shall we meet** at the restaurant? 我們在餐廳見面好嗎？
¿**Quedamos** a las nueve?	**Shall we meet** at nine o'clock? 我們九時見面好嗎？
¿**Quedamos con ellos** en el Café Zurich?	**Shall we meet them** at the Café Zurich? 我們在蘇黎世咖啡店見面好嗎？
¿Cómo **quedamos**?	Where **shall we meet** and when? 我們在哪裏、甚麼時候見面？
¿Dónde **quedamos**?	Where **shall we meet**? 我們在哪裏見面？

……幾點 / 何時……？

¿**A qué hora** quedamos?	**What time** shall we meet up at? 我們幾點見？
¿**A qué hora** podrá llegar aquí tu mujer?	**What time** will your wife be able to get here? 你太太幾點能到這裏？
¿**Para qué hora** has reservado mesa?	**What time** did you book the table **for**? 你訂桌訂了幾點？
¿**Hasta qué hora** sirven?	**Up to what time** do they go on serving? 他們營業到幾點？

安排用餐細節時，想知道某安排是否適合他人，可用 **¿No te importa que...?** 加虛擬式，或 **¿No te importa si...?** 加一般現在時來詢問 "如果……你是否介意？"。當然，**tú** 在這裏只能對應 **te**，**usted** 對應 **le**。關於虛擬式的更多內容，見 284 頁。

……你 / 你們介不介意……？

¿No te importa que venga un amigo mío?	**Would it be ok if** I brought a friend of mine? 你介不介意我帶一個朋友來？
¿No te importa si lo dejamos para la semana que viene?	**Would it be ok if** we left it till next week? 你介不介意我們留它到下週？
¿No os importa si llegamos un poco más tarde?	**Would it be ok if** we got there a bit later? 你們介不介意我們遲一點到？

可以用 **me vendría mejor**（……更適合我）表達 "更合適"。**vendría** 的動詞原形是 **venir**（來）。

……對我更合適、……是否更好？

Me vendría mejor quedar contigo allí.	**It would suit me better** to meet you there. 在那裏見你對我更合適。
¿Te vendría mejor el sábado por la noche?	**Would** Saturday evening **suit you better**? 星期六晚上對你是否更好？
El viernes **me vendría mejor**.	Friday **would be better for me**. 星期五對我更合適。
Me viene mejor si quedamos un poco más tarde.	**It would be better for me** if we made it a bit later. 我們約再遲一點對我更合適。
¿Te viene mejor si lo dejamos para mañana?	**Would it suit you better** if we left it till tomorrow? 我們把它留到明天對你是否更好？

我們常常需要知道 "某物在哪裏"。記住，詢問某物在哪裏，一般用 **estar**。

……在哪裏……？

Estoy buscando la calle Teruel, ¿sabe usted **dónde está**?	I'm looking for the calle Teruel. Do you know **where it is**? 我在找特魯埃爾街。您知道在哪裏嗎？
¿Sabe usted **dónde está** el restaurante Don Alfonso?	Do you know **where** the restaurant Don Alfonso **is**? 您知道堂阿方索飯店在哪裏嗎？
Perdone, ¿**dónde están** los servicios?	Excuse me, **where are** the toilets? 請問，洗手間在哪裏？

決定在哪裏吃和吃甚麼以前，要先知道餐廳在哪裏、食物怎麼樣。請緊記，西班牙語 **ser** 和 **estar** 都表示英語 to be。關於這兩個動詞的用法，見 271 頁。

……嗎？

¿**Es** un restaurante muy caro?	**Is it** a very expensive restaurant? 這間餐廳消費高嗎？
¿**Es** un plato típico de la zona?	**Is it** a typical local dish? 這道是本地特色菜嗎？
¿**Es** apto para vegetarianos?	**Is it** suitable for vegetarians? 這道菜適合素食者嗎？
¿La bebida **está** incluida en el menú de 10 euros?	**Are** drinks included in the 10-euro set menu? 10 歐元套餐中包括飲品嗎？

更詳細地詢問菜單，可以用 **¿Qué…?**（……甚麼……？）。

……甚麼……？

¿Con **qué** lo sirven?	**What** does it come with? 這道菜用甚麼伴碟？

¿**Qué** lleva?	**What**'s in it? 這道菜裏有甚麼？
Las *gambas en gabardina*, ¿**qué** son?	**What** are *gambas en gabardina*? *gambas en gabardina* 是甚麼？
¿**Qué** hay de postre?	**What** is there for dessert? 有甚麼甜品？

詢問價格，可以用 ¿**Cuánto vale...?**（⋯⋯多少錢？）。

⋯⋯多少錢？

| ¿**Cuánto vale** una botella de vino de la casa? | **How much is** a bottle of house wine? 一瓶特選餐酒多少錢？ |
| ¿**Cuánto vale** el menú del día? | **How much is** the set menu? 套餐多少錢？ |

索取東西

出去用餐如沒有提前訂座，就要問餐廳還有沒有空位。不管是在酒店、餐廳還是商店，詢問 "有沒有甚麼"，都可以用 ¿**Tienen...?**。tienen 的動詞原形是 **tener**。關於 **tener** 的更多內容，見 314 頁。

⋯⋯有沒有⋯⋯？、麻煩⋯⋯

¿**Tienen** una mesa para tres?	**Have you got** a table for three, please? 還有沒有三人桌？
¿**Tienen** alguna mesa libre para esta noche?	**Have you got** a table available for tonight? 今晚還有沒有空位？
¿**Tienen** menú del día?	**Do you have** a set menu? 有沒有套餐？
¿**Tienen** la carta en inglés?	**Have you got** the menu in English? 有沒有英文的餐單？
¿**Tienen** vino de la casa?	**Do you have** a house wine? 有沒有特選餐酒？
¿**Tienen** menú infantil?	**Have you got** a children's menu? 有沒有兒童餐單？

Una mesa para dos, **por favor**.	A table for two, **please**. 麻煩要一張二人桌。

¿LO SABÍAS? 不可不知

當然 ，如果已經訂了座，就無須再問 "是否有空位" 了，可以直接說 **he reservado una mesa para dos a nombre de...**（我用……的名字訂了座……）。

可以用 **quiero** 或 **quisiera**（我想……）表示 "我想要甚麼或想要做甚麼"。**quiero** 和 **quisiera** 的動詞原形是 **querer**。關於 **querer** 的更多內容，見 308 頁。招喚服務員，用 **¿Puede venir, por favor?**（能麻煩過來一下嗎？）或 **¡Oiga, por favor!**（麻煩你，請過來一下！）。

我想……、麻煩……

Quisiera reservar mesa para las 9.00.	**I'd like** to book a table for 9 o'clock. 我想訂一張九時的桌。
Quisiera pedir.	**I'd like** to order. 我想點菜。
Quisiera dos cafés más, por favor.	**I'd like** two more coffees, please. 麻煩再來兩杯咖啡。
Yo quiero una tortilla.	**I'd like** an omelette. 麻煩來一份奄列。
Yo quiero gazpacho.	**I'd like** gazpacho. 麻煩來一客西班牙冷湯。
Quiero el bistec muy hecho.	**I'd like** my steak well done. 麻煩來份全熟的牛排。

¿LO SABÍAS? 不可不知

在提出請求時英語中用 *please*，西班牙語中如果頻繁地説 **por favor**，在西班牙人聽來就會顯得不地道、過於正式和陌生，所以千萬別過多使用，更不要重複使用。

可以用 **voy a tomar**（我要吃）表示 "決定點甚麼菜"。

⋯⋯我 / 我們要⋯⋯

De primero **voy a tomar** sopa.	As a starter **I'll have** soup. 前菜我先要一客湯。
De segundo **voy a tomar** ternera.	For the main course **I'll have** veal. 主菜我要小牛排。
De postre **voy a tomar** flan.	For dessert **I'll have** crème caramel. 甜品我要焦糖布甸。
Para beber **vamos a tomar** vino blanco.	**We'll have** white wine. 我們要白酒。

¿LO SABÍAS? 不可不知

還沒決定好要吃甚麼，而侍應已經拿着點菜簿站在一邊，想他（或她）暫時離開，可以説 **todavía no he decidido**（我稍後再點）或 **todavía no hemos decidido**（我們稍後再點）。

坐下後，向侍應要東西時最常用的是 **¿Me trae...?**（請給我⋯⋯或把⋯⋯拿給我。）；如果是在酒吧，就用 **¿Me pone...?** 表示 *Can I have?*（請給我⋯⋯。）。

請⋯⋯給我⋯⋯

¿Me trae otra ración de ensaladilla rusa?	**Can I have** another portion of Russian salad? 請再給我一份俄羅斯沙律。
¿Nos trae otra botella de vino?	**Can we have** another bottle of wine, please? 請再給我們一瓶酒。
¿Nos trae más pan?	**Can we have** some more bread? 請再給我們一些麵包。
¿Nos trae la cuenta, por favor?	**Can we have** the bill, please? 請拿賬單給我們。
¿Me pone una cerveza?	**Can I have** a beer? 請再給我一杯啤酒。

索取東西的時候也可以用 **¿Puede...?**（您能⋯⋯？）和 **¿Podría...?**（您可以⋯⋯？）。**puede** 和 **podría** 的動詞原形都是 **poder**（能）。

關於 **poder** 的更多內容，見 305 頁。

……能 / 可以……？

¿**Puede** traernos la carta de vinos, por favor?	**Can you** bring us the wine list, please? 能把酒單拿給我們嗎？
¿**Puede** traerme otro tenedor?	**Can you** bring me another fork? 能再給我一把叉子嗎？
¿**Puedes** pasarme la sal?	**Can you** pass me the salt? 能把鹽遞給我嗎？
¿**Podría** bajar la música un poco?	**Could you** turn the music down a bit? 音樂可以調低些嗎？
¿**Podrías** pasarme el vino?	**Could you** pass me the wine? 可以把酒遞給我嗎？

您介不介意……？

¿**Le importaría** cerrar la ventana?	**Would you mind** closing the window? 您介不介意關窗？
¿**Le importaría** encender el ventilador?	**Would you mind** putting on the fan? 您介不介意開風扇？
¿**Le importa** pedirle que no fume?	**Would you mind** asking him not to smoke? 您介不介意叫他別吸煙？

表達喜歡、不喜歡和更喜歡

出去吃飯，我們會表達自己喜歡甚麼或是不喜歡甚麼食物。西班牙語表示 *I like*（我喜歡）的方式與英語很不同，用 **me gusta** 加單數名詞、**me gustan** 加複數名詞表示 "喜歡"，用 **no me gusta** 和 **no me gustan** 表示 "我不喜歡"。**me encanta** 和 **me encantan**（我很喜歡）也是同樣的用法。

我 / 我們……喜歡……

Me gusta el gazpacho.	**I like** gazpacho. 我喜歡喝西班牙冷湯。

Me gustan las uvas.	**I like** grapes. 我喜歡吃葡萄。
Me encantan las cerezas.	**I love** cherries. 我很喜歡吃車厘子。
Nos encanta la paella.	**We love** paella. 我們很喜歡吃西班牙海鮮飯。

我……不喜歡……

No me gusta el jamón.	**I don't like** ham. 我不喜歡吃火腿。
No me gustan las judías verdes.	**I don't like** green beans. 我不喜歡吃青豆。
No me gusta nada el pescado.	**I hate** fish. 我一點都不喜歡吃魚。

你喜歡……嗎？、你不喜歡……嗎？

¿**Te gusta** la leche?	**Do you like** milk? 你喜歡喝牛奶嗎？
¿**Te gustan** las fresas?	**Do you like** strawberries? 你喜歡吃士多啤梨嗎？
¿**No te gusta** el té?	**Don't you like** tea? 你不喜歡喝茶嗎？

¿LO SABÍAS? 不可不知

請注意，通常用西班牙語表達喜歡甚麼，必須用相當於英語 *the* 的定冠詞，如：*I like the gazpacho, I don't like the ham*，儘管在英語中可以直接說 *I like gazpacho* and *I don't like ham*（我喜歡喝西班牙冷湯，不喜歡吃火腿。）。

我 / 我們寧願……

Prefiero beber zumo de naranja.	**I'd rather** have orange juice. 我寧願喝橙汁。
Prefiero el vino tinto.	**I prefer** red wine. 我寧願喝紅酒。
Preferimos tomar paella.	**We'd rather** have paella. 我們寧願吃西班牙海鮮飯。

如果對飲食有特殊要求，有時可以用 **soy**（我是）來表示。

我是 / 對……

Soy alérgico al marisco.	**I'm** allergic to shellfish. 我對貝殼類海鮮過敏。
Soy vegetariano.	**I'm** a vegetarian. 我是素食者。
Soy abstemio.	**I'm** a teetotaller. 我是滴酒不沾的人。

提出建議

想向講西班牙語的同伴提出建議，可以用 **podemos** 和 **podríamos**（我們可以或我們或許可以）加動詞不定式表示。**podemos** 和 **podríamos** 的動詞原形是 **poder**。關於 **poder** 的更多內容，見 305 頁。

……我們（或許）可以……

Podríamos sentarnos cerca de la ventana.	**We could** sit by the window. 我們或許可以坐在靠窗的座位。
Podríamos compartir una ensalada.	**We could** share a salad. 我們或許可以分享一份沙律。
Si lo prefieres, podemos sentarnos en la terraza.	**We can** sit outside, **if you prefer**. 如果你願意，我們可以坐在外面。
Podemos tomar el café cuando volvamos al hotel **si prefieres**.	**If you'd rather, we can** have our coffee when we get back to the hotel. 如果你願意，我們回酒店後可以喝杯咖啡。

詢問朋友或年輕人是否喜歡甚麼，可以用 **¿Quieres…?**（你想……？）表示。同樣，也可以用 **¿Te aparece…?**（你看……怎麼樣？）加單數名詞和 **¿Te apetecen …?** 加複數名詞表示。

你想……嗎？、你看……怎麼樣？

¿Quieres un café?	**Would you like** a coffee? 你想喝杯咖啡嗎？

¿**Quieres** probar un poco de esto?	**Would you like** to try a bit of this? 你想試一下這個嗎？
¿**Te apetece** un helado?	**Do you fancy** an ice cream? 你看吃杯雪糕怎麼樣？
¿**Te apetece** tomar un licor?	**Do you fancy** having a liqueur? 你看喝杯酒怎麼樣？
¿**Te apetecen** unas fresas?	**Do you fancy** some strawberries? 你看吃點士多啤梨怎麼樣？

還可以用 ¿**Por qué no...?**（要不……？）提出建議。

……要不……？

¿**Por qué no** pruebas el pescado?	**Why don't** you try the fish? 要不你嚐一下魚？
¿**Por qué no** tomas otra copa de vino?	**Why don't** you have another glass of wine? 要不再喝一杯葡萄酒？
¿**Por qué no** tomamos un café para terminar?	**Why don't** we have a coffee to finish with? 要不我們最後喝一杯咖啡？
No sé qué pedir. ¿**Por qué no** decides tú?	I don't know what to choose. **Why don't** you decide? 我不知道點甚麼菜，要不由你來點？

也可以用 ¿**Qué te parece si...?** 或 ¿**Qué tal si...?** 來表示建議去哪裏吃或吃甚麼，¿**Qué te parece si...?** 和 ¿**Qué tal si...?** 都表示"你看……怎麼樣？"。

我們……怎麼樣？

¿**Qué te parece si** pedimos unas tapas?	**How about** having some tapas? 我們要點小吃怎麼樣？
¿**Qué te parece si** pedimos una botella de cava?	**How about** having a bottle of cava? 我們要一瓶西班牙氣泡酒怎麼樣？

¿**Qué te parece si** pedimos otra ración?	**How about** asking for another portion? 我們再要一份怎麼樣？
¿**Qué tal si** vamos a un restaurante gallego?	**How about** going to a Galician restaurant? 我們找一間加利西亞餐廳吃飯怎麼樣？
¿**Qué tal si** probamos los mejillones?	**How about** trying the mussels? 我們嚐嚐青口怎麼樣？

¿**LO SABÍAS? 不可不知**

otro 或 **otra**（另一）前不加不定冠詞 **un** 或 **una**。比如，英語 *another glass of wine*（再來一杯酒），用 **otra copa de vino** 就可以了。

詢問他人的想法，用 ¿**Crees que deberíamos...?**（你認為我們該⋯⋯嗎？）

你認為我們⋯⋯該⋯⋯嗎？

¿**Crees que deberíamos** reservar mesa?	**Do you think we should** book a table? 你認為我們該訂座嗎？
¿**Crees que deberíamos** tomar la paella?	**Do you think we should** go for the paella? 你認為我們該點西班牙海鮮飯嗎？
¿Qué vino **crees que deberíamos** tomar con esto? ¿Blanco o tinto?	What sort of wine **do you think we should** have with this? White or red? 你認為我們吃這個該配甚麼酒？紅酒還是白酒？您⋯⋯推薦⋯⋯？
No sé qué tomar de postre, ¿**qué me recomienda**?	I don't know what to have for dessert. **What would you recommend**? 我不知道甜品吃甚麼。您有甚麼推薦？
No puedo decidirme entre la paella y el pescado. ¿**Cuál me recomienda**?	I can't make up my mind between the paella and the fish. **Which would you recommend**? 西班牙海鮮飯和魚我不知道吃哪個好。您推薦哪個？
¿**Recomienda usted** algún plato de la zona?	**Is there** a local dish **you'd recommend**? 您有沒有可推薦的本地菜？

如果不幸需要投訴某事，西班牙語 **ser** 和 **estar** 都相當於英語 *to be*。記着，動詞 **estar** 用來表示暫時、可變的狀態；動詞 **ser** 表示事物固有的特徵。關於 **ser** 和 **estar** 的更多內容，見 271 頁。

⋯⋯（是）⋯⋯

El café **está** frío.	The coffee**'s** cold. 咖啡冷了。
El pan **está** duro.	The bread**'s** stale. 麵包變硬了。
El vino **está** malo.	The wine**'s** corked. 酒變質了。
El filete **no está** muy bien hecho.	This steak **isn't** very well cooked. 牛排煮得不好。

要表達某物 "太多" 或是 "不夠"，可以用 **demasiado** 和 **suficiente** 來表示。

⋯⋯太多⋯⋯、⋯⋯不夠⋯⋯

Hay **demasiado** ajo en esta salsa.	There's **too much** garlic in the sauce. 醬汁裏放了太多蒜。
La verdura tiene **demasiada** sal.	There's **too much** salt in the vegetables. 蔬菜裏放了太多鹽。
No hay **suficiente** pan para todos.	There is**n't enough** bread for everyone. 麵包不夠每個人吃。
No hay **suficientes** copas.	There are**n't enough** glasses. 杯子不夠。

¿LO SABÍAS? 不可不知

緊記 **demasiado** 和 **suficiente** 的詞尾陰陽性變化必須與它們所修飾的名詞保持一致。關於形容詞陰陽性變化規則，見 261 頁。

當 **demasiado** 表示 *too* 的時候，詞尾不變。

| La música está **demasiado** fuerte. | The music's **too** loud. 音樂聲太大了。 |
| Esta mesa está **demasiado** cerca de la cocina. | This table's **too** close to the kitchen. 這張桌子離廚房太近。 |

可以用 **no queda...**（……沒了）表示"某物用完了"。

······沒······

| **No queda** pan. | **There isn't** any bread **left**. 沒麵包了。 |
| **No queda** vinagre en la vinagrera. | **There isn't** any vinegar **left** in the vinegar bottle. 瓶裏沒醋了。 |

留心聆聽

以下是一些外出用餐時可能會聽到的常用語。

¿Le vendría bien a las nueve?	Would nine o'clock suit you? 您九時有空嗎？
¿Tienen reserva?	Have you got a reservation? 你們有沒有預訂？
¿A nombre de quién está hecha la reserva?	Under what name's the booking? 用哪個名字預訂的？
Estamos completos.	We're full. 我們吃飽了。
Sígame, por favor.	Follow me, please. 請跟我來。
Pasen por aquí.	This way please. 這邊走。（pasen 用於一個人以上）
Pase por aquí.	This way please. 這邊走。（pase 用於一個人）
Aquí tiene la carta de vinos.	Here's the wine list. 這是酒單。
El plato del día es la paella.	The dish of the day is paella. 是日特色菜是西班牙海鮮飯。

La merluza se nos ha terminado.

There isn't any hake left. 沒鱈魚了。

Es una especialidad de la zona.

It's a local speciality. 這是本地特色菜。

¿Han decidido ya?

Are you ready to order? 你們可以點菜了嗎?

¿Qué va a tomar?

What are you going to have? 您吃甚麼?

¿Qué va a beber?

What will you have to drink? 您喝甚麼?

¿Qué desea tomar?

What would you like? 您想吃甚麼?

Le recomendaría el pescado.

I'd recommend the fish. 我推薦您嚐嚐魚。

¿Quieren beber algo primero?

Would you like anything to drink first? 你們想先喝點甚麼嗎?

¿Quieren café?

Would you like any coffee? 你們想要咖啡嗎?

En seguida se lo traigo.

I'll bring it right away. 我馬上送過來。

Aquí lo tiene.

Here it is. 請用。

¿Desea alguna cosa más?

Would you like anything else? 您還要些甚麼嗎?

En un momento estoy con usted.

I'll be right with you. 我馬上就來。

A esto les invita la casa.

This is on the house. 這個免費。

生活小貼士

● 西班牙人通常下午兩點左右才吃午餐，九時、十時甚至更晚才吃晚餐，所以建議不要太早出去吃晚餐。如果實在等不及了，可以先去酒吧吃點開胃小吃（**tapas**），這些酒吧大多數時間都是營業的。

● 在西班牙餐館中素食者並不會得到特別照顧，但有很多傳統的西班牙菜和小份的開胃小吃（**tapas**），像 **tortilla de patatas**（馬鈴薯餅）和 **patatas bravas**（炸馬鈴薯蘸辣番茄醬）等，都不含魚和肉。

● 以前在酒吧點飲品時，都會在飲品上放一小盤食物一起端上來。**tapa**（本意為蓋子）這個詞就是由此而來的。以前，**tapa** 都是買飲品時贈送的。現在，能不能得到免費贈送的 **tapa** 要看所在的酒吧或城鎮的 **tapas** 文化。如果有隨贈的 **tapa**，會和飲品一起端上來，或者侍應會問你：**¿Qué quieres de tapa?**（你要甚麼開胃小吃？）。如今，

tapa 一詞已有更多表達方式，如：**tapear** 表示"吃開胃小吃"，**ir de tapas** 或 **ir de tapeo** 表示"去不同酒吧嘗試不同的開胃小吃"。

● 儘管賬單中通常已經包含服務費，但是在餐廳用餐，一般還是會給 5% 至 10% 的小費，特別是在侍應服務得很好的情況下。在酒吧，一般只是在買飲料或酒的時候給零錢當小費。

● 侍應把菜端上來時，通常會說 **¡Buen provecho!**、**¡Que aprovechen!** 或 **¡Que aproveche!**，表示"祝你用餐愉快！"。我們可以說 **¡Gracias!**（謝謝！）表示"感謝"。如果一起用餐的人或餐廳裏其他用餐者說 **¡Gracias!**，我們可以說 **¡Igualmente!** 表示"也謝謝你！"

單元 5　都市生活

¡Que te diviertas! 盡情享樂！

本單元助你在各種西班牙語的社交場合建立自信。無論是去酒吧、音樂會、劇院還是去看電影、觀看運動賽事或應邀前往派對，學會這些用語，就可以用地道的西班牙語應對自如。

提出建議

出去玩，想建議一起做甚麼，可以只簡單説 **podríamos**（我們可以）加動詞不定式。**podríamos** 的動詞原形是 **poder**。關於 **poder** 的更多內容，見 305 頁。

……我們可以……

Podríamos cenar juntos.	**We could** have dinner together. 我們可以一起吃晚餐。
Podríamos ir a una discoteca.	**We could** go to a nightclub. 我們可以去夜店。
Podríamos ir a tomar una copa, **si quieres**.	**We could** go for a drink **if you like**. 如果你願意，我們可以出去喝一杯。

你 / 你們……想……

¿**Quieres** ir al cine?	**Would you like to** go to the cinema? 你想去看電影嗎？
¿**Quieres** salir después del trabajo?	**Would you like to** go out after work? 你下班後想出去玩嗎？
¿**Quieres** venir a una fiesta conmigo?	**Would you like to** come to a party with me? 你想和我一起參加派對嗎？
¿**Queréis** venir a tomar una copa?	**Would you like to** come and have a drink? 你們想過來喝一杯嗎？

問他人是否想要做某事，用 **¿Te apetece...?**（你看……怎麼樣？）加動詞不定式。**apetece** 的動詞原形 **apetecer**。

……怎麼樣？

¿Te apetece quedar más tarde para ir a dar un paseo?	**Do you fancy** meeting up later to go for a walk? 我們晚些見面然後去散散步怎麼樣？
¿Te apetece ver esa película?	**Do you fancy** seeing that film? 去看那部電影怎麼樣？
¿Os apetece ir a tomar un café?	**Do you fancy** going for a coffee? 去喝杯咖啡怎麼樣？

也可以像英語 *Why don't...?* 一樣，只說 **¿Por qué no...?**（何不……？）。

何不……？

¿Por qué no reservas las entradas?	**Why don't** you book the tickets? 你何不預訂門票？
¿Por qué no llamas para preguntar el horario？	**Why don't** you ring up and ask about times? 你何不打電話問問時間？
¿Por qué no vais al fútbol esta noche?	**Why don't** you go to the football tonight? 你們何不去看今晚的球賽？
¿Por qué no vamos a ver una película española?	**Why don't** we go and see a Spanish film? 我們何不去看場西班牙電影？

表達想要做甚麼

me gustaría 或 **quisiera** 意思相同，出外時都可以用於表達 "我想要做甚麼"。

我 / 我們想……

Me gustaría pasar la tarde en casa.	**I'd like to** spend the evening at home. 我晚上想留在家。

Nos gustaría salir a cenar esta noche.	**We'd like to** eat out tonight. 我們晚上想出去吃飯。
Nos gustaría ver una película nueva.	**We'd like to** see a new film. 我們想去看一部新的電影。
Quisiera ir a las Fallas.	**I'd like to** go to the Fallas. 我想去參加火祭節。
Quisiera ir a bailar.	**I'd like to** go dancing. 我想去跳舞。

我 / 我們不想⋯⋯

No quiero quedarme en casa.	**I don't want to** stay at home. 我不想留在家裏。
No quiero llegar tarde.	**I don't want to** be late. 我不想遲到。
No queremos gastar mucho dinero.	**We don't want to** spend a lot of money. 我們不想花很多錢。

我 / 我們寧願⋯⋯

Prefiero ir a la sesión de las seis.	**I'd rather** go to the 6pm showing. 我寧願觀看六時的表演。
Prefiero comer fuera.	**I'd rather** eat out. 我寧願出去吃。
Preferimos sentarnos en primera fila.	**We'd rather** sit in the front row. 我們寧願坐在第一排。

可以用 **me encantaría**（我很想）表達＂我非常喜歡做某事＂。**encantaría** 動詞原形是 **encantar**。關於 **-ar** 結尾的動詞的更多內容，見 276 頁。

我很想⋯⋯、⋯⋯太好了

Me encantaría estar aquí en carnaval.	**I'd love to** be here at carnival time. 我很想在這裏過狂歡節。
Me encantaría, pero no puedo.	**I'd love to**, but I can't. 我很想，但不可以。
Eso **me encantaría**.	That **would be lovely**. 那太好了。

英語用 *I'm going to* 談論計劃,西班牙語也一樣,用 **voy a**(我打算)或者 **vamos a**(我們打算)加動詞不定式表示 "打算做甚麼"。**voy** 和 **vamos** 的動詞原形是 **ir**(去)。關於 **ir** 的更多內容,見 301 頁。

我 / 我們(打算)……

Voy a invitar a algunos amigos a casa para mi cumpleaños.	**I'm going to** have some friends over for my birthday. 我打算邀請一些朋友來家裏慶祝生日。
Voy a ir a la ópera el sábado.	**I'm going to** the opera on Saturday. 我打算星期六去聽歌劇。
Mañana **vamos a** ir a la feria.	Tomorrow **we're going to** go to the fair. 明天我們去市集。

如果還沒確定社交活動,可用 **quizás** 或 **tal vez** 加動詞現在虛擬式表示 "可能會做甚麼"。關於虛擬式的更多內容,見 284 頁。

我 / 我們可能……

Quizás vaya al teatro.	**I may** go to the theatre. 我可能會去看戲。
Quizás haga una fiesta.	**I may** have a party. 我可能會舉辦一個派對。
Tal vez vayamos al cine.	**We may** go to the cinema. 我們可能會去看電影。

詢問他人的計劃,用 **¿Vas a...?**(你打算……嗎?)

你 / 你們打算……?

¿Vas a invitar a muchas personas?	**Are you going to** invite many people? 你打算邀請很多人嗎?
¿Vas a ir al cumpleaños de Ana?	**Are you going to** go to Ana's birthday party? 你打算去安娜的生日派對嗎?

| ¿**Vais a** venir al cine? | **Are you going to** come to the film? 你們打算去看電影嗎? |
| ¿Cuándo **vais a** hacer la fiesta? | When **are you going to** have the party? 你們打算甚麼時候開派對? |

¿LO SABÍAS? 不可不知

如以上第一個例句所示,"邀請某人"西班牙語用 **invitar a alguien**。關於 **a** 的用法,見 271 頁。

用 **espero**(我希望)表達"期待某事發生",**espero** 的動詞原形是 **esperar**。**espero** 的後面可跟動詞不定式,也可跟 **que** 加動詞虛擬式。關於虛擬式的更多內容,見 284 頁。

我希望 / 想……

Espero ver a algunos amigos de la universidad.	**I hope to** see some friends from university. 我想見幾個大學朋友。
Espero que nos volvamos a ver.	**I hope** we can meet again. 我希望我們能再見面。
Espero que vengan unos amigos a tomar algo la semana que viene.	**I'm hoping to** have a few friends round for a drink next week. 我希望下週有朋友過來喝一杯。

詢問信息

安排社交活動前,要先了解有哪些娛樂活動、何時舉行、在哪裏舉行。可以用 **¿Hay...?** 來表示英語的 *Is there...?* 和 *Are there...?*(有沒有……?),後面可跟單數名詞或複數名詞。

……有沒有……?

| ¿**Hay** un cine por aquí? | **Is there** a cinema near here? 這裏有沒有電影院? |

¿**Hay** partido de fútbol esta tarde?	**Is there** a football match on this afternoon? 今天下午有沒有足球比賽？
¿**Hay** descuentos para estudiantes?	**Are there** any discounts for students? 學生有沒有優惠？
¿**Hay** conciertos gratis esta semana?	**Are there** any free concerts on this week? 這星期有沒有免費音樂會？

······**甚麼**······**？**、······**哪一類**······**？**

¿**Qué** películas ponen en el cine hoy?	**What** films are on at the cinema today? 今天放映甚麼電影？
¿**De qué** trata la película?	**What's** the film **about**? 這部電影關於甚麼？
¿**Qué tipo de** película es?	**What sort of** film is it? 是哪一類的電影？
¿**Qué tipo de** música ponen en esa discoteca？	**What kind of** music do they play at that club? 這家夜店放哪一類音樂？
¿**Qué tipo de** gente va allí?	**What sort** of people go there? 哪一類人會去那裏

······**幾點 / 何時**······**？**

¿**A qué hora** empieza la película?	**What time** does the film start? 電影幾點開始放映？
¿**A qué hora** suele empezar la gente a ir a las discotecas?	**What time** do people generally start going out clubbing? 大家一般都幾點開始去夜店的？
¿**A qué hora** abren las puertas del estadio?	**What time** do the stadium doors open? 體育館幾點開門？
¿**A qué hora** es el partido?	**What time**'s the match? 比賽幾點開始？

……在哪裏？

¿**Dónde** está el cine Verdi, por favor?	**Where's** the Verdi cinema, please? 威爾第電影院在哪裏？
¿**Dónde** está el asiento G12?	**Where's** seat G12? G12 號座位在哪裏？
Perdona, ¿**dónde** están los servicios?	Excuse me, **where** are the toilets? 請問洗手間在哪裏？
Por favor, ¿**dónde** está el guardarropa?	**Where's** the cloakroom, please? 請問寄存處在哪裏？

詢問"多少"，單數用 ¿**Cuánto...?**，複數用 ¿**Cuántos...?**；詢問"多少錢"，用 ¿**Cuánto es...?**（多少錢？）

……多少……？

¿**Cuánto** tiempo nos queda antes de que empiece la función?	**How much** time have we got before the show begins? 離演出開始還有多少時間？
¿**Cuánto** dinero te queda?	**How much** money have you got left? 你還剩多少錢？
¿**Cuántos** días dura el carnaval?	**How many** days does the carnival last? 狂歡節要慶祝多少天？
¿A **cuántas** personas has invitado a la fiesta?	**How many** people have you invited to the party? 你已經邀請了多少人來參加派對？
¿**Cuánto es** una botella de cava?	**How much is** a bottle of cava? 一瓶卡瓦酒（西班牙氣泡酒）多少錢？

我 / 我們可以……？

¿**Puedo** pagar con tarjeta?	**Can I** pay by card? 我可以用銀行卡付款嗎？
¿**Puedo** sentarme en cualquier sitio?	**Can I** sit wherever I like? 我可以隨便坐嗎？
¿**Podemos** reservar con antelación?	**Can we** book in advance? 我們可以提前預訂嗎？

去電影院、觀看足球賽或是去酒吧，想用西班牙語索取東西，用 **quiero** 或 **quisiera**（我想要……）來表示。**quiero** 和 **quisiera** 的動詞原形是 **querer**。關於 **querer** 的更多內容，見 308 頁。

我想要……

Quiero un programa.	**I'd like** a programme. 我想要份節目表。
Quiero un asiento de platea.	**I'd like** a seat in the stalls. 我想要一個前排座位。
Quisiera dos entradas para la sesión de las ocho.	**I'd like** two tickets for the eight o'clock show. 我想要兩張八時演出的門票。
Quisiera una entrada para el partido Madrid-Barcelona.	**I'd like** a ticket for the Madrid-Barcelona match. 我想要一張馬德里隊對巴塞隆拿隊的比賽門票。

外出社交，索取食物和飲料之外的東西，可以用地道的説法 **¿Me da...?**（請給我……。）

請給我 / 我們……。

¿Me da dos entradas para el partido del jueves?	**Can I have** two tickets for the match on Thursday? 請給我兩張星期四的比賽門票。
¿Me da un programa de actos?	**Can I have** a list of what's on? 請給我一張節目指南。
Por favor, **¿nos da** dos entradas para *Todo sobre mi madre*?	**Can we have** two tickets to see *All About My Mother*, please? 請給我們兩張 "我的母親" 的電影票。

在酒吧點東西，就用 **póngame**。**póngame** 的動詞原形是 **poner**。關於 **poner** 的更多內容，見 307 頁。

Póngame un zumo de naranja, por favor.	**Can I have** an orange juice, please? 請給我一杯橙汁。

| **Póngame** un gin-tonic, por favor. | **Can I have** a gin and tonic, please? 請給我一杯加奎寧水的杜松子酒。 |

表達喜歡、不喜歡和更喜歡

需要表達喜歡某種娛樂活動時，請牢記，西班牙語表示 *I like*（我喜歡）的方式與英語很不同，用 **me gusta** 加名詞單數、**me gustan** 加名詞複數表示"我喜歡"，用 **no me gusta** 和 **no me gustan** 表示"我不喜歡"。

我⋯⋯喜歡⋯⋯

Me gusta el fútbol.	**I like** football. 我喜歡足球。
Me gusta mucho ir al cine.	**I** really **like** going to the cinema. 我很喜歡看電影。
Me gustan las películas de terror.	**I like** horror films. 我喜歡看恐怖電影。

我 / 我們⋯⋯不喜歡⋯⋯

No me gusta ir de copas.	**I don't like** going out drinking. 我不喜歡出去喝酒。
No me gusta nada ir al teatro.	**I don't like** going to the theatre **at all**. 我一點都不喜歡去劇院看戲。
No nos gusta mucho el fútbol.	**We don't like** football **very much**. 我們不太喜歡足球。
No me gusta mucho el golf.	**I don't like** golf **very much**. 我不喜歡高爾夫。

你喜歡⋯⋯嗎？

¿**Te gusta** ir al cine?	**Do you like** going to the cinema? 你喜歡去看電影嗎？
¿**No te gusta** el jazz?	**Don't you like** jazz? 你喜歡爵士樂嗎？
Te gustan las fiestas?	**Do you like** parties? 你喜歡派對嗎？

me encanta 加單數名詞或是 **me encantan** 加複數名詞表示"我很喜歡做某事"。

我很喜歡……

Me encanta ir de bares.	**I love** going round the bars. 我很喜歡去酒吧。
Me encanta la ópera.	**I love** opera. 我很喜歡歌劇。
Me encanta.	**I love** it. 我很喜歡。
Me encantan los cócteles.	**I love** cocktails. 我很喜歡喝雞尾酒。

用 **prefiero** 表示"我更喜歡"。

……我更喜歡……

Prefiero las películas españolas **a** las americanas.	**I prefer** Spanish films **to** American ones. 比起美國電影，我更喜歡西班牙電影。
Prefiero ir al cine que **al** teatro.	**I prefer** going to the cinema **to** going to the theatre. 比起去劇院看戲，我更喜歡看電影。
Preferimos la música disco **al** jazz.	**We prefer** disco music **to** jazz. 比起爵士樂，我更喜歡的士高音樂。

表達意見

想對所見所聞表達自己的看法，可用 **creo** 或 **pienso** ，兩個都表示"我認為"。

我 / 我們認為……

Creo que te va a gustar.	**I think** you'll like it. 我認為你會喜歡它的。
Creo que es una buena película.	**I think** it's a good film. 我認為這是一部不錯的電影。

Creemos que va a ganar el Barcelona.	**We think** Barcelona will win. 我們認為巴塞隆拿隊會贏。
Pienso que el otro bar estará mejor a esta hora de la noche.	**I think** the other bar's going to be better at this time of night. 我認為晚上這個時候去另一個酒吧會好點。
Me pareció muy interesante.	**I thought** it was really interesting. 我認為它很有意思。

¿LO SABÍAS? 不可不知

別忘記在 **creo** 和 **pienso** 後加連接詞 **que** 。英語中 *that* 可加可不加，西班牙語中 **que** 一定要加。

你認為……? 、你不認為……?

¿**Crees que** van a ganar?	**Do you think** they'll win? 你認為他們會贏嗎？
¿**Crees que** quedan entradas?	**Do you think** there'll be any tickets left? 你認為還有門票嗎？
¿**Crees que** hacen descuentos para estudiantes ?	**Do you think** they do student discounts? 你認為他們有學生優惠價嗎？
¿**No piensas que** la obra ha sido un poco larga?	**Don't you think** the play was a bit long? 你不認為那套劇太長了嗎？

詢問他人對某事的看法，用 ¿**Qué te parece...?** （你認為……怎麼樣？）加單數名詞或者 ¿**Qué te parecen...?** 加複數名詞表示。

你認為……怎麼樣？

¿**Qué te parece** la película?	**What do you think of** the film? 你認為這部電影怎麼樣？
¿**Qué te parece** la obra?	**What do you think of** the play? 你認為這套劇怎麼樣？

| ¿**Qué te parecen** estas tapas? | **What do you think of** these tapas? 你認為這些小吃怎麼樣？ |

參加完派對、看完表演等，想問他人是否喜歡，可用動詞 **gustar**，轉換成問句就是 **¿Te ha gustado...?**（你喜歡……嗎？）

你喜歡……嗎？

¿**Te ha gustado**?	**Did you enjoy it**? 你喜歡嗎？
¿**Te ha gustado** la fiesta?	**Did you enjoy** the party? 你喜歡那個派對嗎？
¿**Te ha gustado** la comida?	**Did you enjoy** your meal? 你喜歡這些菜嗎？

留心聰聽

以下是外出社交時要特別留意的常用語。

¿Dónde te gustaría sentarte?	Where would you like to sit? 你想坐哪裏？
¿Fumador o no fumador?	Smoking or non-smoking? 吸煙區還是非吸煙區？
¿Puedo ver sus entradas, por favor?	Can I see your tickets, please? 請出示門票。
¿Quiere usted comprar un programa?	Would you like to buy a programme? 您想買份節目表嗎？
¿Le importaría cambiarme el sitio?	Would you mind swapping places? 您介意換個座位嗎？
¿Tienes algo que hacer mañana?	Are you free tomorrow? 明天你有沒有空？
La semana que viene estoy ocupado.	I'm busy next week. 下星期我會很忙。
¿Cuándo le vendría bien?	When would be a good time for you? 您甚麼時候方便？

Deja que te invite a una copa.	Let me get you a drink. This is on me. 我請你喝一杯。
A esto invito yo.	This is on me. 這次我來請。
¿Te lo pasaste bien?	Did you have a good time? 你玩得盡興嗎？
Gracias por invitarme.	Thank you for inviting me. 謝謝你邀請我。
Gracias, no hacía falta.	Thank you, you shouldn't have. 謝謝，你太客氣了。

生活小貼士

在咖啡廳或酒吧：

- 一般不需要自己前去吧台（**la barra**）點東西，只需坐在桌旁，等侍應前來。在客人不多的地方，侍應會把賬單留在桌上，離開前付賬就可以。如果侍應沒把賬單留在桌上，可以說 **la cuenta, por favor**（請結賬）。在繁忙的地方，一般拿到賬單就要馬上付款。

- 在西班牙，各種咖啡在不同地區各有不同名稱，下列是這些咖啡常見的名稱：**un café solo**（濃咖啡）、**un café con leche**（加牛奶的咖啡）、**un cortado**（只加少許牛奶的濃咖啡）。

- 西班牙人一般都不會輪流付賬，如果只有兩個人或者人不多，也許就有人直接說 **invito yo** 付賬。如果是很多人的聚會，大家會各付各的。

在電影院：

- 和英國一樣，西班牙的新電影一般都在星期五上映。星期三是觀眾日（**día del espectador**，也有些影院把它定在星期一），票價會便宜些。

關門時間：

- 在西班牙，不同地區的營業時間也會有所不同，但一般 **tapas**（小吃）酒吧或餐廳午夜（**a medianoche**）就關門了。

- 音樂酒吧凌晨三時關門，夜店大概六時關門。想在六時後繼續狂歡，就要去營業到早上的通宵夜店（**los afterhours**）。

吸煙：

- 2006 年 1 月開始，西班牙頒佈了一條新的法例，禁止在工作場所和大多數公共場所吸煙。達到一定規模的酒吧和餐廳都必須劃一個非吸煙區（**zona de no fumadores**）。雖然在大多數酒吧還是可以吸煙，但很多餐廳已經全面禁煙了。購物場所也是禁煙的。

單元 6　博物館、歷史古蹟及其他
¡Que lo pases bien! 玩得愉快！

如果你正計劃前往西班牙語國家觀光旅遊，本單元詞句可幫助你在西班牙語國家遊覽名勝古蹟時自信地用地道的西班牙語詢問和談論想去哪裏、在那裏做些甚麼，以及要花多少錢。

談論計劃

我們總是會談到自己的旅行計劃。英語中用 *I'm going to* 表示 "將來打算做甚麼"，西班牙語也一樣，用 **voy a**（我打算）和 **vamos a**（我們打算）加動詞不定式表示 "打算做甚麼"。**voy** 和 **vamos** 的動詞原形是 **ir**（去）。有關 **ir** 的更多內容，見 301 頁。

我 / 我們打算……

Voy a ir de excursión a Montserrat.	**I'm going to** go on a trip to Montserrat. 我打算去蒙特塞拉特旅行。
Voy a ver sólo las salas de Goya.	**I'm** only **going to** see the Goya rooms. 我打算只是參觀戈雅展廳。
Vamos a ver el puente romano iluminado.	**We're going to** see the Roman bridge all lit up. 我們打算去看看燈火通明的羅馬橋。
Vamos a hacer senderismo en la sierra.	**We're going to** go hill-walking. 我們打算去行山。

我 / 我們打算……

Tengo pensado visitar a un amigo mío que vive en Cuenca.	**I'm planning to** visit a friend of mine who lives in Cuenca. 我打算拜訪一位住在昆卡的朋友。
Tenemos pensado ir a la galería de arte mañana.	**We're planning to** go to the art gallery tomorrow. 我們打算明天去美術館。

Tenemos pensado visitar Toledo el martes.	**We're planning to** visit Toledo on Tuesday. 我們打算週二去遊覽托雷多。

想向同行的夥伴建議去哪裏或是去參觀甚麼，可以說 **¿Por qué no...?**（要不……？），也可以說 **¿Qué te parece si...?**、**¿Qué tal si...?** 或 **¿Y si...?**（你看……怎麼樣？）。

要不……？

¿Por qué no paseamos por el casco antiguo?	**Why don't** we walk round the old town? 要不我們去舊城區散散步？
¿Por qué no cogemos un coche de caballos para ver la ciudad?	**Why don't** we hire a horse-drawn carriage to see the town? 要不我們租輛馬車遊覽一下城市？
¿Por qué no haces unas fotos desde la torre?	**Why don't** you take some pictures from the tower? 要不你從塔上拍數張照片？
¿Por qué no vas en metro hasta el Museo del Prado?	**Why don't** you get the underground to the Prado? 要不你坐地鐵去普拉多博物／美術館？

我們……怎麼樣？

¿Qué te parece si nos bajamos en el museo?	**How about** getting off at the museum? 我們在博物館站下車怎麼樣？
¿Qué te parece si cogemos el teleférico?	**How about** taking the cable railway? 我們乘搭纜車怎麼樣？
¿Qué tal si vemos la catedral por la tarde?	**How about** visiting the cathedral in the afternoon? 我們下午去參觀大教堂怎麼樣？
¿Qué tal si hacemos unas fotografías desde aquí?	**How about** taking some pictures from here? 我們從這裏拍幾張照片怎麼樣？

¿**Y si** vamos a la feria del vino?	**How about** going to the wine fair? 我們去美酒節怎麼樣？
¿**Y si** vamos a Valencia en lugar de a Barcelona?	**How about** going to Valencia instead of Barcelona? 我們不去巴塞隆拿，去華倫西亞怎麼樣？

用 **creo que deberíamos**（我認為我們應該）表示"我認為我們應該做甚麼"。

……我認為我們 / 你應該……

Creo que deberíamos ir al Museo del Prado hoy.	**I think we should** go to the Prado today. 我認為我們應該今天去普拉多博物/美術館。
Creo que deberíamos ir a la excursión de Sevilla.	**I think we should** go on the Seville trip. 我認為我們應該去塞維利亞旅行。
Si quieres ver cerámica artesanal, **creo que deberías** ir a la Bisbal.	If you want to see hand-crafted ceramics, **I think you should** go to la Bisbal. 如果你想看人手製作的陶瓷，我認為你應該去比斯巴爾。

表達想做甚麼

想用西班牙語委婉地表達"我想參觀或者看甚麼"，可以用 **me gustaría**（我想）加動詞不定式表示。**gustaría** 的動詞原形是 **gustar**。

我 / 我們 / 你想……

Me gustaría visitar el Museo Picasso.	**I'd like to** visit the Picasso Museum. 我想參觀畢加索美術館。
Me gustaría hacer unas fotos de la panorámica.	**I'd like to** take some photos of the view. 我想拍數張全景照。
Me gustaría hablar con el encargado.	**I'd like to** speak to whoever's in charge. 我想和負責人說幾句。

Nos gustaría hacer una parte del Camino de Santiago.	**We'd like to** do part of the pilgrim route to Santiago de Compostela. 我們想走一段聖地牙哥朝聖之路。
¿**Te gustaría** visitar El Escorial?	**Would you like to** visit the Escorial? 你想參觀埃斯科里亞爾寺院嗎？

想更直接地表達“我想做甚麼”，可以用 **quiero**（我想）表示。**quiero** 的動詞原形是 **querer**，關於 **querer** 的更多內容，見308頁。

我 / 我們 / 你們想……

Quiero visitar el Museo de Arte Contemporáneo.	**I want to** visit the Museum of Contemporary Art. 我想參觀當代藝術博物館。
Quiero quedarme un rato más viendo la exposición.	**I want to** spend a little while longer looking at the exhibition. 我想多花點時間看展覽。
Queremos ir a Cáceres antes de volver a Londres.	**We want to** go to Cáceres before going back to London. 我們想在回倫敦前去一趟卡塞雷斯。
¿**Queréis** ver la Torre de Hércules?	**Do you want to** see the Hercules Tower? 你們想去看看埃庫萊斯塔嗎？

想更強烈地表達“我想做甚麼”的意願，可以用 **me encantaría**（我很想）表示。

我 / 我們很想……

Me encantaría ver las pinturas rupestres de Altamira.	**I'd love to** see the cave paintings at Altamira. 我很想去看看阿爾塔米拉洞穴壁畫。
Me encantaría llevar a mi familia a Granada.	**I'd love to** take the family to Granada. 我很想帶我家人去格拉納達。
Nos encantaría hacer esquí acuático.	**We'd love to** go water-skiing. 我們很想去滑水。

Nos encantaría vivir en Segovia.	**We'd love to** live in Segovia. 我們很想住在塞戈維亞。

可以用 **espero**（我希望）加動詞不定式表示 "我希望看或做甚麼"；或者可以用慣用語 **a ver si** 加動詞現在時表示 "期待某事發生"。

我 / 我們希望……

Espero hacer muchas fotos de Miravet.	**I'm hoping to** take lots of photos of Miravet. 我希望能在米拉韋特拍很多照片。
Esperamos ir a Madrid.	**We're hoping to** go to Madrid. 我們希望能去馬德里。
A ver si paso un poco más de tiempo en el Delta del Ebro este año.	**I'm hoping to** spend a bit more time at the Ebro Delta this year. 我期待今年能在埃布羅河三角洲多逗留一段時間。
A ver si hacemos una visita a las bodegas.	**We're hoping to** do a tour of the wine cellars. 我們期待參觀酒窖。

獲取資訊

為了盡情享受觀光旅行途中的樂趣，也許常常會想知道更多的資料。可以用動詞 **ser** 和 **estar** 來詢問某地方是否有趣、免費或開放等，請記住，**ser** 和 **estar** 都相當於英語 *to be*。關於這兩個動詞的更多內容，見 271 頁。

……嗎？

¿Es gratis la entrada al museo?	**Is** entry to the museum free? 博物館是免費開放的嗎？
¿Es interesante la visita al castillo?	**Is** the visit to the castle interesting? 城堡之旅好玩嗎？
¿La catedral **está** lejos de aquí?	**Is** the cathedral far from here? 大教堂離這裏遠嗎？
¿La Alhambra **está** cerrada los domingos?	**Is** the Alhambra closed on Sundays? 阿罕布拉宮星期天不開放嗎？

¿**Está** permitido hacer fotos?	**Are** you allowed to take pictures? 這裏允許拍照嗎？

西班牙語 ¿**Hay...?** 相當於英語 *Is there...?* 和 *Are there...?*（有沒有……？），可用來詢問參觀處 "有沒有甚麼"。

……有沒有……？

¿**Hay** una oficina de turismo por aquí cerca?	**Is there** a tourist information office round here? 這附近有沒有旅遊諮詢處？
¿**Hay** algo que ver en Montoro?	**Is there** anything to see in Montoro? 蒙托羅有甚麼可參觀的嗎？
¿**Hay** acceso para discapacitados en sillas de ruedas?	**Is there** access for wheelchair users? 這裏有沒有輪椅通道？
¿**Hay** descuentos para grupos?	**Are there** any group discounts? 團購有沒有優惠價？

詢問開放時間或地址等具體資訊，用 ¿**Cuál es...?**（……甚麼……？）表示；但請記住，詢問人或物的名字通常用 ¿**Cómo se llama...?**（叫甚麼名字或怎麼叫？），詢問 "甚麼"，名詞前請用 ¿**Qué...?**。

……甚麼……？

¿**Cuál** es el horario de apertura?	**What** are the opening hours? 甚麼時候開放？
¿**Cuál** es la diferencia entre el arte contemporáneo y el arte moderno?	**What** is the difference between contemporary art and modern art? 當代藝術和現代藝術有甚麼區別？
¿**Cómo se llama** el museo?	**What's the name of** the museum? 這個博物館叫甚麼名字？
¿**Cómo se llama** el guía?	**What's** the guide **called**? 導遊叫甚麼名字？

¿Qué tipo de pintura es?	**What** type of painting is it? 這是哪一類畫作？
¿En qué idioma está el folleto?	**What** language is the leaflet written in? 這傳單上印的是甚麼語言？
¿Qué hay para ver en Santes Creus?	**What** is there to see in Santes Creus? 聖克雷烏斯有甚麼可遊覽的地方？

客觀地詢問某物怎麼樣，單數名詞用 **¿Cómo es...?**（……怎麼樣？），複數名詞用 **¿Cómo son...?**（……怎麼樣？）。

……怎麼樣？

¿Cómo es el museo?	**What's** the museum **like**? 那家博物館怎麼樣？
¿Cómo es el terreno?	**What's** the terrain **like**? 那裏地勢怎麼樣？
¿Cómo son los guías?	**What are** the guides **like**? 那些導遊怎麼樣？

詢問認為某物怎麼樣，如英語中的 *What do you think of it?* 或 *How is it?*（……怎麼樣？），用 **¿Qué tal...?** 表示。

……怎麼樣？

¿Qué tal fue la excursión?	**How was** the trip? 這次旅行怎麼樣？
¿Qué tal era la comida?	**How was** the food? 那裏的食物怎麼樣？
¿Qué tal es la vista desde arriba?	**What's** the view from the top **like**? 從頂部往下看，風景怎麼樣？

要獲取如"何時發生、花費多少或者需要多久"之類的具體資訊，可以用 **¿A qué hora?**（……何時？）、**¿Cuánto es...?**（……多少錢？）、**¿Cuánto...?**（……要多久？）表示。

⋯⋯何時⋯⋯？

¿A qué hora sale el autobús para el monasterio?	**What time** does the bus to the monastery leave? 去寺院的巴士何時出發？
¿A qué hora es la próxima visita guiada?	**What time**'s the next guided tour? 何時會有下一次導覽？
¿A qué hora llegamos?	**What time** do we get there? 我們何時到那裏？

⋯⋯多少錢？

¿Cuánto es la entrada al museo?	**How much is it** to get into the museum? 博物館門票多少錢？
¿Cuánto es la entrada para estudiantes?	**How much is** a student ticket? 學生票多少錢？
¿Cuánto cuesta el autobús turístico?	**How much is it** to go on the tourist bus? 坐旅遊巴士多少錢？

¿LO SABÍAS? 不可不知

在商店裏問某物具體價格時，可以用 **¿Cuánto es esto**（這個多少錢？）

⋯⋯要多久？

¿Cuánto dura la visita?	**How long** does the tour last? 要參觀多久？
¿Cuánto dura la travesía por el río?	**How long** does the river crossing take? 渡河要多久？
¿Cuánto se tarda en llegar?	**How long** does it take to get there? 到那裏要多久？

英語中提問時常用 you（你）代替 I（我），比如：表示 How do I get to the centre?（我怎麼到市中心？）時，通常會用 How do you get to the centre?（你怎麼到市中心？）代替，西班牙語中則用 **se** 加動詞第三人稱單數來表示。

……怎麼 / 怎樣……?

¿**Cómo se** llega al otro lado del río?	**How do you** get to the other side of the river? 怎麼去河的對岸?
¿**Cómo se** va al casco antiguo?	**How do I** get to the old town? 怎麼去舊城區?
¿**Cómo** compramos los billetes del autobús turístico?	**How do we** get tickets for the tourist bus? 我們怎樣買旅遊巴士票?

索取東西

在西班牙語國家到處遊覽,想用西班牙語索取東西,可以用 **¿Me da...?**(請給我……)表示。

請……

¿**Me da** dos entradas para el museo ?	**Can I have** two tickets for the museum, please? 請給我兩張博物館門票。
¿**Me da** una entrada para la exposición de Velázquez?	**Can I have** a ticket for the Velázquez exhibition? 請給我一張委拉斯蓋茲畫展門票。
¿**Me da** información sobre la catedral?	**Can you give me** some information about the cathedral? 請給我些有關大教堂的資料。
¿**Nos da** nuestras mochilas, por favor?	**Can we have** our backpacks back, please? 請還背包給我們,好嗎?

表達 "想做甚麼",可以用 **quiero** 或 **quisiera**(我想)表示。**quiero** 和 **quisiera** 的動詞原形是 **querer**。關於 **querer** 的更多內容,見 308 頁。

我 / 我們想……

Quiero tres billetes para el autobús turístico.	**I'd like** three tickets for the tourist bus. 我想買三張旅遊巴士票。

Quisiera una guía de Málaga, por favor.	**I'd like** a guide to Málaga, please. 我想找個去馬拉加的導遊。
Queremos dos entradas para niños.	**We'd like** two children's tickets. 我們想買兩張兒童入場券。

不管是在旅遊諮詢處還是其他機構，詢問"有沒有甚麼"都可以用 **¿Tienen...?**（有沒有……？）。**tienen** 的動詞原形是 **tener**。關於 **tener** 的更多內容，見 314 頁。

……有沒有……？

¿Tienen folletos en inglés?	**Have you got** any leaflets in English? 有沒有英語的傳單？
¿Tienen audioguías en otros idiomas?	**Have you got** audioguides in other languages? 有沒有其他語言的語音導覽？
¿Tienen planos del casco antiguo?	**Do you have** plans of the old part of town? 你們有沒有舊城區地圖？

請求幫忙時，用 **¿Puede...?** 或 **¿Podría...?**（您能……或您可以……？）表示。**puede** 和 **podría** 的動詞原形都是 **poder**。關於 **poder** 的更多內容，見 305 頁。

您能 / 可以……嗎？

¿Puede sacarnos una foto?	**Can you** take a picture of us? 您能幫我們拍張照嗎？
¿Puede decirme los horarios de visita?	**Can you** tell me what the opening hours are? 您能告訴我們開放時間嗎？
¿Podría dejarnos en la puerta de la catedral?	**Could you** drop us off outside the cathedral? 您可以讓我們在大教堂門口下車嗎？

您介不介意 / 能……嗎？

¿Le importaría ayudarme?	**Would you mind** helping me? 您介不介意幫幫我？

¿Le importaría señalarme en el plano en qué sala estamos?	**Would you mind** showing me on the plan which room we're in? 您能在地圖上指給我看我們現在在哪間房嗎？

徵求允許

在某些情況下需要徵求他人允許做某事時，可以用 **¿Puedo...?**（我可以……嗎？）和 **¿Podemos...?**（我們可以……嗎？）。**puedo** 和 **podemos** 的動詞原形是 **poder**。關於 **poder** 的更多內容，見 305 頁。

我 / 我們可以……嗎？

¿Puedo entrar en la catedral en pantalón corto?	**Can I** go into the cathedral in shorts? 我可以穿短褲進大教堂嗎？
¿Puedo hacer fotos?	**Can I** take pictures? 我可以拍照嗎？
¿Podemos usar nuestra videocámara en el museo?	**Can we** use our camcorder in the museum? 我們可以在博物館內使用攝錄器材嗎？

也可以用 **¿Se puede...?**（你可以……嗎？或我可以……嗎？）。

¿Se puede fumar aquí?	**Can I** smoke in here? 這裏可以吸煙嗎？
¿Se puede entrar en la Alhambra por la noche?	**Can I** get into the Alhambra in the evening? 晚上可以進阿爾罕布拉宮參觀嗎？
¿Se puede aparcar aquí?	**Can I** park here? 這裏可以泊車嗎？

詢問他人是否介意自己做某些事，用 **¿Le importa que...?**（您介不介意……？）加動詞的現在虛擬式表示。關於虛擬式更多的內容，見 284 頁。

您介不介意⋯⋯？

¿Le importa que fume?	**Do you mind if** I smoke? 您介不介意我抽煙？
¿Le importa que paremos a hacer una foto de las vistas?	**Do you mind if** we stop to take a picture of the view? 您介不介意我們停下來拍張風景照？
¿Le importa que deje la sillita del niño aquí?	**Do you mind if** I leave the pushchair here? 您介不介意我在這裏留下嬰兒車？
¿Le importa que llame por el móvil?	**Do you mind if** I make a call on my mobile? 您介不介意我用手機打個電話？

表達喜歡、不喜歡和更喜歡

請牢記，西班牙語表示 *I like*（我喜歡）的方式與英語很不同，用 **me gusta** 加單數名詞、**me gustan** 加複數名詞表示 "我喜歡"，用 **no me gusta** 和 **no me gustan** 表示 "我不喜歡"。

我 / 我們⋯⋯喜歡⋯⋯

Me gusta mucho este monumento.	I really **like** this monument. 我很喜歡這個名勝古蹟。
Nos gusta ir a ver exposiciones de arte moderno.	**We like** going to modern-art exhibitions. 我們喜歡去看現代藝術展覽。
Nos encanta la vista desde la torre.	**We love** the view from the tower. 我們很喜歡從塔上看風景。
Nos encantan los Pueblos Blancos de Andalucía.	**We love** the white villages of Andalusia. 我們很喜歡安達盧西亞地區的白色村莊。

我 / 我們不喜歡⋯⋯

No me gusta este tipo de arte.	**I don't like** this type of art. 我不喜歡這類型的藝術。

No me gustan los museos.	**I don't like** museums. 我不喜歡博物館。
No nos gusta tener que dejar las mochilas en la entrada.	**We don't like** having to leave our backpacks at the entrance. 我們不喜歡一定要放背包在入口這個安排。

你／你們喜歡……嗎？

¿**Te gusta** Granada?	**Do you like** Granada? 你喜歡格拉納達嗎？
¿**Te gustan** las ferias?	**Do you like** fairs? 你喜歡這些博覽會嗎？
¿**Os gusta** ir a los mercados locales?	**Do you like** going to local markets? 你們喜歡去當地的市集逛逛嗎？
¿**Os gustan** las visitas guiadas o preferís ir solos?	**Do you like** guided tours or do you prefer going round on your own? 你們喜歡導遊帶你們遊覽還是自己逛逛？

可以用 **prefiero** 或 **me gusta más** 加單數名詞或 **me gustan más** 加複數名詞表示 "我更喜歡"。

……我更喜歡……

Prefiero la playa **a** la montaña.	**I prefer** the beach **to** the mountains. 比起遠足，我更喜歡去海灘。
Prefiero visitar monumentos **que** tomar el sol.	**I prefer** sightseeing **to** sunbathing. 比起曬日光浴，我更喜歡遊覽名勝古蹟。
Me gusta más ir de compras **que** ir a ver museos.	**I prefer** shopping **to** going round museums. 比起參觀博物館，我更喜歡去購物。
Me gusta más viajar en primavera **que** en verano.	**I prefer** travelling in spring **to** travelling in summer. 比起夏天，我更喜歡在春天旅遊。
Me gustan más los hoteles **que** los albergues.	**I prefer** hotels **to** hostels. 比起那些小旅店，我更喜歡住酒店。

我 / 我們寧願……

Preferiría pasar toda la semana en Madrid.	**I'd rather** spend the whole week in Madrid. 我寧願整週都留在馬德里。
Preferiría hacer cosas por mi cuenta hoy.	**I'd rather** do my own thing today. 我今天寧願做些自己的事情。
Preferiríamos pasar hoy en las pistas de esquí e ir mañana a Barcelona.	**We'd rather** spend today on the ski slopes and go to Barcelona tomorrow. 我們寧願今天去滑雪，明天再去巴塞隆拿。

投訴

在西班牙語國家旅行，有些事會需要投訴。用西班牙語投訴比英語簡單、直接。

我（認為）……

La comida **es** muy mala.	**I think** the food**'s** very bad. 食物很糟糕。
Los servicios **no están** muy limpios.	**I don't think** the toilets **are** very clean. 洗手間不怎麼乾淨。
Creo que las excursiones **son** muy caras.	**I think** the excursions **are** too expensive. 我認為旅費太高了。
No creo que el conductor haga las paradas suficientes.	**I don't think** the driver makes enough comfort stops. 我認為司機的休息站太少了。

……你們可不可以……？

¿**No pueden** hacer nada con respecto a esos servicios tan sucios?	**Could you possibly** do something about the filthy toilets? 洗手間太髒了，你們可不可以採取一些措施？
¿**No pueden** poner un poco de serrín en la escalera? Está muy resbaladiza.	**Could you possibly** put some sawdust on the steps? They're very slippery. 樓梯那麼滑，你們可不可以撒些鋸末上去？

| ¿**No pueden** devolvernos el dinero? | **Could you possibly** give us our money back? 你們可不可以把錢還給我們？ |

如果想指出"某物用完了"，可以用 **no queda**（沒了）；表達"某物不夠"，可以用 **falta**（不夠）；後面跟複數名詞，就分別用 **no quedan** 和 **faltan**。因此，**no quedan** 表示"……沒了"，**faltan** 表示"……不夠"。

沒……了……、……不夠

No queda papel higiénico en el servicio de señoras.	**There isn't any** toilet paper **left** in the ladies. 女洗手間沒廁紙了。
No quedan folletos informativos.	**There aren't any** leaflets **left**. 沒傳單了。
Falta información.	**There isn't enough** information. 資料不夠。
Faltan sillas.	**There aren't enough** chairs. 椅子不夠。

想對某個事實感到遺憾，可以用 **es una pena que**（令人遺憾）表示，但是請記住，後面必須跟動詞虛擬式。關於虛擬式的更多內容，見 284 頁。

……遺憾 / 可惜……

Es una pena que haya tan poca información sobre las pinturas.	**It's a shame that** there's so little information about the paintings. 有關畫作的資料那麼少真是令人遺憾。
Es una pena que se hayan quedado sin folletos en inglés.	**It's a shame that** you've run out of English leaflets. 很可惜你們這裏已經沒有英語傳單了。
Es una pena que una parte tan grande del castillo esté cerrada al público.	**It's a shame that** so much of the castle is closed to the public. 城堡中那麼多地方不對遊客開放，真令人感到可惜！

Es una pena que no funcione el funicular.	**It's a shame that** the funicular isn't working. 很可惜纜車停駛了。

以下是一些觀光旅遊時可能會聽到的常用語。

¿En qué idioma quiere la información?	What language would you like the information in? 您要甚麼語言的資料？
Aquí tiene un folleto en inglés.	Here's a leaflet in English. 這裏有一份英語傳單。
¿Tienes carnet de estudiante?	Do you have a student card? 你有學生證嗎？
El museo está abierto de nueve a tres.	The museum's open from nine to three. 博物館上午九時到下午三時開放。
La galería cierra los domingos.	The gallery's closed on Sundays. 美術館週日不開放。
La próxima visita guiada es a las diez.	The next guided tour's at ten. 下一次導覽是十時。
¿Cuántas entradas quiere?	How many tickets would you like? 您要買多少張門票？
Son ocho euros por persona.	It's eight euros each. 每人八歐元。
Está prohibido sacar fotos.	You can't take pictures. 這裏禁止拍照。
Tiene que dejar el bolso en el guardarropa.	You have to leave your bag in the cloakroom. 您必須把袋放在寄存處。
¿Puedo ver su bolso?	Can I look inside your bag? 可以檢查下您的袋嗎？

生活小貼士

• 搭乘觀光旅遊巴士（**autobús turístico**）是遊覽西班牙主要城市的最好方式之一，因為旅遊巴士幾乎穿越所有主要名勝古蹟。

• 如果打算週一去參觀博物館或是美術館，最好在出發前先確認當天是否開放，大多數博物館或美術館週一都不開放（**están cerrados los lunes**）。

• 西班牙素以名目繁多的節日（**fiestas**）和市集（**ferias**）而聞名，人們可以無拘無束地投身其中、盡情歡舞、品嚐美食、放懷豪飲，甚至列隊遊行或是大放煙花，所以到了西班牙，別忘了去旅遊諮詢處（**oficina de turismo**）問問當地有甚麼節日（**fiestas**），你可以說：**¿Qué fiestas hay en la región estos días?**（這段時間這裏有甚麼節日？）。大多數城鎮都會有一個與特定的聖徒紀念日或宗教事件、紀念日相對應的年度節慶日，叫 **fiesta mayor**，一般都會連續慶祝幾天。

單元 7　購物療法

¿Necesita alguna cosa? 您要買甚麼？

不管是打算去找便宜貨、買紀念品、買日用品或只是買張明信片，本單元幫助你自信地用地道的西班牙語討價還價，買到價廉物美的東西，並血拼到底。

索取東西

在西班牙語國家購物，常常會被問：**¿Le están atendiendo?**（有人接待您嗎？）。如果已經有人接待你，可以説：**Ya me están atendiendo, gracias.**（已經有人接待我了，謝謝）。如果正想找店員幫忙，就説：**¿Me puede atender, por favor?** 或 **¡Oiga, por favor!**（請幫一下忙）。有人接待你後，想要買東西最簡單的方式就是直接説出你想要的東西，後面可以加 **por favor**（請），也可以不加。如果店員前來幫助你，而你只想隨意看看時，可以説：**sólo estoy mirando**（我只是隨便看看）。

請……

Diez sellos para postales al Reino Unido, **por favor**.	Ten stamps for postcards to the UK, **please**. 請給我十張郵票寄明信片到英國。
Dos botellas de cava, **por favor**.	Two bottles of cava, **please**. 請給我兩瓶卡瓦酒（西班牙氣泡酒）。
Un kilo de tomates y medio de judías verdes.	A kilo of tomatoes and half a kilo of green beans, **please**. 請給我一公斤蕃茄、半公斤青豆。

也可以在任何想要的東西前加 **quiero** 或 **quisiera**（我想）表示"想要甚麼"。**quiero** 和 **quisiera** 的動詞原形是 **querer**。關於 **querer** 的更多內容，見 308 頁。

我想……、請給我……

Quiero una tarjeta de memoria para mi cámara digital.	**I'd like** a memory card for my digital camera. 我想買一張數碼相機的記憶卡。
Quiero probarme la falda del escaparate.	**I'd like** to try on the skirt that's in the window. 我想試試櫥窗裏的那條裙子。
Quiero dos kilos de patatas, por favor.	**I'd like** two kilos of potatoes, please. 請給我兩公斤馬鈴薯。
Quisiera el queso cortado en lonchas muy finas.	**I'd like** the cheese sliced very fine. 我想買芝士薄片。
Quisiera probarme estos zapatos en un 38.	**I'd like** to try these shoes in a 38. 我想試試這款鞋子，要 38 碼的。

用西班牙語索取東西，一般都用現在時，並用問句式提問。買需要量度重量的食品，可以用 **¿Me pone...?**；買罐裝、瓶裝或袋裝的食品，就用 **¿Me da...?**，兩者都相當於英語的 *Can I have...?*（請給我……）。

請給我……

¿Me pone un kilo de naranjas?	**Can I have** a kilo of oranges, please? 請給我 1 公斤橙。
¿Me pone doscientos gramos de jamón serrano?	**Can I have** two hundred grams of ham, please? 請給我 200 克火腿。
¿Me da dos latas de espárragos?	**Can I have** two tins of asparagus, please? 請給我兩罐蘆筍。
¿Me da una botella de coñac?	**Can I have** a bottle of brandy, please? 請給我一瓶白蘭地。
¿Me da dos cartones de leche?	**Can I have** two cartons of milk? 請給我兩盒牛奶。

英語中總是在不知不覺中經常說 *please*（請），西班牙語中則無需頻繁地說 **por favor**，不然會顯得過於正式、不自然甚至有點煩人。同樣，購物的時候，每當店員或者店主遞東西給你時，你也無需每次都說 **gracias**。

購物時也許需要表達"想買甚麼"，西班牙語用 **buscar** 一個詞就可以表示英語 *to look for*（想買），英語 *I'm looking for*（我想買）則用 **estoy buscando** 表示。

我 / 我們想買……

Estoy buscando un regalo de boda para mi hermana. ¿Me puede sugerir alguna cosa?	**I'm looking for** a wedding present for my sister. Can you suggest anything? 我想買份結婚禮物給我妹妹。您有甚麼建議？
Estoy buscando un buen vino tinto. ¿Qué me recomendaría?	**I'm looking for** a good red wine. What would you recommend? 我想買一瓶好酒，有沒有推薦？
Estamos buscando un diccionario adecuado para un niño de nueve años.	**We're looking for** a dictionary that's suitable for a nine-year-old. 我們想買一本九歲小孩適用的字典。

想告訴店員已經選定和想買的東西，可以用 **me llevo** 或 **me quedo**（我要買）來表示。如果還沒決定買甚麼，可以用 **todavía no me he decidido**（我還沒想好買甚麼。）

……我要……

Me llevo estas dos postales.	**I'll take** these two postcards. 我要這兩張明信片。
Me llevo los azules y dejo los marrones.	**I'll take** the blue ones but not the brown ones. 我要買藍色的，不要棕色的。

| **Me quedo** este sombrero, por favor. | **I'll take** this hat, please. 麻煩您，我要這頂帽子。 |

表達必須做甚麼

購物並不總是一件樂事。想表達"必須買甚麼或必須做甚麼"，可以用 **tengo que**（我必須）加動詞不定式來表示。

我 / 我們必須……

Tengo que comprarme unos zapatos.	**I've got to** buy some new shoes. 我必須買幾雙新鞋。
Tengo que comprar postales.	**I've got to** buy some postcards. 我必須買些明信片。
Tenemos que ir a buscar algo para la cena.	**We need to** get something for dinner. 我們必須買點東西作晚餐。

表達"需要甚麼"，用 **me hace falta** 加單數名詞或 **me hacen falta** 加複數名詞表示。

我 / 我們需要……

Me hace falta un diccionario nuevo.	**I need** a new dictionary. 我需要一本新字典。
Nos hace falta una linterna mejor.	**We need** a better torch. 我們需要一個好一點的電筒。
Me hacen falta pilas.	**I need** batteries. 我需要一些電池。

談論計劃

想表達"想要買甚麼"或"想去哪裏"，用詞組 **estoy pensando**（我想）加介詞 **en** 和動詞不定式表示。

我 / 我們想……

Estoy pensando en comprarme un ordenador nuevo.	**I'm thinking of** buying a new computer. 我想買一個新電腦。
Estoy pensando en pintar la cocina.	**I'm thinking of** painting the kitchen. 我想用油漆把廚房刷一刷。
Estamos pensando en buscar una mesa nueva.	**We're thinking of** going for a new dining table. 我們想買一張新餐桌。

我 / 我們希望……

Espero encontrar algo para ponerme en la boda.	**I'm hoping to** find something I can wear to the wedding. 我希望買到一件能穿去參加婚禮的衣服。
Espero encontrar uno a mitad de precio en las rebajas.	**I'm hoping to** get one half price in the sales. 我希望能在減價時買到半價的東西。
Esperamos encontrar un regalo de cumpleaños para Carlota.	**We're hoping to** find a birthday present for Carlota. 我們希望為卡洛塔買到生日禮物。

用 **voy a** 和 **vamos a** 表示"打算做甚麼"。

我 / 我們打算……

Voy a comprarme un bañador nuevo.	**I'm going to** buy a new swimming costume. 我打算買一套新泳衣。
Voy a ir a las rebajas.	**I'm going to** go to the sales. 我打算去看看促銷商品。
Vamos a comprar una cama nueva.	**We're going to** buy a new bed. 我們打算買一張新牀。

可以用 **puede que** 加動詞虛擬式表示 "可能做某事"。關於虛擬式的更多內容,見 284 頁。

我可能……、我們也許……

Puede que tenga que ahorrar un poco de dinero primero.	**I may** have to save up a bit first. 我可能要先存一點錢。
Puede que vayamos de compras más tarde.	**We may** go shopping later. 我們也許稍後可以去購物。
Puede que tengamos que ir a una tienda más grande para eso.	**We may** have to go to a bigger shop for that. 我們也許要去一間更大的商店才能買到那件東西。

我 / 我們想……、我不會……

Quiero comprar un regalo para mi hermana.	**I want to** buy a present for my sister. 我想買份禮物給我妹妹。
No quiero gastar más de 50 euros.	**I don't want to** spend more than 50 euros. 我不會花多於 50 歐元。
Queremos encontrar algo que le guste a ella.	**We want to** find something that she'll like. 我們想買一樣她喜歡的東西。

表達意見

瀏覽促銷商品時，也許很想向講西語的朋友或店員表達自己的看法。可以用 **me parece que...**、**creo que...** 或 **pienso que...** 表達自己的意見，這三個詞都表示"我認為"或"我覺得"。

我覺得……

Me parece que este color te pega más.	**I think** this one is more your colour. 我覺得這個顏色更適合你。
Me parece que esta lámpara nos viene perfectamente.	**I think** this lamp will do us perfectly. 我覺得這盞燈很適合我們。

Creo que harías mejor en ir a una tienda más barata.	**I think** you'd do better to go to a cheaper shop. 我覺得你最好去一家便宜的商店。
No creo que sea una marca muy buena.	**I don't think** it's a very good make. 我覺得這個品牌一般。
Pienso que esta tienda es un poco cara.	**I think** this shop is a bit pricey. 我覺得這家店有點貴。

詢問資訊

身處一個陌生的城市，也許想知道那裏有沒有甚麼特色商店或特殊的地方。很簡單！英語 *Is there...?* 或 *Are there...?*（有沒有……？）都可以用西班牙語 **¿Hay...?** 來表示。

……有沒有……？

¿Hay una librería por aquí cerca?	**Is there** a bookshop round here? 這附近有沒有書店？
¿Hay algún parking cerca del mercado?	**Is there** a car park near the market? 市集附近有沒有泊車的地方？
¿Hay carritos?	**Are there** any trolleys? 有沒有手推車？

英語 *this*（這）在西班牙語中陽性單數名詞用 **este** 表示，陰性單數名詞用 **esta** 表示；英語 *these*（這些）在西班牙語中陽性複數名詞用 **estos** 表示，陰性複數名詞用 **estas** 表示。

……是不是……？

¿Es este el único modelo que tienen?	**Is this** the only model you stock? 這是不是你們這裏僅有的款式？
¿Es esta la talla más grande que tienen?	**Is this** the biggest size you have? 這是不是你們這裏最大的尺碼？
¿Son estas las únicas tallas que tienen?	**Are these** the only sizes you have? 這些是你們這裏僅有的尺碼嗎？

詢問 "有沒有某物"，都可以用問句 **¿Tienen...?**（有沒有⋯⋯？）。
tienen 的動詞原形是 **tener** 。關於 **tener** 的更多內容，見 314 頁。

有沒有⋯⋯？

¿Tienen otros modelos?	**Do you have** any other models? 有沒有其他款式？
¿Lo tienen en una talla más pequeña?	**Do you have it** in a smaller size? 有沒有小一點的尺碼？
¿Lo tienen en otro color?	**Do you have it** in another colour? 有沒有其他顏色？
¿Tienen trajes de noche?	**Do you sell** evening wear? 有沒有賣晚禮服？
¿Tiene garantía?	**Does it come with** a guarantee? 有沒有保養服務？

也許常常會詢問他人 "某個商店在哪裏" 或是 "某物在商店哪裏"，可以用 **¿Dónde...?**（⋯⋯在哪裏？）來詢問。

⋯⋯哪裏⋯⋯？

¿Dónde está el supermercado más cercano?	**Where's** the nearest supermarket? 最近的超級市場在哪裏？
¿Dónde está la caja?	**Where's** the cash desk? 收銀台在哪裏？
¿Me puede decir **dónde está** la pasta de dientes?	Can you tell me **where** the toothpaste **is**, please? 請問牙膏在哪裏？
¿Me puede decir **dónde está** la sección de perfumería?	Can you tell me **where** the perfume department **is**? 請問賣香水的櫃檯在哪裏？
¿Dónde están los ascensores?	**Where are** the lifts? 升降機在哪裏？
¿Dónde venden ropa para niños?	**Where** can I buy children's clothes? 哪裏有賣童裝？

詢問 "要買的東西多少錢"，可以用 **¿Cuánto cuesta...?**、**¿Cuánto**

vale...? 或 **¿Qué precio tiene...?**（……多少錢？）表示。如果不止買一件東西，就用 **¿Cuánto cuestan...?**、**¿Cuánto valen...?** 或 **¿Qué precio tienen...?**（……多少錢？）表示。詢問時可以説 **por favor**（請），也可不説。

……多少錢？

¿Cuánto cuesta este perfume?	**How much is** this perfume? 這瓶香水多少錢？
¿Cuánto cuestan estos pantalones?	**How much are** these trousers, please? 這條褲多少錢？
¿Cuánto vale una botella de zumo?	**How much is** a bottle of juice? 一瓶果汁多少錢？
¿Cuánto valen estas camisas?	**How much are** these shirts? 這幾件襯衫多少錢？
¿Me puede decir **qué precio tiene** este televisor?	Can you tell me **how much** this television **is,** please? 請問這個電視機多少錢？
¿Qué precio tienen las faldas?	**How much are** the skirts, please? 請問這幾條裙多少錢？

詢問需以重量計算價錢的東西時，單數名詞用 **¿A cuánto está...?**，複數名詞用 **¿A cuánto están...?**。

……多少錢……？

¿A cuánto está el kilo de ternera?	**How much is** veal per kilo? 小牛肉多少錢一公斤？
¿A cuánto están las manzanas?	**How much are** the apples? 這些蘋果多少錢？
¿A cuánto están las uvas?	**How much are** the grapes? 這些提子多少錢？

外出購物時，英語中用 *which*（哪個）或 *what*（甚麼）兩者在西班牙語中都可以用 **qué** 加名詞表示，有時也用 **cuál**。

¿**Qué** día ponen el mercado?	**What** day's market day? 市集日是哪一天?
¿En **qué** piso está la sección de ropa de caballero?	**Which** floor is the menswear department on? 男裝部在哪一層?
¿En **qué** otros colores tiene este vestido?	**Which** other colours have you got this dress in? 這款連衣裙有其他顏色嗎?
¿**Cuáles** son las ventajas de este modelo?	**What** are the advantages of this model? 這個款式有甚麼好處?

表達喜歡、不喜歡和更喜歡

談論要買的東西時,請牢記,西班牙語表示 *I like*(我喜歡)的方式與英語很不同,用 **me gusta** 加單數名詞、**me gustan** 加複數名詞表示"我喜歡",用 **no me gusta** 和 **no me gustan** 表示"我不喜歡"。

我……喜歡……

Me gusta este.	**I like** this one. 我喜歡這個。
Me gusta muchísmo ir de compras.	I really **like** shopping. 我非常喜歡購物。
Me encanta el vestido negro, pero es demasiado caro.	**I love** the black dress, but it's too expensive. 我很喜歡這件黑色連衣裙,但太貴了。
Me encantan las gangas.	**I love** bargains. 我很喜歡買便宜貨。

我 / 我們不……喜歡……

No me gusta hacer cola.	**I don't like** queuing. 我不喜歡排隊。
No me gusta mucho ir a comprarme ropa.	**I'm not very keen on** going clothes shopping. 我不是很喜歡去買衣服。

No nos gusta mucho ir de compras con los amigos.	**We're not keen on** going shopping with friends. 我們不喜歡和朋友一起去購物。
No me gustan los grandes almacenes.	**I don't like** big stores. 我不喜歡逛大商場。

當然，外出購物時除了表達"喜歡甚麼"和"不喜歡甚麼"，還可以用 **prefiero**（我更喜歡）和 **preferimos**（我們更喜歡）來表達"更喜歡甚麼"。

······我 / 我們更喜歡······

Prefiero el verde, pero cuesta más de lo que pensaba gastarme.	**I prefer** the green one, but it's more than I was meaning to spend. 我更喜歡那件綠色的，但超過我的預算了。
Prefiero las tiendas pequeñas **a** los supermercados.	**I prefer** small shops **to** supermarkets. 比起逛大型超級市場，我更喜歡逛小店。
Preferimos los grandes almacenes **a** las boutiques pequeñas.	**We prefer** department stores **to** small boutiques. 比起逛小型時裝店，我們更喜歡逛百貨公司。

我寧願······

Preferiría hacer mis compras por Internet.	**I'd rather** do my shopping online. 我寧願在網上購物。
Preferiría llevarme la compra a casa en taxi que esperar el autobús.	**I'd rather** take the shopping home by taxi than wait for the bus. 我寧願坐計程車把買的東西帶回家，也不願意等巴士。
Preferiría hacer el resto de las compras otro día.	**I'd prefer** to do the rest of the shopping another day. 我寧願改天再繼續購物。
Preferiría comprar sólo productos de la zona.	**I'd prefer** to buy only local produce. 我寧願只買些當地特產。

在購物過程中也許會想對〝選甚麼〞或〝接下來做甚麼〞提出建議。用西班牙語提建議和英語一樣，可以用 **¿Por qué no...?**（要不……？）來表示。

要不……？

¿Por qué no vamos de compras en otro momento?	**Why don't** we go shopping some other time? 要不我們改天再去購物？
¿Por qué no vamos a esa librería que han abierto cerca del río?	**Why don't** we go to that new bookshop near the river? 要不我們去河邊新開的那家書店逛逛？
¿Por qué no ahorras y te compras uno que sea bueno de verdad?	**Why don't** you save up for a really good one? 要不你儲點錢買個好東西？
¿Por qué no te lo pruebas?	**Why don't** you try it on? 要不你試穿一下？

主動提出做某事或建議做某事，可以只用動詞現在時，並在句尾提高語調表示提問即可。關於現在時和疑問句的更多內容，見 280 頁和 268 頁。

我／我們要……？

¿Compro pan?	**Shall I buy** some bread? 我要買些麵包嗎？
¿Te pido el libro que querías?	**Shall I order** that book you wanted? 我要幫你預訂你想要的書嗎？
¿Compramos sellos?	**Shall we buy** some stamps? 我們要買一些郵票嗎？
¿Vamos al supermercado?	**Shall we go** to the supermarket? 我們要去超級市場嗎？

主動提出做某事，還可以用 **déjame** 或 **deja**（讓我）表示，後加 **que** 和動詞虛擬式。關於虛擬式的更多內容，見 284 頁。

讓我……

Déjame que pague **yo**.	**Let me** pay for this. 讓我付錢吧。
Déjame que los lleve **yo**.	**Let me** carry them. 讓我拿吧。
Deja que abra **yo** la puerta.	**Let me** open the door for you. 讓我幫你打開門吧。

詢問他人的建議，可以用 **qué** 和 **cuál** 表示英語 *which*（哪個）和 *what*（甚麼）。如果問題的答案是具體、已知的，用 **cuál**；如果問題的答案是未知的，就用 **qué**。

哪（個）……？、……甚麼？

¿**Qué** vino recomendaría con la paella?	**Which** wine would you recommend to go with paella? 您推薦哪種酒搭配西班牙海鮮飯？
¿**Qué** me recomendaría?	**What** would you recommend? 您推薦甚麼？
¿Con **cuál** se quedaría usted si fuera yo?	**Which** would you choose if you were me? 換成是您，您會選哪個？
¿**Cuál** es la mejor marca según usted?	**Which** is the best make, as far as you're concerned? 依您看，哪個品牌最好？
¿**Cuál** crees que es mejor para el verano?	**Which** do you think is more suitable for the summer? 您覺得哪個比較適合夏天？

¿LO SABÍAS? 不可不知

只有 **qué** 可以直接用於名詞前。

徵求允許

買 衣 服 的 時 候 ，如 果 想 試 穿 某 件 衣 服 ，可 以 用 **¿Me puedo probar...?** 或 **¿Puedo probarme...?**（我 可 以 試 穿 …… 嗎 ？）詢 問 "是否可以試穿"。

······我可以試穿······嗎？

¿**Me puedo probar** esto, por favor?	**Can I try** this **on**, please? 我可以試穿這個嗎？
¿**Puedo probarme** la falda roja, por favor?	**Can I try on** the red skirt, please? 我可以試穿這條紅裙嗎？
¿**Me** los **puedo probar**, por favor?	**Can I try** them **on**, please? 請問我可以試穿嗎？
¿**Me** lo **puedo probar** en una talla más?	**Can I try** it in a bigger size? 我可以試穿大一碼的嗎？
¿**Puedo probárme**lo en una talla menos?	**Can I try** it in a smaller size? 我可以試穿小一碼的嗎？

留心聆聽

以下是一些外出購物時可能會聽到的常用語。

¿Le están atendiendo?	Are you being served? 有人接待您嗎？
¿Necesita alguna cosa?	Can I help? 您要買甚麼？
¿Qué talla tiene usted?	What size are you? 您穿甚麼尺碼？
¿Necesita una talla menos?	Do you need a smaller size? 您要小一碼的嗎？
¿Le busco una talla más?	Shall I look for a larger size for you? 我幫您找個大一碼的好嗎？
¿En qué color lo quiere?	What colour would you like it in? 您喜歡甚麼顏色的？
¿Cuánto quería gastarse?	How much did you want to spend? 您的預算是多少？
¿Es para regalo?	Is it for a present? 是買來做禮物的嗎？
¿Se lo envuelvo?	Shall I wrap it up for you? 要為您包起來嗎？
No nos queda ninguno en el almacén en este momento.	We don't have any in stock just now. 我們目前沒貨了。

Lo siento, pero no aceptamos tarjetas de crédito. I'm afraid we don't take credit cards. 很抱歉，我們不收信用卡。

Hay que pagar en efectivo, lo siento. It's cash only, I'm afraid. 很抱歉，我們只收現金。

Firme aquí por favor. Your signature, please. 請在這裏簽名。

生活小貼士

• 西班牙和其他西班牙語國家的某些店鋪在英國是找不到的。**charcutería**（臘腸店）是專門賣香腸、火腿和凍肉片的店鋪，主要賣豬肉產品。

• 在西班牙，**estanco** 是由政府授權經營的煙草專賣店，這些店外面一般都掛着棕色和黃色 T 標誌的牌子，下面寫着 **tabacos** 字樣，很容易辨認。除了賣煙草，**estanco** 還賣郵票、文具和提供官方的表格，通常還會提供泳池優惠券。

• 如果有很多人排隊買東西，想知道誰在隊尾，可以說 **¿Quién es el último por favor?**（請問誰是最後一個？）或者直接說 **¿El último por favor?**。

• 有些超市會要求顧客把購物袋留在入口處的儲物櫃（**taquilla**）裏。

• 有些商店裏賣肉和芝士的櫃檯需要先拿票排隊等候，如果看不到在哪裏拿票，可以用 **¿Dónde se coge el número?**（請問在哪裏拿號？）詢問。要知道已經叫到幾號了，可以用 **¿Por qué número va?**（叫到甚麼號碼？）詢問。

• 在西班牙，商店一般都是早上十時左右開門營業，晚上八時關門，下午兩時到五時間的午餐時間也是不營業的。

• 如果你買的東西可能會當作送人的禮物，店員通常會問你，**¿Es para regalo?**（這是買來做禮物的嗎？）或 **¿Se lo envuelvo para regalo?**（要把它包裝成禮物嗎？）。在西班牙，包裝禮物通常是服務的一部份，不用再花額外的錢。

• 在西班牙的超級市場裏買水果和蔬菜，為了保持衛生，通常會提供免費手套（**guantes**）。

• 去逛小店，如果認識店員或店主，通常可以用 **¿Qué tal?** 或 **¿Qué hay?**（您好嗎？）打招呼。他們要麼也說 **¿Qué tal?** 或 **¿Qué hay?**，要麼就說 **Bien, ¿y usted?**（不錯，您呢？），但一般也就只說這些了。如果不認識店主，進店的時候可以說 **hola**（您好），離店的時候就說 **hasta luego** 或 **adiós**（再見）。

單元 8　微笑服務

¡Un servicio excelente! 優質服務！

本單元將幫助你在西班牙語國家使用地道的西班牙語表達需要怎樣的服務。不管是在銀行、外幣兑換店、眼鏡店，還是在乾洗店、理髮店，或者在諮詢其他服務，你所需要用到的詞句本單元都已涵蓋。

如果是下午或晚上去一個服務場所，可以用 **hola, buenos días** 或 **hola, buenas tardes** 問好，用 **hasta luego** 道別。

……有沒有……？

Hola, buenos días, ¿**hay** algún sitio en esta zona donde me puedan arreglar el coche?	Hello, **is there** anywhere in the area where I can get my car fixed? 你好，這裏附近有沒有修理車的地方？
¿**Hay** un cibercafé cerca de aquí?	**Is there** an internet café near here? 這附近有沒有網吧？
¿**Hay** algún sitio cerca donde me puedan arreglar los zapatos?	**Is there** anywhere near here where I can get my shoes repaired? 這附近有沒有我可以修理鞋的地方？

¿lo sabías? 不可不知

在西班牙語裏無需擔心名詞是單數形式還是複數形式，只用 **¿Hay...?** 一個詞就可以表示英語的 *Is there...?* 和 *Are there...?*（有沒有……？）。

……哪裏……？

¿Sabes **dónde** hay un cibercafé?	Do you know **where** there's an internet café? 你知道哪裏有可以上網的地方嗎？

Por favor, ¿sabes **dónde** me puedo cortar el pelo por aquí?	Do you know **where** I can get my hair cut around here? 請問附近哪裏可以剪頭髮？
¿Sabe usted **dónde** me pueden hacer una copia de la llave?	Do you know **where** I can have a spare key cut? 您知道哪裏可以配鑰匙嗎？
¿**Cuál** es el mejor sitio para asesorarse?	**Where's** the best place to go for advice? 哪裏可以提供最好的諮詢？

……甚麼時候 / 多久……？

¿**Cuándo** estará listo mi coche?	**When** will my car be ready? 我甚麼時候可以取車？
¿**Cuándo** estarán arreglados mis zapatos?	**When** will my shoes be ready? 我的鞋甚麼時候可以修理好？
¿**Cuándo** podré usar mi nueva cuenta de Internet?	**How soon** will I be able to use my new email account? 我的新電子郵箱要多久才可以用？
¿Sabes **cuándo** tendrás la pieza de recambio?	Do you know **when** you'll have the new part? 你知道甚麼時候能拿到新零件？

……何時……？

¿**A qué hora** abren los sábados?	**What time** do you open on Saturdays? 你們星期六幾點開門？
¿**A qué hora** puedo pasar a recoger el abrigo?	**What time** can I come back to pick up my coat? 我何時可以回來取我的外套？

可以用 ¿**Cuánto se tarda en...?**（……要多久……？）加動詞不定式來表達"某事要花多久才做完"。

……要多久……？

¿**Cuánto se tarda en** abrir una cuenta en el banco?	**How long does it take to** open a bank account? 開一個銀行賬號要多久？

¿**Cuánto** se tarda en llegar al taller?	**How long does it take to** get to the garage? 到車庫需要多久？
¿**Cuánto** tardarían en pasar a recogerlo?	**How long would it take** them **to** come and pick it up? 他們要多久才能來拿東西？

……多少錢？

¿**Cuánto** me costaría cortar y secar?	**How much** would a cut and blow-dry be? 剪髮和吹髮一共多少錢？
¿**Cuánto** me costaría hacerme la cera en las piernas?	**How much** would it be for me to have my legs waxed? 用蠟脫腿毛要多少錢？
¿**Cuánto** me costaría cambiar el carnet de conducir británico por uno español?	**How much** would it cost to get my British driving licence changed to a Spanish one? 把我的英國駕駛執照換成西班牙駕駛執照要多少錢？
¿**Cuánto** cuesta la entrada?	**How much** is a ticket? 門票要多少錢？
¿**Cuánto** cuesta *La Guía del Ocio*?	**How much** does *La Guía del Ocio* cost? 這本休閒娛樂指南多少錢？

英語中提問時常用 *you*（你）代替 *I*（我），比如：*How do you open a bank account?*（你怎樣開銀行賬戶？）這句話其實是指 *How do I open a bank account?*（我怎樣開銀行賬戶？）。在西班牙語中則通常用 **se** 加動詞第三人稱單數來表示。

怎樣……？

¿**Cómo se** abre una cuenta en Internet?	**How do I** open an email account? 怎樣開電子郵件帳戶？
¿**Cómo se** adjunta un documento a un email?	**How do I** attach a document to an email? 怎樣在郵件裏添加文件附件？
¿**Cómo se puede** ampliar esta fotocopia?	**How can I** make this photocopy bigger? 怎樣把複印件放大？

| ¿**Cómo se puede** enviar dinero al Reino Unido? | **How can I** send money to the UK? 怎樣寄錢到英國? |

想知道"有沒有某項服務",可以用 **¿Tienen...?**(有沒有……?)和 **¿Hacen...?**(做不做……?)等詞提出具體的問題。

……(有沒有)……?

¿**Tienen** fax?	**Do you have** a fax? 有沒有傳真機?
¿**Tienen** servicio de entrega a domicilio?	**Do you do** home deliveries? 你們提供送貨上門服務嗎?
¿**Hacen** limpieza de cutis?	**Do you do** facials? 這裏做不做面部護理?

表達想要做甚麼

面對各種各樣的服務時,常常需要表達"我想要做甚麼",可以用 **quiero**、**quisiera** 或 **me gustaría**(我想……)加動詞不定式來表示。

我想……

Quiero cambiar estos cheques de viaje en euros.	**I'd like to** change these traveller's cheques into euros. 我想把這些旅行支票兌換成歐元。
Quisiera hacer una transferencia.	**I'd like to** transfer some money. 我想轉賬。
Quisiera pedir hora para el martes por la tarde.	I'd **like to** make an appointment for Tuesday afternoon. 我想在週二下午約個時間。
Me gustaría pedir cita para hablar de la compra de un piso.	**I'd like to** make an appointment to discuss buying a flat. 我想約個時間討論買住宅單位的事情。

Me gustaría hablar con un abogado sobre la documentación que necesito.	**I'd like to** talk to a solicitor about what documents I need. 我想跟律師討論一下所需要的文件。

想表達"讓他人做某事"，可以用 **quiero que** 加動詞虛擬式來表示。關於虛擬式的更多內容，見 284 頁。

我想……

Quiero que me revelen este carrete.	**I'd like to have** this film developed. 我想沖洗照片。
Quiero que limpien en seco mi chaqueta.	**I'd like to have** my jacket dry-cleaned. 我想乾洗短外套。
Quiero que me revisen la vista.	**I'd like to have** my eyes tested. 我想檢查一下我的視力。
Quiero que me corte el pelo bastante corto.	**I'd like** you **to** cut my hair quite short. 我想把頭髮剪得很短。

索取東西

表達"想要甚麼"，可以用 **quiero** 或 **quisiera**（我想）加名詞表示。它們的動詞原形都是 **querer**。關於 **querer** 的更多內容，見308頁。

我想……

Quiero una permanente.	**I'd like** a perm. 我想燙個鬈髮。
Quiero la lista de precios.	**I'd like** the price list. 我想看下價目表。
Quisiera un corte de pelo.	**I'd like** a haircut. 我想剪頭髮。
Quisiera un impreso de solicitud.	**I'd like** an application form. 我想要份申請表。

請求他人幫忙做某事，西班牙語和英語一樣，有兩種表達方式：**¿Puede...?**（您能……？）或 **¿Podría...?**（您可以……？）。

（您）能 / 可以……？

¿**Puede** hacerme un presupuesto?	**Can you** give me an estimate? 能給我一個估價嗎？
¿**Puede usted** darme un recibo, por favor?	**Can you** give me a receipt, please? 請問能給我開張發票嗎？
¿**Puede usted** fregar el suelo y quitar el polvo?	**Can you** wash the floors and do the dusting? 您能洗洗地板和打掃灰塵嗎？
¿**Podría** echarle un vistazo a mi cámara?	**Could you** have a look at my camera? 您可以看一下我的相機嗎？
¿**Me podrías** ayudar con la comida de la fiesta?	**Could you** help me with the catering for the party? 您可以幫我一起準備派對上用的食物嗎？

¿LO SABÍAS? 不可不知

從上面的例子可以看到，**usted**（您）這個詞可加，也可省略。

或者，也可以用動詞現在時表示 *Can you...?*（可以……嗎？），這種表達方式顯得更加隨意、自然。關於現在時的更多內容，見280頁。

¿Me **anota** aquí su dirección?	**Can you jot** your address down here for me? 可以把您的地址寫給我嗎？
¿Me **hace** descuento por ser estudiante?	**Can you give** me a student discount? 可以給我學生優惠價嗎？
¿Me **da usted** un recibo?	**Can you give** me a receipt? 可以給我開張發票嗎？

可以用 **¿Le importa...?**（您介意……嗎？）加動詞虛擬式詢問他人 "是否介意幫忙做某事"。

您介不介意……？

¿**Le importa** mandarnos un fax para confirmar los datos?	**Would you mind** sending us a fax to confirm the details? 您介不介意發傳真給我們確認細節？

¿**Le importa** darnos una versión del contrato en inglés?	**Would you mind** providing us with an English version of the contract? 您介不介意給我們合約的英文版？
¿**Te importa** planchar la ropa?	**Would you mind** doing the ironing? 您介不介意熨衣服？

（你）可以……嗎？

¿**Sería posible** arreglar estas gafas?	**Could you possibly** repair these glasses? 這裏可以修理眼鏡嗎？
¿**Sería posible** poner estas fotos en un CD?	**Could you possibly** put these pictures on a CD? 可以把這些照片錄在光碟上嗎？

介紹自己

在享受服務的過程中，經常需要提供個人資料，比如名字和地址。西班牙語表達"我叫甚麼"的方式跟英語很不同，用 **me llamo**（字面意思是我稱呼自己）表示。**me llamo** 的動詞原形是 **llamarse**。關於類似 **llamarse** 這類反身動詞的更多內容，見 280 頁。

我叫……

Me llamo Richard Davidson.	**My name is** Richard Davidson. 我叫李察・戴維森。
Me llamo Mary Rogers.	**My name is** Mary Rogers. 我叫瑪麗・羅哲斯。
Mi marido se llama Mike.	**My husband's name is** Mike. 我丈夫叫麥克。

我（是）……

Soy inglesa.	**I'm** English. 我是英國人。
Soy escocés.	**I'm** Scottish. 我是蘇格蘭人。
Soy de St. Albans en Inglaterra.	**I'm** from St. Albans in England. 我來自英國的聖奧爾本斯。
Estoy de vacaciones.	**I'm** on holiday. 我在休假。

Estamos en viaje de negocios en Madrid.	**We're** on a business trip to Madrid. 我們去馬德里出差。

我……地址、我住……

Mi dirección en España **es** calle Monte Sedeño 23, 18010 Granada.	**My address** in Spain **is** Monte Sedeño 23, 18010 Granada. 我在西班牙的地址是：格拉納達市蒙特・塞德尼奧街 23 號，郵編是 18010。
Mi dirección habitual **es** 29 Ellan Vannin Way, Liverpool, L3 0QT.	**My** permanent **address is** 29 Ellan Vannin Way, Liverpool, L3 0QT. 我的常用地址是：利物浦市艾倫凡寧大道 29 號，郵編是 L3 0QT。
Vivo en el número 8 de la avenida Zaragoza en Madrid.	**I live at** 8 Avenida de Zaragoza in Madrid. 我住在馬德里市薩拉戈薩大街 8 號。
Vivo en España.	**I live in** Spain. 我住在西班牙。
La dirección de mi hotel **es** Hotel Londres, calle Joaquín Costa 12, 18010 Granada.	**The address of** my hotel **is** Hotel Londres, calle Joaquín Costa 12, 18010 Granada. 我住的酒店位於格拉納達市華堅・卡斯塔大街 12 號的倫敦大酒店。

¿LO SABÍAS? 不可不知

説西語的人常常把電話號碼和郵政編碼按兩位數字一組讀出，如：上述例句中的郵政編碼就讀成 **dieciocho**，**cero**，**diez**，**Granada**（18，0，10 格拉納達）。

表達更喜歡甚麼

想完成某事或享用某項服務時，常常需要表達自己的偏好或更願意做的事情。可以用 **prefiero**（我更喜歡或我寧願）來表達"自己更喜歡做甚麼"。**prefiero** 的動詞原形是 **preferir**。

我 / 我們更喜歡 / 寧願……

Prefiero esperar.	**I'd prefer to** wait. 我寧願等。
Prefiero tener tiempo para leer el contrato primero.	**I'd prefer to** have time to read the contract first. 我寧願有時間先讀讀合約。
Prefiero llevarme las lentillas desechables.	**I'd prefer to** take the disposable contact lenses. 我更喜歡戴即棄隱形眼鏡。
Preferimos no firmar por el momento.	**We'd rather not** sign anything for now. 我們寧願現在不簽任何字。

需要他人幫忙做某事，可以用 **prefiero** 加 **que** 和虛擬式表示。關於虛擬式的更多內容，見 284 頁。

……我寧願……

Prefiero que me devuelva el dinero.	**I'd rather** you gave me a refund. 我寧願您退款給我。
Prefiero que llames por teléfono antes de pasarte.	**I'd rather** you phoned before calling in. 我寧願你來拜訪前先打個電話給我。
Prefiero que me enseñe el piso por la mañana, si puede.	**I'd rather** you showed me round the flat in the morning, if you can. 如果可以的話，我寧願您早上帶我去參觀住宅單位。

徵詢意見

在決定選擇哪種服務之前也許想先徵詢一下他人的意見。如果想詢問某人的意見，可以用 **¿Qué...?**（甚麼……？）提問。

……甚麼……？

¿Qué te parece?	**What** do you think about it? 你有甚麼看法？
¿Qué me aconsejas?	**What** would you advise? 你有甚麼建議？
¿Qué debería hacer?	**What** should I do? 我該怎麼做？
¿Qué sería lo mejor?	**What**'s the best thing to do? 最該做甚麼？

| ¿Tú de mí, **qué** harías? | **What** would you do if you were me? 如果你是我，你會做甚麼？ |

尋求他人建議，用 **¿Me aconseja que...?**（您認為我該……？）加動詞虛擬式表示。**aconseja** 的動詞原形是 **aconsejar**。關於以 **-ar** 結尾的動詞的更多內容，見 277 頁。關於虛擬式的更多內容，見 284 頁。

您認為我該⋯⋯？

¿**Me aconseja que** cambie de compañía?	**Do you think I should** change to a different company? 您認為我該跳槽嗎？
¿**Me aconseja que** pida un préstamo?	**Do you think I should** take out a loan? 您認為我該借貸嗎？
¿**Nos aconseja que** presentemos una reclamación?	**Do you think we should** put in a complaint? 您認為我們該提出投訴嗎？

對某事沒有把握，可以間接的方式詢問，用 **no sé si**（字面意思是"我不知道是否要"）加不定式表示。**sé** 的動詞原形是 **saber**。關於 **saber** 的更多內容，見 310 頁。

我該⋯⋯嗎？

No sé si llamar al fontanero.	**Should I** call the plumber? 我該打電話叫水喉匠嗎？
No sé si avisar a mi banco.	**Should I** let my bank know? 我該通知銀行嗎？
No sé si pedir un presupuesto.	**Do I need to** ask for an estimate? 我該詢問一下大概的價格嗎？

作出安排

面對各種服務，需要跟對方就具體事情作出安排。可以只是簡單地用 **¿Te viene bien que...?**（……您看行嗎？）加動詞虛擬式來詢問

他人 "是否合適"。關於虛擬式的更多內容，見 284 頁。

······（您看）行嗎？

¿Te viene bien que te haga el pago por correo?	**Is it all right with you if** I post you the payment? 我把費用寄給您，您看行嗎？
¿Te viene bien que me vuelva a pasar a las cinco?	**Will it be ok if** I come back at five pm? 我下午五時回來行嗎？
¿Te viene bien que me pase por tu oficina mañana?	**Will it be ok if** I call at your office tomorrow? 我明天打電話去您辦公室行嗎？

討論怎樣安排最好，可以用 **¿Es mejor si...?** 或 **¿Sería mejor si...?** 加動詞現在時表示英語 *Is it better if...?* 或 *Would it be better if...?*（會不會更好？）。

······會不會更好？

¿Es mejor si paso por tu oficina por la mañana?	**Is it better** for you **if** I come to your office in the morning? 我上午去你辦公室會不會更好？
¿Es mejor si viene a la casa para ver exactamente lo que necesitamos?	**Would it be better if** you came to the house to see exactly what we need? 您親自來家裏看看我們到底需要甚麼，這樣會不會更好？
¿Sería mejor si llamo por la tarde?	**Would it be better if** I phoned in the afternoon? 我下午打電話會不會更好？

我們可以······嗎？

¿Podemos concretar una hora?	**Can we** agree on a time to meet up? 我們可以約個時間見面嗎？
¿Podemos concretar un día?	**Can we** agree on a date? 我們可以確定日子嗎？
¿Podemos concretar un precio?	**Can we** agree on a price? 我們可以商定一個價格嗎？

英語用 *I'm going to*（我打算）談論未來的計劃，西班牙語也一樣，用 **voy a**（我打算）或者 **vamos a**（我們打算）加動詞不定式表示"我打算做甚麼"。**voy** 和 **vamos** 的動詞原形是 **ir**(去)。關於 **ir** 的更多內容，見 301 頁。

……我 / 我們打算……

Voy a ver al director de mi banco esta tarde.	**I'm going to** see my bank manager this afternoon. 今天下午我打算去見我的銀行客戶經理。
Voy a ver un piso esta semana.	**I'm going to** see a flat this week. 這個星期我打算去看一個住宅單位。
Vamos a consultarlo con nuestro abogado primero.	**We're going to** consult our lawyer about it first. 我們打算先跟律師諮詢一下。

¿LO SABÍAS? 不可不知

正如上面第一個例句所示，西班牙語 **ver a alguien** 表示"去看望（見）某人"。關於 **a** 的更多用法，見 271 頁。

我 / 我們打算……

Tengo la intención de instalarme aquí de forma permanente.	**I intend to** settle here permanently. 我打算在這裏永久定居下來。
Tengo la intención de darme de alta como residente.	**I'm intending to** register as a resident. 我正打算登記成為居民。
Tenemos la intención de vender nuestra casa de Inglaterra.	**We intend to** sell our house in England. 我們打算將英國的房子賣掉。

用 **espero**（我希望）加動詞不定式表達"期待某事發生"。**espero** 的動詞原形是 **esperar**。關於以 **-ar** 結尾的動詞的更多內容，見

277 頁。

我 / 我們希望……

Espero recibir la documentación la semana que viene.	**I'm hoping to** get the documents next week. 我希望下週能拿到文件。
Espero terminar el trabajo antes de diciembre.	**I'm hoping to** have the work finished by December. 我希望能 12 月前完成工作。
Esperamos poder mudarnos en cuanto sea posible.	**We're hoping** we can move in as quickly as possible. 我們希望能儘快搬進去。

留心聰聽

以下是一些在這些情境下可能會聽到的常用語。

¿En qué puedo ayudarle?	Can I help you? 需要幫忙嗎?
¿Tiene cita?	Do you have an appointment? 您有預約嗎?
Estará listo mañana.	It'll be ready tomorrow. 明天就可以取了。
Todavía no está listo.	It's not ready yet. 還沒準備好。
¿Tiene el recibo?	Have you got your receipt? 您有沒有拿到發票?
¿Tiene algún documento de identificación?	Do you have some identification? 您有甚麼身份證明嗎?
¿Qué hora del día le viene mejor?	What time of day would suit you best? 您甚麼時間最方便?
Vuelva a llamar mañana, por favor.	Please ring back tomorrow. 明天請回個電話。
¿Cómo desea hacer el pago?	How would you like to pay? 您想怎樣付款?

生活小貼士

● 做事情的時候，必須知道一些地方開門的時間：商店是 **el horario commercial**（營業時間），公共服務部門是 **el horario de atención al público**（接待時間）。大多數銀行只在上午營業，而公共服務部門最遲三時關門。

● 如果用信用卡付款，會被要求 **su carnet de identidad , por favor**，表示"請出示您的身份證"，或 **su pasaporte**，表示"請出示您的護照"。如果事前知道多半會用信用卡付賬，那麼必須隨身帶好護照以證明自己的身份。

● 很多銀行設置了安全門，客戶可以按門鈴進去。門鈴邊常常會有以下提示：**Para entrar, llame al timbre**（請按門鈴入內。）。

● 在西班牙，辦理工作許可、車牌等官方文件或者整理稅單時，為了省時省力，都可以去代辦處（**gestoría**）辦理。**gestoría** 是專門替人處理法律和行政事務的私人機構。付一筆錢他們就可以幫你辦妥所有相關有手續和程序（**trámites**）。

● **Un rápido** 是一家提供修鞋和配鑰匙服務的商店，立刻可取，在緊急情況下十分方便。

● 如果想預約時間去理髮等，預約用 **hora** 表示。比如：**Quería pedir hora para el martes por la tarde**（我想預約週二下午。）。

單元 9　哎喲！

¡Que te mejores! 快點好起來！

在西班牙語國家不幸碰到生病、意外事故、牙痛或者需要醫療建議等情況時，本單元詞句可以幫助你自信地與醫生、牙醫或藥劑師交流，完全不用擔心詞不達意。

解釋問題

表達生病的症狀或已有的疾病，可以用 **tengo**（我有）表示。**tengo** 的動詞原形是 **tener**。

關於 **tener** 的更多內容，見 314 頁。

我（有）……

Tengo fiebre.	**I've got** a temperature. 我發燒了。
Tengo un sarpullido en el pecho.	**I've got** a rash on my chest. 我胸部得了皮疹。
Tengo ganas de vomitar.	**I feel** sick. 我想嘔吐。
Tengo la tensión alta.	**I have** high blood pressure. 我有高血壓。
Sufro de corazón.	**I have** a heart condition. 我心臟不好。
Sufro de asma.	**I get** asthma. 我患有哮喘病。

表達哪裏受傷，或者描述哪裏疼痛和不適，可以用 **me duele** 加單數名詞如 **la cabeza**（頭）和 **me duelen** 加複數名詞如 **las muelas**（牙齒）表示。

我 / 我們……痛

Me duele aquí.	**It hurts** here. 我這裏痛。
Me duele la cabeza.	**I've got** a headache. 我頭痛。
Me duelen las muelas.	**I've got** toothache. 我牙痛。

Nos duele el estómago.	**We've got** stomachache. 我們胃痛。

表達感覺怎樣，可以用 **me siento**（我感覺）。**me siento** 的動詞原形是反身動詞 **sentirse**。關於反身動詞的更多內容，見 279 頁。

······**我（感覺）** ······

Me siento cansado todo el tiempo.	**I feel** tired all the time. 我一直感覺很疲憊。
Me siento fatal.	**I feel** awful. 我感到很不舒服。
Ahora **me siento** mejor.	**I'm feeling** better now. 現在我感覺好多了。
Ayer **me sentía** bien.	**I felt** fine yesterday. 昨天我覺得還不錯。
No me sentía muy bien ayer.	**I wasn't feeling** very well yesterday. 昨天我身體不太舒服。

表達 "我從來沒有"，可以用 **nunca** 加 **he**（我有）和以 **-ado** 或 **-ido** 結尾的動詞（動詞的過去分詞）表示。**he** 的動詞原形是 **haber**。關於 **haber** 和過去分詞的更多內容，見 298 頁。

我從沒 ······

Nunca me **he** sentido tan mal.	**I've never** felt so ill. 我從沒病得那麼厲害。
Nunca me **he** sentido así.	**I've never** felt like this before. 我從沒試過這種感覺。
Nunca he tenido un dolor de cabeza tan fuerte.	**I've never** had such a bad headache before. 我從沒頭痛得這麼厲害。

需要描述病況，可以用 **ser** 或 **estar** 來表示。用 **ser** 表示永久的狀態，用 **estar** 表示暫時的狀態。同時，也可以用 **estar** 加動詞的 **-ando** 和 **-iendo** 形式表示正在做甚麼。

我（是）……

Soy alérgico a la penicilina.	**I'm** allergic to penicillin. 我對盤尼西林過敏。
Soy diabético.	**I'm** diabetic. 我是糖尿病患者。
Estoy embarazada.	**I'm** pregnant. 我懷孕了。
Estoy tomando antidepresivos.	**I'm** taking antidepressants. 我在吃抗抑鬱症的藥。
Está tomando analgésicos.	**He's** on painkillers. 他在吃止痛藥。

¿LO SABÍAS? 不可不知

請牢記，如果女性要描述自己病症，形容詞也要變成陰性，如：**me siento cansada**、**soy alérgica...**、**soy diabética**，等等。

表達發生了甚麼

受傷了，需要解釋"剛剛發生了甚麼"，可以用 **he**（我有）和以 **-ado** 或 **-ido** 結尾的動詞（動詞的過去分詞）來表示。**he** 的動詞原形是 **haber**（有）。關於 **haber** 和過去分詞的更多內容，見 298 頁。

我……剛剛……

He tenido un accidente.	**I've** had an accident. 我剛剛經歷了一場意外。
He perdido un empaste.	**I've** lost a filling. 我牙齒上的補牙物料剛剛脫落了。
Me **ha** dado un tirón.	**I've** pulled a muscle. 我剛剛拉傷了肌肉。
Mi marido se **ha** dado un golpe en la cabeza.	My husband **has** hit his head. 我先生剛剛撞傷了頭。
Mi mujer se **ha** mareado.	My wife **has** fainted. 我太太剛剛暈倒了。

我們都盼望不會那麼差運氣碰到更嚴重的事故，但如果真的需要表達"摔斷了甚麼"，就用 **me he roto**（我的……摔斷了）加名詞如 **el** brazo（手臂）、la pierna（腿）等來表示。

我 / 他……摔斷了、我……扭傷了……

Creo que **me he roto** el brazo.	I think **I've broken** my arm. 我覺得我的手臂摔斷了。
Creo que **se ha roto** la pierna.	I think **he's broken** his leg. 我覺得他的腿摔斷了。
Me he caído y creo que **me he torcido** el tobillo.	I fell over and I think **I've twisted** my ankle. 我剛剛跌倒了，我覺得扭傷了腳踝。

¿LO SABÍAS? 不可不知

西班牙語中不像英語中一樣説 *my leg*，而是説 *the leg*（我的腿）。

英語中我們常常表達 "某事正在發生的時候另一件事發生了"，西班牙語中也有同樣的表達，用動詞未完成時表達正在發生的事情，用過去時表達打斷它的事情。關於過去時的更多內容，見 282 頁。

我 / 我們 / 她正……就在那時候 / 突然……

Estaba andando por la calle **cuando** de repente me mareé.	I **was** walking along the street **when** I suddenly felt faint. 我正在街上散步，突然感到頭暈。
Estaba levantándose **cuando** sintió un dolor en el pecho.	She **was** just getting up **when** she had a pain in her chest. 她正要站起來，就在那時候感到胸痛。
Estábamos cenando **cuando** nuestro hijo tuvo un ataque.	We **were** having dinner **when** our son had a fit. 我們正在吃晚餐，就在那時候兒子大鬧起來。
Estaba comiendo **cuando** se me cayó el empaste.	I **was** having lunch **when** my filling fell out. 我正在吃飯，就在那時候我牙齒上的補牙物料掉出來了。

身處一個陌生的地方，也許需要詢問醫院、牙科診所和藥房等的地址，詢問之前可以先說 **perdone**（請問）或 **oiga, por favor**（不好意思，請問）以引起對方的注意。

……有沒有……

Perdone, ¿**hay** un hospital por aquí cerca?	Excuse me, **is there** a hospital around here? 請問，這附近有沒有醫院？
¿**Hay** una farmacia de guardia cerca?	**Is there** a duty chemist's near here? 在這附近有沒有藥劑師當值的藥房？
Perdone, ¿dónde **hay** un médico?	Excuse me, where **can I find** a doctor? 請問，我可以在哪裏找到醫生？
Oiga, por favor, ¿dónde **hay** una farmacia?	Excuse me, please, where **can I find** a chemist's? 不好意思，請問哪裏有藥房？
¿Sabe si **hay** un dentista en el barrio?	Do you know if **there's** a dentist in the area? 您知道這區有沒有牙醫嗎？
¿**Tiene** efectos secundarios?	**Are there** any side effects? 有沒有副作用？

¿LO SABÍAS? 不可不知

請牢記，西班牙語 ¿**Hay...?** 可以同時表示英語中的 *Is there...?* 和 *Are there...?*（有沒有……？）。

如果期待他人解釋某物或者賦以定義，可以用 ¿**Qué es...?**（……是甚麼？）提問。如果答案很具體，如數字或地址，就用 ¿**Cuál es...?**（……是甚麼？）提問。

……甚麼 / 哪個……？

¿**Qué es** esta medicina?	**What is** this medicine? 這是甚麼藥？
¿**Qué son** estas pastillas?	**What are** these tablets? 這些是甚麼藥片？

¿**Cuál es** el número de la ambulancia?	**What's** the number to call for an ambulance? 叫救護車打哪個電話？
¿**Cuál es** la dirección del centro médico?	**What's** the address of the hospital? 醫院的地址是甚麼？
¿**Para qué son** estas pastillas?	**What are** these tablets **for**? 這些藥片是治療甚麼病的？

qué 和 cuál 也可以表示英語 *which*（哪個），用來提問。直接放在名詞前用 **qué**，其他情況下用 **cuál**。

⋯⋯哪⋯⋯ ?

¿Puede decirme en **qué** sala está?	Can you tell me **which** ward she's in? 您可以告訴我她在哪個病房嗎？
¿En **qué** calle está la clínica?	**Which** street is the clinic in? 診所在哪條街？
¿**Cuál** es la farmacia de guardia más cercana?	**Which** is the nearest duty chemist? 最近有藥劑師當值的藥房在哪裏？
¿Sabe **cuál** es la mejor clínica?	Do you know **which** the best clinic is? 您知道哪間診所最好嗎？

¿LO SABÍAS? 不可不知

詢問他人是否知道某事，英語用 *Do you know...?*（你知道⋯⋯嗎？），西班牙語可以用 ¿**Sabe usted...?** 或只用 ¿**Sabe...?** 表示。

⋯⋯（是）⋯⋯ ?

¿El médico **es** gratis o hay que pagar?	**Is** the doctor free or do we have to pay? 看醫生是免費的還是需要付費的？
¿**Es** serio?	**Is** it serious? 嚴重嗎？
¿**Está** lejos el hospital?	**Is** it far to the hospital? 醫院離這裏遠嗎？
¿El centro de salud **está** abierto por la tarde?	**Is** the health centre open in the afternoon? 健康中心下午開門嗎？

詢問怎樣做或者甚麼時候做某事，可以用 ¿**Cómo...?**（怎樣⋯⋯？）

和 **¿A qué hora...?**（甚麼時候或何時……？）表示。

……怎樣……？

¿Cómo se toma esta medicina?	**How** do I take this medicine? 這藥怎樣吃？
¿Cómo se pide una cita con el médico?	**How** do I make an appointment with the doctor? 看醫生要怎樣預約？
¿Cómo nos damos de alta en el centro de salud?	**How** do we register at the health centre? 我們怎樣在健康中心登記？

……甚麼時候／幾點／何時……？

¿A qué hora y cada cuánto tiempo tengo que tomar las pastillas?	**When** and how often do I have to take the tablets? 我應該何時吃藥，隔多久吃一次？
¿A qué hora abre el centro de salud?	**What time** does the health centre open? 健康中心幾點開門？
¿A qué hora empieza la consulta?	**When** does surgery start? 診所甚麼時候開門？
¿Cuándo abre el centro de salud?	**When** does the health centre open? 健康中心甚麼時候開門？
¿Cuándo podemos recoger los resultados?	**When** can we pick up the results? 我們甚麼時候可以取檢查結果？

徵求他人允許做某事，可以用 **¿Puedo...?** 或 **¿Se puede...?**（我可以……嗎？）表示。**puedo** 和 **puede** 的動詞原形是 **poder**。關於 **poder** 的更多內容，見 305 頁。

……可以……嗎？

¿Puedo quedarme con el paciente por la noche?	**Can I** stay with the patient overnight? 我晚上可以陪病人過夜嗎？
¿Puedo beber alcohol mientras esté tomando esta medicina?	**Can I** take alcohol while I'm on this medicine? 吃這藥期間我可以喝酒嗎？

¿**Puedo** ver a un médico esta mañana?	**Can I** see a doctor this morning? 我今早可以看醫生嗎？
¿**Puedo** hablar con un pediatra ahora mismo?	**Can I** talk to a paediatrician right away? 我可以現在就諮詢兒科專家嗎？
¿**Se puede** fumar en algún sitio del hospital?	**Can I** smoke anywhere in the hospital? 醫院哪裏可以抽煙？

索取東西

無論是在藥房、診所還是其他地方，需要詢問"有沒有甚麼"，都可以用 ¿**Tienen...?**（有沒有……？）表示。**tienen** 的動詞原形是 **tener**。關於 **tener** 的更多內容，見 314 頁。

有沒有……？

¿**Tienen** algo para el dolor de cabeza?	**Have you got** anything for headaches? 有沒有治頭痛的藥？
¿**Tienen** crema para las quemaduras del sol?	**Do you have** sunburn lotion? 有沒有曬後舒緩液？
¿**Tienen** un teléfono de urgencias?	**Do you have** a number to call in case of emergencies? 有沒有急救電話？

請求他人幫忙時，和英語一樣，可以用 ¿**Puede...?**（您能……？）或 ¿**Podría...?**（您可以……？）表示。

……您能 / 可以 / 介意……嗎？

Por favor, ¿**puede** recetarme algo para el dolor de oído?	**Can you** prescribe something for earache, please? 請問，您能幫我開點治耳痛的藥嗎？
¿**Puede** enviar una ambulancia inmediatamente?	**Can you** send an ambulance right now? 您能馬上派輛救護車來嗎？
¿**Podría** llevarnos al hospital más próximo?	**Could you** take us to the nearest hospital? 您可以帶我們去最近的醫院嗎？

¿**Podría** tomarme la tensión?	**Could you** check my blood pressure? 您可以幫我測血壓嗎？
¿**Le importaría** ayudarme con la silla de ruedas?	**Would you mind** helping me with my wheelchair?您介意幫我推推輪椅嗎？

用西班牙語索取東西最常見的表達方式是用 **¿Me da...?**（請……）表示。

請……。

Por favor, ¿**me da** una cita para mañana?	**Can I have** an appointment for tomorrow, please? 請幫我預約明天。
Por favor, ¿**me da** aspirinas?	**Can I have** some aspirins, please? 請給我一些阿士匹靈。
¿**Me da** algo para el dolor de muelas?	**Can you give me** something for toothache? 請給我一些治牙痛的藥。
¿**Me da** un informe para el seguro?	**Can you give me** a report for my insurance company? 請給我一份可交給保險公司的報告。

表達想做甚麼

想用西班牙語表達想做甚麼，可以用 **quiero** 或 **quisiera**（我想……）。它們的動詞原形都是 **querer**。關於 **querer** 的更多內容，見 308 頁。

我想……

Quiero ver a un dentista.	**I'd like to** see a dentist. 我想看牙醫。
Quiero hacerme una revisión.	**I'd like to** have a check-up. 我想檢查一下身體。
Quiero que me tome la tensión.	**I'd like** you **to** check my blood pressure. 我想請您幫我量一下血壓。
Quisiera pedir una cita para el médico.	**I'd like to** make an appointment with the doctor. 我想跟醫生約個時間。

| **Quisiera** ver a un médico enseguida. | **I'd like to** see a doctor straight away. 我想現在就去看醫生。 |

¿LO SABÍAS? 不可不知

正如以上某些例句所示,西班牙語中在人名或指代人的名詞前要用 **ver a**。關於 **a** 的更多用法,見 271 頁。

表達寧願做甚麼,可以用 **prefiero**(我更喜歡或我寧願)和 **preferimos**(我們更喜歡或我們寧願)。

我 / 我們寧願 / 更喜歡……

Prefiero ir a un hospital privado.	**I'd rather** go to a private hospital. 我寧願去私立醫院。
Prefiero ir a una ginecóloga **que** a un ginecólogo.	**I'd rather** see a female gynaecologist **than** a male one. 我寧願看女婦科醫生,也不看男婦科醫生。
Prefiero tomar pastillas **a** ponerme una inyección.	**I'd rather** take tablets **than** have an injection. 我寧願吃藥也不願打針。
Preferimos los remedios naturales.	**We prefer** natural remedies. 我們更喜歡自然療法。

可以用 **necesito**(我需要)加動詞不定式表示需要做甚麼。用 **necesito que**(我需要)加動詞虛擬式表示需要他人做甚麼。關於虛擬式的更多內容,見 284 頁。

我 / 我們(需要)……

Necesito inyectarme insulina.	**I need** to give myself insulin injections. 我需要給自己注射胰島素。
Necesito ver a un quiropráctico.	**I need** to see a chiropractor. 我要去看看脊椎治療師。
Necesitamos que venga un médico.	**We need** a doctor to come here. 我們這裏需要一個醫生。

| **Necesitamos que** venga una ambulancia urgentemente. | **We** urgently **need** an ambulance. 我們急需一輛救護車。 |
| **¿Necesito** receta médica? | **Do I need** a prescription? 我需要一張處方嗎？ |

提出建議

尋求醫療幫助時，也許需要用西班牙語向他人提出建議。其中一種表達方式是用 **podríamos**（我們可以）。**podríamos** 的動詞原形是 **poder**。關於 **poder** 的更多內容，見 305 頁。

我們可以……

Podríamos preguntarle al farmacéutico.	**We could** ask the pharmacist. 我們可以諮詢藥劑師。
Podríamos comprar un analgésico en la farmacia.	**We could** get some painkillers at the chemist's. 我們可以從藥房買些止痛藥。
Podríamos llamar por teléfono a su familia.	**We could** phone his family. 我們可以打電話通知他家人。

另一種用西班牙語提建議的方式是用 **¿Por qué no...?**（要不……？）提問。

何不……？

¿Por qué no llamamos a un médico?	**Why don't** we call a doctor? 我們何不請個醫生？
¿Por qué no le explicas el problema al médico?	**Why don't** you explain the problem to the doctor? 你何不跟醫生說明一下病情？
¿Por qué no preguntas cómo se toma el medicamento?	**Why don't** you ask how the medicine should be taken? 你何不問一下這藥該怎麼吃？

以下是一些在診所或醫院看病時可能會聽到的常用語。

¿Cómo está usted?	How are you? 您好嗎？
¿Qué le pasa a usted?	What seems to be the problem? 您怎麼了？
¿Dónde se aloja?	Where are you staying? 您住在哪裏？
¿Sufre usted alguna enfermedad?	Do you have any existing medical conditions? 您患有其他疾病嗎？
¿Está tomando otra medicación?	Are you on any other medication? 您正在吃其他藥嗎？
¿Tiene ganas de vomitar?	Do you feel sick? 您有嘔吐感嗎？
¿Está mareado?	Do you feel sick or dizzy? 您感到頭暈嗎？
¿Dónde le duele?	Where does it hurt? 您哪裏痛？
¿Cuánto tiempo hace que se siente así?	How long have you been feeling like this? 您有這種感覺多久了？
No beba alcohol mientras toma esta medicina.	Don't drink alcohol while you're taking this medicine. 吃這藥期間別喝酒。
No es grave.	It isn't serious. 並不嚴重。
El análisis está bien.	The test results were fine. 化驗結果還可以。
Tenemos que ingresarla.	You'll have to go into hospital. 你要住院。
Rellene este impreso, por favor.	Please fill in this form. 請填寫這份表格。
¿Me da usted los datos de su seguro médico?	Can I have your medical insurance details? 請給我您的醫療保險的詳細資料。

生活小貼士

• 要是您感覺自己需要看醫生，就可以去醫療中心（**centro de salud**）或醫院的急症室（**urgencias**）就醫。

• 儘管西班牙人或西班牙居民享有國家醫療保障體系（**Seguridad Social**）下的看病權利，而且國家醫療保障體系也享有很高的聲譽，很多人還是會選擇加入 **mutua**（私人醫療機構，又稱"醫生互助會"），因為這樣他們就能在需要看醫生的時候隨時預約到 **mutua** 的醫生、專家或外科醫生。

• 在西班牙，很遠就能認出藥房（**farmacias**），因為藥房外面通常有一個綠色十字架（**cruz verde**）的標誌。

• 在西班牙，總可以找到一家營業中的通宵營業的藥店（**farmacia de guardia**），當地所有其他藥店外面和當地報紙都會在醒目的位置寫上它的地址。

• **Farmacias** 通常售賣藥物、創可貼和藥用酒精等物品，也提供類似測量血壓和驗血之類的服務。如果需要購買洗漱用品或化妝品，就要去專門賣這類物品的 **perfumería**。

• 在西班牙，聽到有人打噴嚏，人們就會說 **Jesús**，這相當於英語的 *Bless you*（耶穌保佑），因為以前一個噴嚏就可能是某種致命疾病的徵兆，因此需要來自上帝的保護。

單元 10　求助！

¡No pasa nada! 別擔心！

在國外需要別人幫忙的時候，最不想遇到的就是語言不通的問題。本單元詞句將幫助你自信地處理碰到的所有問題，從汽車故障到酒店房間的肥皂不夠，從遺失護照到找人修理熱水器等，一一囊括。

解釋問題

首先需要解釋清楚問題所在。可以用 **hay** 表示英語 *there is* 和 *there are*（有⋯⋯），用 **ha habido** 表示英語 *there has been* 和 *there have been*（曾經有⋯⋯）。

（有）⋯⋯、⋯⋯沒有⋯⋯

No hay agua caliente en la ducha.	**There isn't** any hot water in the shower. 淋浴室沒有熱水了。
No hay toallas en mi habitación.	**There aren't** any towels in my room. 我房間裏沒有毛巾了。
Parece que hay cucarachas en el piso.	**There seem to be** cockroaches in the flat. 住宅單位裏好像有蟑螂。
Ha habido un accidente.	**There's been** an accident. 發生意外了。

想告訴別人東西用完了，名詞單數可以用 **no queda...**（⋯⋯沒了），複數名詞可以用 **no quedan**...（⋯⋯沒了）。

⋯⋯（沒）⋯⋯

No queda jabón en el cuarto de baño.	**There isn't any** soap **left** in the bathroom. 浴室裏沒肥皂了。
No queda tónica en el minibar.	**There isn't any** tonic **left** in the minibar. 迷你吧沒湯利水（一種味微苦、常加於烈性酒中的有氣飲品）了。

| **No quedan** entradas. | **There aren't any** tickets **left**. 門票賣光了。 |

要指出所面臨的具體問題，通常可以用 **tengo**（我有）或 **no tengo**（我沒有）來表達。**tengo** 的動詞原形是 **tener**。關於 **tener** 的更多內容，見 314 頁。

我（有）……、我/我們（沒有）

Tengo una rueda pinchada.	**I've got** a puncture. 我的車輪被扎破了。
Tengo una gotera en el techo.	**I've got** a leak in the roof. 我家屋頂漏水了。
No tengo bomba de aire.	**I haven't got** a pump. 我沒有打氣筒。
No tenemos suficiente dinero para volver a casa.	**We haven't got** enough money to get back home. 我們沒有足夠的錢回家。
Tengo el televisor averiado.	**My** TV**'s** on the blink. 我家電視機壞了。

描述某物出了甚麼問題時，主語是單數名詞，通常可以用 **está**（是或它是）加形容詞表示；主語是複數名詞，就用 **están**（是或它們是）加形容詞表示。關於 **ser** 和 **estar** 的更多內容，見 271 頁。

……（是）……

La tele **está** rota.	The TV**'s** broken. 電視機壞了。
La bombona **está** vacía.	The gas cylinder**'s** empty. 煤氣罐沒氣了。
Mis maletas **están** dañadas.	My suitcases **are** damaged. 我的行李箱損壞了。
Las ruedas **están** desinfladas.	The tyres **are** flat. 輪胎癟了。

無法使某物正常運作，可以用 **no puedo**（我不能）或者 **no logro** 和 **no consigo**（我沒法）加動詞不定式來表達問題所在。

我 / 我們沒法……

No puedo poner en marcha el aire acondicionado.	**I can't** turn the air-conditioning on. 我沒法開空調。
No podemos abrir la puerta de la habitación.	**We can't** open the door to the room. 我們沒法打開房門。
No logro arrancar el motor del coche.	**I can't** start the engine. 我沒法發動引擎。
No consigo encender el calentador.	**I can't** light the boiler. 我沒法點燃熱水器。
No consigo bajar la persiana.	**I can't** pull the blind down. 我沒法把窗簾拉下來。

表達因為不知道怎樣做而無法做某事，就用 **no sé** 來表示。

我不會 / 不知道怎樣 / 不是……

No sé desconectar este móvil.	**I don't know how to** switch off this mobile. 我不知道怎樣關手機。
No sé cambiar la rueda.	**I can't** change the wheel. 我不會換輪胎。
No sé conducir un coche automático.	**I can't** drive an automatic. 我不會開車。
No sé hablar bien español.	**I can't** speak Spanish very well. 我的西班牙語說得不是很好。

表達對某事不明白，可以用 **no comprendo** 或 **no entiendo**（我不明白）來表示。

……我不……明白……、我們沒聽懂……

Lo siento, pero **no comprendo** estos documentos.	I'm sorry but **I don't understand** these documents. 很抱歉，我不明白這些文件表達甚麼。
No comprendemos al mecánico.	**We can't understand** the mechanic. 我們沒聽懂這個技師的話。

No entiendo lo que quieres decir.	**I don't understand** what you mean. 我不太明白你想說甚麼。

¿LO SABÍAS? 不可不知

從上面的其中一個例句可以看出，在西班牙語裏，如果後面跟的是指代人的名詞，就用 **comprender a** 來表示英語 *to understand*（明白）。關於 **a** 的此項用法的更多內容，見 271 頁。

要用西班牙語向他人表達英語 won't work 或 doesn't work（出故障了或壞了），可以用動詞現在時表示。關於現在時的更多內容，見 280 頁。

……壞了、……發動不了

El aire acondicionado **no funciona**.	The air conditioning **won't work**. 空調壞了。
El televisor **no funciona**.	The television **doesn't work**. 電視機壞了。
El coche **no arranca**.	The car **won't start**. 汽車發動不了。

表達發生了甚麼事

有時可能需要說明自己所處的境況。描述發生了甚麼事情，可以用 **he**（我已經）加以 **-ado** 或 **-ido**（動詞過去分詞）結尾的動詞來表示。關於動詞過去分詞的更多內容，見 280 頁。

……我 / 我們（已經）……

He perdido el pasaporte.	**I've** lost my passport. 我的護照不見了。
He perdido el tren.	**I've** missed my train. 我錯過了火車。
He tenido un accidente.	**I've** had an accident. 我發生了意外。
Nos **hemos** quedado sin gasolina.	**We've** run out of petrol. 我們的汽油用完了。
Mi maleta **no ha** llegado.	My case **hasn't** arrived. 我的行李還沒到。

| El autobús se **ha** ido sin mí. | The coach **has** left without me. 大客車沒有等我就走了。 |

英語中常常用 I've been（我被……）表達 "某人對我們做了甚麼"；在西班牙語中，則可以用 **me han** 加動詞的 **-ado** 或 **-ido** 形式（動詞過去分詞）來表示。

我 / 我們……被……

Me han robado.	**I've been** mugged. 我被人搶劫了。
Nos han cobrado de más.	**We've been** overcharged. 我們被多收了錢。
Me han entrado a robar en el coche.	My car**'s been** broken into. 我的車被撬開了。
Me han dado un tirón del bolso.	My bag**'s been** snatched. 我的袋被搶了。

描述人和事物

有東西丟了或是人找不到了，可能要對他（它）們進行描述。可以用 **es**（它是）和 **son**（他們是）描述事物固有的或不變的特徵。**es** 的動詞原形是 **ser**（是）。關於 **ser** 的更多內容，見 313 頁。

……（是）……

El bolso **es** rojo.	**It's** a red bag. 那是個紅色的袋。
Es nuevo.	**It's** new. 它是新的。
Es un móvil plateado con cámara.	**It's** a silver camera phone. 那是一部可拍照的銀色手機。
Es un monedero de piel negra.	**It's** a black leather purse. 那是個黑色真皮錢包。
Es alto y bastante joven.	**He's** tall and quite young. 他身材高大又很年輕。
Son unas joyas de mucho valor.	**They're** very valuable jewels. 那些珠寶很貴重。

要表達某人的年齡，可以用動詞 **tener**，因為用西班牙語表達年齡，要説某人 *has*（有）多少 *years*（歲）。**tener** 也可以和英語 *have*（有）一樣，用來描述他人的樣貌。

他／她（是）……

Tiene cinco años.	**He's** five years old. 他五歲。
Tiene veinticinco años.	**He's** twenty-five. 他二十五歲。
Tiene ocho años.	**She's** eight. 她八歲。

他／她有……

Tiene el pelo rubio y corto.	**He's got** short blond hair. 他有一頭金色短髮。
Tiene los ojos marrones.	**He's got** brown eyes. 他有一雙棕色眼睛。
Tiene los ojos verdes.	**She's got** green eyes. 她有一雙綠色眼睛。

可以用 **llevar** 來描述某人的衣着。

他／她穿着……

Lleva pantalones vaqueros y camiseta verde.	**She's wearing** jeans and a green T-shirt. 她穿着一條牛仔褲和一件綠 T 恤。
Lleva un vestido rojo.	**She's wearing** a red dress. 她穿着一件紅色的連衣裙。
Llevaba zapatos azules.	**He was wearing** blue shoes. 他穿着藍色的鞋子。

詢問資訊

在陌生的地方遇到問題，可能會向當地人詢問該去哪裏解決這些問題。在向他們詢問具體信息之前，可以先用 **perdone**（不好意思）或 **oiga, por favor**（不好意思，請問）來引起對方注意。

……有沒有……？

Oiga, por favor, ¿**hay un taller** por aquí cerca?	Excuse me, **is there** a garage around here? 不好意思，請問附近有沒有汽車修理廠？
Perdone, ¿**hay un electricista** en el barrio?	Excuse me, **is there** an electrician in the area? 不好意思，這區有沒有電工？
¿**Hay servicios** por aquí?	**Are there** any toilets around here? 這裏附近有沒有洗手間？

¿LO SABÍAS? 不可不知

英語 *Is there...?* 和 *Are there...?*（有……？）都可以用西班牙語 ¿**Hay...?** 來表示。

詢問資訊時，最常問的幾個問題是 ¿**Dónde...?**（……在哪裏？）、¿**Cómo...?**（……怎樣？）、¿**Cuándo...**（甚麼時候……？）和 ¿**Qué...?**（甚麼……？）。

……在哪裏……？

Perdone, ¿**dónde está** la comisaría?	Excuse me, **where's** the police station? 不好意思，警察局在哪裏？
¿**Dónde está** el banco más cercano?	**Where's** the nearest bank? 最近的銀行在哪裏？
¿Sabe usted **dónde hay** un teléfono público?	Do you know **where there's** a payphone? 您知道哪裏有公眾電話嗎？
¿**Dónde** me pueden arreglar una rueda?	**Where** can I get a tyre repaired? 哪裏可以補輪胎？

¿LO SABÍAS? 不可不知

請記住，用動詞 **estar** 表達人和事物在哪裏。

……如何 / 怎麼……？

¿**Cómo** podemos encontrar un fontanero?	**How** can we get hold of a plumber? 我們如何才能找到水喉匠？
¿Puede decirme **cómo** podemos recuperar la maleta?	Can you tell me **how** we can get the suitcase back? 您能告訴我如何找回行李箱嗎？
Perdone, ¿**cómo** llegamos hasta el taller?	Excuse me, **how** do we get to the garage? 請問，去汽車修理廠怎麼走？

……甚麼時候……？

¿**Cuándo** puedo llevar el coche al taller?	**When** can I bring the car to the garage? 我甚麼時候可以將車送去汽車修理廠？
¿Sabe **cuándo** podremos ver al abogado?	Do you know **when** we'll be able to see the lawyer? 您知道我們甚麼時候可以去見律師嗎？
¿**Cuándo** vendrán a arreglarnos el termo?	**When** will you come to fix the water heater? 你們甚麼時候可以來修理熱水爐？
¿**Cuándo** cree que estará listo?	**When** do you think it'll be ready? 您覺得甚麼時候可以準備好？
¿**Cuándo** cree que podrá tener las piezas de repuesto?	**When** do you think you'll be able to get the replacement parts? 您覺得甚麼時候可以拿到替換的零件？

……甚麼 / 哪……？

¿**Qué** documentos necesito presentar?	**What** documents do I need to show? 我需要出示甚麼文件？
Perdone, ¿para **qué** es este impreso?	Excuse me, **what**'s this form for? 請問，這是甚麼表格？
¿**Qué** taller me recomienda?	**Which** garage would you recommend? 您推薦哪一間汽車修理廠？

詢問事情發生的時間，就用 ¿**A qué hora...?** （……幾點 / 何時？）。

⋯⋯幾點 / 何時⋯⋯？

¿A qué hora cree usted que llegará?	**What time** do you think you'll get here? 您認為幾點能到這裏？
¿A qué hora cierra el taller?	**What time** does the garage close? 汽車修理廠幾點關門？
¿Hasta qué hora estará abierto el banco?	**What time** will the bank be open **till**? 銀行營業到幾點？

詢問別人做某事要收取多少費用，可以用 **¿Cuánto...?**（⋯⋯多少錢⋯⋯？）。

⋯⋯多少錢⋯⋯？

¿Cuánto nos va a cobrar por arreglar esto?	**How much** will you charge us to fix this? 修理這個需要多少錢？
¿Puede decirme cuánto nos va a cobrar por arreglarnos estos papeles?	Can you tell me **how much** you'll charge to sort out the paperwork? 您能告訴我整理這些文件需要多少錢嗎？
¿Cuánto cuesta arreglar el coche?	**How much** will it be to repair the car? 修好這輛車需要多少錢？

⋯⋯要⋯⋯多久？

¿Cuánto tardará en llegar?	**How long** will it take you to get here? 您要多久到這裏？
¿Cuánto tendremos que esperar?	**How long** will we have to wait? 我們要等多久？
¿Sabe usted cuánto durará la avería?	Do you know **how long** the problem will go on for? 您知道這個問題還要持續多久？

想詢問某人是否能做某事，用 **¿Podrá...?**（您⋯⋯能⋯⋯？）。

您……能……？

¿Podrá venir esta mañana?	**Will you be able to** come this morning? 您今天上午能來嗎？
¿Podrá arreglarlo para mañana?	**Will you be able to** repair it by tomorrow? 您明天能修理好嗎？
¿Podrá conseguir una pieza de repuesto para esto?	**Will you be able to** get a replacement part for it? 您能找到這個的替換零件嗎？

索取東西

陷入某種困境需要尋求幫助時，知道如何索取東西是很重要的。當面臨問題需要索要東西時，最常用的方式是用西班牙語 **¿Me da...?**（請給我……）來表達。

請給我……

Por favor, **¿me da** el número de la policía?	**Can I have** the phone number for the police, please? 請給我報警的電話。
Por favor, **¿me da** un informe para mi seguro?	Please，**can I have** a report for my insurer? 請給我一份交給保險公司的報告。
¿Me da un cubo para recoger el agua?	**Can I have** a bucket to catch the water? 請給我一個水桶盛水。

無論是在商店、辦公室、部門還是其他機構，詢問"有沒有甚麼"都可以用 **¿Tienen...?**（有……嗎？）。

……（有……嗎）？

¿Tienen pinzas para recargar la batería?	**Do you have** jump leads? 你們有汽車電池的跨接電線嗎？
Oiga, perdone, **¿tienen** oficina de objetos perdidos?	Excuse me, **do you have** a lost property office? 不好意思，請問失物認領處在哪裏？

| Por favor, ¿**tienen** este documento en inglés? | Excuse me, **do you have** this document available in English? 請問，這份文件有英語版嗎？ |

請求別人幫忙，可以用 **¿Puede...?** 和 **¿Podría...?**（您能……或您可以……？）。

您能 / 可以……嗎？

Por favor, ¿**puede** ayudarme?	**Can you** help me, please? 您能幫我一個忙嗎？
¿Puede llamar a la policía?	**Can you** call the police? 您能打電話叫警察嗎？
¿Me podría mostrar cómo funciona la ducha?	**Could you** show me how the shower works? 您可以教我怎麼用淋浴器嗎？
¿Podría recomendarme un abogado?	**Could you** recommend a lawyer? 您可以推薦一個律師嗎？

表達想做甚麼

要解決問題或者困難，要表達自己想做甚麼或者想怎樣解決它，可以用 **quiero** 或 **quisiera**（我想）表示。**quiero** 和 **quisiera** 的動詞原形都是 **querer**。關於 **querer** 的更多內容，見 308 頁。

我想……

Quiero hablar con el gerente.	**I'd like to** speak to the manager. 我想跟經理談一下。
Quiero denunciar un robo.	**I'd like to** report a theft. 我想舉報一宗盜竊案。
Quiero hacer una llamada.	**I'd like to** make a call. 我想打個電話。
Quisiera llamar a mi hija.	**I'd like to** phone my daughter. 我想打個電話給我女兒。

| **Quisiera** ver a un asesor fiscal. | **I'd like to** see a tax consultant. 我想見一見稅務顧問。 |

我 / 我們不想……

No quiero dejar aquí el coche.	**I don't want to** leave my car here. 我不想泊我的車在這裏。
No quiero molestarle demasiado.	**I don't want to** put you to a lot of trouble. 我不想太麻煩您。
No queremos ir al hotel sin nuestras maletas.	**We don't want to** go to the hotel without our luggage. 我們不想帶行李去酒店。

……我 / 我們寧願……

Prefiero hablar con alguien que sepa inglés.	**I'd rather** talk to someone who speaks English. 我寧願跟會說英語的人交談。
Prefiero pedirle al técnico que venga mañana.	**I'd rather** ask the engineer to come tomorrow. 我寧願請工程師明天來。
Si es posible, **preferimos** leer los documentos en inglés.	**We'd rather** read the documents in English, if possible. 如果可能的話，我們寧願看這些文件的英文版。

表達必須做甚麼

着手解決各類問題時，可能想告訴他人自己必須做某事，可以用 **tengo que**（我必須）加動詞不定式表示。

……我 / 我們必須 / 要……

| **Tengo que** irme a otro hotel, ya que aquí hay overbooking. | **I have to** go to another hotel as they've double-booked. 這裏已經超額預訂，我要找另一間酒店了。 |

Tengo que salir a las doce y media, ¿habrá terminado para entonces?	**I've got to** go out at twelve thirty, will you have finished by then? 十二時半我必須走，在這之前您能完成嗎？
Tengo que cambiar la rueda.	**I need** to change the wheel. 我必須換輪胎了。
Tengo que estar en el aeropuerto para las siete.	**I need** to be at the airport by seven o'clock. 我必須在七時前到機場。
Tenemos que recargar la batería.	**We need to** recharge the battery. 我們必須充一下電池。

也可以用 **hay que...**（你必須……或我們必須……）或者 **deber**（必須）表達"必須做甚麼"。關於 **deber** 更多內容，見 287 頁。

我 / 我們 / 您必須……、我們一定不能……

Hay que reclamar el dinero del seguro.	**You must** claim the money back from the insurance. 您必須向保險公司索取賠償。
Hay que poner las luces de emergencia.	**You need** to put on the warning lights. 您必須打開警示燈。
No hay que tocar los cables.	**We mustn't** touch the wires. 我們一定不能觸碰這些電線。
Debo cortar la luz.	**I must** turn off the electricity. 我必須切斷電源。
Debemos salir de aquí.	**We must** get out of here. 我們必須離開這裏。
Debe desconectar el ordenador.	**You must** unplug the computer. 您必須斷掉這個電腦的電源。

提出建議

遇到問題時，可能會向說西班牙語的同事或朋友提出處理問題的建議。其中一種方式就是用 **¿Por qué no...?**（要不……？）加動詞現在時表示。關於動詞現在時的更多內容，見 280 頁。

要不……？

¿Por qué no le preguntamos a esa gente si han visto lo que ha pasado?	**Why don't** we ask those people over there if they saw what happened? 要不我們去問問那些人是否看到發生了甚麼？
¿Por qué no pedimos ayuda a los vecinos?	**Why don't** we ask the neighbours for help? 要不我們請鄰居幫一下忙？
¿Por qué no denuncias el robo en la comisaría?	**Why don't** you go to the police station to report the theft? 要不你去警局舉報這宗盜竊案？

（你看）……怎麼樣？

¿Qué te parece si llamas a tu seguro?	**How about** calling your insurance company? 打電話給你的保險公司怎麼樣？
¿Qué te parece si llamamos al consulado de tu país?	**How about** calling your consulate? 打電話給領事館怎麼樣？
¿Y si preguntamos en recepción?	**How about** asking at reception? 我們去接待處問問怎麼樣？

也可以用 **podríamos**（我們可以……）提出建議。

……我們可以……

Podríamos llamar a la policía.	**We could** call the police. 我們可以報警。
Podríamos pedirle a alguien el número de un electricista.	**We could** ask someone for the number of an electrician. 我們可以問問，看誰有電工的電話。
Podríamos ir a la oficina de objetos perdidos.	**We could** go to the lost property office. 我們可以去失物認領處。
Si lo prefieres, podemos ir al consulado y les explicamos el problema.	**If you prefer, we can** go to the consulate and explain the problem. 如果你願意，我們可以去領事館說明一下情況。

Podemos volver a casa, **si quieres**.	**We can** go back home, **if you like**. 如果你願意，我們可以回家。

談論計劃

為了擺脱困境，有時可能需要制定一些計劃。談論打算做甚麼，可以用 **voy a**（我打算）加動詞不定式表示。

我 / 我們打算 / 要……

Voy a llamar al taller.	**I'm going to** phone the garage. 我打算打電話給汽車修理廠。
Voy a pedir ayuda con mi móvil.	**I'm going to** call for help on my mobile. 我打算用自己的電話求救。
Vamos a tener que cambiar más libras en euros.	**We're going to** have to change some more pounds into euros. 我們要再拿些英鎊換成歐元。
Vamos a mandar un e-mail a la agencia de viajes desde un cibercafé.	**We're going to** email the travel company from an internet café. 我們打算找一間網吧電郵給旅行社。

留心聆聽

以下是一些尋求幫助時可能會聽到的常用語。

¿Está usted bien?	Are you ok? 您還好嗎？
¿Quiere que avisemos a alguien?	Is there somebody we could call? 需要我們聯絡誰嗎？
¿Cuál es el problema?	What's the problem? 出了甚麼問題？
¿Cuál es su nacionalidad?	What nationality are you? 您是甚麼國籍？
¿Qué ha ocurrido?	What's happened? 發生了甚麼事？
¿Qué lleva puesto?	What's he wearing? 他穿甚麼衣服？
¿Qué le han robado?	What's been taken? 您被偷了甚麼？

¿Qué llevaba dentro? What was in it? 裏面裝了甚麼？

¿Cómo se llama usted? What's your name? 您叫甚麼名字？

¿Cómo se escribe? How do you spell that? 怎樣拼寫？

¿De dónde es usted? Where are you from? 您從哪裏來的？

¿Dónde se aloja aquí? Where are you staying? 您住在哪裏？

¿Me da su dirección, por favor? Can I have your address, please? 請給我您的地址。

¿Me da su carnet de conducir? Can I have your driving licence? 請給我您的駕駛執照。

¿Había testigos? Were there any witnesses? 有沒有證人？

Hágame una descripción, por favor. Can you describe it for me? 請您為我描述一下。

Rellene este impreso por favor. Please fill in this form. 請填寫這張表格。

Alguien se pasará por allí antes de una hora. Someone will come round within the hour. 一小時內會有人來。

Lo tendré acabado mañana. I'll have it finished tomorrow. 我明天就能完成。

Son 120 euros. It's 120 euros. 這是 120 歐元。

生活小貼士

• 在西班牙，要向警察局報案，要去 **comisaría**(警察局) 報案 (**hacer un denuncia**)，在城市裏一般叫 **Policía nacional**(國家警察局)，在偏遠地區叫 **Guardia Civil**（國民警衛隊）。

• 在西班牙，警察分好幾種：穿海軍藍制服的國家警察 (**Policía nacional**) 主要維持國家安全和社會治安；市政警察 (**Policía Municipal**) 根據所在城市不同、維持交通或是負責處理輕罪等職責不同，制服也各不相同；穿綠色制服的國民警衛 (**Guardia Civil**) 主要負責農村治安和邊境巡邏。在加泰羅尼亞地區，還會看到加泰羅尼亞自治政府警察 (**Mossos d'Esquadra**)；而在巴斯克地區就叫 **Ertzaintza**(巴斯克地區的警察)。

• 和其他地方一樣，在西班牙開車，要注意不要亂泊車，以免被開罰單 (**multa**) 或者車被拖車 (**grúa**) 拖到違章車輛停放處 (**depósito**)。一定要留意每一個指示牌，如果不懂就問人。比如，西班牙的一些街道，每月 1-15 日車子只能停在道路的一側，而 16-31 日則要停在另一側。如果在交接那天你的車子泊錯了位置，就會在泊車另一側的行人道上看到一張寫着電話號碼的罰單。

單元 11　取得聯繫

¡Dígame! 喂，請講！

用外語聊電話是一件非常困難的事情，因為看不到對方，無法靠肢體語言和面部表情幫助理解和溝通。本單元詞句將助你克服這個困難，讓你自信地用地道的西班牙語通電話。同時，也介紹了其他溝通方式，如電子郵件、短訊或是古舊但好用的郵寄方式。

打電話

想告訴他人需要打個電話，可以用 **tengo que**（我需要）加動詞不定式表示。**tengo** 的動詞原形是 **tener**。關於 **tener** 更多內容，見 314 頁。

……要……

Tengo que hacer una llamada.	**I need to** make a phone call. 我要打個電話。
Tengo que llamar por teléfono a mi mujer.	**I need to** call my wife. 我要打電話給我的太太。
No te olvides de que tienes que llamar a tu madre esta noche.	Don't forget **you need to** call your mother tonight. 別忘了今晚要打電話給你媽媽。

詢問對方是否有手提電話或者是否有他人的電話號碼，可以用 **¿Tiene...?** 或 **¿Tienes...?**（有……嗎？）表示，稱呼對方為 **usted** 時用 **¿Tiene...?**，稱呼對方為 **tú** 時用 **¿Tienes...?**。

你 / 您有……嗎？

¿**Tiene** móvil?	**Do you have** a mobile? 您有手提電話嗎？
¿**Tiene** fax?	**Do you have** a fax? 您有傳真號碼嗎？

¿**Tiene** el número personal del Sr. López, por favor?	**Do you have** Mr López's home number, please? 請問，您有洛佩茲先生家的電話嗎？
¿**Tienes** el número de extensión?	**Do you have** the extension number? 你有分機號碼嗎？

可以用西班牙語 ¿**Cuál es...?**（……是甚麼？）問別人要電話號碼。

……電話……是？、……甚麼號碼？

¿**Cuál es** su número de teléfono?	**What**'s your phone number? 您的電話號碼是甚麼？
¿**Cuál es** el número de información?	**What**'s the number for directory enquiries? 電話查詢打甚麼號碼？
¿**Cuál es** el prefijo de Irlanda?	**What**'s the code for Ireland? 愛爾蘭的電話區號是甚麼？
¿**Qué** número tengo que marcar para hacer una llamada externa?	**What** number do I have to dial to get an outside line? 如要打外線我該撥甚麼號碼？

¿LO SABÍAS? 不可不知

請記住，正如上面最後一個例句所示：在名詞前用 **qué** 表示英語 *what*（甚麼）。

有人接聽電話時

電話接通後，當對方用標準的問候語如 ¡**Diga!** 或 ¿**Sí?** 做出回應，你可以先說 ¡**Hola!**（你好！），然後用 **soy**（我是）作自我介紹。

…… 你好 / 晚上好 / 喂，我是……

Hola, soy Julian Carter.	**Hello, this is** Julian Carter. 你好，我是朱利安·卡特。

Buenos días, Sr. Caldas, **soy** Peter Masters.	**Hello** Mr Caldas, **this is** Peter Masters **speaking**. 卡爾達斯先生你好！我是彼得・馬斯特斯。
Buenas noches Señora Collado, **soy** la Señora McCann.	**Good evening** Mrs Collado, **this is** Mrs McCann **speaking**. 哥拉度夫人晚上好，我是麥卡恩夫人。
Hola Tarik, **soy** Rufus.	**Hi** Tarik, **it's** Rufus here. 塔里你好，我是盧夫斯。
Hola, ¿está Marga? **De parte de** Helen.	**Hello,** is Marga in? **This is** Helen. 喂，是瑪加嗎？我是海倫。

通電話時想問對方是誰，用 **¿Es usted...?** 或 **¿Eres...?**（您是或你是……嗎？）。

你 / 您是……嗎？

¿Es usted el señor García?	**Is that** señor García? 您是加西亞先生嗎？
¿Eres Jaime?	**Is that** Jaime? 你是傑梅嗎？

……我是……

Soy un compañero de trabajo de Javier.	**I'm** a colleague of Javier's. 我是哈維爾的同事。
Soy amigo de Emilia.	**I'm** a friend of Emilia's. 我是艾米莉亞的朋友。
Hola, **soy** el inquilino de la calle Nápoles.	Hello, **I'm** the tenant from the calle Nápoles flat. 你好，我是住那不勒斯街那家住宅單位裏的住客。

如果要指定某人來聽電話，可以用 **¿Puedo hablar con... ?**（請……接電話好嗎？）。

請……接電話好嗎？

¿Puedo hablar con Pablo, por favor?	**May I speak to** Pablo, please? 請巴勃羅接電話好嗎？

| ¿**Puedo hablar con** tu padre o con tu madre? | **May I speak to** your father or mother? 請你爸爸或媽媽接電話好嗎？。 |

要確認所撥打的電話是否正確，可以用 ¿**Es...?**（是……嗎？）提問。

| ¿**Es** la comisaría de policía? | **Is that** the police station? 是警局嗎？ |
| ¿**Es** el 959 33 72 61? | **Is that** 959 33 72 61? 是 959 33 72 61 嗎？ |

¿LO SABÍAS? 不可不知

說西班牙語的人常常把電話號碼按兩位數字為一組讀出，所以將 959 33 72 61 讀成 **nueve cinco nueve**，**treinta y tres**，**setenta y dos**，**sesenta y uno**（959，33，72，61）。

跟認識的人通電話，首先會問候對方。西班牙語 ¿**Qué tal?** 和 ¿**Qué hay?** 相當於英語 How are you 或 How are things?（你好嗎？）。另外，可以對很熟悉的人說 ¿**Qué tal te va?**，對不是太熟的人說 ¿**Qué tal le va?**。

你好嗎？

| ¿**Qué hay**? | **How are you**? 你好嗎？ |
| ¿**Qué tal**? | **How are you**? 你好嗎？ |

……（怎樣 / 好）……？

¿**Cómo va todo**?	**How's** life? 過得怎樣？
¿**Qué tal está** tu hermano?	**How's** your brother? 你的兄弟好不好？
¿**Qué tal están** tus padres?	**How are** your parents? 你父母還好嗎？
¿**Qué tal va** el trabajo?	**How's** work? 工作順利嗎？

有人問候你時，可以用數種不同的方式回應。

我很好，謝謝、還不錯、我⋯⋯不是很好

Bien, gracias. ¿Y tú?	**I'm fine, thanks.** What about you? 我很好，謝謝。你呢？
Vamos tirando. ¿Y tú?	**Not bad**. And you? 我們還不錯，你呢？
No me ha ido muy bien últimamente.	**I haven't been great** lately. 我最近不是很好。

表達打電話的原因

接通電話後，通常會先向對方解釋打電話的原因，可以用動詞 **llamar**（打電話）來表示。關於 **llamar** 這類以 **-ar** 結尾的動詞的更多內容，見 276 頁。

我打電話來是⋯⋯

Llamo por lo de mañana por la noche.	**I'm phoning about** tomorrow night. 我打電話來是說說明晚的事。
Llamo por lo de su anuncio en el periódico.	**I'm phoning about** your ad in the paper. 我打電話來是想問關於您在報上登的廣告。
Llamo para pedir más datos de sus tarifas.	**I'm phoning to** get further details on your rates. 我打電話來是想更詳細地了解你的報價。
Llamo para solicitar información sobre los vuelos a Londres.	**I'm calling to** ask for information about flights to London. 我打電話來詢問飛往倫敦的航班資料。

要表達電話從哪裏打來的，用 **llamo desde**（我從⋯⋯打來）。

我用 / 在⋯⋯打電話⋯⋯

Llamo desde un teléfono público.	**I'm calling from** a public phone. 我用公眾電話打電話給你。
Llamo desde mi móvil.	**I'm calling on** my mobile. 我用我的手提電話打電話給你。

Le **llamo desde** mi trabajo.	**I'm calling** you **from** work. 我在辦公室打電話給您。

想詢問是否可以做某事，可以用 **¿Puedo...?**（我可以……？）表示。

¿Puedo dejarle un recado?	**Can I** leave a message? 我可以留言嗎？
¿Puedo volver a llamar más tarde?	**Can I** ring again later? 我可以晚點再打來嗎？

要請求對方幫忙，可以用 **¿Puede...?**（您能……？）或 **¿Podría...?**（您可以……？）表示。這兩個詞的動詞原形都是 **poder**。關於 **poder** 的更多內容，見 305 頁。

您能……？、請……、……嗎？

¿Puede decirle que he llamado?	**Can you** tell him I phoned? 您能告訴他我打過電話給他嗎？
¿Puede decirle que Paul ha llamado, por favor?	**Can you** tell him that Paul called, please? 請您告訴他保羅打過電話給他。
¿Puede decirle que me llame cuando vuelva?	**Could you** ask him to call me when he gets back? 您能請他回來後回個電話給我嗎？
¿Me puede pasar con Juan, por favor?	**Can you** put me through to Juan, please? 請胡安接電話好嗎？
¿Me puede poner con la extensión 516?	**Can I** have extension 516? 能幫我轉 516 分機嗎？
¿Le podría dar un recado?	**Could you** give her a message? 您可以幫我留言給她嗎？

提供資訊

用西班牙語打電話，可能需要向對方提供某些資訊。提供電話號碼用 **mi número es...**（我的號碼是……），提供地址就用 **mi dirección es...**（我的地址是……）。

我⋯⋯的⋯⋯電話號碼是⋯⋯

Mi número fijo **es el**...	**My** home phone **number is**... 我的固定電話號碼是⋯⋯
...y **mi número** de móvil **es el**...	...and **my** mobile **number is**...⋯⋯我的手提電話號碼是⋯⋯
El número de teléfono de mi hotel **es el**...	**My** hotel **phone number is**... 我住的酒店房間電話號碼是⋯⋯

我⋯⋯的地址是⋯⋯

Mi dirección en Madrid **es**...	**My address** in Madrid **is**... 我在馬德里的地址是⋯⋯
Mi dirección en Inglaterra **es**...	**My address** in England **is**... 我在英國的地址是⋯⋯
Vivo en Maryhill Drive número 6, en Cork.	**My address is** 6, Maryhill Drive, Cork. 我的地址是科克瑪麗山徑 6 號。

可以用 **puedes** 或 **puede**（你 / 您可以）告訴對方自己的聯絡方式，用 **tú** 稱呼對方時用 **puedes**，用 **usted** 稱呼對方時用 **puede**。

你可以⋯⋯

Puedes localizarme en el 09 98 02 46 23.	**You can** contact me on 09 98 02 46 23. 你可以打 09 98 02 46 23 找我。
Me puedes llamar al fijo.	**You can** contact me on my landline. 你可以打我的固網電話。
Puede localizarnos entre las doce y las dos.	**You can** get us between twelve and two. 您可以在 12 時到 2 時聯絡我們。

接聽電話

接聽電話時，在西班牙可以說 **¿Diga?** 或 **¿Dígame?** 或 **¿Sí?**（喂，請講！）；在墨西哥，就說 **¡Bueno!**；而在南錐體國家，就要說 **¡Hola!**。在其他拉美國家，就用 **¡Aló!**。

¿**Dígame**?	**Hello**! 喂，請講！
¿**Díga**?	**Hello**! 喂，請講！
¡**Aló**!	**Hello**! 喂！
¡**Hola**!	**Hello**! 喂！
¡**Bueno**!	**Hello**? 喂？
¿**Sí, dígame**?	**Hello**? 喂，請講？
¿**Sí**?	**Yes**? 喂？

如果對方指明要你接電話，就回答 ¡**Al habla!**（請講！），或者隨意點的話，就回答 **sí, soy yo**（我就是）。

請講、對，是我

¿Puedo hablar con la señora Smith? - **Al habla**.	May I speak to Mrs. Smith? - **Speaking**. 史密夫夫人在嗎？ —— 請講。
¿Eres John? - **Sí, soy yo**.	Is that John? - **Yes, it is**. 你是約翰嗎？ —— 對，是我。

接聽電話時，常常需要問對方是否想要留言或者稍後再打來等等。可以用 ¿**Quiere...?** 或 ¿**Quieres...?** 表達英語 *Would you like to...?*（你想……嗎？）。如稱呼對方為 **usted**，就用 ¿**Quiere...?**，稱呼對方為 **tú**，就用 ¿**Quieres... ?**。quiere 和 **quieres** 的動詞原形都是 **querer**。關於 **querer** 的更多內容，見 308 頁。

你 / 您想……嗎？

¿**Quieres** dejar un recado?	**Would you like to** leave a message? 你想留言嗎？
¿**Quieres** volver a llamar un poco más tarde?	**Would you like to** call back a bit later? 你想稍後再打來嗎？
¿**Quiere que** le vuelva a llamar?	**Would you like** me **to** call you back? 您想我回電話給您嗎？
¿**Quiere que** él le llame?	**Would you like** him **to** call you? 您想他回電話給您嗎？

也可以用 **¿Le importaría...?**（您介意／可否⋯⋯嗎？）加動詞不定式來詢問對方"是否願意幫忙做某事"。如果稱呼對方為 **tú** 而不是 **usted**，就要把 **le** 換成 **te**。

您介意／可否⋯⋯嗎？

¿Le importaría hablar más despacio, por favor?	**Would you mind** speaking more slowly, please? 您可否説得再慢一點嗎？
¿Le importaría repetir eso, por favor? No le oigo muy bien.	**Would you mind** saying that again, please? I can't hear you very well. 您可否再説一遍嗎？我聽得不是很清楚。
¿Le importaría deletrearlo, por favor?	**Would you mind** spelling it out, please? 您可否將它拼寫出來嗎？
¿Le importaría volverme a dar su número de teléfono?	**Would you mind** giving me your phone number again? 您可否再告訴我您的電話號碼嗎？
¿Te importaría volver a llamar mañana?	**Would you mind** calling me back tomorrow? 您可否明天再回電話給我嗎？

結束通話

用西班牙語結束通話，就像平時面對面道別一樣，可以用 **adiós**，或是更隨意一點的話，可以用 **hasta luego**。

回頭見／再見！

¡Hasta luego, Laura!	**Goodbye** Laura! 勞拉，回頭見！
¡Adiós, Sr. Blum!	**Goodbye** Mr Blum! 布林先生，再見！
¡Venga, **hasta luego** Emma!	Right, **bye** Emma! 好的，艾瑪，那就回頭見！

⋯⋯愉快／快樂⋯⋯！、保重！

¡Que tengas un buen día!	**Have a good** day! 祝你度過愉快的一天！

¡Que tengas un buen fin de semana!	**Have a good** weekend! 週末愉快！
¡Que te lo pases bien esta noche!	**Have a great time** this evening! 祝你今晚過得愉快！
¡Que te vaya bien!	**Take care of yourself**！自己保重！

可以用 **¡Hasta...!** 加 **mañana**（明天）、**luego**（稍後）或 **esta noche**（今晚）等來表示英語 *See you...!*（……回頭見！）。

……見！

¡Hasta mañana!	**See you** tomorrow! 明天見！
¡Hasta luego!	**See you** later! 回頭見！
¡Hasta esta noche!	**See you** tonight! 今晚見！
¡Hasta pronto!	**See you** soon! 待會見！

要托對方轉達問候給另外一個人，可以用 **saluda a...de mi parte**（替我向……問好）。如果稱呼對方為 **usted**，就要說 **salude a...de mi parte**。

替我向……問好

Saluda a tu familia de mi parte.	**Say hello to** your family **for me**. 替我向你的家人問好。
Saluda a tu hermana de mi parte.	**Say hello to** your sister **for me**. 替我向你姐姐問好。
Saluda a tus padres de mi parte.	**Say hello to** your parents **for me**. 替我向你父母問好。

偶爾，也可能發生必須提早結束對話的情況，特別是在用手提電話通電話時。要告訴對方電池沒電了或者通話費餘額不足等，可以用 **me estoy quedando sin...**（我快沒有……）表示。

我……不足 / 沒……了

Me estoy quedando sin saldo.	**I'm nearly out of** credit. 我的通話費餘額不足了。
Me estoy quedando sin batería.	**My** battery's **going flat**. 我的電池快沒電了。

留心聰聽

以下是一些通電話時可能會聽到的常用語。

¿Quién le llama?	Who's calling, please? 請問哪位找他？
¿De parte de quién?	Who shall I say is calling? 您是哪位？
No cuelgue.	Please hold the line. 請不要放下電話。
Le paso.	I'll put you through. 我幫您轉過去。
Se ha equivocado de número.	You've got the wrong number. 您打錯電話了。
¿Sabe cúal es la extensión?	Do you have the extension number? 您知道分機號碼嗎？
Comunica.	The line is engaged. 電話佔線。
Espera un momento, que voy a buscarlo.	Hang on a minute, I'll get him. 請稍等，我去叫他聽電話。
Lo siento, no está.	I'm afraid he's not here at the moment. 抱歉他現在不在。
Me temo que está ocupado.	I'm afraid he's busy right now. 抱歉，他現在正在忙。
Está reunido.	He's in a meeting. 他在開會。
En este momento no se puede poner.	He can't come to the phone right now. 他現在不方便接電話。
¿Le puede llamar usted más tarde?	Can you call back later? 您能稍後再打來嗎？
Le diré que te llame él.	I'll ask him to call you back. 我會請他回電話給你。
¡Te llamo más tarde!	I'll call you later! 我稍後再打給你。

Se corta.	You're breaking up. 訊號不好。
El número marcado no existe.	The number you've dialled doesn't exist. 您撥打的號碼是空號。
Ha llamado al 09 73 47 60 21.	You've reached 09 73 47 60 21. 電話 09 73 47 60 21 已經接通。
Deje su mensaje después de oír la señal.	Please leave your message after the tone. 請您在聽到提示音後留言。
Esta llamada le costará 1 euro por minuto.	This call will cost 1 euro per minute. 這通電話每分鐘要 1 歐元。
Todos nuestros operadores están ocupados; por favor, vuelva a llamar más tarde.	All our operators are busy; please call back later. 接線員正忙，請您稍後再撥。

寫信和發電子郵件

以下提供一些用西班牙語寫信的範例和一些經常會用到的短語。

私人信件或電子郵件的開頭

Querido Ricardo:	Dear Ricardo, 親愛的里卡多：
Mi querida tía:	My dear aunt, 親愛的阿姨：
¡Hola, Raquel!	Hi Raquel! 拉奇，你好！

¿LO SABÍAS? 不可不知

用英語寫信，第一行稱謂後用逗號結束，在西班牙語中用冒號結束；寫電子郵件時則可以靈活些，可以用感歎號或逗號，也可以甚麼都不用。

私人信件或電子郵件的結尾

Cordialmente.	Kind regards. 謹致誠摯的問候。
Un abrazo, María.	Yours, María. 擁抱你，瑪利亞。

Saludos cordiales, Iván.	Kind regards, Iván. 謹致誠摯的問候，伊凡。	
Besos, Andrés.	Love, Andrés. 吻你，安德烈。	
¡Hasta pronto!	See you soon! 回頭見！	
Dale un abrazo de mi parte a Fran.	Send my best wishes to Fran. 代我給弗蘭一個擁抱。	
Un fuerte abrazo, Maite	Love, Maite 緊緊擁抱你，瑪伊特。	

A:		Nuevo Mensaje:	
CC:		Responder al autor:	
Copia oculta:		Responder a todos:	
Asunto:		Archivo adjunto:	

Hola, 嗨，你好：

¿qué tal el fin de semana? 週末過得好嗎？

Me sorban dos entradas para el concierto de mañana, de unos amigos que no pueden venir. Si te interesa, o conoces a alguien que quiera ir, avísame en cuanto puedas. 我的朋友沒法去明天的音樂會，所以多了兩張票。如果你想去，或者你認識的朋友想去，請盡快告訴我。

un beso, 吻你，

E.

> Saying your email address 告知別人自己電郵地址
> 若要用西班牙語說自己的電郵地址，可以這樣說 belen punto huertas arroba net punto es。

⟶ *Barcelona, 5 de junio de 2006*

Queridos amigos: 親愛的朋友們： ◀── 這裏用冒號

Muchas gracias por la preciosa pulsera que me mandasteis por mi cumpleaños, que me ha gustado muchísimo. Voy a disfrutar de verdad poniéndomela para mi fiesta del sábado, y estoy segura de que a Cristina le va a dar una envidia tremenda. 謝謝你們寄那麼精美的手鐲給我作生日禮物，我非常喜歡它。我會很高興佩戴着它參加週六的生日派對，克莉絲蒂娜肯定會非常妒忌的。

En realidad no hay demasiadas cosas nuevas que contaros, ya que últimamente parece que no hago otra cosa que estudiar para los exámenes, que ya están a la vuelta de la esquina. No sabéis las ganas que tengo de terminarlos todos y poder empezar a pensar en las vacaciones. 事實上我也沒其他事情要和你們説，因為最近好像除了準備即將到來的考試外我也沒做甚麼。你們肯定無法想像我多麼渴望盡快結束這一切，並開始憧憬假期到來。

Paloma me encarga que os dé recuerdos de su parte. 帕洛瑪請我替她問候你們。

Muchos besos de 吻你們！

Ana 安娜

2006 年 6 月 5 日於巴塞隆拿

正式信函或電子郵件的開頭

Estimado Sr. Mendoza:	Dear Mr Mendoza, 尊敬的門多薩先生：
Estimado señor:	Dear Sir, 尊敬的先生：
Estimada señora:	Dear Madam, 尊敬的女士：
Estimados señores:	Dear Sir or Madam, 尊敬的先生或女士：

正式信函或電子郵件的結尾

Atentamente	Yours faithfully 謹致敬意
Cordialmente	Yours sincerely 謹致誠摯的問候
Muy cordialmente	Kind regards 謹致非常誠摯的問候
Le(s) saluda atentamente	Yours faithfully 致以誠摯的敬意

José Arteaga Pérez   ← 你的名字和地址
Calle San Agustín 45, 3o A
34012 Zaragoza

19 de marzo de 2006

日期

Hotel Sol y Mar   ← 收件人／公司的名字和地址
Paseo Marítimo 12
08005 Barcelona

Estimados señores: 尊敬的先生或女士： ← 這裏用冒號

Como acordamos en nuestra conversación telefónica de esta mañana,
les escribo para confirmarles la reserva de una habitación doble con
baño para las noches del sábado 1 y del domingo 2 de julio de 2006.
Como hemos acordado, les adjunto un cheque de 30€ como garantía
para la reserva. 按照今天早上我們通電話時所商定的，我預訂了一個
連浴室的雙人房，日期為 2006 年 7 月 1 日（星期六）和 7 月 2 日（星
期天）兩晚，現特寫信給你們確認此項預訂資料，並同時按約奉上一
張 30 歐元的支票作為按金。

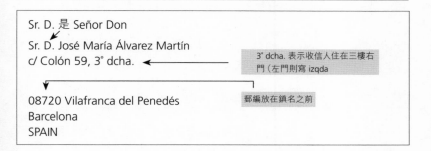

Sin otro particular, les envío un atento saludo. 別無他言，順致敬意！

José Arteaga Pérez 何塞・阿特亞加・佩雷斯

2006 年 3 月 19 日

Sr. D. 是 Señor Don
Sr. D. José María Álvarez Martín
c/ Colón 59, 3° dcha. ←——— 3° dcha. 表示收信人住在三樓右門（左門則寫 izqda

08720 Vilafranca del Penedés   郵編放在鎮名之前
Barcelona
SPAIN

發短訊

如今，就像在英國一樣，在西班牙發短訊也已成為一種重要的交流方式。以下是用西班牙語發短訊時會用到的一些縮略語。

短訊	西班牙語	英語	漢語
+trd	*más tarde*	later	稍後
2	*tú*	you	你
a2	*adiós*	goodbye	再見
bboo	*besos*	love (from)	吻你
find	*fin de semana*	weekend	週末
gnl	*genial*	wonderful	太棒了
h lgo HL	*hasta luego*	see you later	回頭見

LAP	*lo antes posible*	asap (as soon as possible)	盡快
Msj	*mensaje*	Message	留言
NLS	*no lo sé*	I don't know	我不知道
q acc? q hcs?	*¿qué haces?*	what are you doing?	你在做甚麼？
QT1BD	*¡que tengas un buen día!*	have a good day!	度過愉快的一天！
q tl?	*¿qué tal?*	how are you?	你好嗎？
salu2	*saludos*	best wishes	致以問候
tq	*te quiero*	I love you	我愛你
x	*por*	for, by etc	由於、被等
xdon	*perdón*	sorry	對不起
xq	*porque*	because	因為
xq?	*¿por qué?*	why?	為甚麼？

生活小貼士

• 如果必須在公司上班期間發短訊或打電話，最好能表示歉意並作出解釋，可以說 **Perdona** 或 **perdone, tengo que hacer una llamada**（對不起，我要打電話）或 **tengo que enviar un SMS**（我要發短訊）。

• 如果和對方談到電子郵件和網址，或者聽到電話錄音，就很可能會聽到某些特定符號的西班牙語讀法，如：**arroba** (@)、**punto** (.)、**barra oblicua** (/)、**dos puntos** (:)、**guión** (-)、**almohadilla** (#)。

單元 12　　時間、數字、日期

los números 數字

用西班牙語交談，經常需要用到數字，以下內容可以助你一臂之力。

0	cero
1	uno (un / una)
2	dos
3	tres
4	cuatro
5	cinco
6	seis
7	siete
8	ocho
9	nueve
10	diez
11	once
12	doce
13	trece
14	catorce
15	quince
16	dieciséis
17	diecisiete
18	dieciocho
19	diecinueve
20	veinte

¿LO SABÍAS? 不可不知

小竅門：和英語不同，西班牙語中從來不用字母 O 代替 cero（0）。

西班牙語中，uno（一）有陽性、陰性之分。陽性形式 uno 用在陽性名字前縮寫為 un，陰性為 una 不變。

—

¿Cuántos bolígrafos compraste? - Sólo **uno**.	How many pens did you buy? – Only **one**. 你買了多少支筆？—— 只買了一支。
Tengo **un** hermano.	I've got **one** brother. 我有一個哥哥。
Sólo me queda **una** lata de anchoas.	I've only got **one** tin of anchovies left. 我只剩下一罐小銀魚了。
¿Cuántas galletas te comiste? - **Una**.	How many biscuits did you eat? – **One**. 你吃了多少塊餅乾？—— 一塊。

西班牙語中 veintiuno（21）到 veintinueve（29）都用一個單詞表示。

21	veintiuno (veintiún / veintiuna)
22	veintidós
23	veintitrés
24	veinticuatro
25	veinticinco
26	veintiséis
27	veintisiete
28	veintiocho
29	veintinueve

treinta（30）以上的數字則用兩個單詞表示。

30	treinta
31	treinta y uno (un / una)
40	cuarenta
42	cuarenta y dos
50	cincuenta
53	cincuenta y tres
60	sesenta
64	sesenta y cuatro
70	setenta
76	setenta y seis
80	ochenta
87	ochenta y siete
90	noventa
99	noventa y nueve

英語 twenty-one（21）、thirty-one（31）、forty-one（41）等在西班牙語中和 uno、un 和 una 一樣，要求變化詞尾。陽性為 veintiuno、treinta y uno，陽性名詞前縮寫為 veintiún、treinta y un，陰性保持 veintiuna、treinta y una 不變，如此類推。

二十一到二十九

¿Cuántos años tienes? – Tengo **veintiuno**.	How old are you? – I'm **twenty-one**. 你多大了？—— 我 21 歲。
Había **veintiún** estudiantes en la clase.	There were **twenty-one** students in the class. 班裏有 21 個學生。
Hay **veintiuna** mujeres en la fábrica.	There are **twenty-one** women in the factory. 工廠裏有 21 個人是女性。
Enero tiene **treinta y un** días.	There are **thirty-one** days in January. 一月份有 31 天。

Habrá **treinta y una** personas en el grupo.

¿Me puedes prestar veinticinco euros?

There'll be **thirty-one** people in the group.
團隊將由 31 個人組成。

Can you lend me twenty-five euros? 能借給我 25 歐元嗎？

¿LO SABÍAS? 不可不知

在西班牙語國家人們常常把電話號碼以兩位數字為一組讀出，如將 651 544744 讀 成 seis，cincuenta y uno，cincuenta y cuatro，cuarenta y siete，cuarenta y cuatro（6，51，54，47，44）。

請注意，像 doscientos（200）、trescientos（300）這樣的數字都具有陰性形式，所以使用時詞尾必須根據所搭配名詞的陰性或陽性作相應變化。

100	cien (ciento)
101	ciento uno (un / una)
150	ciento cincuenta
200	doscientos / doscientas
300	trescientos / trescientas
400	cuatrocientos / cuatrocientas
500	quinientos / quinientas
600	seiscientos / seiscientas
700	setecientos / setecientas
800	ochocientos / ochocientas
900	novecientos / novecientas

西班牙語有兩種方式表示 100：cien 和 ciento。在名詞前用 cien，如：días（天）、personas（人）和 mil（千）；在其他數字前用 ciento。

百

Hay **cien** céntimos en un euro.	There are **one hundred** cents in a euro. 一歐元等於 100 歐分。
¿Tienes el DVD de los Ciento un dálmatas?	Do you have the One hundred and one Dalmatians DVD? 你有沒有《101 斑點狗》的 DVD 光碟？
Cuesta **ciento cincuenta** euros.	It costs **one hundred and fifty** euros. 這要花 150 歐元。
Debe de haber habido más de **cien mil** personas allí.	There must have been over **a hundred thousand** people there. 那裏肯定已經有超過 10 萬人了。

¿LO SABÍAS? 不可不知

英語詞組 ...hundred and... 中的 and（又）在西班牙語中無需譯出，ciento、doscientos（100，200）後面直接跟其他數字就可以，如此類推。

二百到九百

Quisiera **trescientos** gramos de queso manchego.	I'd like **three hundred** grams of Manchego cheese. 我要 300 克曼徹格芝士。
Había unas **quinientas cincuenta** personas en el edificio.	There were around **five hundred and fifty** people in the building. 這棟大廈裏曾經有大約 550 人。
Más de **setecientas** mujeres asistieron a la manifestación.	Over **seven hundred** women attended the demonstration. 有超過 700 名婦女參加了這次示威遊行。
Nos va a costar **novecientos** euros.	It's going to cost us **nine hundred** euros. 我們要為此花 900 歐元。

西班牙語中用句號而不是逗號做"千"和"百萬"的分隔符號。

1.000	mil
1.001	mil uno (un / una)
1.020	mil veinte
1.150	mil ciento cincuenta
2.000	dos mil
2.500	dos mil quinientos / quinientas
3.400	tres mil cuatrocientos / cuatrocientas
100.000	cien mil

一千到十萬

Este pueblo existe desde hace más de **mil** años.	There's been a town here for over **a thousand** years. 這座小鎮已經有 1000 多年的歷史了。
Se casaron en **2002 (dos mil dos)**.	They got married in **2002 (two thousand and two)**. 他們是 2002 年結婚的。
¿Cuánto son **cien mil** euros en libras?	How much is **one hundred thousand** euros in pounds?10 萬歐元等於多少英鎊？
Van a pagar **doscientas cincuenta y seis mil** libras por su nueva casa.	They're paying **two hundred and fifty-six thousand** pounds for their new house. 他們要花 25 萬 6 千英鎊買新房子。

西班牙語中，un millón 相當於英語的 one million（百萬），mil millones 相當於英語 one billion（十億）。西班牙語 billón 通常相當於英語的 trillion（萬億）。

1.000.000	un millón
1.000.000.000	mil millones
1.000.000.000.000	un billón

要表達一百萬或一萬億，可以用 un millón de 和 un billón de。

一百萬到一萬億

Le tocó **un millón de** euros en la lotería.	He won **a million** euros on the lottery. 他買彩票贏了 100 萬歐元的大獎。
El gobierno ya ha gastado **dos mil millones de** libras en esto.	The government has already spent **two billion** pounds on this. 政府已經為此花了 20 億英鎊。

西班牙語中的小數點用逗號而不是用點來表示。

……點……

cero **coma** cinco (0,5)	nought **point** five (0.5) 0.5
noventa y nueve **coma** nueve	ninety-nine **point** nine 99.9
seis **coma** ochenta y nueve (6,89)	six **point** eighty-nine (6.89) 6.89
Han subido los tipos de interés hasta el cuatro **coma** cinco por ciento (4,5%).	Interest rates have gone up to four **point** five per cent (4.5%). 利率已經升到 4.5%。

如果價格中同時出現歐元和歐分，讀的時候可以在表示歐元和歐分的數字之間加 con。

歐元和歐分

Son **dieciocho euros con noventa y nueve** (18,99€).	That'll be **eighteen euros and ninety-nine cents** (€18.99). 那個價值 18 歐元 99 歐分。
Me costó **sesenta y cinco euros con veinte**.	It cost me **sixty-five euros and twenty cents**. 這個花了我 65 歐元 20 歐分。
Sólo me has dado **veinte céntimos** de vuelta.	You've only given me **twenty cents** change.
Deberías haberme dado **diez euros con veinte céntimos**.	It should have been **ten euros and twenty cents**. 你只找給我 20 歐分。你本該給我 10 歐元 20 歐分的。

用西班牙語數字表示價格的時候，要把歐元符號 € 放在數字後面。需要注意的是，雖然 euros（歐元）和 dollars（元）在英語中都可以換成 cents（分），但英語的 euro cents（歐分）在西班牙語中用 céntimos 表示，dollar cents（美分）則用 centavos 表示。

公斤和克

¿Me da **medio kilo de** tomates?	Can I have **half a kilo of** tomatoes? 給我半公斤蕃茄。
Póngame **un cuarto de kilo de** queso.	Can I have **a quarter of a kilo of** cheese? 我要 250 克芝士。
Se derriten cien **gramos de** mantequilla.	You melt one hundred **grams of** butter. 將 100 克牛油溶化掉。

公升

¿A cuánto está **el litro de** gasolina?	How much is petrol **a litre**? 汽油多少錢一公升？
Se utiliza **medio litro de** nata.	You use **half a litre of** cream. 要用半公升的忌廉。

公里、米和厘米

Iba a ciento cuarenta **kilómetros por hora**.	He was doing one hundred and forty **kilometres an hour**. 他當時的時速達到了 140 公里。
Estamos **a** cincuenta **kilómetros de** Barcelona.	We're fifty **kilometres from** Barcelona. 我們離巴塞隆拿有 50 公里的路程。
Mido **un metro** ochenta y ocho.	I'm **one metre** eighty-eight **centimetres** tall. 我身高 1.88 米。
Mide **un metro** treinta **de largo por** cuarenta y cinco **centímetros de ancho**.	It's **one metre** thirty **centimetres long by** forty-five **centimetres wide**. 它有 1.3 米長，45 厘米寬。

百分比

| La hipoteca tiene un interés del tres **coma** cinco **por ciento**. | The interest rate payable on the mortgage is three **point** five **per cent**. 抵押貸款的利率是 3.5%。 |
| El noventa y nueve **coma** nueve **por ciento** de la población piensa así. | Ninety-nine **point** nine **per cent** of the population thinks this way. 99.9% 的人是這樣認為的。 |

溫度

| Las temperaturas oscilaban entre los diez y los quince **grados**. | The temperature varied between ten and fifteen **degrees**. 溫度在 10 到 15 度之間變化。 |
| La temperatura es de treinta **grados**. | It's thirty **degrees**. 溫度達到了 30 度。 |

數字有時可以用來表示順序，以下數字就是表示順序的序數詞。

first	primero (primer) / primera 第一
second	segundo / segunda 第二
third	tercero (tercer) / tercera 第三
fourth	cuarto / cuarta 第四
fifth	quinto / quinta 第五
sixth	sexto / sexta 第六
seventh	séptimo / séptima 第七
eighth	octavo / octava 第八
ninth	noveno / novena 第九
tenth	décimo / décima 第十
eleventh	undécimo / undécima 第十一
twelfth	duodécimo / duodécima 第十二
thirteenth	decimotercero (decimotercer) / decimotercera 第十三
fourteenth	decimocuarto / decimocuarta 第十四
fifteenth	decimoquinto / decimoquinta 第十五
sixteenth	decimosexto / decimosexta 第十六

seventeenth	decimoséptimo / decimoséptima 第十七
eighteenth	decimoctavo / decimoctava 第十八
nineteenth	decimonoveno / decimonovena 第十九
twentieth	vigésimo / vigésima 第二十
hundredth	centésimo / centésima 第一百
thousandth	milésimo / milésima 第一千

¿LO SABÍAS? 不可不知

segundo、tercero 和 cuarto 等詞不能用於表示日期。更多關於日期的內容，見 195 頁。

西班牙語 primero（第一）、segundo（第二）和 tercero（第三）等詞的詞尾根據它們修飾名詞的陰性或陽性作出相應變化。另外，primero（第一）和 tercero（第三）用在單數陽性名詞前時，它們的陽性形式縮寫成 primer 和 tercer。

第一、第二、第三

Hoy celebran su **primer** aniversario de boda.	They're celebrating their **first** wedding anniversary today. 今天他們慶祝結婚一週年。
Esta es la **primera** vez que ha estado aquí.	This is the **first** time he's been here. 這是他第一次來這裏。
Este es mi **segundo** viaje a España.	This is my **second** trip to Spain. 這是我第二次去西班牙旅行。
Llegó **tercero** en la carrera.	He came **third** in the race. 他在賽跑中得了第三名。
Es sólo su **tercer** día en su nuevo trabajo.	This is only her **third** day in her new job. 她做這份新工作才第三天。

英語序數詞後面可以加 -st、-nd、-rd 和 -th（1st、2nd、3rd、4th 等等），同樣，西班牙語序數詞後面也可以加 o、a 或 er。這種表達方式主要用在地址中，如：1° 表示一樓，1ª 表示第一戶。當然，通常

情況下並不需要翻譯地址。

Vive en el **1º 2ª** (primero segunda).	He lives on the **1st** floor, **2nd** door. 他住在一樓，第二戶。

西班牙語序數詞 primero（第一）到 décimo（第十）的使用頻率非常高，但是 undécimo（第十一）到 vigésimo（第二十）使用頻率就低多了，因為在實際使用時，人們更傾向用 doce、trece 和 catorce（十二、十三和十四）這些聽上去不那麼正式的基數詞。更大的數字也是同樣的情況，只有 centésimo（第一百）和 milésimo（第一千）例外。

Viven en la planta **once**.	They live on the **eleventh** floor. 他們住在 11 樓。（更準確的說是對應英語 on floor eleven）
Llegó a la meta en **decimotercera** posición.	He finished in **thirteenth** place. 他第 13 個到達終點。
Era el **decimocuarto** día de viaje.	It was the **fourteenth** day of the trip. 這是行程的第 14 天。
Es su **quince** cumpleaños.	It's his **fifteenth** birthday. 這是他的 15 歲生日
Esta será su **veintiocho** maratón.	This will be his **twenty-eighth** marathon. 這將是他第 28 次參加馬拉松。
Hoy cumple **treinta** años.	It's his **thirtieth** birthday today. 今天是他 30 歲生日。

la hora 時間

西班牙語和英語一樣，談論時間時也要用到數字。英語中，總是用 it's（現在）來表示時間，如：it's one o'clock、it's two o'clock（現在一時，現在二時），等等。在西班牙語中，則只需要用 es 加時間來表達如 la una（一時）或是 mediodía（中午）或 medianoche（半夜）這樣的單數名詞；其他情況下，可以用 son，如：son las dos（二時），son las tres（三時），等等。

（現在）……

Es la una.	**It's** one **o'clock**. 現在是 1 時。
Es medianoche.	**It's** midnight. 現在半夜了。
Es mediodía.	**It's** midday. 現在是中午。
Son las seis en punto.	**It's** six **o'clock** exactly. 現在是 6 時正。
Son las tres de la madrugada.	**It's** three in the morning. 現在是凌晨 3 時。
Son las cuatro de la tarde.	**It's** four **o'clock** in the afternoon. 現在是下午 4 時。
Son las cinco y pico.	**It's** just after five. 剛過 5 時。

¿LO SABÍAS? 不可不知

表達凌晨的時間一般用 madrugada 而不是 mañana。如：la una de la madrugada 相當於英語 one o'clock in the morning（凌晨一時）。

在其他有關時間的表達中 es 和 son 的用法也相同,比如與 y（過）和 menos（差）連用時。

…… （過）……

Es la una **y** cuarto.	**It's** quarter **past** one. 現在是 1 時 15 分。
Es la una **y** veinticinco.	**It's** twenty-five **past** one. 現在是 1 時 25 分。
Son las cinco **y** media.	**It's** half **past** five. 現在是 5 時半。
Son las seis **y** cinco.	**It's** five **past** six. 現在是 6 時 05 分。

…… （差）……

Es la una **menos** cuarto.	**It's** quarter **to** one. 現在是 12 時 45 分。
Es la una **menos** veinte.	**It's** twenty **to** one. 現在是 12 時 40 分。
Son las ocho **menos** diez.	**It's** ten **to** eight. 現在是 7 時 50 分。
Son las tres **menos** cinco.	**It's** five **to** three. 現在是 2 時 55 分。

詢問時間用 ¿Qué hora es?（幾點 / 何時？）表示。

…… (幾點 / 何時) ……？

¿**Qué hora es**?	**What's the time**? 現在幾點？
Yo tengo las dos y veinte. ¿**Qué hora** tienes tú?	I make it twenty past two. **What time** do you make it? 我這裏是 2 時 20 分，你那裏呢？
¿Me dices **la hora**?	Can you tell me **the time**? 請問現在幾點？

身處西班牙語國家，也許會需要知道事情發生的時間，可以用 ¿A qué hora...?（……何時？）來詢問。

……幾點 / 何時……？

¿**A qué hora** sale el próximo tren para Córdoba?	**What time's** the next train for Córdoba? 幾點會有下一班列車去哥多巴？
¿**A qué hora** empieza?	**What time** does it start? 幾點開始？
¿**A qué hora** quedamos?	**What time** shall we meet? 我們幾點碰面？

要表達事情在何時發生，可以用 a la una（在一時）、a las dos（在二時），a las tres y media（在三時半），以此類推。

…… (在) ……

Empieza **a las** siete.	It starts **at** seven o'clock. 七時開始。
El tren sale **a las** siete y media.	The train leaves **at** seven thirty. 列車七時半開出。
Nos vemos **a las** tres y media.	I'll see you **at** half past three. 我們三時半見面。
Te puedo dar cita **a las** cinco y cuarto.	I can give you an appointment **at** quarter past five. 我可以把你約在五時十五分。
Salimos a eso **de las** ocho.	We're going out **at** around eight o'clock. 我們要在大約八時出門。

要表達事情必須在何時發生，用 para la una（一時前）、para las dos y cuarto（二時十五分前），以此類推。

¿Puedes estar allí **para las** tres?	Can you be there **by** three o'clock? 三時前你能趕到那裏嗎？
Tenemos que haber terminado **para la** una menos cuarto.	We must be finished **by** quarter to one. 我們必須在 12 時 45 分之前完成。
Falta un poco para las cuatro.	**It's nearly** four o'clock. 快四時了。

通常用 de la mañana 表示英語 am（早上），用 de la tarde 和 de la noche 表示英語 pm(晚上)。

······上午 / 下午 / 晚上······

Me levanto **a las ocho de la mañana**.	I get up **at eight am**. 我上午八時起牀。
Vuelvo a casa **a las cuatro de la tarde**.	I go home again **at four pm**. 我下午四時回到家。
Me acuesto **a las once de la noche**.	I go to bed **at eleven pm**. 我晚上 11 時上牀睡覺。

留心聆聽

以下是一些用到時間和數字的場合可能會聽到的常用語。

El tren de Sevilla sale a las 13:55 (trece cincuenta y cinco).	The train for Seville leaves at 13:55 (thirteen fifty-five). 去塞維利亞的列車 13 時 55 分出發。
El tren de las 14:15 (catorce quince) con destino Madrid sale de la vía dos.	The 14:15 (fourteen fifteen) train to Madrid will depart from platform two. 14 時 15 分出發去馬德里的列車將從二號月台開出。

El vuelo 307 (tres cero siete) procedente de Londres, que sufría retraso, llegará a las 20:30 horas.	The delayed flight number 307 from London is due to arrive at 20:30. 從倫敦飛來已延誤的 307 航班預計在 20 時 30 分抵達。
El vuelo 909 (nueve cero nueve) procedente de París llegará a su hora.	Flight 909 from Paris is on time. 從巴黎飛來的 909 航班將準時到達。
El autobús llega a Pamplona a las 19:10 (diecinueve diez).	The coach gets into Pamplona at 19:10 (nineteen ten). 長途車於 19 時 10 分到達潘普洛納。

表達多長時間

想表達事情將在幾分鐘或幾天之內發生，可以用 dentro de 表示，dentro de 相當於英語 in（之內）；表達事情需要做多久或做了多久則用 en。

…… （之內） ……

Volveré **dentro de** veinte minutos.	I'll be back **in** twenty minutes. 我 20 分鐘之內會回來。
Estará aquí **dentro de** una semana.	She'll be here **in** a week. 她一個星期之內會到這裏。
He acabado el ejercicio **en** sólo tres minutos.	I completed the exercise **in** only three minutes. 我只用了三分鐘就完成了練習。
Probablemente pueda hacer el trabajo **en** una hora o dos.	I can probably do the job **in** an hour or two. 我應該可以在一兩個小時之內完成這項工作。

詢問事情要持續多久，用 ¿Cuánto...?（……多久？）

……多久……？

| ¿**Cuánto** dura la película? | **How long**'s the film? 這部電影放映多久？ |

¿**Cuánto** suele durar la visita?	**How long** does the tour usually take? 遊覽通常要多久？
¿**Cuánto tardarás**?	**How long will you be**? 你要逗留多久？
¿**Cuánto tardarás** en pintar la pared?	**How long will it take** you to paint the wall? 你油漆完這面牆要多久？
¿**Cuánto se tardará** en resolver el problema?	**How long will it take** to fix the problem? 要多久才能解決這個問題？
¿Cuánto se tarda en llegar al centro?	How long does it take to get to the centre? 到市中心要多久？

……用了 / 花了 / 要……、我不會……

Tardé dos horas **en** ir andando hasta el pueblo.	**It took me** two hours **to** walk to the village. 我用了兩個小時步行到村裏。
Aquí **tardan** mucho **en** servirte.	They **take** a long time **to** serve you here. 他們花了很長時間在這裏為你服務。
Se tarda unos cuarenta minutos **en** hacer una tortilla de patatas.	**It takes** about forty minutes **to** make a Spanish omelette. 弄一個西班牙煎蛋卷大概要 40 分鐘。
No **se tarda** ni veinte minutos.	**It takes** less than twenty minutes. 這個不到二十分鐘就可以了。
No tardaré mucho.	**I won't be** long. 我不會遲太久的。

las estaciones 季節

西班牙語中有關季節的用法跟英語一樣。

la primavera	spring 春天
el verano	summer 夏天
el otoño	autumn 秋天
el invierno	winter 冬天

正如我們所想，表達英語 in autumn（在秋天）、in winter（在冬天）、in summer（在夏天）和 in spring（在春天），西班牙語可以用 en otoño、en invierno、en verano、en primavera；也可以如英語中那樣，

用 en el otoño、en la primavera 等。

⋯⋯（在）（季節）⋯⋯

El mejor tiempo lo tenemos aquí **en primavera**.	We get the best weather here **in spring**. 春天是我們這裏最好的季節。
En invierno no vamos de camping.	We don't go camping **in the winter**. 冬天我們不去露營。
Se casaron **en el verano de** 1999.	They got married **in the summer of** 1999. 他們在 1999 年夏天結婚。
Prefiero **la primavera**.	I like **the spring** best. 我最喜歡春天。
No me gusta nada **el invierno**.	I don't like **winter** at all. 我一點都不喜歡冬天。

¿LO SABÍAS? 不可不知

如以上例句所示，儘管在英語中可以説 I like winter 或 I like the winter（我喜歡冬天），但在西班牙語中必須用定冠詞 el。同樣，要表達英語 I love spring（我喜歡春天），西班牙語要説 me encanta la primavera。

可以用 este（這個）、pasado（上一個）和 que viene（下一個）來表示英語 this summer（這個夏天）或是 last summer（上一個夏天），this winter（這個冬天）或是 next winter（下一個冬天）。

今年 / 去年 / 明年⋯⋯

Vamos a ir a Galicia **este verano**.	We're going to Galicia **this summer**. 今年夏天我們要去加利西亞。
No hizo apenas frío **el invierno pasado**.	It was quite mild **last winter**. 去年冬天不太冷。
Sería mejor ir a esquiar el invierno que viene。	It would be better to go skiing **next winter**. 明年冬天去滑雪更好。

los meses del año 月份

西班牙語中表達月份用小寫字母。

enero	January 一月
febrero	February 二月
marzo	March 三月
abril	April 四月
mayo	May 五月
junio	June 六月
julio	July 七月
agosto	August 八月
septiembre	September 九月
octubre	October 十月
noviembre	November 十一月
diciembre	December 十二月

正如我們所想，用西班牙語表達英語 in January（在一月），in February（在二月）等，可以用 en enero、en febrero 等。

…… （在）（月份）……、今年 / 去年 / 明年（月份）……

La Semana Santa es **en abril** este año.	Easter week's **in April** this year. 今年的復活節在四月份。
Es probable que nos vayamos de vacaciones **en mayo**.	We'll probably go away on holiday **in May**. 我們可能五月去度假。
Visité a algunos amigos de Barcelona **en septiembre**.	I visited some friends in Barcelona **in September**. 九月我去了巴塞隆拿拜訪幾位朋友。
En agosto vamos a pasar las vacaciones en la sierra.	We're going to go to the mountains for our holidays **this August**. 今年八月我們會去山間度假。

¿Dónde fuisteis de vacaciones **en junio del año pasado**?	Where did you go on holiday **last June**? 去年六月你們去哪裏度假？
Espero ir a Sudamérica **en julio del año que viene**.	I'm hoping to go to South America **next July**. 我希望明年七月能去南美。

要表達事情發生在月初或月底，可以用短語 a principios de 和 a finales de 表示英語 at the beginning of（……初）和 at the end of（……末）。

在……初 / 中 / 底……

Empieza las clases en la universidad **a principios de** octubre.	She starts university **at the beginning of** October. 她十月初開始讀大學。
La Semana Santa cae **a finales de** marzo.	Easter week is **at the end of** March. 復活節在三月底。
Se mudan de casa **a mediados de** junio.	They're moving house **in the middle of** June. 他們六月中要搬家。

las fechas 日期

詢問日期可以用 ¿A qué fecha estamos? 或 ¿A qué día estamos?（今天是何日？）。西班牙語中，表示日期用 dos（二）、tres（三）等，而不用 segundo（第二）、tercero（第三）等。表達每個月的第一天，英語用 first（第一），西班牙語則可以用 primero（第一），在西班牙也可以用 uno（一）。

昨天 / 今天 / 明天是……

Hoy **es 28 de** diciembre.	**It's** December **28th** today. 今天是 12 月 28 日。
Mañana **será doce de** septiembre.	Tomorrow **will be the twelfth of** September. 明天是 9 月 12 日。

Ayer **fue 20 de** noviembre.	**It was 20th** November yesterday. 昨天是 11 月 20 日。
Es primero or **uno de** julio.	**It's the first of** July. 今天是 7 月 1 日。
Es jueves, **2 de** julio.	**It's** Thursday, **2nd** July. 今天是 7 月 2 日，星期四。
Estamos a ocho de junio.	**It's the eighth of** June. 今天是 6 月 8 日。

¿LO SABÍAS? 不可不知

寫信時日期要寫成以下形式：19 de marzo de 2007（2007 年 3 月 19 日）。關於寫信的更多內容，見 171 頁。

表達事情在哪天發生或曾經發生過，在數字前加 el。

······（在）（日期）······

Nació **el catorce de** febrero **de** 1990 (mil novecientos noventa).	He was born **on the fourteenth of** February, 1990. 他 1990 年 2 月 14 日出生。
Murió **el veintitrés de** abril de 1616 (mil seiscientos dieciséis).	He died **on** April **the twenty-third**, 1616. 他死於 1616 年 4 月 23 日。
Estaban pensando casarse **el 18 de** octubre **de** 2007 (dos mil siete).	They were planning to get married **on** October **18th** 2007. 他們打算於 2007 年 10 月 18 日結婚。
¿Dónde crees que estarás **el veinte de** octubre?	Where do you think you'll be **on the twentieth of** October? 你覺得 10 月 20 日你會在哪裏？

los días de la semana 星期

西班牙語中，星期通常用小寫字母表示。

el lunes	Monday 星期一
el martes	Tuesday 星期二
el miércoles	Wednesday 星期三
el jueves	Thursday 星期四
el viernes	Friday 星期五
el sábado	Saturday 星期六
el domingo	Sunday 星期日

表達星期中的日子，用 es jueves（今天是星期四），es sábado（今天是星期六），如此類推。也可以說 estamos a jueves（今天是星期四）和 estamos a sábado（今天是星期六）。

今天是……

¿Qué día es hoy? – **Es** jueves.	What day's today? – **It's** Thursday. 今天是星期哪天？—— 星期四。
Hoy **es** viernes, ¿verdad?	**It's** Friday today, isn't it? 今天是星期五，對嗎？
Estamos a sábado.	**It's** Saturday. 今天是星期六。

在安排事情或要表達事情發生的時間時，可能要指明具體是哪一天，西班牙語表達這個很簡單，在星期日子前加 el 即可，即 el lunes 相當於英語 on Monday（在星期一），el viernes 相當於英語 on Friday（在星期五）。

……（在）……

El lunes voy a Madrid.	I'm going to Madrid **on** Monday. 我打算星期一去馬德里。
El martes es mi cumpleaños.	It's my birthday **on** Tuesday. 星期二是我的生日。

| El miércoles los veremos. | We'll see them **on** Wednesday. 星期三我們會和他們見面。 |

要表達某事在特定的日期定期發生，用 los 加星期日子的複數形式表示，如：los sábados 相當於英語 on Saturdays（逢星期六），los domingos 相當於英語 on Sundays（逢星期天）。

Los lunes nunca trabajo hasta tarde.	I never work late **on** Mondays. 星期一我從不加班。
Los sábados vamos al gimnasio.	We go to the gym **on** Saturdays. 我們每週六都去健身房。
Los domingos solíamos ir a casa de mis tíos a comer.	We used to go to my uncle and aunt's for lunch **on** Sundays. 我們以前週日都去叔叔嬸嬸家吃午飯。

要指明一天中的具體時間，在日子後加 por la mañana（上午）、por la tarde（下午或晚上）或者 por la noche（晚上）。

……在早上 / 下午 / 晚上……

Te veré **el viernes por la tarde**.	I'll see you **on Friday afternoon**. 週五下午見。
¿Qué vas a hacer **el sábado por la noche**?	What are you doing **on Saturday evening**? 週六晚上你會做甚麼？
Había una buena película en la televisión **el domingo por la noche**.	There was a good film on television **on Sunday night**. 週日晚上電視播了一部好電影。
Siempre llega tarde **los miércoles por la mañana**.	He's always late in **on Wednesday mornings**. 他週三早上總是遲到。

| Los viernes por la noche siempre salimos. | We always go out **on Friday nights**. 週五晚上我們都會出去。 |

表達英語 every Monday（每星期一）、every Sunday（每星期日）等，西班牙語可以用 todos los lunes、todos los domingos，如此類推。

······**每**······

La llamamos **todos los lunes**.	We ring her **every Monday**. 我們每週一都打電話給她。
Juega al golf **todos los sábados**.	He plays golf **every Saturday**. 他每週六都打高爾夫球。
Solía verlos **todos los viernes**.	I used to see them **every Friday**. 我以前每週五都去看他們。
Hacemos limpieza **todos los sábados por la mañana**.	We do the cleaning **every Saturday morning**. 我們每週六上午都打掃。

要表達每隔一天或每隔一週等做某事，用 cada dos（每隔）表示。

······**每隔**······

| **Cada dos viernes** jugamos un partidillo. | We play five aside **every other Friday**. 我們通常每隔一個週五玩一次室內五人足球賽。 |
| Solemos vernos **cada dos fines de semana**. | We usually see each other **every other weekend**. 我們通常每隔一個週末見一次面。 |

可以用 este（這個）、pasado（上一個）和 que viene（下一個）來指明特定的一天。

······**這（個）/ 上（個）/ 下（個）**······

| **Este viernes** es nuestro aniversario de boda. | It's our wedding anniversary **this Friday**. 這週五是我們的結婚紀念日。 |

Te mandé las fotos por e-mail **el viernes pasado**.	I emailed you the photos **last Friday**. 我上週五就用電子郵件發照片給你了。
¿Te viene bien **el viernes que viene**?	Would **next Friday** suit you? 下週五可以嗎?
El viernes de la semana que viene es mi cumpleaños.	It's my birthday **on Friday week**. 下週五是我生日。
Hemos quedado **el viernes de la semana que viene**.	We've arranged to meet up **a week on Friday**. 我們已約好在下週五見面。

要詢問事情在星期哪天發生,用 ¿Qué día...? 表示。

……星期哪天……?

-¿**Qué día** es la reunión? - El martes.	**What day**'s the meeting? – Tuesday. 會議定了在星期哪天開? —— 星期二。
-¿Sabes **qué día** viene? - Viene el miércoles.	Do you know **what day** he's coming? - He's coming on Wednesday. 你知道他星期哪天來嗎? —— 他星期三來。
-¿**Qué día** fuiste allí? -El martes, creo.	**Which day** did you go there? – Tuesday, I think. 你星期哪天去那裏? —— 我想是星期二吧。

用西班牙語談論過去、現在或將來,可以用很多短語表達。

昨天、前天

ayer	**yesterday** 昨天
ayer por la mañana	**yesterday morning** 昨天上午
ayer por la tarde	**yesterday afternoon**,**yesterday evening** 昨天下午,昨天晚上
ayer por la noche	**last night** 昨天晚上
anteayer	**the day before yesterday** 前天

Vino a verme **ayer**.	He came to see me **yesterday**. 他昨天來看我了。
Conchita llamó **anteayer**.	Conchita rang up **the day before yesterday**. 康奇塔前天來過電話。

今天

hoy	**today** 今天
Hoy es miércoles.	**Today**'s Wednesday. 今天是週三。

明天、後天

mañana	**tomorrow** 明天
mañana por la mañana	**tomorrow morning** 明天上午
mañana por la tarde	**tomorrow afternoon**，**tomorrow evening** 明天下午，明天晚上
mañana por la noche	**tomorrow night** 明天晚上
pasado mañana	**the day after tomorrow** 後天
Mañana será jueves.	**Tomorrow** will be Thursday. 明天是週四。
Mañana por la mañana tengo que levantarme temprano.	I've got to be up early **tomorrow morning**. 我明天要早起。
Mañana por la noche vamos a una fiesta.	We're going to a party **tomorrow night**. 明晚我們去參加派對。

¿LO SABÍAS? 不可不知

請記住，**la tarde** 包括下午和晚上 (天黑以前)。

要表明事情發生在具體某段時間前，用 **hace** 加該時間段表示。

……前……

Me llamó **hace una semana**.	She called me **a week ago**. 她一個星期前打過電話給我。

Se mudaron a su casa actual **hace unos diez días**.	They moved into their present house **some ten days ago**. 他們大概十天前搬進了現在這間房子。
Nació **hace tres años**.	He was born **three years ago**. 他三年前出生的。

談論已經持續做某事多長時間了，其中一種表達方式是在 **hace** 後跟時間、再加 **que** 和動詞現在時。關於現在時的更多內容，見 280 頁。

······**已**······

Hace diez meses **que** vivimos aquí.	We've been living here **for** ten months. 我們已經在這裏住了十個月。
Hace una semana **que** no la veo.	I haven't seen her **for** a week. 我已有一個星期沒見過她了。

也可以用 desde hace（已有）來表示事情已經發生多久了。

Está lloviendo **desde hace** tres días.	It's been raining **for** three days. 雨已經下了三天了。
No los he visto desde hace tres semanas.	I haven't see them for three weeks. 我已有三個星期沒見過他們了。
No se hablan **desde hace** meses.	They haven't spoken to each other **for** months. 他們已有數個月沒理對方了。

還可以用 **llevar** 和動詞的 **-ando** 或 **-iendo** 形式來表示事情已經持續了多久。

······**已經 / 一直**······

Llevo horas esperando aquí.	**I've been** waiting here **for** hours. 我已經在這裏等了幾小時。
Llevan bastante rato hablando por teléfono.	**They've been** on the phone **for** quite a while. 他們已經打了很長時間的電話。

| **Llevo** meses buscando piso. | **I've been** looking **for** a flat for months. 我數月來一直在找住宅單位。 |

el alfabeto 字母表

身處西班牙語國家，可能隨時需要用西班牙語進行拼讀。下表中粗略顯示了西班牙語字母的發音。請注意，在西班牙語字母表中，N 後面還緊跟着一個特殊的字母 Ñ。CH、LL 和 RR 以前也是獨立的字母，現在字典中雖然已經不再把它們單獨列在 CZ、LZ 和 RZ 後面，但它們依然有自己的讀音，拼寫時都會用到。

A	ah
B	bay（在拉美讀 bay larga）
C	thay（在拉美通常讀 say）
(CH)	chay
D	day
E	ay
F	**e**fay
G	khay
H	**a**tshay
I	ee
J	**ho**ta
K	ka
L	**e**lay
(LL)	**el**yay
M	**e**may
N	**e**nay
Ñ	**en**yay

O	o	
P	pay	
Q	koo	
R	**e**ray	
(RR)	**e**rray	
S	**e**ssay	
T	tay	
U	oo	
V	oobay（在拉美讀 bay korta）	
W	oobay doblay（在拉美讀 doblay-bay）	
X	ekeess	
Y	ee gree**ay**ga	
Z	thayta（在拉美通常讀 say-ta）	

¿LO SABÍAS? 不可不知

西班牙語中，所有的字母都是陰性的，所以要表達某字用 B 拼寫，就説 se escribe con una B。

留心聆聽

以下是一些在用西班牙語字母拼寫時可能會用到的常用語。

¿Cómo se escribe?	How do you spell it? 這個怎麼拼？
¿Puede deletreármelo, por favor?	Can you spell that for me, please? 請您拼一下，好嗎？
Es R-O-M-E-R-O.	That's R-O-M-E-R-O. 是 R-O-M-E-R-O。
¿Se lo deletreo?	Shall I spell it for you? 我要幫您拼出來嗎？
Se escribe con una B.	It's spelt with a B. 用 B 拼寫。
Con B de Barcelona.	That's B for Barcelona. 是 Barcelona 的 B。

Es Moreno, escrito con M mayúscula.	That's Moreno with a capital M. 是 Moreno，首字母 M 大寫。
¿Se escribe con dos efes en inglés?	Is it spelt with a double F in English? 按照英語的拼法是不是有兩個 F？
¿Es con una ele o con dos?	Is that with one L or two? 是一個 L 還是兩個 L？
¿Lleva acento?	Has it got an accent? 要讀重音嗎？
Eso debería ir en mayúsculas.	That should be in capitals. 那個應該要大寫。
Es todo con minúsculas.	It's all in small letters. 都是小寫。
¿Puedes repetir eso, por favor?	Please can you repeat that? 請你重複一遍好嗎？

有趣的日期和節日

在西班牙語國家，人們有時用一個數字加月份的首字母來記住那些聲名狼藉的事件發生的日期，如：el 20-N（1975 年 11 月 20 日是獨裁者弗朗哥將軍死亡的日子）和 el 11-S（911 事件）。這種簡寫的方式在口語中和書面語中都可以使用，讀法當然是：el veinte ene 和 el once ese。

> **Uno de enero, dos de febrero,**
> **tres de marzo, cuatro de abril,**
> **cinco de mayo, seis de junio,**
> **siete de julio San Fermín.**
> **A Pamplona hemos de ir**
> **con una media, con una media,**
> **a Pamplona hemos de ir**
> **con una media y un calcetín.**

當地那些在特定的聖徒紀念日期間舉辦的 fiestas 是豐富多彩的西班牙傳統。全世界人們都聽說過一年一度在旁普羅納舉行的奔牛節，但可能並沒聽過傳唱這個節日的傳統歌曲，歌曲細訴了節日的具體日期，人們還可以借助它記住節日形成的由來。

一月一，二月二，
三月三，四月四，
五月五，六月六，
七月七聖費爾明節，
我們都要去旁普羅納
穿上長襪去奔牛，
我們都要去旁普羅納
穿上長襪去奔牛。[1]

其他眾所周知的節日還有：紀念馬德里守護神的節日聖伊西德羅節（San Isidro），從 5 月 15 日聖伊西德羅日（el día de San Isidro）前的那個週五開始，持續九天；塞維利亞市集節（la feria de Sevilla）是從復活節過後兩週拉開帷幕；la Semana Grande（本意為聖週）於八月在聖塞巴斯蒂安舉行。

塞凡提斯和莎士比亞都在 1616 年 4 月 23 日去世，為了紀念這一天，4 月 23 日被定為世界圖書和版權日。當天西班牙到處都會是書報攤。

對加泰隆尼亞人來說，el 23 de abril 也是紀念他們的守護神 Sant Jordi（聖喬治）的節日，又是玫瑰節（el día de la rosa），情侶們會像在 2 月 14 日的情人節（el día de los enamorados）那樣，彼此交換玫瑰花和圖書共度浪漫時刻。

在英語國家，人們認為 13 號加星期五是不吉利的；在西班牙語國家也一樣，有些人認為星期二（martes），特別是 13 號加星期二（martes y trece）很不吉利。

在西班牙和拉丁美洲的許多地方，基督教的四旬期（Cuaresma，從聖灰日至復活節前一日，共 40 天）開始前數天是狂歡節（carnaval），人們盛裝遊行，盡情狂歡，一直持續到懺悔星期二（martes de carnaval）的午夜才結束。

1　這裏的長襪不是指平時穿的長襪，而是指鬥牛士鬥牛時穿的長襪。據每年參加奔牛節的西班牙人反饋，原歌詞中 media 應為 bota（長靴），而最後一行的 calcetín 則是為了與第四行的 Fermín 押韻。

I 總結

Bueno, resumiendo... 總結一下

本單元回顧本書各單元所學的重要結構，並按用途分類方便檢索。

談論計劃

道歉

用西班牙語表示道歉，有數種表達方式。如果稱對方為 **tú**，可以說 **perdona**；如果稱對方為 **usted**，可以說 **perdone**；或者可以說 **perdón**，尤其當想他人讓路或撞上他人時。

Perdona / Perdone 對不起、抱歉

Perdona.	**I'm sorry.** 對不起。
Perdona por no habértelo dicho antes.	**I'm sorry I** didn't tell you sooner. 對不起沒能儘早告知你。
Perdone que llegue tarde.	**I'm sorry I'm** late. 抱歉我來晚了。

還可以用 **lo siento** 表示歉意,相當於英語 I'm sorry(抱歉)。它既可以表示道歉,也可以表示同情某人。

Lo siento... ……抱歉……

¡Lo siento!	**I'm sorry!** 抱歉!
¡Lo siento mucho!	**I'm** really **sorry!** 很抱歉!
¡Lo siento muchísimo!	**I'm** so **sorry!** 非常抱歉!
¡Lo siento de veras!	**I'm** really **sorry!** 真的很抱歉!

想進一步表達對甚麼事情感到可惜,可以用 **siento que**(很可惜……)加現在虛擬式或 **siento lo que**(對所……感到可惜)或者 **siento lo de**(對……感到可惜)。關於虛擬式的更多內容,見 284 頁。

Siento... ……很可惜 / 遺憾……

Siento que te hayas perdido la fiesta.	**I'm sorry** you missed the party. 很可惜你沒去派對。
Siento mucho lo que pasó.	**I'm so sorry about what** happened. 我對發生的事感到很遺憾。
Siento lo de tu accidente.	**I'm sorry about** your accident. 我對你發生意外感到很遺憾。
Sentí mucho lo de tu padre.	**I was so sorry to hear about** your father. 聽到你父親的事情我很難過。

詢問原委，可以用 **¿Por qué...?**（為甚麼……？）；給予解釋，可以用 **porque**（因為）。

¿Por qué...? 為甚麼……?

¿Por qué llegaste tarde?	**Why** were you late? 為甚麼你遲到？
¿Por qué no fuiste?	**Why didn't** you go? 為甚麼你沒去？

Porque... 因為……

No te lo dije **porque** no quería preocuparte.	I didn't tell you **because** I didn't want to worry you. 我沒告訴你是因為不想你擔心。
Tuve que irme pronto **porque** tenía una reunión.	I had to leave early **because** I had a meeting. 我必須提前離開，因為還要開一個會議。

獲取資訊時，需要用到疑問詞，如 **¿Cómo...?**（……怎麼樣？）、**¿Cuál...?**（哪個……？或甚麼……？），**¿Cuándo...?**（甚麼時候……?），等等。請注意，**adónde**、**cómo**、**cuál**、**cuándo**、**cuánto**、**dónde** 和 **qué** 用作疑問詞出現在問句中時，通常加重音符號。

¿Cómo...?……怎麼樣 / 如何 / 好嗎……?

¿Cómo estás?	**How** are you? 你好嗎？
¿Cómo fue la excursión?	**How** was the trip? 旅行怎麼樣？
¿Cómo es la vista?	**What's** the view **like**? 風景如何？
¿Cómo son las habitaciones?	**What are** the rooms **like**? 房間怎麼樣？

英語中用 *Which is yours?*（哪個是你的？）、*Which one do you*

want?（你想要哪個？）、*Which of them do you like best?*（你最喜歡哪個？）提問時，*which* 後不再跟名詞；西班牙語 **¿Cúal...?** 相當於英語 *Which...?* 或 *Which one...?*（哪個……？）。

¿Cuál...? ……哪……？

¿Cuál quieres?	**Which one** do you want? 你想要哪個？
¿Cuál de ellos te gusta más?	**Which one** do you like best? 你最喜歡哪個？
¿Cuál es la mejor clínica?	**Which is** the best clinic? 哪間診所最好？
¿Cuáles quieres?	**Which ones** do you want? 你想要哪些？

獲取具體資訊時，有時候也可以用 **¿Cuál es...?** 表示英語 *What's...?*（……是甚麼？）。關於英語 *which* 和 *what* 的其他表達方式，見 **¿Qué...?**。

¿Cuál es el número de la recepción?	**What's** the number for reception? 接待處電話是甚麼？
¿Cuál es la dirección?	**What's** the address? 地址是甚麼？

詢問事情發生的時間，用 **¿Cuándo...?**（甚麼時候……？）。

¿Cuándo...? ……甚麼時候……？

¿Cuándo es tu cumpleaños?	**When**'s your birthday? 你甚麼時候過生日？
¿Cuándo estarás aquí?	**When** will you get here? 你甚麼時候到這裏？

¿Cuánto...? 既可以表示英語 *How much...?*（……多少錢？），也可以表示英語 *How long...?*（……多久？）。**¿Cuántos...?** 相當於英語 *How many...?*（……多少？）。請記住，有時它們需要根據所搭配名詞的陰陽性變詞尾為 **¿Cuánta...?** 和 **¿Cuántas...?**。

¿Cuánto...? ……多（少）……？

¿Cuánto cuesta un billete a Madrid?	**How much is** a ticket to Madrid? 去馬德里的車票多少錢？
¿Cuánto es la entrada al museo?	**How much is it** to get into the museum? 博物館的門票多少錢？
¿Cuántas cebollas nos quedan?	**How many** onions have we got left? 我們還剩下多少洋蔥？
¿Cuánto se tarda en llegar?	**How long** does it take to get there? 去那裏要多久？
¿Cuánto tiempo hace que trabajas aquí?	**How long** have you been working here? 你在這裏工作多久了？

詢問某物在哪裏，用 **¿Dónde...?** 表示英語 *where*。

¿Dónde...? ……（在）哪裏……？

¿Dónde está el supermercado más cercano?	**Where's** the nearest supermarket? 最近的超級市場在哪裏？
¿Dónde está tu hermana?	**Where's** your sister? 你姐姐在哪裏？
¿Dónde están los servicios?	**Where are** the toilets? 洗手間在哪裏？
¿Dónde es la reunión?	**Where's** the meeting? 會議在哪裏開？
¿Dónde vas?	**Where** are you going? 你去哪裏？

要詢問到某人或某物去哪裏，可以用 **¿Adónde...?**（……去 / 往哪裏？），也可以用 **¿Dónde...?**。

¿Adónde...? ……去 / 往哪裏？

¿Adónde va el tren?	**Where's** the train going **to**? 這班列車開往哪裏？
¿Adónde vas?	**Where** are you going **to**? 你要去哪裏？

西班牙語 **¿Hay...?** 可以同時表示英語 *Is there...?* 和 *Are there...?*（有

沒有⋯⋯？）。

¿Hay...? ⋯⋯**有沒有⋯⋯**？

¿**Hay** una oficina de turismo por aquí cerca?	**Is there** a tourist information office round here? 這裏附近有沒有旅遊諮詢中心？
¿**Hay** aseos para minusválidos?	**Are there** any disabled toilets? 有沒有傷健人士洗手間？

可以用西班牙語 ¿**Qué**...? 表示英語 *What...?* 或 *Which...?*（⋯⋯甚麼？）加名詞。關於英語 *what* 和 *which* 的其他表達方式，見 ¿**Cuál**...?。

¿Qué...? ⋯⋯**（甚麼）**⋯⋯？

¿**Qué día** es hoy? - Es jueves.	**What day**'s it today? - It's Thursday. 今天是星期哪天？—— 星期四。
¿**Qué hora es**?	**What time is it**? 現在何時？
¿**A qué hora** quedamos?	**What time** shall we meet up at? 我們何時見面？
¿**A qué hora** cierran?	**What time** do they close? 何時關門？
¿**Qué línea** tengo que coger?	**Which line** do I take? 我該乘坐哪號線？
¿De **qué vía** sale el tren a Vilanova?	**Which platform** does the train for Vilanova leave from? 去比拉諾瓦的列車從哪那個月台開出？

當後面緊接動詞，也可以用 ¿**Qué**...? 來表示英語 *What*⋯⋯？（⋯⋯甚麼？）。需要得到解釋或定義時，英語用 *What is...?*（⋯⋯是甚麼？）提問，西班牙語只能用 ¿**Qué es**...? 表示。關於英語 *what* 的更多表達方式，見 ¿**Cuál**...?。

¿**Qué** quieres?	**What** do you want? 你想要甚麼？
¿**Qué** haces?	**What** are you doing? 你在做甚麼？
¿**Qué es** esta medicina?	**What**'s this medicine? 這是甚麼藥？

為做某事徵求他人許可，最簡單的方式就是用 **¿Puedo...?** 或 **¿Se puede...?**（我可以……嗎？）加動詞不定式表示。**puedo** 和 **puede** 的動詞原形是 **poder**（能）。關於 **poder** 的更多內容，見 305 頁。

¿Puedo...? 我可以……嗎？

¿Puedo hacer fotos?	**Can I** take photos? 我可以拍照嗎？
¿Me **puedo** probar esto?	**Can I** try this on? 我可以試穿嗎？

¿Se puede...? ……可以……？

¿Se puede abrir la ventanilla?	**Can I** open the window? 我可以開窗嗎？
¿Se puede fumar en el tren?	**Is** smoking **allowed** on the train? 火車上可以抽煙嗎？

或者也可以用 **¿Le importa que...?**（您介意……嗎？）加現在虛擬式徵求他人許可。關於虛擬式的更多內容，見 284 頁。

¿Le importa que...? 您介意……嗎？

¿Le importa que fume?	**Do you mind if** I smoke? 您介意我抽煙嗎？
¿Le importa que abra la ventana?	**Do you mind if** I open the window? 您介意我開窗嗎？

詢問商店、酒店或其他機構"有沒有甚麼"，可以用 **¿Tienen...?**（……有……嗎？）。**tienen** 的動詞原形是 **tener**，關於 **tener** 的更多內容，見 314 頁。

¿Tienen...? ⋯⋯有⋯⋯嗎？

¿**Tienen** crema para las quemaduras del sol?	**Do you have** sunburn lotion? 有曬後舒緩液嗎？
¿**Tienen** otros modelos?	**Do you have** any other models? 還有其他款式嗎？

在櫃檯向店員要某件東西或請人把東西遞過來時，通常可以用 **¿Me da...?** 或 **Deme...** 表示英語 *Can I have...?*（請給我⋯⋯）。

¿Me da...? 請給我⋯⋯

¿**Me da** dos entradas para el partido del jueves?	**Can I have** two tickets for the match on Thursday? 請給我兩張週四比賽的門票。
¿**Me da** un plano del metro?	**Can I have** a plan of the metro? 請給我一張地鐵路線圖。

Deme... 請給我⋯⋯

Deme dos kilos de patatas.	**Can I have** two kilos of potatoes, please? 請給我兩公斤馬鈴薯。
Deme diez sellos para el Reino Unido.	**Can I have** ten stamps for the UK, please? 請給我十張可寄英國的郵票。

在酒吧點東西，或是在肉店或蔬菜水果店買東西，可以用 **¿Me pone**⋯⋯**?** 或 **Póngame**⋯⋯表示英語 *Can I have...?*（請給我⋯⋯）。這兩種形式的動詞原形都是 **poner**（放置）。關於 **poner** 的更多內容，見 214 頁。

¿Me pone...? 請給我⋯⋯

¿**Me pone** seis naranjas?	**Can I have** six oranges? 請給我六個橙。
¿**Me pone** dos cervezas?	**Can I have** two beers, please? 請給我兩杯啤酒。

Póngame... 請給我……

| Póngame un zumo de naranja. | Can I have an orange juice, please? 請給我一杯橙汁。 |
| Póngame medio kilo de queso manchego. | Can I have half a kilo of Manchego cheese, please? 請給我一斤曼徹格芝士。 |

要請他人拿東西過來，比如在餐廳用餐，可以用 **¿Me trae...?** 或 **Tráigame...**（請給我……）。這兩種形式的動詞原形都是 **traer**（拿來）。關於 **traer** 的更多內容，見 316 頁。

¿Me trae...? 請給我……

| ¿Me trae la cuenta? | Can I have the bill? 請給我賬單。 |
| ¿Nos trae más pan? | Can we have some more bread? 請再給我們一些麵包。 |

Tráigame... 請給我……

| Tráigame una tortilla de espinacas. | Can I have a spinach omelette? 請給我一份菠菜奄列。 |
| Tráigame una botella de agua mineral con gas. | Can I have a bottle of sparkling mineral water? 請給我一瓶起泡礦泉水。 |

想表達想要甚麼，可以用 **quiero**（我想……）；或者可以用 **quisiera**（我想……）。**quiero** 和 **quisiera** 的動詞原形都是 **querer**。關於 **querer** 的更多內容，見 308 頁。

Quiero... 我想……

Quiero dos entradas para la sesión de las ocho.	I'd like two tickets for the eight o'clock show. 我想要兩張八時場演出的門票。
Quiero cambiar de habitación.	I'd like to change rooms. 我想換房間。
Quiero que me revisen la vista.	I'd like to have my eyes tested. 我想檢查視力。

Quisiera... 我……

Quisiera un impreso de solicitud.	I'd **like** an application form. 我想要一份申請表。
Quisiera pedir hora para el martes por la tarde.	I'd **like** to make an appointment for Tuesday afternoon. 我想預約週二下午。

請求他人幫忙，用 **¿Puede...?**（您能……嗎？）。**puede** 是動詞 **poder**（能）的現在時。關於 **poder** 的更多內容，見 305 頁。

¿Puede...? 您能……嗎？

¿Puede usted darme un recibo?	**Can you** give me a receipt, please? 您能給我開一張單據嗎？
¿Puede traernos la carta de vinos?	**Can you** bring us the wine list, please? 您能給我們拿張酒單嗎？

也可以用 **¿Podría...?**（您可以……？）來請求他人幫忙。**podría** 的動詞原形也是 **poder**（能）。關於 **poder** 的更多內容，見 305 頁。

¿Podría...? 您可以……嗎？

¿Podría echarle un vistazo a mi cámara?	**Could you** have a look at my camera? 您可以看看我的相機嗎？
¿Me **podría** mostrar cómo funciona la ducha?	**Could you** show me how the shower works? 您可以給我示範一下怎樣用淋浴噴頭嗎？

用 **¿Le importaría...?**（您介意……嗎？）加動詞不定式來詢問他們是否可以幫忙做某事。稱呼對方為 **tú** 時，將 **le** 變為 **te**。

¿Le importaría...? 您介意……嗎？

¿Le importaría mandarnos un fax para confirmar los datos?	**Would you mind** sending us a fax to confirm the details? 您介意發傳真給我們確認細節嗎？

| ¿**Le importaría** ayudarme? | **Would you mind** helping me? 您介意幫幫我嗎？ |
| ¿**Te importaría** venir a recogerme al aeropuerto? | **Would you mind** coming to pick me up from the airport? 您介意來機場接我嗎？ |

可以用 **busco** 或 **estoy buscando**（我在找……）表示"在找甚麼"。

Busco... 我在找……

| **Busco** un hotel que no sea demasiado caro. | I'm **looking for** a hotel that isn't too expensive. 我在找一間價格不是太貴的酒店。 |
| **Estoy buscando** un regalo para la boda de mi hermana. | I'm **looking for** a wedding present for my sister. 我想買份結婚禮物給我妹妹。 |

投訴

需要投訴，可以用 **falta**（……不夠，加單數名詞）和 **faltan**（……不夠，加複數名詞）。

Falta... ……不夠

| **Falta** información. | **There isn't enough** information. 資料不夠。 |
| **Faltan** sillas. | **There aren't enough** chairs. 椅子不夠。 |

也可以用 **hay** 和 **no hay** 表示"有甚麼"和"沒有甚麼"。

Hay... ……有……

| **No hay** agua caliente. | There isn't any hot water. 沒有熱水了。 |
| **Hay** cucarachas en el piso. | **There are** cockroaches in the flat. 住屋單位裏有蟑螂。 |

想表達東西用完了，單數名詞可以用 **no queda...**（……沒了），複數名詞可以用 **no quedan...**（……沒了）。

No queda... ……沒……了

No queda papel higiénico en el servicio de señoras.	**There isn't any** toilet paper **left** in the ladies. 女洗手間沒廁紙了。
No quedan folletos informativos.	**There aren't any** leaflets left. 沒傳單了。

描述人和事物

描述人或事物時，表示人或事物的固定特徵用 **ser**，表示事物的暫時狀態或或描述某人在特殊場合的外表用 **estar**。關於 **ser** 和 **estar** 的更多內容，見 271 頁。

Es...……是……

El bolso **es** rojo.	It's **a** red bag. 那是個紅色的袋。
Es alto y rubio.	**He's** tall and fair. 他身材高大、一頭金髮。
Antonio **es** muy guapo.	Antonio**'s** very handsome. 安東尼奧長得很帥。

Está... ……看起來……

Está muy mona.	**She's looking** very pretty. 她看起來很漂亮。
Gloria **está** muy guapa hoy.	Gloria**'s looking** great today. 歌莉雅今天看起來光彩照人。

可以用 **tener** 表示人的特徵。請記住，它也可以與 **años** 連用表示年齡。

Tiene... …… (有) ……

Tiene los ojos azules.	**He has** blue eyes. 他有一雙藍色的眼睛。
Tiene el pelo rizado.	**He has** curly hair. 他有一頭鬈髮。
Tiene cinco años.	**He's** five years old. 他 5 歲了。
Tengo veintidós años.	**I'm** twenty-two. 我 22 歲。

hay 可以同時表示英語的 *there is* 和 *there are*（有）。

Hay... ……有……

Hay una araña en la bañera.	**There's** a spider in the bath. 浴室裏有一隻蜘蛛。
No hay toallas en mi habitación.	**There aren't** any towels in my room. 我房間裏沒有毛巾了。

請注意，**hay** 的動詞原形是 **haber**（有），它有過去時和未來時。關於 **haber** 的更多內容，見 298 頁。

Hubo un incendio.	**There was** a fire. 發生了一場火災。
Ha habido un accidente.	**There's been** an accident. 剛剛發生了一場意外事故。
No había asientos libres.	**There weren't** any seats free. 沒空位了。
¿**Habrá** suficiente tiempo?	**Will there be** enough time? 時間足夠嗎？

可以用 **no puedo**（我不能）來表示 "不能做甚麼"。**puedo** 的動詞原形是 **poder**（能）。關於 **poder** 的更多內容，見 305 頁。

No puedo... 我沒法……

No puedo encender el calentador.	**I can't** light the boiler. 我沒法點燃熱水器。
No podemos abrir la puerta.	**We can't** open the door. 我們沒法打開房門。

因不知道怎樣做而無法做某事時，就用 **no sé** 來表示英語 I can't，相當於英語 I don't know how to（我不知道怎樣）。

No sé... ……我……不是……

No sé hablar muy bien español.	**I can't speak** Spanish very well. 我的西班牙語不是説得很好。
No sé cambiar una rueda.	**I don't know how** to change a wheel. 我不會換輪胎。

表達意見

要表示贊同他人觀點,可以用 **estoy de acuerdo**(我同意)。

Estoy de acuerdo 我同意

Estoy de acuerdo.	**I agree**. 我同意。
Estoy de acuerdo con Mercedes.	**I agree with** Mercedes. 我同意梅賽德斯的觀點。

可以用 **creo que**、**me parece que** 和 **pienso que** 表示英語 *I think*(我認為)。如果在這些詞前面加 **no**,那麼跟在後面的動詞必須是現在虛擬式。關於虛擬式的更多內容,見 284 頁。

Creo que... 我認為……

Creo que es demasiado arriesgado.	**I think** it's too risky. 我認為這太冒險了。
No creo que sea una marca muy buena.	**I don't** think it's a very good make. 我覺得這個品牌一般。
¿**Crees que** es demasiado caro?	**Do you think** it's too expensive? 你認為這個太貴了嗎?

Me parece que... 我覺得……

Me parece que te preocupas por nada.	**I think** you're worrying about nothing. 我覺得你杞人憂天。
Me parece que esta lámpara nos viene perfectamente.	**I think** this lamp will do us perfectly. 我覺得這盞燈很適合我們。

¿**Te parece que** nos quejemos a la dirección del hotel?	**Do you think** we should complain to the hotel management? 你覺得我們應該向酒店管理部門投訴嗎？
¿**Qué te parece**?	**What do you think**? 你有甚麼看法？
¿**Qué te parece** su última película?	**What do you think** of his latest film? 你覺得他最新的電影怎麼樣？

Pienso que... 我認為⋯⋯

Pienso que Sonia tiene razón.	**I think** Sonia's right. 我認為索尼亞說得對。
Pienso que esta tienda es un poco cara.	**I think** this shop's a bit pricey. 我覺得這間店有點貴。
No pienso que podamos hacerlo.	**I don't think** we'll be able to do it. 我不認為我們能做這件事。
¿**Piensas que** ya lo saben?	**Do you think** they'll already know? 你覺得他們已經知道了嗎？

提出建議

建議一起做某事，可以用 **podríamos**（我們或許可以）。

Podríamos... ⋯⋯我們或許可以⋯⋯

Podríamos sentarnos cerca de la ventana.	**We could** sit near the window. 我們或許可以坐在靠窗的座位。
Podríamos ir a tomar una copa, **si quieres**.	**We could** go for a drink, **if you like**. 要是你願意，我們或許可以去喝一杯。

也可以用 ¿**Por qué no**...?（要不⋯⋯？）來提出建議。

¿Por qué no...? 要不⋯⋯？

¿**Por qué no** vas a ver una película española?	**Why don't** you go and see a Spanish film? 要不你去看場西班牙電影？

¿**Por qué no** paseamos por el casco antiguo?	**Why don't** we walk around the old part of the town? 要不我們去老城區轉轉？

英語 *How about...?*（……怎麼樣？）在西班牙語中有很多中表達方式。可以用 **¿Qué tal si...?** 或 **¿Qué te parece si...?**，也可以只用 **¿Y si...?**，後面都跟動詞現在時。關於現在時的更多內容，見 280 頁。

¿Qué tal si...? ……怎麼樣？

¿**Qué tal si** vemos la catedral por la tarde?	**How about** going to see the cathedral in the afternoon? 我們下午去參觀大教堂怎麼樣？
¿**Qué tal si** hacemos unas fotografías desde aquí?	**How about** taking some photos from here? 我們從這裏拍數張照片怎麼樣？

¿Qué te parece si...? ……怎麼樣？

¿**Qué te parece si** cenamos a las nueve?	**How about** having dinner at nine? 我們九時吃晚餐行嗎？
¿**Qué os parece si** nos vemos más tarde?	**How about** meeting up later? 我們晚點見面行嗎？

¿Y si...? ……怎麼樣？

¿**Y si** vamos a la feria del vino?	**How about** going to the wine fair? 我們去美酒博覽會怎麼樣？
¿**Y si** vamos a Valencia en lugar de a Barcelona?	**How about** going to Valencia instead of Barcelona? 我們不去巴塞隆拿，去華倫西亞怎麼樣？

可以用 **querer**（想）的現在時詢問他人是否想做某事。關於 **querer** 的更多內容，見 308 頁。

¿Quieres...? 你 / 你們想……？

¿Quieres ir al cine?	**Would you like** to go to the cinema? 你想去看電影嗎？
¿Queréis venir a tomar una copa?	**Would you like** to come and have a drink? 你們想過來喝一杯嗎？

詢問他人是否想做某事，可以用 **¿Te apetece...?** 加單數名詞或動詞，或者用 **¿Te apetecen...?** 加複數名詞。

¿Te apetece...? ……怎麼樣？

¿Te apetece un helado?	**Do you fancy** an ice cream? 吃個雪糕怎麼樣？
¿Os apetece ir a tomar un café?	**Do you fancy** going for a coffee? 去喝杯咖啡怎麼樣？
¿Te apetecen unas fresas?	**Do you fancy** some strawberries? 吃點士多啤梨怎麼樣？

主動提出做某事，如果稱呼對方為 **tú**，可以用 **déjame que** 或 **deja que** 來表示英語 *let me*，(讓我) 後面加動詞現在虛擬式；如果稱呼對方為 **usted**，則用 **déjeme** 和 **deje**。關於虛擬式的更多內容，見284 頁。

Déjame que... 讓我……

Déjame que pague yo.	**Let me** pay for this. 讓我付錢吧。
Deja que abra yo la puerta.	**Let me** open the door. 讓我開門吧。
Déjeme que le lleve la maleta.	**Let me** take your suitcase. 讓我幫您拿手提箱。

用 **¿Te viene bien que...?** 加動詞現在虛擬式來詢問英語 *Is it ok with you if...?*((您看) ……行嗎？)。關於虛擬式的更多內容，見284 頁。

¿Te viene bien que...? ……行嗎？

¿Te viene bien que me pase por tu oficina mañana?	**Will it be ok if** I call at your office tomorrow? 我明天打電話去您辦公室行嗎？
¿Te viene bien que te envíe la factura por correo?	**Is it all right with you if** I post you the invoice? 我寄費用給您，您看行嗎？

可以用 ...**me vendría mejor**（……更適合我）來表達 "更合適"。

...me vendría mejor ……更適合我

El viernes **me vendría mejor**.	Friday **would be better for me**. 星期五更適合我。
Me vendría mejor quedar contigo allí.	It **would suit** me **better** to meet you there. 在那裏見你更適合我。

表達發生了甚麼

表達發生了甚麼事，可以用 **haber**（有）的現在時和以 **-ado** 或 **-ido**（動詞過去分詞）結尾的動詞。關於 **haber** 和過去分詞的更多內容，見 298 頁。

我（剛）……

He tenido un accidente.	**I've** had an accident. 我剛經歷了一場意外。
Creo que **me he roto** el brazo.	**I think** I've broken my arm. 我覺得我的手臂摔斷了。
Creo que **se ha roto** la pierna.	**I think** he's broken his leg. 我覺得他的腿摔斷了。

表達必須做甚麼

用 **tener**（有）的現在時加 **que** 和動詞不定式來表達必須做甚麼或

需要做甚麼。關於 **tener** 的更多內容，見 314 頁。

Tengo que... ……必須 / 要……

Tengo que estar en el aeropuerto para las siete.	**I've got to** be at the airport by seven o'clock. 我必須在七時前到機場。
Tengo que comprarme unos zapatos.	**I need to** buy some shoes. 我要買數雙鞋子。
Tenemos que darnos prisa.	**We must** hurry. 我們要快點了。

也可以用 **deber**（必須）的現在時來表達必須做甚麼。關於 **deber** 的更多內容，見 287 頁。

Debo... 我……必須……

Debo devolverle el dinero esta semana.	**I must** give him the money back this week. 我這星期必須把錢還給他。
No debes decírselo a nadie.	You mustn't tell anyone. 你千萬不要告訴任何人。

用 **debería** 加動詞不定式表達應該做甚麼。**debería** 的動詞原形是 **deber**（必須）。關於 **deber** 的更多內容，見 287 頁。

Debería... 我應該……

Debería llamar a Ana.	**I should** call Ana. 我應該打電話給安娜。
Deberías venir a visitarnos.	**You should** come and see us. 你應該來看看我們。
Deberíamos limpiar el cuarto de baño.	**We should** clean the bathroom. 我們應該打掃一下浴室。

還可以用 **Hay que** 表達必須做甚麼。**Hay que** 是一個固定用法，不管動作的主體是誰，都不需要作出變化。

Hay que... ……必須……

Hay que devolver el coche antes de las tres.	**You have to** get the car back before three. 你必須在三時前還車。
Hay que enseñar el carnet de conducir.	**You have to** show your driving licence. 你必須出示你的駕駛執照。
Hay que levantarse temprano para coger el avión.	**We must** get up early if we're to catch the plane. 如果要趕上飛機，我們必須早起。

表達喜歡、不喜歡和更喜歡

想表達喜歡甚麼、很喜歡甚麼和不喜歡甚麼，必須記住，動詞 **gustar** 和 **encantar** 的用法跟英語的 *like*（喜歡）和 *love*（很喜歡）不同。後面跟動詞和單數名詞時，用 **me gusta**（我喜歡）和 **me encanta**（我很喜歡）；跟複數名詞時，用 **me gustan**（我喜歡）和 **me encantan**（我很喜歡）。

Me gusta... 我喜歡……

Me gusta el chocolate.	**I like** chocolate. 我喜歡吃巧克力。
Me gustan más éstos.	**I like** these ones **better**. 我更喜歡這些。
¿**Te gusta** viajar en avión?	**Do you like** flying? 你喜歡坐飛機旅行嗎？
No me gustan las setas.	I don't like mushrooms. 我不喜歡吃蘑菇。
No me gustan nada las películas de terror.	I don't like horror films at all. 我一點也不喜歡恐怖電影。

Me encanta... 我很喜歡……

Me encanta la ópera.	**I love** opera. 我很喜歡歌劇。
Me encantan las gangas.	**I love** bargains. 我很喜歡買便宜貨。

用 **preferir** 的現在時表達更喜歡甚麼。

Prefiero... ……我更喜歡……

Prefiero el verde.	**I prefer** the green one. 我更喜歡那個綠色的。
Prefiero las películas españolas **a** las americanas.	**I prefer** Spanish films **to** American ones. 比起美國電影，我更喜歡西班牙電影。
Prefiero ir al cine **que** al teatro.	**I prefer** going to the cinema **to** going to the theatre. 比起去劇院看戲，我更喜歡看電影。

表達想做甚麼

想表達想做甚麼和很想做甚麼，可以用 **me gustaría**（我想）和 **me encantaría**（我很想）。

Me gustaría... 我想……

Me gustaría quedarme aquí para siempre.	**I'd like to** stay here for ever. 我想永遠留在這裏。
Me gustaría ganar más dinero.	**I'd like to** earn more money. 我想賺更多錢。
Nos gustaría ir a la feria del vino.	**We'd like to** go to the wine fair. 我們想參加美酒博覽會。

Me encantaría... 我很……

Me encantaría ver las pinturas rupestres de Altamira.	**I'd love to** see the cave paintings at Altamira. 我很想去看看阿塔米拉洞穴壁畫。
Eso **me encantaría**.	**I'd love** that. 我很喜歡。

表達更喜歡或寧願做甚麼，可以用 **prefiero** 和 **preferiría**，它們的動詞原形都是 **preferir**（更喜歡）。

Prefiero... 我寧願……

Prefiero comer fuera.	**I'd rather** eat out. 我寧願出去吃。
Prefiero dejarlo para mañana.	**I'd rather** leave it till tomorrow. 我寧願留到明天再説。

Preferiría... 我寧願……

Preferiría hacer mis compras por Internet.	**I'd rather** do my shopping online. 我寧願在網上購物。
Preferiría comprar sólo productos de la zona.	**I'd prefer** to buy only local produce. 我寧願只買些當地特產。

可以用 **quiero** 表達想做甚麼。**quiero** 的動詞原形是 **querer**（想）。關於 **querer** 的更多內容，見 308 頁。

Quiero... 我想……

Quiero comprar un regalo para mi hermana.	**I want to** buy a present for my sister. 我想買份禮物給我妹妹。
Quiero cambiar de habitación.	**I'd like to** change rooms. 我想換個房間。
No quiero llegar tarde.	**I don't want to** be late. 我不想遲到。
No queremos gastar mucho dinero.	**We don't want to** spend a lot of money. 我們不想花太多錢。

想表達想請或寧願他人做某事，可以用 **quiero que**（我想請）和 **prefiero que**（我寧願）加動詞虛擬式表示。關於虛擬式的更多內容，見 284 頁。

Quiero que... 我希望……

Quiero que vengas conmigo.	**I want** you **to** come with me. 我希望你跟我一起來。
No quiero que vayas.	**I don't want** you **to** go. 我不想你走。

Prefiero que... 我寧願······

Prefiero que lo hagas tú.	**I'd rather** you did it. 我寧願你來做。
¿Prefieres que pase a recogerte?	**Would you rather** I came and picked you up? 你寧願我來接你嗎？

談論計劃

可以用 **tengo la intención de** 或 **tengo pensado** 加動詞不定式來談論計劃，兩者都相當於英語 *I'm planning to*（我打算）。

Tengo la intención de... 我打算······

Tengo la intención de alquilar un coche.	**I'm planning to** hire a car. 我打算租一輛車。
Tenemos la intención de ir por la costa.	**We're planning to** drive along the coast. 我們打算沿着海邊開。

Tengo pensado... 我打算······

Tengo pensado visitar a un amigo mío.	**I'm planning to** visit a friend of mine. 我打算去拜訪一位朋友。
Tenemos pensado ir a la galería de arte el martes.	**We're planning to** go to the art gallery on Tuesday. 我們打算週二去美術館。

想表達想做甚麼，可以用 **estoy pensando en**（我想）加動詞不定式。

Estoy pensando en... 我想······

Estoy pensando en comprarme un ordenador nuevo.	**I'm thinking of** buying a new computer. 我想買一部新電腦。
Estamos pensando en pintar la cocina.	**We're thinking of** painting the kitchen. 我們想粉刷一下廚房。

想表達打算做甚麼，可以用動詞 **ir** 的現在時加 **a** 和動詞不定式表

示。關於 **ir** 的更多內容，見 301 頁。

Voy a... ⋯⋯**我打算**⋯⋯

Voy a ver un piso esta semana.	**I'm going to** see a flat this week. 這星期我打算去看一個住屋單位。
Voy a ver al director de mi banco esta tarde.	**I'm going to** see my bank manager this afternoon. 今天下午我打算去見一下我的銀行客戶經理。
Mañana **vamos a** ir a la feria.	Tomorrow **we're going to** go to the fair. 明天我們打算去博覽會。

可以用 **espero**（我希望）加動詞不定式或是加連接詞 **que**（相當於英語 *that*）和動詞現在虛擬式表達 "希望做甚麼"。關於 **esperar** 這類以 **-ar** 結尾的動詞的更多內容，見 276 頁。

Espero... 我希望⋯⋯

Espero encontrar algo que pueda ponerme para la boda.	**I'm hoping to** find something I can wear to the wedding. 我希望能買到一件能穿去參加婚禮的衣服。
Espero que nos volvamos a ver.	**I hope** we'll see each other again. 我希望我們能再次相遇。

可以用 **quizás** 或 **tal vez**（可能）加動詞現在虛擬式來表達 "可能要做甚麼"。關於虛擬式的更多內容，見 284 頁。

Quizás... ⋯⋯**可能**⋯⋯

Quizás vaya al teatro.	**I may** go to the theatre. 我可能會去看戲。
Quizás haga una fiesta.	**I may** have a party. 我可能會舉辦一個派對。

Tal vez... ⋯⋯**也許**⋯⋯

Tal vez vayamos al cine.	**We may** go to the cinema. 我們也許會去看電影。
Tal vez me pase por tu casa mañana.	**I may** drop in tomorrow. 我可能明天去你家拜訪。

II 一站式短語加油站

¡Mucho gusto! 很高興認識你！

我們每天使用英語，都會脫口而出用到一些現成的短語，如：take a seat（請坐）、hurry up（快點）、congratulations（恭喜）、happy birthday（生日快樂）、have a nice day（度過愉快的一天）、thanks（謝謝）和 the same to you（你也一樣）。本單元提供了所有類似的西班牙語短語，使讀者能輕鬆自如地應對各種不同的情境。

目錄

問候與道別

首次見面給人留下良好的第一印象很重要，所以必須學會得體地問候他人。跟英語一樣，西班牙語向人問候也有數種表達方式。

你好、早安、下午 / 晚上好

Hola.	Hello or Hi. 你好。
Buenos días.	Good morning. 早安。
Hola, buenos días.	Good morning. 早安。
Buenas tardes.	Good afternoon. 下午好。
Buenas noches.	Good evening. 晚上好。

¿lo sabías? 不可不知

在街上遇到朋友或泛泛之交，又不打算停下來聊天，一般只說 hasta luego 或 adiós，而不說 hola。

……再見、晚安

¡Adiós!	Goodbye! 再見！
¡Adiós a todos!	Goodbye, everyone! 各位再見！
¡Buenas noches!	Good night! 晚安！

¿lo sabías? 不可不知

buenas noches 同時表示英語 good evening 和 good night（晚上好），所以在晚上到達和離開某處時都可以用它。跟同事等第二天還要見面的人道別時，可以說 hasta mañana（明天見）。

……見！

Hasta luego!	**See you**! 回頭見！
Hasta mañana!	**See you** tomorrow! 明天見！
Hasta otra!	**See you** again. 下次見！
Hasta el lunes!	**See you** on Monday! 週一見！

¿lo sabías? 不可不知

英語中道別時常常會用 *Take care*! 或 *Look after yourself*!（保重！），西班牙語中同樣可以用 **¡Cuídate!** 表示道別。

當被介紹給他人時，必須知道怎麼回應。傳統的説法是 **encantado** 和 **mucho gusto**，但現在一般只用於正式的或商務場合；大多數情況下就説 **¡Hola! ¿Qué tal?**（你好！）。

你好！

¡Hola! ¿Qué tal?	How do you do? 你好！（用 How do you do? 回應別人問好）
Mucho gusto.	Pleased to meet you. 很高興認識你！
Encantado de conocerte. – Igualmente.	Pleased to meet you. 幸會！ —— Pleased to meet you too. 幸會！（西班牙語用 Igualmente 回應正式或商務場合之問好）

¿lo sabías? 不可不知

請記住，如果是女性，應該説 **encantada de conocerte** 而不是 **encantado de conocerte**。

即使不用真的對他人表示歡迎，也經常會聽到 **¡Bienvenido!**（歡迎！）

¿lo sabías? 不可不知

bienvenido 的結尾根據歡迎不同對象發生不同的陰陽性變化。歡迎的對象是男人，用 **bienvenido**；是女人，用 **bienvenida**；是一羣男人或有男有女，用 **bienvenidos**；是一羣女人，就用 **bienvenidas**。

很高興見到你！

¡Qué alegría verte de nuevo!	How lovely to see you again! 很高興再次見到你！
¡Cuánto tiempo sin verte!	I haven't seen you for ages! 很長時間沒有見到你了！

西班牙語和英語一樣，有數種問候他人的方式，並且也有多種回應的方式。

……好嗎？、……怎麼樣？

¿Cómo estás?	**How are you**? 你好嗎？
¿Cómo te va?	**How are things**? 最近好嗎？
¡Hola! **¿Qué pasa?**	Hello! **How are things**? 你好！最近怎麼樣？
¿Cómo te encuentras?	**How are you feeling**? 你感覺怎麼樣？
¿Estás bien?	**Are you ok**? 你還好嗎？

我……

Muy bien, gracias. ¿Y tú?	I'm fine, thanks. And you? 我很好，謝謝。你呢？
¡Regular!	Not too bad! 一般！
Vamos tirando.	Getting by. 還過得去。
No me puedo quejar.	Can't complain. 還行吧。
Mucho mejor, gracias.	A lot better, thanks. 好多了，謝謝。

¿lo sabías? 不可不知

當他人用 ¿Qué tal?（你好嗎？）問候你時，既可以用以上其中一種方式回應，也可以直接說 ¿Qué tal? 回應。

有人敲門

¿Quién es?	Who is it? 哪位？
¡Ya voy!	I'm coming! 來了！

請對方進來

¡Pasa, pasa!	Come in! 請進！
¡Tú primero!	After you! 您先請！
¡Siéntate!	Do sit down! 請坐！
Estás en tu casa.	Make yourself at home. 當這裏是你家吧。

¿lo sabías? 不可不知

請記住，對稱呼 **usted** 的人要用 **¡Pase!**、**¡Siéntese!** 和 **¡Usted primero!**。

請求與答謝

在提出請求時英語中用 *please*（請），西班牙語中如果頻繁地説 **por favor**，在西班牙人聽來就會顯得不地道、過於正式和過於陌生，所以可以把 **por favor** 當作非必需的附加詞，不能過多或重複使用。

請……、……拜託 / 謝謝

Un paquete de arroz, **por favor**.	A packet of rice, **please**. 請給我一袋米。
Por favor, ¿me puede decir la hora?	**Please**, could you tell me the time? 請問，現在何時？
¿Me pone una jarra de cerveza?	Can I have a beer, **please**? 請給我一杯啤酒。
Póngame dos kilos de naranjas.	Two kilos of oranges, **please**. 請給我兩公斤橙。
Sí, **por favor**.	Yes, **please**. 是的，拜託。

| Sí, **gracias**. | Yes, **please**. 是的，謝謝。 |

¿lo sabías? 不可不知

要表達英語 *yes, please*（是的，謝謝。），可以用 **sí, por favor** 或 **sí, gracias** 兩種方式。

……謝謝 / 感謝……！

¡**Gracias**!	**Thanks**! 謝謝！
¡Muchas **gracias**!	**Thank you** very much! 非常感謝！
Muchas **gracias** por tu carta.	**Thank you** very much for your letter. 非常感謝你的來信。
No, **gracias**.	No, **thank you**. 不用了，謝謝。

當有人說 **gracias**，最常用的回應是 **de nada**（不客氣），但也可以說 ¡**No hay de qué!**（沒甚麼！）。

不客氣

| ¡De nada! | Not at all! 沒關係！ |
| ¡No hay de qué! | Don't mention it! 沒甚麼！ |

引起他人注意

要引起對方的注意，可以用 **perdone** 或 **oiga**，後面的 **por favor** 可加可不加。

不好意思 / 嗨！

| ¡**Perdone**, por favor! | **Excuse me**, please! 不好意思，請問！ |
| ¡**Oiga**, por favor! | **Excuse me**, please! 嗨，請問！ |

236 · 一站式短語加油站

| ¡**Oiga**, señora! | **Excuse me**! 嗨，女士！ |
| ¡**Oiga**, señor! | **Excuse me**! 嗨，男士！ |

確保已理解

用西班牙語會話時有時可能會遇到理解和表達方面的問題，以下的常用語在你碰到類似情景的時候會非常有用。

……我不明白 / 我沒聽懂……

Perdona, pero **no te entiendo.**	Sorry, **I don't understand**. 對不起，我不明白。
Perdona, pero **no he entendido** lo que has dicho.	Sorry, **I didn't understand** what you said. 對不起，不過我沒聽懂你說的話。
¿Puedes repetir eso, por favor? **No lo he entendido.**	Please could you repeat that? **I didn't understand**. 請再重複一遍好嗎？我沒聽懂。

……怎麼說？、……叫甚麼？

| ¿**Cómo se dice** 'driving licence' en español? | **How do you say** 'driving licence' in Spanish?"駕駛執照"的西班牙語怎麼說？ |
| ¿**Cómo se llama** esto en español? | **What's** this **called** in Spanish? 這個西班牙語叫甚麼？ |

您介意……嗎？

| ¿**Le importa** repetir lo que ha dicho? | **Would you mind** repeating what you said? 您介意再重複一遍剛才說的話嗎？ |
| ¿**Te importa** hablar más despacio? | **Would you mind** speaking more slowly? 你介意說得慢一些嗎？ |

……甚麼……?

| Perdona, ¿**qué** has dicho? | Sorry, **what** did you say? 對不起，你剛才說甚麼？ |
| Perdona, ¿**qué** significa 'azafata'? | Sorry, **what** does 'azafata' mean? 對不起，"azafata" 是甚麼意思？ |

核對事實

要核對事情是否屬實，可以用 ¿**verdad?** ¿**no es verdad?** 和 ¿**no?**，用法相當於英語 *isn't it?*（是嗎？）和 *haven't you?*（不是嗎？）等，都放在句末。

……是嗎 / 對嗎 / 不是嗎？

Es nuevo, ¿**verdad**?	It's new, **isn't it**? 這是新的，是嗎？
No os gustó, ¿**verdad**?	You didn't like it, **did you**? 你們不喜歡那個，對嗎？
Tú estabas allí, ¿**no es verdad**?	You were there, **weren't you**? 你曾經在那裏，不是嗎？
Ya has estado en Salamanca, ¿**no**?	You've been to Salamanca before, **haven't you**? 你以前去過薩拉曼卡，不是嗎？

祝願他人

要表達希望他人玩得開心、過個愉快的聖誕或週末，可以有數種表達方式。

（過得）……！

| ¡**Que** te lo pases bien! | **Have** a good time! 祝你玩得高興！ |

¡**Que** tengas un buen fin de semana!	**Have** a great weekend! 週末愉快！
¡**Que** te diviertas!	**Have** fun! 玩得開心！
¡**Que** descanses!	**Sleep** well! 好好休息！
¡**Que** te mejores!	**Get** well soon! 祝你早日康復！
¡**Que** te aproveche! / ¡**Buen** provecho!	**Enjoy** your meal! 請慢用！
¡**Que** te vaya todo bien!	All the best! 祝一切順利！

……快樂！

¡**Feliz** Navidad!	**Happy** Christmas! 聖誕快樂！
¡**Feliz** Año Nuevo!	**Happy** New Year! 新年快樂！
¡**Feliz** cumpleaños!	**Happy** birthday! 生日快樂！
¡**Feliz** aniversario!	**Happy** anniversary! 週年紀念日快樂！

¿lo sabías? 不可不知

Igualmente!（你也一樣！）在社交場合是一個特別實用的詞彙。收到以上祝福時如果也想同樣祝福對方，就可以用它。

祝……好運/順利！

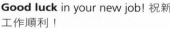

¡(buena) suerte! / ¡**Suerte**!	**Good luck**! 祝好運！
¡**Suerte** con el examen!	**Good luck** in your exam! 祝考試順利！
¡**Suerte** con el nuevo trabajo!	**Good luck** in your new job! 祝新工作順利！

……愉快！、……慢……！乾杯！

¡**Buen** viaje!	**Have a good** trip! 旅途愉快！
¡**Salud**!	**Cheers**! 乾杯！

可以用 **perdona**（對稱呼為 **tú** 的人）和 **perdone**（對稱呼為 **usted** 的人）表達英語的 *I'm sorry*（對不起）。或者，要是已經做了一些比較嚴重的事情，可以用 **lo siento** 表示抱歉。

……對不起 / 抱歉……

Perdona.	**I'm sorry**. 對不起。
Perdone que llegue tarde.	**I'm sorry** I'm late. 對不起，我遲到了。
¡**Lo siento**!	**I'm sorry**! 抱歉！
¡**Lo siento mucho**!	**I'm really sorry**! 很抱歉！
¡**Lo siento muchísimo**!	**I'm so sorry**! 非常抱歉！

¿lo sabías? 不可不知

如果需要讓他人讓路或不小心撞到了他人，就說 perdón（不好意思或對不起）。

安慰他人

如果有人向你道歉或者坦白不小心做了某事，可以用 no pasa nada（沒關係或別在意）安慰對方，也可以用很多其他的方式表達。

沒關係

No pasa nada. No tiene importancia.	It doesn't matter. 沒關係。
No importa.	Never mind. 別介意。
¡Tranquilo!	Don't worry! 放心，沒事！
No se preocupe.	Don't worry about it. 別擔心！
No hay ningún problema.	Don't worry about it. 沒關係！

¿lo sabías? 不可不知

如果對方是女性，則用 **tranquila** 而不是 **tranquilo**。

表達意見

想用西班牙語表達自己的看法，可以用 **creo que** 和 **me parece que** 來表示，都相當於英語 I think（我認為）的意思。

我也這樣想

Creo que sí.	I think so. 我認為是這樣。
Me parece que sí.	I think so. 我認為是這樣。
Supongo que sí.	I suppose so. 我想是這樣。
Espero que sí.	I hope so. 希望如此。

我不這麼認為

Creo que no.	I don't think so. 我不這麼認為。
Me parece que no.	I don't think so. 我不這麼認為。
Supongo que no.	I suppose not. 我不這麼想。
Espero que no.	I hope not. 我不希望如此。

我不確定

No estoy seguro.	I'm not sure. 我不確定。
No lo veo muy claro.	I'm not sure. 我不是很確定。
No lo sé.	I don't know. 我不知道。
¿Estás seguro?	Are you sure? 你確定嗎？

我不介意

Me da igual.	I don't mind. 我沒所謂。
No me importa.	I don't mind. 我不介意。
Me es igual.	It's all the same to me. 我都沒所謂。

贊同、不同意與婉拒

本章節將介紹很多地道的日常用語，用來表示贊同、不同意或者不確定。

是的

Sí.	Yes. 是的。
Es verdad.	That's true. 是真的。
Tienes razón.	You're right. 你是對的。
Estoy totalmente de acuerdo.	I totally agree. 我完全贊同。
¡Exacto!	Exactly! 正是如此！

當被要求做某事需要做出回應時，**¡De acuerdo!**、**¡Vale!**（好的！）和 **claro**（當然可以）都是非常實用的短語。

好的！

¡De acuerdo!	OK! 好的！
¡Vale!	OK! 行！

當然可以

Sí, claro.	Yes, of course. 好的，當然可以！
¿Me echas una mano? – Claro que sí.	Will you give me a hand? – Of course I will. 幫個忙好嗎？——當然可以。
¡Por supuesto!	Of course! 當然可以！
¡Por supuesto que sí!	Yes, of course. 當然可以！

以下短語可以用來表示不同意或者無法做某事。

不

No.	No. 不。
No es verdad.	That's not true. 這不是真的。

| No puede ser. | That's impossible. 這不可能。 |
| No me lo creo. | I don't believe it. 我不相信。 |

我不能

No **puedo**.	**I can't**. 我不能。
Me gustaría pero **no puedo**.	I'd like to but **I can't**. 我也想，但是不行。
Me temo que **no puedo**.	I'm afraid **I can't**. 恐怕我不行。
Lo siento. **Me es imposible**.	I'm sorry. I'm afraid **I can't**. 抱歉，我不行。

如果不想承諾或確定甚麼，可以用以下短語。

也許

Quizás.	Perhaps. 也許吧。
Puede ser.	Possibly. 可能可以。
Depende.	It depends. 看情況再説。
Puede que tengas razón.	You may be right. 也許你是對的。
Si puedo, sí.	Yes, if I can. 如果可以的話，我會做。

祝賀他人

有很多常用語可以用來祝賀他人的成功，比如 **¡Enhorabuena!** 和 **¡Felicidades!**（祝賀你！）。人們通常會在這些表達前加上 **hombre**，**hombre** 用在這裏只是為了加強語氣，既可以指男性，也可以指女性。

……祝賀你……！

¡Hombre, **enhorabuena**!	**Congratulations**! 啊呀，祝賀你！
¡**Felicidades**!	**Congratulations**! 祝賀你！
¡**Felicidades** por el ascenso!	**Congratulations** on your promotion! 祝賀你升職了！

¡**Enhorabuena** por aprobar los exámenes!	**Congratulations** on passing your exams! 祝賀你通過了考試！
Te felicito por el premio.	**Congratulations** on winning that prize. 祝賀你獲獎了！

對好壞消息作出反應

當聽到別人近況不錯或他們遇上了好事情的時候，**me alegro**（字面意思是我很開心或我很高興）是一個很常用的回應方式。

真令人高興

Me alegro.	That's good. 真令人高興。
Me alegro muchísimo.	That's very good news. 聽到這消息真高興。
¡Cuánto me alegro!	I'm so pleased for you! 真替你高興！
¡Hombre, qué alegría!	How wonderful! 啊呀，太好了！
¡Qué excelente noticia!	That's wonderful news! 這消息真讓人高興！
¡Qué bien!	That's great! 真好！
¡Estupendo!	Fantastic! 太好了！

想表達對某件不好的事情感到遺憾，常用 **lo siento**（很遺憾）或 **lo siento mucho**（非常遺憾）。

……遺憾

Lo siento.	I'm sorry. 很遺憾。
Lo siento mucho.	I'm very sorry. 非常遺憾。
Lo siento de veras.	I'm very sorry. 真的很遺憾。
Siento mucho lo que pasó.	I'm so sorry about what happened. 我對所發生的事情感到非常遺憾。

| Sentí mucho lo de tu tía. | I am really sorry to hear about your aunt. 我對你姨姨的事情感到非常遺憾。 |

¿lo sabías? 不可不知

如以上例句所示，如果不僅僅是表達英語 *I'm sorry*（很遺憾）的意思，還要表達對甚麼事情表示遺憾，就不加 **lo**，只説 **siento**。

西班牙語中有很多常用語都相當於英語 *things could be worse* 或 *it's not that bad*（還未至於那麼糟糕），如：**no es para tanto**。

表示感歎

要表達受到了怎樣的影響或感覺怎樣，英語常常用 *What a...!*（多麼……！）和 *How...!*（真……！）表示，兩者都可以用西班牙語 **¡Qué...!** 表示，英語 *a* 省去不譯。

……多 / 真……！

| ¡**Qué** lástima! | **What a** shame! 真遺憾！ |
| ¡**Qué** burro soy! | **What an** idiot I am! 我真是個笨蛋！ |

如果要像英語 *What a beautiful necklace!*（多漂亮的項鏈啊！）和 *What an expensive restaurant!*（多高級的餐館啊！）那樣強調某物的具體特徵的話，就將 **más** 或 **tan** 和合適的形容詞放在該名詞後面。

¡**Qué** edificio más bonito!	**What a** beautiful building! 多漂亮的建築啊！
¡**Qué** restaurante más caro!	**What an** expensive restaurant! 多奢侈的餐廳！
¡**Qué** plato tan exótico!	**What an** exotic dish! 多有異國情調的一盤菜！

真……！

¡**Qué** interesante!	**How** interesting! 真有趣！
¡**Qué** mal!	**How** awful! 真糟糕！
¡**Qué** bonito!	**Isn't it** pretty! 真漂亮！
¡**Qué** decepción!	**How** disappointing! 真令人失望！

表示驚訝

西班牙語中有很多表達驚訝的日常用語，以下列出其中一些常用語。

¡Es increíble!	That's incredible! 簡直難以置信！
¡Qué sorpresa!	What a surprise! 好大的驚喜！
¡No me lo puedo creer!	I can't believe it! 真不敢相信！
¡No puede ser!	That's impossible. 這不可能！
¡Vaya!	Well, what do you know! 啊，真的嗎？
¿En serio?	Really? 真的？
¡Dios mío! ¡Es tardísimo!	Goodness! It's very late. 天啊！太遲了！

鼓勵他人

如果想要催促他人快一點或是要請他人做某事，可以用 ¡**Vamos!** 或 ¡**Venga!**（快點！）表示。

……快……！

| ¡**Vamos**, no te entretengas! | **Come on**! Let's go! 快點！別浪費時間了！ |
| ¡**Vamos**! Que se nos hace tarde. | **Hurry up**! We're going to be late. 快點！我們要遲到了！ |

¡**Venga**, no te desanimes!	**Come on**! Don't get discouraged! 快來吧！別洩氣！
Venga, ¡date prisa! Que nos están esperando.	**Come on**! Hurry up! They're waiting for us. 來吧！快點！他們在等我們。

遞東西

把東西遞給對方時，有多種說法。

給你

Toma.	Here you are. 給你。
Ten.	Here you are. 給你。
Aquí tienes.	Here you are. 給你。

示警和求救

掌握在某些特定環境中會用到的短語很有用，比如：在需要他人幫助或警告他人的時候。儘管我們都不希望遇到要聽懂或使用這些短語的情況，但還是有必要介紹一下。

¡Cuidado!	Look out! 小心！
¡Ten cuidado!	Be careful! 當心！
¡Ojo con el bolso!	Watch your bag! 小心你的袋！
¡Al ladrón!	Stop thief! 抓住賊人！
¡Socorro!	Help! 救命！
¡Ayúdenme!	Help me! 幫幫我！
¡Fuego!	Fire! 失火了！

以下是在與他人陷入爭執時或許會用到的一些常用語。

天啊！看在上帝的份上！

¡Por Dios!	For goodness sake! 天啊！看在上帝的份上！
¿Pero qué haces?	What do you think you're doing? 你這是做甚麼？
¿Quién te crees que eres?	Who do you think you are? 你以為你是誰？
¿Y ahora qué?	Yes, and...? 然後呢？
No me lo creo.	I don't believe it. 我不相信。
De eso ni hablar.	It's out of the question. 這是不可能的。
¡Chorradas!	Nonsense! 廢話！

西班牙語跟英語一樣，也有很多用以連接不同觀點或是表達對事物的態度的常用詞彙。以下所列是一些最常用的詞彙。

además 而且、此外

Estoy cansada y **además** simplemente no me apetece ir.	I'm tired, and **anyway** I just don't feel like going. 我累了，而且我不想去。
Además, no tienes nada que perder.	**Besides**, you've got nothing to lose. 此外，你已經沒甚麼可輸的了。

al final 最後

| ¿Conseguiste dar con él **al final**? | Did you manage to get hold of him **in the end**? 你最後找到他了嗎？ |

al fin y al cabo 畢竟

| **Al fin y al cabo**, no estaba tan mal. | **At the end of the day**, it wasn't that bad. 畢竟事情還沒那麼糟糕。 |

así es 正是

| ¿Está usted aquí de vacaciones? – Sí, **así es**. | Are you here on holiday? – Yes, **that's right**. 您來這裏是度假的嗎？ —— 是的，正是。 |

aún así 儘管如此

| **Aún así**, es extraño... | **Still**, it is strange... 儘管如此，還是很奇怪…… |

bueno 行

| ¡**Bueno**! Haremos lo que tú quieras. | **All right**! We'll do whatever you want. 行！我們會按照你的意思去做。 |

claro 當然

| ¿Te gusta el fútbol? – ¡**Claro que sí**! | Do you like football? – **Of course I do**! 你喜歡足球嗎？ —— 當然喜歡！ |
| No se lo dirás, ¿verdad? – ¡**Claro que no**! | You won't tell her, will you? – **Of course not**! 你不會告訴她的，對嗎？ —— 當然不會！ |

desde luego 當然

| ¡**Desde luego** que me gusta! | **Of course** I like it! 我當然喜歡！|

de todos modos 不管怎樣

| **De todos modos**, está cubierto por el seguro. | **Anyway**, it's covered by the insurance. 不管怎樣，這已經包含在保險裏了。|

¿lo sabías? 不可不知

請注意，也可以用 **de todas formas** 和 **de todas maneras** 表示無論如何或不管怎樣，用法和 **de todos modos** 完全相同。

¿de verdad? 真的嗎？

| ¿De verdad? No lo sabía. | **Right**? I didn't know. 真的嗎？我不知道啊。|
| Decidí no invitarla. | I decided not to invite her. 我決定不邀請她了。|

entonces 那麼

| ¿**Entonces** qué hacemos? | **So** what shall we do? 那麼我們該做甚麼？|
| **Entonces**, pues hasta mañana. | **Right**, see you tomorrow then. 那麼我們明天見。|

está bien 好吧

| **Está bien**, lo haré. | **All right**. I'll do it. 那好吧，我來做。|

la verdad es que 說實話

La verdad es que dejé de fumar hace dos meses.	**Actually**, I stopped smoking two months ago. 說實話，我兩個月前已經戒煙了。

por cierto 順便問問

Por cierto, ¿todavía tocas el saxo?	Do you still play the sax, **by the way**? 順便問問，你還在吹色士風嗎？

pues 那麼

Estoy cansada. – **Pues** vete a la cama.	I'm tired. – Go to bed, **then**. 我累了。—— 那麼去睡覺吧。

primero 首先

Primero, haremos las compras.	**First**, we'll do the shopping. 我們先去購物。

vale 好的

¿Vamos a picar algo? – ¡**Vale**!	Shall we have a bite to eat? – **OK**! 我們去吃點東西好嗎？—— 好的！

venga 快點

¡**Venga**, vámonos!	**Come on**! Let's get going! 快點！我們走吧！

III 語法

名詞

名詞的性

西班牙語名詞分陽性（masculine）和陰性（feminine）：

el 或 un 用在名詞前表示陽性。

la 或 una 用在名詞前表示陰性。

使用名詞（noun）時，先確定名詞是陽性還是陰性，然後確定其搭配用語的形式，如：

修飾名詞的形容詞（adjective）
名詞前的冠詞（article）
代替名詞的代詞（pronoun）

形容詞、冠詞和代詞同樣受名詞影響而有數的變化。

los 或 **unos** 用在名詞前表示陽性複數。

las 或 **unas** 用在名詞前表示陰性複數。

指稱人的名詞

大部分指稱男人和男孩的名詞都是陽性。

| el hombre | the man 男人 |
| el rey | he king 國王 |

大部分指稱女人和女孩的名詞都是陰性。

| la mujer | the woman 女人 |
| la reina | the queen 王后 |

以 -o 結尾指稱男性的陽性名詞，通常也可以將 -o 改成 -a，構成指稱女性的陰性名詞。

el chico	the boy 男孩
la chica	the girl 女孩
un hermano	a brother 哥哥
una hermana	a sister 姐姐

很多以輔音字母結尾的陽性名詞，後面加 **-a** 可構成陰性名詞。

el profesor	the teacher (*male*) 男教師
la profesora	the teacher (*female*) 女教師
un español	a Spaniard (*male*) 一名西班牙男子
una española	a Spanish woman 一名西班牙女子

指稱物的名詞

英語中，所有事物都可以用中性代詞 it 指代，如 *table*、*car*、*book*；但在西班牙語中，所有指稱物的名詞都分陽性和陰性。

下面介紹幾條辨別陽性名詞和陰性名詞的規則：

以 -a 結尾的名詞通常屬於陰性，如：**la casa**（房子）、**la cara**（臉）

以 -o 結尾的名詞通常屬於陽性，如：**el periódico**（報紙）、**el libro**（書本）

以 **-ción** 和 **-sión** 結尾的名詞通常為陰性，如：**la estación**（車站）、**la procesión**（隊伍）

以 **-tad**、**-dad** 和 **-tud** 結尾的名詞通常為陰性，如：**la ciudad**（城市）、**la libertad**（自由）、**la multitud**（人群）

另外，星期、月份和語種的名稱都屬於陽性。如：**el lunes**（星期一）、**el inglés**（英語）。

也有一些不適用於上述規則的例子：

el día（這天）、**el mapa**（地圖）、**el problema**（問題）和 **el programa**（項目）等名詞都以 -a 結尾，但與其他大多數以 -ma 結尾的名詞一樣，一般都為陽性名詞

la radio（收音機）、**la moto**（電單車）和 **la mano**（手）等名詞都以 -o 結尾，但都屬於陰性。

冠詞

英語定冠詞 *the* 的翻譯

英語的冠詞，比如 *the* 和 *a*，在西班牙語中會跟與之連用的名詞的單複數和陰陽性發生性、數的變化：英語的定冠詞 *the* 在西班牙語中可以翻譯為：

	搭配陽性名詞	搭配陰性名詞
單數	**el**	**la**
複數	**los**	**las**

el tren	**the** train 列車
la autopista	**the** motorway 高速公路
los papeles	**the** papers 紙張
las llaves	**the** keys 鑰匙

¿lo sabías? 不可不知

請注意，由於發音的緣故，一些以重讀音 **a** 作詞首的陰性名詞前用陽性冠詞 **el**（這、那）和 **un**（一），如：**el agua**（水）。

當 **el** 與介詞 **a** 和 **de** 連用時，介詞和冠詞縮略如下：

a + el 縮略成 **al**；**de + el** 縮略成 **del**。

al cine	**to** the cinema 去看電影
del cine	**from/of** the cinema 從電影院出來

英語不定冠詞 a、an 的翻譯

英語不定冠詞 *a* 和 *an* 在西班牙語中根據所搭配名詞的陽性或陰性相應翻譯為 **un** 或 **una**。

un viaje	**a** trip 一次旅行
una reunión	**a** meeting 一次會議

英語中一般都要用冠詞 *the* 和 *a*，西班牙語中有時也可以不用冠詞 **el**、**la** 和 **un**、**una**。

Es profesor.	He's **a** teacher. 他是教師。
Me duele **la** garganta.	I've got **a** sore throat. 我喉嚨痛。
Es **la** una.	It's one o'clock. 現在是一時。

代詞

主格代詞

以下是西班牙語中的主格代詞：

yo	I 我
tú	you 你（非正式、單數）
él	he 他
ella	she 她
usted	you 您（正式、單數）
nosotros	we 我們（陽性）
nosotras	we 我們（陰性）
vosotros	you 你們（非正式、陽性複數）
vosotras	you 你們（非正式、陰性複數）
ellos	they 他們（陽性）
ellas	they 她們（陰性）
ustedes	you 你們（正式、複數）

tú（你）和 **él**（他）上加重音，以區別於 **tu**（你的）和 **el**（這，那）。
usted 經常簡寫成 **Vd.** 和 **Ud.**；ustedes 經常簡寫成 **Vds.** 和 **Uds.**。

在英語中，動詞總是與主格代詞連用，但在西班牙語中，一般句子
的上下文和動詞詞尾變化已經表明主語是誰，所以都會略去主格代
詞。比如：**hablo español** 只能表示英語 *I speak Spanish*（我會說西
班牙語），因為以 -o 結尾的動詞的主語只能是英語 *I*（我）；而 **están
en Madrid** 雖然既可以表示英語 *they're in Madrid*，也可以表示英
語 *you're in Madrid*（你在馬德里），但還是可以從上下文內容確認其
主語到底是他們（ellos）還是你們（ustedes，正式）。

Tenemos dos coches.	**We've** got two cars. 我們有兩輛車。
Es verde.	**It's** green. 這是綠色的。
Está cansada.	**She's** tired. 她累了。
Soy francés.	**I'm** French. 我是法國人。
Hace frío.	**It's** cold. 天很冷。

西班牙語中沒有表示英語 *it*（它）的主格代詞，如上面最後一個例句
所示，一般用動詞的第三人稱單數形式表示。

儘管並不是必須的，但出於禮貌，還是經常會用 **usted** 和 **ustedes**
稱呼他人。

Pasen **ustedes** por aquí.	Please come this way. 請往這邊走。

但有些情況下必須用到西班牙語的主格代詞，比如：
• 強調

Ellos sí que llegaron tarde.	**They** arrived really late. 他們確實來晚了。

• 對比和明確

Yo estudio francés pero **él** estudia inglés.	I study French but **he** studies English. 我學法語，而他學英語。

- 用在 **ser**（是）之後

Soy **yo**. Antonio es más alto que **tú**.	It's **me**. 是我。 Antonio is taller than **you**. 安東尼奧比你高。

英語 you 在西班牙語如何表達

英語中只有一種表示 *you* 的方式，但在西班牙語中有好幾個詞都可以用來表示英語 *you*，其選詞取決於：

對方是一個人還是多個人

對方是朋友、家人還是其他人

如果對方是熟悉的人，如朋友或親戚，或者是一個孩子或比自己年輕的人，就用 **tú** 和 **tú** 的動詞變位。

¿Me prest**as** este CD? **Tú** no tienes por qué venir.	Will **you** lend me this CD? 你能把這張光碟借給我嗎？ **You** don't need to come. 你不需要過來。

如果對方是不太熟悉的人，如陌生人、長者、老闆或老師，就用 **usted** 和 **usted** 的動詞變位。

¿Conoce **usted** a mi mujer?	Have **you** met my wife? 您見過我太太嗎？

如果對方是多個熟悉的人，如朋友們或親戚們，或者是小孩們或比自己年輕的人們，就用西班牙語 **vosotros**（對方是女性就用 **vosotras**）和 **vosotros** 的動詞變位。在拉丁美洲，則稱呼對方為 **ustedes**。

| ¿Entend**éis**, niños? | Do you understand, children? 孩子們，聽懂了嗎？ |

如果對方是多個不太熟悉的人，尤其是和陌生人説話，或是在酒店、諮詢處以及商務場合等地方與人交談，都用 **ustedes**。

| Pasen **ustedes** por aquí. | Please come this way. 請往這邊走。 |

賓格代詞

英語中除了主格代詞還有賓格代詞，如：*me*、*him* 和 *them*。西班牙語中也有賓格代詞，分為對格代詞（指代直接補語）、與格代詞（指代間接補語）和前置詞格代詞（與前置詞連用，可指代各種補語）。

對格代詞指代那些直接接受動詞所作出的動作的人或物，如：英語例句 *He kissed her*（他吻了她）和 *He sold it*（他賣了它）中的 *her* 和 *it*。

下面是西班牙語中的對格代詞：

me	me 我
te	you 你（單數，對應 **tú**）
lo	him, you, it 他，你（單數，對應陽性的 **usted**），它（陽性單數）
la	her, you, it 她，你（單數，對應陰性的 **usted**），它（陰性單數）
nos	us 我們
os	you 你們（複數，對應 **vosotros**）
los	them, you 他們（陽性複數），你們（複數，對應陽性的 **ustedes**）
las	them, you 她們（陰性複數），你們（複數，對應陰性的 **ustedes**）

與格代詞指代那些間接受某個動作影響的人或物。英語中，這樣的代詞經常放在 *to* 或 *for* 之後，如：*He sent me an email*（他給我發了一封電郵）、*He sent an email to me*（他發了一封電郵給我）、*Can you get me a towel?*（你可以幫我拿條毛巾嗎？）和 *Can you get a towel for me?*（你可以拿條毛巾給我嗎？）中的 *me*（我）。

下面是西班牙語中的與格代詞：

me	(to/for) me（給／為）我
te	(to/for) you（給／為）你（單數，對應 **tú**）
le	(to/for) him, her, you, it（給／為）他，她，你（單數，對應 **usted**），它（陽性單數）
nos	(to/for) us（給／為）我們
os	(to/for) you（給／為）你們（複數，對應 **vosotros**）
les	(to/for) them, you（給／為）他們，你們（複數，對應 **ustedes**）

賓格代詞可以用在多數動詞形式之前。

Te quiero.	I love **you**. 我愛你。
Los compré.	I bought **them**. 我買了那些東西。
¡No **lo** abra!	Don't open **it**! 別打開它！
Les mandé una carta.	I sent **them** a letter. 我寄了一封信給他們。

可以把賓格代詞放在句末表明要做的事情；也可以把它們放在動詞不定式和副動詞（動詞的 **-ando** 和 **-iendo** 形式）之後，但如果動詞不定式或副動詞前還有另一個動詞，那麼賓格代詞既可以放在動詞不定式或副動詞之後，也可以放在那個動詞前面。

¡Haz**lo** tú!	Do **it** yourself! 你自己做吧！
No puedo vender**lo**.	I can't sell **it**. 我不能賣掉它。
No **lo** puedo vender.	I can't sell **it**. 我不能賣掉它。
Estoy construyéndo**la**.	I'm building **it**. 我正在搭建它。
La estoy construyendo.	I'm building **it**. 我正在搭建它。

¿lo sabías? 不可不知

在西班牙語的書面表達中，如果動詞不定式或副動詞的後面要加一個或多個代詞，通常還需在動詞上加重音符號使其重讀音保持不變。

一個句子裏有兩個賓格代詞時，與格代詞應放在對格代詞前面。

Me lo dio ayer.	He gave **it to me** yesterday. 他昨天把它給我了。
Te lo enviaré.	I'll send **it to you**. 我會把這個寄給你的。
¿Puedo dár**telo**?	Can I give **it to you**? 我可以把它給你嗎？
¿**Te lo** puedo dar?	Can I give **it to you**? 我可以把它給你嗎？

把與格代詞和對格代詞放在一起時，必須用 **se** 代替 **le** 和 **les** 作間接補語。由於 **se** 可以指代不同的人（給他，給她，給他們或給您），常常需要在動詞後面加上 **a él**（給他）、**a ella**（給她）和 **a ellos**（給他們）等詞明確地指出指代對象。

Se lo darán **a ella** mañana.	They'll give it to **her** tomorrow. 他們明天會把這個給她。
Se lo enviaron **a usted**.	They sent it **to you**. 他們把它寄給您了。

大多數情況下，用在前置詞（比如 **a**）後面的代詞等同於主格代詞，**mí**（我）和 **ti**（你）除外。

Es para **ti**.	It's for **you**. 這是給你的。
Me lo dio a **mí**, no a **ti**.	He gave it to **me** not **you**. 他是把它給我而不是給你。

想表達英語 *with me*（跟我）或 *with you*（跟你），請注意，要將 **con** 和 **mí**、**ti** 連寫如下：

con + mí 連寫成 **conmigo**；**con + ti** 連寫成 **contigo**。

Ven **conmigo**.	Come **with me**. 請你跟我來。
Quiero ir **contigo**.	I want to go **with you**. 我想和你一起去。

形容詞

單數形容詞的一致性

形容詞通常以陽性單數形式出現在詞典中，所以必須掌握它的性數變化規則，以使其與所修飾的名詞或代詞保持性數一致。要使形容詞保持性數一致，必須先看陽性單數形容詞的詞尾。

以 **-o** 結尾的陽性單數形容詞，變詞尾為 **-a** 構成陰性單數形式

mi hermano **pequeño**	my little **brother** 我弟弟
mi hermana **pequeña**	my little **sister** 我妹妹

以 **-o** 之外的其他元音結尾的陽性單數形容詞，構成陰性單數時不用變化詞尾

el vestido **verde**	the **green** dress 綠色連衣裙
la blusa **verde**	the **green** blouse 綠色女襯衫

以輔音結尾的陽性單數形容詞，構成陰性單數時不用變化詞尾

un chico **joven**	a **young** boy 一個小男孩
una chica **joven**	a **young** girl 一個小女孩
un día **feliz**	a **happy** day 開心的一天
una pareja **feliz**	a **happy** couple 一對幸福的夫婦

以輔音結尾的而且表示國籍和地方的形容詞，在陽性單數形容詞後加 **-a** 構成陰性形式，並刪去詞尾元音上的重音符號。

un periódico **inglés**	an **English** newspaper 一份英文報紙
una revista **inglesa**	an **English** magazine 一份英文雜誌

以 **-or** 結尾的陽性單數形容詞，變詞尾為 **-ora** 構成陰性單數形式

un niño **encantador**	a **charming** little boy 一個可愛的小男孩
una niña **encantadora**	a **charming** little girl 一個可愛的小女孩

某些用於對比的以 **-or** 結尾的形容詞,比如 **mejor**(更好,最好)、**peor**(更壞,最壞)和 **mayor**(更年長的),構成陰性形式時無需變化詞尾。

形容詞的複數形式

以下是三種表達形容詞複數的主要方式:以元音結尾的單數形容詞,在詞尾加 **-s** 構成複數。

el **último** tren	the **last** train 最後一班列車
los **últimos** trenes	the **last** trains 最後數班列車
una casa **vieja**	an **old** house 一幢老房子
unas casas **viejas**	some **old** houses 數幢老房子
una canción **francesa**	a **French** song 一首法文歌
unas canciones **francesas**	some **French** songs 數首法文歌

以輔音結尾的陽性單數形容詞,詞尾加 **-es** 構成複數形式(如果單數時重讀最後一個音節,變複數後省略該重音符號)

un médico **español**	a **Spanish** doctor 一個西班牙醫生
unos médicos **españoles**	some **Spanish** doctors 數個西班牙醫生
un pintor **francés**	a **French** painter 一個法國畫家
unos pintores **franceses**	some **French** painters 數個法國畫家

單數形式是以 **-z** 結尾的形容詞,不管是陽性還是陰性,都變詞尾為 **-ces** 構成複數形式

un día **feliz**	a **happy** day 開心的一天
unos días **felices**	**happy** days 開心的日子

形容詞的縮略形式

有些形容詞在修飾陽性單數名詞時可以省略詞尾的 **-o**。這些形容詞是：**alguno** 和 **ninguno**（略去 **o** 後在最後一個元音上加重音符號）、**bueno**、**malo**、**uno**、**primero**、**tercero**。

¿Conoces **algún** hotel barato?	Do you know of **a** cheap hotel? 你知道便宜點的酒店嗎？
un **buen** libro	a **good** book 一本好書
el **primer** hijo	the **first** child 第一個兒子

另外，**grande** 放在任何單數名詞前都略去詞尾變為 **gran**，**ciento** 放在複數名詞和 **mil**（千）前略去詞尾變為 **cien**。

una **gran** sorpresa	a **big** surprise 一個大驚喜
cien euros	a **hundred** euros 一百歐元

無需變化詞尾的形容詞

也有少數形容詞沒有性數變化，這一類形容詞叫做性數不變形容詞。這些形容詞不隨被修飾名詞的性數發生任何變化，如：**naranja**（橙色的）、**rosa**（粉色的）。

las chaquetas **naranja**	**orange** jackets 橙色外套
unos calcetines **rosa**	some **pink** socks 數雙粉色的襪子

形容詞的詞序

西班牙語中形容詞通常放在名詞之後。

una corbata **azul**	a **blue** tie 一條藍色領帶
la hora **exacta**	the **exact** time 確切時間
una palabra **española**	a **Spanish** word 一個西班牙語單詞

有些形容詞既可以放在名詞之前，也可以放在名詞之後，但含義是

不同的，比如：

un **antiguo** colega	a **former** colleague 一位舊同事
la historia **antigua**	**ancient** history 古老的歷史
un **gran** pintor	a **great** painter 一位出色的畫家
una **casa** grande	a **big** house 一幢大屋
un **viejo** amigo	an **old** friend (= *long-standing*) 一位老朋友
esas toallas **viejas**	those **old** towels 那些舊毛巾

如兩個形容詞通常都放在名詞後面，用連接詞 **y**（和）來連接。

un hombre alto **y** delgado	a tall, slim man 一位高高瘦瘦的男人

比較

想表達某物 "更大"、"更美" 等，在形容詞前加 **más**（更多、更大）。想表達某物 "沒那麼重要"，"沒那麼昂貴" 等，在形容詞前加 **menos**（較少、較小）。

Es **más** alto que yo.	He's tall**er** than I am. 他比我高。
Los de piel son **más** caros que los otros.	The leather ones are **more** expensive than the others. 皮革的款式要比其他款式更貴。
Fernando está **menos** aplicado.	Fernando is **less** conscientious. 費南多沒那麼專心。

物主形容詞

以下是西班牙語的物主形容詞：

	用在單數名詞之前	用在複數名詞之前
my	**mi**	**mis**
我的		

your	tu	tus
你的（屬於 **tú**）		
his; her; its; one's; your	**su**	**sus**
他的，她的，它的，某人的，您的（屬於 **usted**）		
our	**nuestro/nuestra**	**nuestros/nuestras**
我們的		
your	**vuestro/vuestra**	**vuestros/vuestras**
你們的（屬於 **vosotros**）		
their, your	**su**	**sus**
他們的，你們的（屬於 **ustedes**）		

跟其他形容詞一樣，物主形容詞要與所修飾名詞的單複數保持一致，其中 **nuestro** 和 **vuestro** 還要與所修飾名詞的陰陽性保持一致。

mi pasaporte	**my** passport 我的護照
mis maletas	**my** suitcases 我的手提箱
nuestro hijo	**our** son 我們的兒子
nuestra hija	**our** daughter 我們的女兒
nuestros hijos	**our** children 我們的孩子

要用西班牙語表達英語 *mine*、*yours* 等，比如：*it's mine*、*a friend of hers*，可以用以下這些重讀物主形容詞：

	搭配單數名詞	搭配複數名詞
mine	**mío/mía**	**míos/mías**
我的		
yours	**tuyo/tuya**	**tuyos/tuyas**
你的		

his; hers; its; yours	suyo/suya	suyos/suyas
他的；她的；它的；您的		
ours	nuestro/nuestra	nuestros/nuestras
我們的		
yours	vuestro/vuestra	vuestros/vuestras
你們的		
theirs; yours	suyo/suya	suyos/suyas

他（她）們的；你們的

¿De quién es esta bufanda? – Es **mía**.	Whose scarf is this? – It's **mine**. 這圍巾是誰的？—— 是我的。
¿Es **tuyo** este abrigo?	Is this coat **yours**? 這件外套是你的嗎？
unos amigos **nuestros**	some friends of **ours** 我的一些朋友
¿Son tuyas estas gafas? – No. **Las mías** están aquí.	Are these your glasses? – No. **Mine** are here. 這眼鏡是你的嗎？—— 不是，我的在這裏。

指示形容詞

英語中有 *this*（這）和 *that*（那）兩個指示形容詞，但在西班牙語有三個：**este**（這個）、**ese**（那個）和 **aquel**（那個）。**este**、**ese** 和 **aquel** 的詞尾根據搭配的名詞性數發生變化。

	陽性	陰性
單數	este	esta
	estos	estas

複數

	陽性	陰性
單數	**ese**	**esa**
	esos	**esas**

複數

	陽性	陰性
單數	**aquel**	**aquella**
	aquellos	**aquellas**

複數

英語中用 *this*（這）和 *this one*（這個）來指示靠近說話人的事物，對應的西班牙語是 **este** 和 **esta**。

este móvil	**this** mobile 這部手機
esta carretera	**this** road 這條路

ese 和 **aquel** 都相當於英語 *that*（那），但是如果在對比兩個事物，其中一個相對靠近交談對象，另一個則遠離交談雙方，那麼就用 **ese** 指示較近的事物，用 **aquel** 指示較遠的事物。

Dame **ese** libro.	Give me **that** book. 請把那本書給我。
¿Ves **aquellas** montañas?	Can you see **those** mountains? 你能看到那些山脈嗎？

還有一組類似的指示代詞，為了與指示形容詞區分開來，它們通常會加上重音符號，如：**éste**（這，這個）、**ése**（那，那個）和 **aquél**（那，那個）。跟指示形容詞一樣，指示代詞詞尾根據所代替名詞的性數發生變化。

Éste es el mío.	**This one**'s mine. 這個是我的。
Me gusta más **ése** que tienes en la mano.	I prefer **that one** that you've got in your hand. 我更喜歡你拿在手上的那個。
Aquélla al fondo de la calle es mi casa.	My house is **that one** at the end of the street. 街尾那房子是我家。

指示代詞還有無重音的中性形式（**esto**、**eso** 和 **aquello**），可以用於表達一件不太認識的事物、一個想法或一個說法。

¿Qué es **esto**?	What's **this**? 這是甚麼？
¿Qué es **eso** que llevas en la mano?	What's **that** you've got in your hand? 你手上拿的是甚麼？
Eso es mentira.	**That**'s a lie. 那是一個謊言。

疑問句

用西班牙語提問

西班牙語可以用如下方式提問：

在句尾把聲調提高或將主語放在動詞之後

¿Hablas inglés?	Do you speak English? 你會說英語嗎？
¿No quieres tomar algo?	Wouldn't you like something to eat or drink? 你不想吃點或喝點東西嗎？
¿Tú lo has hecho?	Did you do it? 這是你做的嗎？
¿Tu padre te ha visto?	Did your father see you? 你爸爸見過你了嗎？
Pablo, ¿lo has hecho tú?	Did you do it, Pablo? 保羅，這是你做的嗎？
¿Te ha visto tu padre?	Did your father see you? 你爸爸見過你了嗎？

¿lo sabías? 不可不知

請記住，西班牙語疑問句中有倒問號，一般出現在句首或問題開始以前。

疑問詞

西班牙語中，所有的疑問詞都帶有重音符號，比如：**¿cómo?**（怎麼樣？）、**¿dónde?**（哪裏？）、**¿cuándo?**（甚麼時候？），等等。

¿Cuándo se fue?	**When** did he go? 他甚麼時候走？
¿Cuánto tiempo llevas esperando?	**How long** have you been waiting? 你等了多久？

¿lo sabías? 不可不知

注意不要混淆 **por qué**（為甚麼）和 **porque**（因為）。

¿Qué?、**¿cuál?** 和 **¿cuáles?** 都可用於表示英語 *which*（哪）。在名詞前用 **¿qué?**，其他情況下單數用 **¿cuál?**，複數用 **¿cuáles?**。

¿Qué chaqueta te vas a poner?	**Which** jacket are you going to wear? 你打算穿哪件外套？
¿Cuál quieres?	**Which one** do you want? 你想要哪個？
¿Cuáles quieres?	**Which ones** do you want? 你想要哪些？

英語中用 *isn't it?*、*aren't they?*、*don't they?* 和 *won't he?*（是嗎？）等核對事實，在西班牙語中，可以用 **¿verdad?**。

Hace calor, **¿verdad**?	It's hot, **isn't it**? 天很熱，是嗎？
Te gusta, **¿verdad**?	You like it, **don't you**? 你喜歡的，是嗎？

否定句

否定句的構成

西班牙語中，通常在動詞前加 **no**（不）構成否定句。英語中經常用助動詞 *do* 加 *not* 構成否定句，但相應的西班牙語動詞 **hacer** 卻沒有這樣的用法。

| No trabaja. | He **doesn't** work. 他沒有工作。 |
| No sabe nadar. | He ca**n't** swim. 他不會游泳。 |

有些常用的否定詞既可以單獨使用，也可以與 **no** 一起用，加強否定的含義，比如：**no... nada**（甚麼也沒有）和 **no...nunca**（從來不）。

¿Qué has comprado? – **Nada**.	What did you buy? – **Nothing**. 你買了甚麼？ —— 甚麼也沒買。
Nadie habló.	**No one** spoke. 沒人説話。
No dijo **nada**.	He did**n't** say **anything**. 他甚麼也沒説。
No tengo **ningún** interés en ir.	I have **no** interest in going. 我毫無興趣去那裏。
No viene **nunca**.	He **never** comes. 他從來都不來。

翻譯常見問題

英語和西班牙語並不總是能逐字逐句對譯的，有時可以這麼做，有時則不可以。以下章節列出了翻譯中可能碰到的一些常見的問題。

介詞

英語中有些動詞短語如 *to run away*（逃跑）、*to fall down*（倒下）等，在西班牙語中通常只用一個單詞就能表達。

| continuar | to go on 繼續 |
| devolver | to give back 歸還 |

英語中需要用動詞和介詞表達的句子，在西班牙語中可能就不需要介詞了，反之亦然。

| buscar algo | to look **for** something 尋找某物 |
| asistir **a** algo | to attend something 參加某活動 |

人稱 a

當動詞的直接賓語特指人或寵物時，直接賓語前要加人稱 **a**。

| Cuido **a** mi hermana. | I look after my sister. 我照顧我妹妹。 |

¿lo sabías? 不可不知

在動詞 **tener**（有）後不加人稱前置詞 **a**。

| Tienen dos hijos. | They have two children. 他們有兩個孩子。 |

英語 -ing 形式

英語中以 -ing 結尾的動詞在西班牙語中用動詞不定式表示。

Me gusta **ir** al cine.	I like **going** to the cinema. 我喜歡看電影。
Preferimos **viajar** en tren.	We prefer **travelling** by train. 我們更喜歡坐火車去旅行。
Antes de **salir**...	Before **leaving**... 離開之前……

表達所屬關係

英語中，可以用 's 和 s' 來表達事物的所屬關係，而在西班牙語中則要用另一種句式表達。

| el coche **de** mi hermano | my brother**'s** car 我弟弟的車 |
| el cuarto **de** las niñas | the girls**'** bedroom 那些女生們的睡房 |

英語 to be

英語動詞短語 to be 在西班牙語中通常用 **ser** 或 **estar** 表達。

ser 的用法：

後面加名詞或代詞

Pablo **es** profesor.	Pablo **is** a teacher. 巴勃羅是一名教師。
Soy yo.	**It's** me. 是我。
Tres y dos **son** cinco.	Three and two **are** five. 3 加 2 等於 5。

後面加描述事物固有特徵的形容詞

Es alto.	**He's** tall. 他很高。
Son italianos.	**They're** Italian. 他們是意大利人。

estar 的用法：

描述事物臨時狀態

El café **está** frío.	The coffee's cold. 咖啡冷了。
Está de mal humor.	**She's** in a bad mood. 她心情很差。

可以用來表達某人或某物在哪裏，也可以與用作形容詞的過去分詞（動詞的 **-ado/-ido** 形式）或副動詞（動詞的 **-ando** 或 **-iendo** 形式）連用。

Estoy en Madrid.	**I'm** in Madrid. 我在馬德里。
Madrid **está** en España.	Madrid **is** in Spain. 馬德里在西班牙。
La ventana **está** rota.	The window's broken. 窗戶壞了。
Estoy trabajando.	**I'm** working. 我在工作。

有時也可以用 **ser** 和 **estar** 與同一個形容詞搭配來描述人物，但表達的意義並不相同，具體內容如下：

Marta **es** muy guapa.	Marta's very attractive. 瑪塔長得很漂亮。
¡Qué guapa **está** Marta hoy!	Marta's looking really pretty today! 瑪塔今天打扮得很漂亮！

請注意，在表達活動在哪裏舉行或舉辦時，用 ser 而不是 estar，如：¿Dónde es el concierto?（演唱會在哪裏舉辦？）。

一些描述感覺和狀態的固定短語都由動詞 **tener** 構成。

Tengo calor.	**I'm** hot. 我很熱。
Tenemos hambre.	**We're** hungry. 我們餓了。
No tengas miedo.	**Don't be** afraid. 別害怕。
Tienes razón.	**You're** right. 你是對的。

描述天氣用動詞 **hacer**。

¿Qué tiempo **hace**?	What's the weather **like**? 天氣怎樣？
Hace sol.	**It's** sunny. 天氣晴朗。
Hace un tiempo horrible.	**It's** a horrible day. 天氣很糟糕。

表達某人的年齡用動詞 **tener**。

¿Cuántos anos **tienes**?	How old **are you**? 你多大了？
Tengo quince (anos).	**I'm** fifteen. 我 15（歲）。

英語 there is / there are

英語 there is 和 there are（有）西班牙語都可以用 **hay** 來表示。

Hay un señor en la puerta.	**There's** a man at the door. 門口有位先生。
Hay cinco libros en la mesa.	**There are** five books on the table. 桌上有 5 本書。

請注意，**hay** 有過去時和將來時，動詞原形都是 **haber**（有）。關於 **haber** 的更多內容，見 298 頁。

Hubo un incendio.	**There was** a fire. 發生了一場火災。

Ha habido un accidente.	**There's been** an accident. 剛剛發生了一場意外。
No había asientos libres.	**There weren't** any seats free. 沒空位了。
¿**Habrá** suficiente tiempo?	**Will there be** enough time? 時間足夠嗎？

英語 can、*to be able*

表達某人具備做某事的能力，可以用 **poder**。

No puedo salir contigo.	**I can't** go out with you. 我不能和你一起出去。

英語中用 *can*（能）和動詞連用表達能夠看見或聽見甚麼時，西班牙語中不用 **poder**。

No veo nada.	**I can't see** anything. 我看不見任何東西。

表達會做某事用 **saber**。

¿**Sabes** nadar?	**Can you** swim? 你會游泳嗎？

英語介詞 for

西班牙語前置詞 **para** 和 **por** 都可以表示英語介詞 *for*，因此常常會引起混淆。

para 的用法：

搭配人、目的地或目的

Es **para** ti.	It's **for** you. 這是給你的。
Salen **para** Madrid.	They are leaving **for** Madrid. 他們啟程去馬德里。
¿**Para** qué es?	What's it **for**? 這是用來做甚麼的？

搭配時間

Es **para** mañana. una habitación **para** dos noches	It's **for** tomorrow. 這是為明天準備的。 a room **for** two nights 一個住兩晚的房間

● 表達職業

Trabaja **para** el gobierno.	He works **for** the government. 他在政府部門工作。

● 常常搭配動詞不定式表示英語 *to*

Estoy ahorrando **para** comprarme una moto.	I'm saving up **to** buy a motorbike. 我在存錢買電單車。

por 的用法：

英語 *for* 表示 *for the benefit of*（為了）或 *because of*（因為）時：

Lo hice **por** mis padres. Me castigaron **por** mentir.	I did it **for** my parents. 我為父母做的。 I was punished **for** lying. 我因為説謊而受罰了。

英語 *for* 表示 *in exchange for*（作為……的交換）時：

Lo vendí **por** 15 euros. Te lo cambio **por** éste.	I sold it **for** 15 euros. 我把它賣了 15 歐元。 I'll swap you this one **for** it. 我要用它來和你交換這個。

● 表達時間和速度

por la mañana **por** la tarde **por** la noche 90 km **por** hora	**in** the morning 在上午 **in** the afternoon/evening 在下午 / 晚上（天黑前） **at** night 在晚上（天黑後） 90 km **an** hour 每小時 90 公里

por 也常常用於表示：

- 被動句式中的英語 *by*（被）

| descubierto **por** unos niños | discovered **by** some children 被數個小孩發現 |

- 英語 *because of*（因為）

| Tuvo que suspenderse **por** el mal tiempo. | It had to be called off **because of** the bad weather. 由於天氣太差它不得不被取消了。 |

動詞

動詞概述

動詞通常與名詞、人稱代詞（我、你或他）或者人名一起使用。動詞可以表示現在、過去和將來的動作 —— 這就是動詞的時態。

動詞可以分：

- 規則動詞：按一般規則變位
- 不規則動詞：不按一般規則變位

規則的英語動詞都有動詞原形（動詞原形的詞尾沒有任何變化，如：*walk*），動詞原形前可以加 *to*，如：*to walk*，構成動詞不定式。

西班牙語動詞也有不定式，分別以 **-ar, -er** 或 **-ir** 結尾，如：**hablar**（說話）、**deber**（必須，欠）和 **vivir**（生活）。所有西班牙語動詞都屬於這三類動詞，名稱為變位動詞。

英語動詞除了動詞原形和不定式，還有其他形式，如：以 *-s* 結尾的形式（*walks*）、以 *-ing* 結尾的形式（*walking*）和以 *-ed* 結尾的形式（*walked*）。西班牙語動詞則可以由詞根加上不同的詞尾構成更多的動詞形式，動詞詞根通常取自動詞不定式。

西班牙語動詞詞尾根據動作主體發生變化，這些動作主體包括：單數形式的 **yo**（我）、**tú**（你）、**él/ella**（他／她），或複數形式的

nosotros/nosotras（我們）、**vosotros/vosotras** 和 **ustedes**（你們）、**ellos/ellas**（他們）。

請注意，在西班牙語中通常可以省去 **yo**、**tú** 等詞，但在英語中卻必須加 *I*（我）、*you*（你）等詞。

不規則動詞

那些不按一般規則變位的動詞名為不規則動詞，其中包括一些非常常用的動詞，如：**tener**（有）、**ser**（是）、**estar**（在）和 **poner**（放）。最常用的不規則動詞變位請見動詞變位表。

規則動詞

規則動詞有三類：

- 以 **-ar** 結尾的第一變位動詞：所有動詞都以 **-ar** 結尾，如：**hablar**（完整變位見 286 頁）
- 以 **-er** 結尾的第二變位動詞：所有動詞都以 **-er** 結尾，如：**deber**（完整變位見 287 頁）
- 以 **-ir** 結尾的第三變位動詞：所有動詞都以 **-ir** 結尾，如：**vivir**（完整變位見 289 頁）

這些動詞都可按照固定的規則進行變位，所以被稱作規則動詞。一旦學會這些既定的規則，就掌握了任何規則動詞的變位。

要構成規則動詞的時態，需要：

- 知道動詞的詞根
- 加上合適的詞尾

省略動詞不定式最後兩個字母，就是現在時、未完成時、過去時和現在時虛擬式規則動詞的詞根，如：**hablar** 的詞根是 **habl-**，**deber** 的詞根是 **deb-**，**vivir** 的詞根是 **viv-**。

動詞不定式本身就是規則將來時和條件時動詞的詞根，如：**hablar** 的詞根是 **hablar**，**deber** 的詞根是 **deber**，**vivir** 的詞根是 **vivir**。

要選擇合適的詞尾，首先需要弄清楚以下三個問題：

- 用的是哪種變位動詞？（**-ar**、**-er** 還是 **-ir**）
- 動作的實施者是誰？（**yo**、**tú**、**él**，等等）
- 甚麼時候實施動作？（現在、將來等）

要構成西班牙語規則動詞的完成時態，需要：

- 知道該用 **haber**（有）的哪種形式
- 知道如何構成過去分詞

¿lo sabías? 不可不知

別把 **haber** 和 **tener**（有）混淆起來，**haber** 只能用來構成時態或構成無人稱句。

由助動詞 **haber** 的現在時加動詞過去分詞構成規則動詞的現在完成時。直接省略動詞不定式的最後兩個字母並分別加上以下詞尾，構成規則動詞的過去分詞：

- 以 **-ar** 結尾的變位動詞加 **ado**：hablar　__　hablado
- 以 **-er** 結尾的變位動詞加 **ido**：deber　__　debido
- 以 **-ir** 結尾的動詞加 **ido**：vivir　__　vivido

hablar（286 頁）、**deber**（287 頁）和 **vivir**（289 頁）的動詞變位請見動詞變位表，這些詞尾變化適用於任何規則動詞的變位；**haber** 的動詞變位請見 298 頁；動詞過去分詞的形式請見每一個動詞變位的底部。

不規則動詞的結構（現在時）

一些西班牙語動詞在構成某些時態時並不遵循規則動詞的變位方式，它們在構成現在時和虛擬式現在時需改變詞根的元音字母。

當然這並沒有聽起來這麼複雜，只需按以下方式將一個元音變成兩個元音。

* 在一些動詞中變 **o** 為 **ue**：

不定式	詞根	詞義
enc**o**ntrar__	enc**ue**ntr	*to find* 找到
p**o**der	p**ue**d	*to be able* 能

這一類常用動詞還有：**recordar**（記起），**volver**（回來），**dormir**（睡覺）。

* 在一些動詞中需變 **e** 為 **ie**：

不定式	詞根	詞義
c**e**rrar__	c**ie**rr	*to close* 關
qu**e**rer__	qu**ie**r	*to want; to love* 想，愛

這一類常用動詞還有：**pensar**（認為）、**empezar**（開始）、**entender**（理解）**perder**（失去）**preferir**（更喜歡）**senti**（感覺）。

從動詞變位表中可以看出，這些動詞的 **nosotros / nosotras** 和 **vosotros / vosotras** 形式的詞根不用變成 **ue** 和 **ie**。

反身動詞

反身動詞指發出的動作施加於主語的動詞。在英語中，這類動詞一般與 *myself*（我自己）、*yourself*（你自己）和 *herself*（她自己）等詞連用，如：*I washed myself*（我洗了澡）和 *he shaved himself*（他刮了鬍子）。反身動詞一般以動詞不定式加 **se**（自己）出現在西班牙語字典中，如：**levantarse**（起牀）和 **llamarse**（名叫）。

西班牙語中的反身動詞要比英語更常用，多用於描述日常生活中"自己"進行的事情或類似 **acostarse**（睡覺）、**sentarse**（坐下）和 **vestirse**（穿衣服）等涉及某種狀態變化的動作。

西班牙語中，反身動詞必須與合適的反身代詞連用。

主格代詞	反身代詞	詞義
yo	**me**	我自己
tu	**te**	你自己（單數）
él **ella** **usted**	**se**	他自己 她自己 它自己 您自己（正式、單數）
nosotros	**nos**	我們自己
vosotros	**os**	你們自己（複數）
ellos **ellas** **ustedes**	**se**	他（她，它）們自己 你們自己（正式、複數）

Se está vistiendo.	**He's getting dressed**. 他在穿衣服。
Me llamo Brian.	**My name's** Brian. 我叫拜仁。
Nos acostamos temprano.	We **go to bed** early. 我們要早點睡覺。

關於反身動詞的變位，請見 290 頁的 **lavarse**。

動詞時態

現在時

現在時用來描述客觀事實、經常發生的動作和現在正在發生的動作，如：英語 *I'm a student*（我是學生）、*He works as a consultant*

（他擔任顧問的工作）和 *I'm studying Spanish*（我在學西班牙語）。

英語中表達現在時的方式不只一種，比如：可以説 *I live in Madrid*，也可以説 *I am living in Madrid*（我住在馬德里）。在西班牙語中，通常只用一般的現在時態就能表達這兩種方式，如：**vivo en Madrid**。

英語現在時還可以用來描述在不久的將來即將發生的動作，西班牙語的現在時也有這種用法。

Mañana **voy** a Madrid.	**I'm going** to Madrid tomorrow. 明天我要去馬德里。
Me quedo unos días más en la costa.	**I'm staying** on the coast for a few more days. 我要在海邊多留幾天。
Nos acostamos temprano.	**We go to bed** early. 我們要早點睡覺。

將來時

將來時用來描述將要發生或即將實現的動作。英語中有數種表達將來時態的方式：將來時（*I'll ask him on Tuesday* 我星期二問他）、現在時（*I'm not working tomorrow* 我明天不工作）或 *going to* 加動詞不定式（*she's going to study in Spain for a year* 她將會去西班牙讀書一年）。在西班牙語中，也可以用將來時、現在時或動詞 **ir**（去）加前置詞 **a** 和動詞不定式來表示將來時態。

Cogemos el tren de las once.	**We're getting** the eleven o'clock train. 我們要搭 11 時的火車。
Comeremos en casa de José.	**We'll eat** at José's. 我們會在何塞家吃飯。
Va a tardar una media hora en hacerlo.	**He's going to take** about half an hour to do it. 他要花半小時做這件事。

未完成時

未完成時是過去時態的一種，多用於描述過去的情況或過去經常做的事情，例如英語 *I worked in Manchester then*（那時我在曼徹斯特工作）和 *I walked to the beach every day*（我曾每天步行去海灘）。

Hacía muchísimo calor.	**It was** extremely hot. 天氣曾經非常熱。
No teníamos reserva.	**We didn't have** a reservation. 我們當時沒有預訂。
Antes **era** maestro.	He **used to be** a primary-school teacher. 他曾經是一名小學教師。

完成時

英語完成時由兩部份組成，如：*I have done*（我已經做了），西班牙語完成時也同樣由助動詞 **haber**（有）的現在時和動詞過去分詞（如英語 *given* 給、*finished* 完成 和 *done* 完成）構成。關於西班牙語規則動詞如何組成過去分詞，見 276 頁。

西班牙語完成時的用法與英語類似。

Nunca **he estado** en Málaga.	**I've** never **been** to Málaga. 我從沒去過馬拉加。
Ya **se han ido**.	**They've** already **left**. 他們已經離開了。
Ha tenido que vender su caballo.	**He's had** to sell his horse. 他不得已賣掉了他的馬。

過去時

過去時用於描述那些已經完成（結束）的、過去發生的或在過去一定時間內持續發生的動作，如：英語 *I bought it yesterday*（我昨天買的）和 *It lasted for five years*（這持續了五年）。西班牙語過去時的術語是 **preterite**，用法和英語的一般過去時類似。

Ayer **fui** a la playa.	**I went** to the beach yesterday. 我昨天去了海灘。
Comimos en un restaurante estupendo.	**We had lunch** in a fantastic restaurant. 我們在一家很好的餐廳吃午餐。
La función **empezó** a las ocho en punto.	The performance **began** at eight o'clock sharp. 演出 8 時正開始。

命令式

表示命令和指示的動詞形式稱為命令式，如：英語 *Be quiet!*（請安靜！）、*Don't forget your passport!*（別忘記帶護照！）和 *Please fill in this form.*（請填表格。）。

西班牙語命令式有數種表達方式，動作主體是 **tú** 和 **vosotros** 的命令式動詞變位已列於動詞變位表中。祈使句裏也會用到人稱代詞，一般與命令式動詞連寫。

Perdona por llegar tarde.	**Sorry** to be late. 抱歉我遲到了。
Habladme un poco de vuestro viaje.	**Tell me** a bit about your journey. 請概略説説你們的旅行。

動作主體是 **usted** 和 **ustedes** 的祈使句，其動詞變位和虛擬式現在時動詞變位一樣。

¡**Oiga**!	**Excuse me**! 不好意思！
¡**Pase** usted primero!	**After** you! 請您先走！
Espérenme aquí, si son tan amables.	Please **wait** for me here. 請你們在這裏等我。

在否定句式中，命令式的所有動詞變位都來自虛擬式現在時，並且賓格代詞放在動詞之前。

¡**No me hables** así!	**Don't talk to me** like that! 別那樣跟我説話！
¡**No lo hagas**!	**Don't do it**! 別做！

虛擬式用於某些特定語境中以表達願望、喜悦、害怕等感情或對某事是否會發生、是否真實表示懷疑。這種句式在現代英語中並不多見，如：*I wish you were here*（我希望你在這裏）。

在西班牙語複合句中，當主從句的主語是不同的人或物，並且主句動詞表達以下數個意思時，從句動詞用虛擬式：

* 表達某個願望，比如 **querer que**（希望）

Quiero que José **sea** feliz.	I want José **to be** happy. 我希望何塞開心。
Quiero que se **vaya**.	I want him **to go** away. 我希望他離開。

* 表達某種情緒，比如 **sentir que**（很遺憾……）

Siento mucho que no **puedas** venir.	I'm very sorry that you **can't** come. 你不能來我很遺憾。

* **esperar que**（希望）

Espero que **venga**.	I hope he **comes**. 我希望他來。

* 表達某種懷疑或者不確定，比如 **no creer que** 或 **no pensar que**（不認為……）

No creo que lo **sepa**.	I don't think she **knows**. 我不認為她知道。
Es posible que **tengan** razón.	They may **be** right. 他們可能是對的。
Quizás le **venga** mejor.	Perhaps it**'ll suit** him better. 也許那更適合她。

簡單條件時用於描述某種特定條件下可能會發生或實現的事情，如英語 *I would help you if I could*（如果可以的話我一定會幫你）；同時也可以用來婉轉地表達想要做甚麼或需要甚麼，相當於英語 *I'd like to visit the Alhambra*（我想參觀阿罕布拉宮）。

Sí, **me gustaría** hacerlo.	Yes, **I'd like** to do that. 是的，我很想那樣做。
Podríamos quedar a las ocho.	**We could** meet at eight. 我們或許可以 8 時見。

IV 動詞變位表

Hablar

說話，交談

現在時		現在時虛擬式	
(yo)（我）	habl**o**	(yo)	habl**e**
(tú)（你）	habl**as**	(tú)	habl**es**
(él/ella/usted)（他 / 她 / 您）	habl**a**	(él/ella/usted)	habl**e**
(nosotros/as)（我們）	habl**amos**	(nosotros/as)	habl**emos**
(vosotros/as)（你們）	habl**aís**	(vosotros/as)	habl**eís**
(ellos/ellas/ustedes)			
（他們 / 她們 / 你們）	habl**an**	(ellos/ellas/ustedes)	habl**en**

過去時		未完成時	
(yo)	habl**é**	(yo)	habl**aba**
(tú)	habl**aste**	(tú)	habl**abas**
(él/ella/usted)	habl**ó**	(él/ella/usted)	habl**aba**
(nosotros/as)	habl**amos**	(nosotros/as)	habl**ábamos**
(vosotros/as)	habl**asteis**	(vosotros/as)	habl**abais**
(ellos/ellas/ustedes)	habl**aron**	(ellos/ellas/ustedes)	habl**aban**

將來時		條件時	
(yo)	hablar**é**	(yo)	hablar**ía**
(tú)	hablar**ás**	(tú)	hablar**ías**
(él/ella/usted)	hablar**á**	(él/ella/usted)	hablar**ía**
(nosotros/as)	hablar**emos**	(nosotros/as)	hablar**íamos**

| (vosotros/as) | hablar**éis** | (vosotros/as) | hablar**íais** |
| (ellos/ellas/ustedes) | hablar**án** | (ellos/ellas/ustedes) | hablar**ían** |

命令式	過去分詞
habl**a** / habla**d**	habl**ado**
動名詞	
habl**ando**	

例句

Hoy **he hablado** con mi hermana.	I've spoken to my sister today. 今天我剛和妹妹説過話。
No **hables** tan alto.	Don't talk so loud. 別那麼大聲説話。
No se **hablan**.	They don't talk to each other. 他們互不理睬。

Deber

必須，欠

現在時		虛擬式現在時	
(yo)	deb**o**	(yo)	deb**a**
(tú)	deb**es**	(tú)	deb**as**
(él/ella/usted)	deb**e**	(él/ella/usted)	deb**a**
(nosotros/as)	deb**emos**	(nosotros/as)	deb**amos**
(vosotros/as)	deb**éis**	(vosotros/as)	deb**áis**
(ellos/ellas/ustedes)	deb**en**	(ellos/ellas/ustedes)	deb**an**

過去時		未完成時	
(yo)	deb**í**	(yo)	deb**ía**
(tú)	deb**iste**	(tú)	deb**ías**
(él/ella/usted)	deb**ió**	(él/ella/usted)	deb**ía**
(nosotros/as)	deb**imos**	(nosotros/as)	deb**íamos**
(vosotros/as)	deb**isteis**	(vosotros/as)	deb**íais**
(ellos/ellas/ustedes)	deb**ieron**	(ellos/ellas/ustedes)	deb**ían**

將來時		條件時	
(yo)	deber**é**	(yo)	deber**ía**
(tú)	deber**ás**	(tú)	deber**ías**
(él/ella/usted)	deber**á**	(él/ella/usted)	deber**ía**
(nosotros/as)	deber**emos**	(nosotros/as)	deber**íamos**
(vosotros/as)	deber**éis**	(vosotros/as)	deber**íais**
(ellos/ellas/ustedes)	deber**án**	(ellos/ellas/ustedes)	deber**ían**

命令式	過去分詞
deb**e**/debe**d**	deb**ido**
動名詞	
deb**iendo**	

例句

No **debes** preocuparte.	You mustn't worry. 你不必擔心。
¿Qué le **debo**?	What do I owe you? 我欠您甚麼？
Debería llamar a Pilar.	I should call Pilar. 我應該打電話給皮拉爾。

活，生活

現在時		虛擬式現在時	
(yo)	viv**o**	(yo)	viv**a**
(tú)	viv**es**	(tú)	viv**as**
(él/ella/usted)	viv**e**	(él/ella/usted)	viv**a**
(nosotros/as)	viv**imos**	(nosotros/as)	viv**amos**
(vosotros/as)	viv**ís**	(vosotros/as)	viv**áis**
(ellos/ellas/ustedes)	viv**en**	(ellos/ellas/ustedes)	viv**an**

過去時		未完成時	
(yo)	viv**í**	(yo)	viv**ía**
(tú)	viv**iste**	(tú)	viv**ías**
(él/ella/usted)	viv**ió**	(él/ella/usted)	viv**ía**
(nosotros/as)	viv**imos**	(nosotros/as)	viv**íamos**
(vosotros/as)	viv**isteis**	(vosotros/as)	viv**íais**
(ellos/ellas/ustedes)	viv**ieron**	(ellos/ellas/ustedes)	viv**ían**

將來時		條件時	
(yo)	vivir**é**	(yo)	vivir**ía**
(tú)	vivir**ás**	(tú)	vivir**ías**
(él/ella/usted)	vivir**á**	(él/ella/usted)	vivir**ía**
(nosotros/as)	vivir**emos**	(nosotros/as)	vivir**íamos**
(vosotros/as)	vivir**éis**	(vosotros/as)	vivir**íais**

(ellos/ellas/ustedes)	vivir**án**	(ellos/ellas/ustedes)	vivir**ían**

命令式		過去分詞	
viv**e**/viv**id**		viv**ido**	
動名詞			
viv**iendo**			

例句

Vivo en Valencia.	I live in Valencia. 我住在華倫西亞。
Vivieron juntos dos años.	They lived together for two years. 他們曾住在一起兩年。
Hemos vivido momentos difíciles.	We've been through some difficult times. 我們曾經歷過艱難時刻。

Lavarse

洗澡，洗漱

現在時		虛擬式現在時	
(yo)	me lav**o**	(yo)	me lav**e**
(tú)	te lav**as**	(tú)	te lav**es**
(él/ella/usted)	se lav**a**	(él/ella/usted)	se lav**e**
(nosotros/as)	nos lav**amos**	(nosotros/as)	nos lav**emos**
(vosotros/as)	os lav**áis**	(vosotros/as)	os lav**éis**
(ellos/ellas/ustedes)	se lav**an**	(ellos/ellas/ustedes)	se lav**en**

過去時		未完成時	
(yo)	me lav**é**	(yo)	me lav**aba**

(tú)	te lav**aste**	(tú)	te lav**abas**
(él/ella/usted)	se lav**ó**	(él/ella/usted)	se lav**aba**
(nosotros/as)	nos lav**amos**	(nosotros/as)	nos lav**ábamos**
(vosotros/as)	os lav**asteis**	(vosotros/as)	os lav**abais**
(ellos/ellas/ustedes)	se lav**aron**	(ellos/ellas/ustedes)	se lav**aban**

將來時		條件時	
(yo)	me lavar**é**	(yo)	me lavar**ía**
(tú)	te lavar**ás**	(tú)	te lavar**ías**
(él/ella/usted)	se lavar**á**	(él/ella/usted)	se lavar**ía**
(nosotros/as)	nos lavar**emos**	(nosotros/as)	nos lavar**íamos**
(vosotros/as)	os lavar**éis**	(vosotros/as)	os lavar**íais**
(ellos/ellas/ustedes)	se lavar**án**	(ellos/ellas/ustedes)	se lavar**ían**

命令式	過去分詞
lávate	lav**ado**
lavaos	
動名詞	
lavándose	

例句

Se lava todos los días.	He washes every day. 他每天都洗澡。
Ayer **me lavé** el pelo.	I washed my hair yesterday. 昨天我洗頭髮了。
Nos lavaremos con agua fría.	We'll wash in cold water. 我們會用冷水洗澡。

Dar

給

現在時		虛擬式現在時	
(yo)	**doy**	(yo)	**dé**
(tú)	**das**	(tú)	**des**
(él/ella/usted)	**da**	(él/ella/usted)	**dé**
(nosotros/as)	**damos**	(nosotros/as)	**demos**
(vosotros/as)	**dais**	(vosotros/as)	**deis**
(ellos/ellas/ustedes)	**dan**	(ellos/ellas/ustedes)	**den**

過去時		未完成時	
(yo)	**di**	(yo)	**daba**
(tú)	**diste**	(tú)	**dabas**
(él/ella/usted)	**dio**	(él/ella/usted)	**daba**
(nosotros/as)	**dimos**	(nosotros/as)	**dábamos**
(vosotros/as)	**disteis**	(vosotros/as)	**dabais**
(ellos/ellas/ustedes)	**dieron**	(ellos/ellas/ustedes)	**daban**

將來時		條件時	
(yo)	dar**é**	(yo)	dar**ía**
(tú)	dar**ás**	(tú)	dar**ías**
(él/ella/usted)	dar**á**	(él/ella/usted)	dar**ía**
(nosotros/as)	dar**emos**	(nosotros/as)	dar**íamos**
(vosotros/as)	dar**éis**	(vosotros/as)	dar**íais**

(ellos/ellas/ ustedes)	darán	(ellos/ellas/ ustedes)	darían

命令式	過去分詞
da/dad	**dado**
動名詞	
dando	

例句

Me **da** miedo la oscuridad.	I'm scared of the dark. 我害怕黑暗。
Nos **dieron** un par de entradas gratis.	They gave us a couple of free tickets. 他們給了我們數張免費的門票。
Te **daré** el número de mi móvil.	I'll give you my mobile phone number. 我會給你我的手機號碼。

Decir

說，告訴

現在時		虛擬式現在時	
(yo)	**digo**	(yo)	**diga**
(tú)	**dices**	(tú)	**digas**
(él/ella/usted)	**dice**	(él/ella/usted)	**diga**
(nosotros/as)	dec**imos**	(nosotros/as)	**digamos**
(vosotros/as)	dec**ís**	(vosotros/as)	**digáis**
(ellos/ellas/ ustedes)	**dicen**	(ellos/ellas/ ustedes)	**digan**

過去時		未完成時	
(yo)	**dije**	(yo)	decía
(tú)	**dijiste**	(tú)	decías
(él/ella/usted)	**dijo**	(él/ella/usted)	decía
(nosotros/as)	**dijimos**	(nosotros/as)	decíamos
(vosotros/as)	**dijisteis**	(vosotros/as)	decíais
(ellos/ellas/ustedes)	**dijeron**	(ellos/ellas/ustedes)	decían

將來時		條件時	
(yo)	**diré**	(yo)	**diría**
(tú)	**dirás**	(tú)	**dirías**
(él/ella/usted)	**dirá**	(él/ella/usted)	**diría**
(nosotros/as)	**diremos**	(nosotros/as)	**diríamos**
(vosotros/as)	**diréis**	(vosotros/as)	**diríais**
(ellos/ellas/ustedes)	**dirán**	(ellos/ellas/ustedes)	**dirían**

命令式	過去分詞
di/dec**id**	**dicho**
動名詞	
diciendo	

例句

Pero ¿qué **dices**?	What are you saying? 你在説甚麼？
Me lo **dijo** ayer.	He told me yesterday. 他昨天告訴我了。
¿Te **ha dicho** lo de la boda?	Has he told you about the wedding? 他告訴你婚禮的事情了嗎？

理解

現在時		虛擬式現在時	
(yo)	entiendo	(yo)	entienda
(tú)	entiendes	(tú)	entiendas
(él/ella/usted)	**entiende**	(él/ella/usted)	**entienda**
(nosotros/as)	entend**emos**	(nosotros/as)	entend**amos**
(vosotros/as)	entend**éis**	(vosotros/as)	entend**áis**
(ellos/ellas/ustedes)	**entienden**	(ellos/ellas/ustedes)	**entiendan**

過去時		未完成時	
(yo)	entend**í**	(yo)	entend**ía**
(tú)	entend**iste**	(tú)	entend**ías**
(él/ella/usted)	entend**ió**	(él/ella/usted)	entend**ía**
(nosotros/as)	entend**imos**	(nosotros/as)	entend**íamos**
(vosotros/as)	entend**isteis**	(vosotros/as)	entend**íais**
(ellos/ellas/ustedes)	entend**ieron**	(ellos/ellas/ustedes)	entend**ían**

將來時		條件時	
(yo)	entender**é**	(yo)	entender**ía**
(tú)	entender**ás**	(tú)	entender**ías**
(él/ella/usted)	entender**á**	(él/ella/usted)	entender**ía**
(nosotros/as)	entender**emos**	(nosotros/as)	entender**íamos**
(vosotros/as)	entender**éis**	(vosotros/as)	entender**íais**

| (ellos/ellas/ ustedes) | entenderán | (ellos/ellas/ ustedes) | entenderían |

命令式		過去分詞	
entiende		entend**ido**	
entende**d**			
動名詞			
entend**iendo**			

例句

No lo **entiendo**.	I don't understand. 我不明白。
¿**Entendiste** lo que dijo?	Did you understand what she said? 你聽懂她説的話了嗎？
Con el tiempo lo **entenderás**.	You'll understand one day. 你總有一天會懂的。

▮ Estar ▮▮▮

在

現在時		虛擬式現在時	
(yo)	**estoy**	(yo)	**esté**
(tú)	**estás**	(tú)	**estés**
(él/ella/usted)	**está**	(él/ella/usted)	**esté**
(nosotros/as)	est**amos**	(nosotros/as)	est**emos**
(vosotros/as)	est**áis**	(vosotros/as)	est**éis**
(ellos/ellas/ ustedes)	**están**	(ellos/ellas/ ustedes)	**estén**

過去時		未完成時	
(yo)	**estuve**	(yo)	est**aba**
(tú)	**estuviste**	(tú)	estabas
(él/ella/usted)	**estuvo**	(él/ella/usted)	est**aba**
(nosotros/as)	**estuvimos**	(nosotros/as)	est**ábamos**
(vosotros/as)	**estuvisteis**	(vosotros/as)	est**abais**
(ellos/ellas/ustedes)	**estuvieron**	(ellos/ellas/ustedes)	est**aban**

將來時		條件時	
(yo)	estar**é**	(yo)	estar**ía**
(tú)	estar**ás**	(tú)	estar**ías**
(él/ella/usted)	estar**á**	(él/ella/usted)	estar**ía**
(nosotros/as)	estar**emos**	(nosotros/as)	estar**íamos**
(vosotros/as)	estar**éis**	(vosotros/as)	estar**íais**
(ellos/ellas/ustedes)	estar**án**	(ellos/ellas/ustedes)	estar**ían**

命令式	過去分詞
está/estad	est**ado**
動名詞	
est**ando**	

例句

Estoy cansado.	I'm tired. 我累了。
Estamos esperando a Juan.	We're waiting for Juan. 我們在等胡安。
Estuvimos en casa de mis padres.	We went to my parents' house. 我們去了父母家。

haber

已經

現在時		虛擬式現在時	
(yo)	**he**	(yo)	**haya**
(tú)	**has**	(tú)	**hayas**
(él/ella/usted)	**ha**	(él/ella/usted)	**haya**
(nosotros/as)	**hemos**	(nosotros/as)	**hayamos**
(vosotros/as)	hab**éis**	(vosotros/as)	**hayáis**
(ellos/ellas/ustedes)	**han**	(ellos/ellas/ustedes)	**hayan**

過去時		未完成時	
(yo)	**hube**	(yo)	hab**ía**
(tú)	**hubiste**	(tú)	hab**ías**
(él/ella/usted)	**hubo**	(él/ella/usted)	hab**ía**
(nosotros/as)	**hubimos**	(nosotros/as)	hab**íamos**
(vosotros/as)	**hubisteis**	(vosotros/as)	hab**íais**
(ellos/ellas/ustedes)	**hubieron**	(ellos/ellas/ustedes)	hab**ían**

將來時		條件時	
(yo)	**habré**	(yo)	**habría**
(tú)	**habrás**	(tú)	**habrías**
(él/ella/usted)	**habrá**	(él/ella/usted)	**habría**
(nosotros/as)	**habremos**	(nosotros/as)	**habríamos**
(vosotros/as)	**habréis**	(vosotros/as)	**habríais**

(ellos/ellas/ ustedes)	**habrán**	(ellos/ellas/ ustedes)	**habrían**

命令式		過去分詞	
not used		hab**ido**	
動名詞			
hab**iendo**			

例句

¿**Has visto** eso?	Did you see that? 你見過那個嗎？
Ya **hemos ido** a ver esa película.	We've already been to see that film. 我們已經看過那部電影了。
Eso nunca **había pasado** antes.	That had never happened before. 從未發生過那種事。

Hacer

做，製作

現在時		虛擬式現在時	
(yo)	**hago**	(yo)	**haga**
(tú)	hac**es**	(tú)	**hagas**
(él/ella/usted)	hac**e**	(él/ella/usted)	**haga**
(nosotros/as)	hac**emos**	(nosotros/as)	**hagamos**
(vosotros/as)	hac**éis**	(vosotros/as)	**hagáis**
(ellos/ellas/ ustedes)	hac**en**	(ellos/ellas/ ustedes)	**hagan**

過去時		未完成時	
(yo)	**hice**	(yo)	hac**ía**
(tú)	**hiciste**	(tú)	hac**ías**
(él/ella/usted)	**hizo**	(él/ella/usted)	hac**ía**
(nosotros/as)	**hicimos**	(nosotros/as)	hac**íamos**
(vosotros/as)	**hicisteis**	(vosotros/as)	hac**íais**
(ellos/ellas/ustedes)	**hicieron**	(ellos/ellas/ustedes)	hac**ían**

將來時		條件時	
(yo)	**haré**	(yo)	**haría**
(tú)	**harás**	(tú)	**harías**
(él/ella/usted)	**hará**	(él/ella/usted)	**haría**
(nosotros/as)	**haremos**	(nosotros/as)	**haríamos**
(vosotros/as)	**haréis**	(vosotros/as)	**haríais**
(ellos/ellas/ustedes)	**harán**	(ellos/ellas/ustedes)	**harían**

命令式	過去分詞
haz/**haced**	**hecho**

動名詞
hac**iendo**

例句

Lo **haré** yo mismo.	I'll do it myself. 我會自己做。
¿Quién **hizo** eso?	Who did that? 那是誰做的？
¿Quieres que **haga** las camas?	Do you want me to make the beds? 你想我鋪牀嗎？

現在時		虛擬式現在時	
(yo)	**voy**	(yo)	**vaya**
(tú)	**vas**	(tú)	**vayas**
(él/ella/usted)	**va**	(él/ella/usted)	**vaya**
(nosotros/as)	**vamos**	(nosotros/as)	**vayamos**
(vosotros/as)	**vais**	(vosotros/as)	**vayáis**
(ellos/ellas/ustedes)	**van**	(ellos/ellas/ustedes)	**vayan**

過去時		未完成時	
(yo)	**fui**	(yo)	**iba**
(tú)	**fuiste**	(tú)	**ibas**
(él/ella/usted)	**fue**	(él/ella/usted)	**iba**
(nosotros/as)	**fuimos**	(nosotros/as)	**íbamos**
(vosotros/as)	**fuisteis**	(vosotros/as)	**ibais**
(ellos/ellas/ustedes)	**fueron**	(ellos/ellas/ustedes)	**iban**

將來時		條件時	
(yo)	ir**é**	(yo)	ir**ía**
(tú)	ir**ás**	(tú)	ir**ías**
(él/ella/usted)	ir**á**	(él/ella/usted)	ir**ía**
(nosotros/as)	ir**emos**	(nosotros/as)	ir**íamos**
(vosotros/as)	ir**éis**	(vosotros/as)	ir**íais**

(ellos/ellas/ ustedes)	irán	(ellos/ellas/ ustedes)	irían

命令式		過去分詞	
ve/id		**ido**	
動名詞			
yendo			

例句

¿**Vamos** a comer al campo?	Shall we have a picnic in the country? 我們去鄉下野餐好嗎？
El domingo **iré** a León.	I'm going to León on Sunday. 星期天我要去萊昂。
Yo no **voy** con ellos.	I'm not going with them. 我不和他們一起去。

Oír

聽

現在時		虛擬式現在時	
(yo)	**oigo**	(yo)	**oiga**
(tú)	**oyes**	(tú)	**oigas**
(él/ella/usted)	**oye**	(él/ella/usted)	**oiga**
(nosotros/as)	**oímos**	(nosotros/as)	**oigamos**
(vosotros/as)	**oís**	(vosotros/as)	**oigáis**
(ellos/ellas/ ustedes)	**oyen**	(ellos/ellas/ ustedes)	**oigan**

過去時		未完成時	
(yo)	**oí**	(yo)	**oía**
(tú)	**oíste**	(tú)	**oías**
(él/ella/usted)	**oyó**	(él/ella/usted)	**oía**
(nosotros/as)	**oímos**	(nosotros/as)	**oíamos**
(vosotros/as)	**oísteis**	(vosotros/as)	**oíais**
(ellos/ellas/ustedes)	**oyeron**	(ellos/ellas/ustedes)	**oían**

將來時		條件時	
(yo)	**oiré**	(yo)	**oiría**
(tú)	**oirás**	(tú)	**oirías**
(él/ella/usted)	**oirá**	(él/ella/usted)	**oiría**
(nosotros/as)	**oiremos**	(nosotros/as)	**oiríamos**
(vosotros/as)	**oiréis**	(vosotros/as)	**oiríais**
(ellos/ellas/ustedes)	**oirán**	(ellos/ellas/ustedes)	**oirían**

命令式	過去分詞
oye/oíd	**oído**
動名詞	
oyendo	

例句

No **oigo** nada.	I can't hear anything. 我甚麼也沒聽到。
Si no **oyes** bien, ve al médico.	If you can't hear properly, go and see the doctor. 如果你聽力不好，去看醫生吧。
¿**Has oído** eso?	Did you hear that? 你聽到了嗎？

Pensar

想，認為

現在時		虛擬式現在時	
(yo)	**pienso**	(yo)	**piense**
(tú)	**piensas**	(tú)	**pienses**
(él/ella/usted)	**piensa**	(él/ella/usted)	**piense**
(nosotros/as)	pens**amos**	(nosotros/as)	pens**emos**
(vosotros/as)	pens**áis**	(vosotros/as)	pens**éis**
(ellos/ellas/ustedes)	**piensan**	(ellos/ellas/ustedes)	**piensen**
過去時		未完成時	
(yo)	pens**é**	(yo)	pens**aba**
(tú)	pens**aste**	(tú)	pens**abas**
(él/ella/usted)	pens**ó**	(él/ella/usted)	pens**aba**
(nosotros/as)	pens**amos**	(nosotros/as)	pens**ábamos**
(vosotros/as)	pens**asteis**	(vosotros/as)	pens**abais**
(ellos/ellas/ustedes)	pens**aron**	(ellos/ellas/ustedes) pens**aban**	
將來時		條件時	
(yo)	pensar**é**	(yo)	pensar**ía**
(tú)	pensar**ás**	(tú)	pensar**ías**
(él/ella/usted)	pensar**á**	(él/ella/usted)	pensar**ía**
(nosotros/as)	pensar**emos**	(nosotros/as)	pensar**íamos**
(vosotros/as)	pensar**éis**	(vosotros/as)	pensar**íais**
(ellos/ellas/ustedes)	pensar**án**	(ellos/ellas/ustedes)	pensar**ían**

命令式	過去分詞
piensa	pens**ado**
pensad	
動名詞	
pens**ando**	

例句

No **oigo** nada.	I can't hear anything. 我甚麼也沒聽到。
¿**Piensas** que vale le pena?	Do you think it's worth it? 你覺得值得嗎？
No lo **pienses** más.	Don't think any more about it. 別再想這事了。
Pensaba que vendrías.	I thought you'd come. 我本以為你會來。

Poder

能

現在時		虛擬式現在時	
(yo)	**puedo**	(yo)	**pueda**
(tú)	**puedes**	(tú)	**puedas**
(él/ella/usted)	**puede**	(él/ella/usted)	**pueda**
(nosotros/as)	pod**emos**	(nosotros/as)	pod**amos**
(vosotros/as)	pod**éis**	(vosotros/as)	pod**áis**
(ellos/ellas/ustedes)	**pueden**	(ellos/ellas/ustedes)	**puedan**

過去時		未完成時	
(yo)	**pude**	(yo)	pod**ía**
(tú)	**pudiste**	(tú)	pod**ías**

(él/ella/usted)	**pudo**	(él/ella/usted)	pod**í**a
(nosotros/as)	**pudimos**	(nosotros/as)	pod**í**amos
(vosotros/as)	**pudisteis**	(vosotros/as)	pod**í**ais
(ellos/ellas/ustedes)	**pudieron**	(ellos/ellas/ustedes)	pod**í**an

將來時		條件時	
(yo)	**podré**	(yo)	**podría**
(tú)	**podrás**	(tú)	**podrías**
(él/ella/usted)	**podrá**	(él/ella/usted)	**podría**
(nosotros/as)	**podremos**	(nosotros/as)	**podríamos**
(vosotros/as)	**podréis**	(vosotros/as)	**podríais**
(ellos/ellas/ustedes)	**podrán**	(ellos/ellas/ustedes)	**podrían**

命令式	過去分詞
puede	**podido**
pode**d**	
動名詞	
pudiendo	

例句

¿**Puedo** entrar?	Can I come in? 我可以進來嗎？
Puedes venir cuando quieras.	You can come when you like. 你想來的話隨時可以來。
¿**Podrías** ayudarme?	Could you help me? 你可以幫我嗎？

現在時		虛擬式現在時	
(yo)	**pongo**	(yo)	**ponga**
(tú)	pon**es**	(tú)	**pongas**
(él/ella/usted)	pon**e**	(él/ella/usted)	**ponga**
(nosotros/as)	pon**emos**	(nosotros/as)	**pongamos**
(vosotros/as)	pon**éis**	(vosotros/as)	**pongáis**
(ellos/ellas/ustedes)	pon**en**	(ellos/ellas/ustedes)	**pongan**

過去時		未完成時	
(yo)	**puse**	(yo)	pon**ía**
(tú)	**pusiste**	(tú)	pon**ías**
(él/ella/usted)	**puso**	(él/ella/usted)	pon**ía**
(nosotros/as)	**pusimos**	(nosotros/as)	pon**íamos**
(vosotros/as)	**pusisteis**	(vosotros/as)	pon**íais**
(ellos/ellas/ustedes)	**pusieron**	(ellos/ellas/ustedes)	pon**ían**

將來時		條件時	
(yo)	**pondré**	(yo)	**pondría**
(tú)	**pondrás**	(tú)	**pondrías**
(él/ella/usted)	**pondrá**	(él/ella/usted)	**pondría**
(nosotros/as)	**pondremos**	(nosotros/as)	**pondríamos**
(vosotros/as)	**pondréis**	(vosotros/as)	**pondríais**

| (ellos/ellas/ustedes) | **pondrán** | (ellos/ellas/ustedes) | **pondrían** |

命令式	過去分詞
pon/pon**ed**	**puesto**
動名詞	
pon**iendo**	

例句

Ponlo ahí encima.	Put it on there. 把它放在上面。
Lo **pondré** aquí.	I'll put it here. 我會把它放在這裏。
Todos nos **pusimos** de acuerdo.	We all agreed. 我們都同意。

Querer

想，愛

現在時		虛擬式現在時	
(yo)	**quiero**	(yo)	**quiera**
(tú)	**quieres**	(tú)	**quieras**
(él/ella/usted)	**quiere**	(él/ella/usted)	**quiera**
(nosotros/as)	quer**emos**	(nosotros/as)	quer**amos**
(vosotros/as)	quer**éis**	(vosotros/as)	quer**áis**
(ellos/ellas/ustedes)	**quieren**	(ellos/ellas/ustedes)	**quieran**

過去時		未完成時	
(yo)	**quise**	(yo)	quer**ía**
(tú)	**quisiste**	(tú)	quer**ías**
(él/ella/usted)	**quiso**	(él/ella/usted)	quer**ía**

(nosotros/as)	quisimos	(nosotros/as)	queríamos
(vosotros/as)	quisisteis	(vosotros/as)	queríais
(ellos/ellas/ ustedes)	quisieron	(ellos/ellas/ ustedes)	querían

將來時		條件時	
(yo)	querré	(yo)	querría
(tú)	querrás	(tú)	querrías
(él/ella/usted)	querrá	(él/ella/usted)	querría
(nosotros/as)	querremos	(nosotros/as)	querríamos
(vosotros/as)	querréis	(vosotros/as)	querríais
(ellos/ellas/ ustedes)	querrán	(ellos/ellas/ ustedes)	querrían

命令式	過去分詞
quiere	querido
quered	
動名詞	
queriendo	

quisiera 常用於表達英語 I'd like（我想）。

例句

Te **quiero**.	I love you. 我愛你。
Quisiera preguntar una cosa.	I'd like to ask something. 我想問些事情。
No **quería** decírmelo.	She didn't want to tell me. 她不想告訴我這事。

Saber

知道

現在時		虛擬式現在時	
(yo)	**sé**	(yo)	**sepa**
(tú)	sab**es**	(tú)	**sepas**
(él/ella/usted)	sab**e**	(él/ella/usted)	**sepa**
(nosotros/as)	sab**emos**	(nosotros/as)	**sepamos**
(vosotros/as)	sab**éis**	(vosotros/as)	**sepáis**
(ellos/ellas/ustedes)	sab**en**	(ellos/ellas/ustedes)	**sepan**

過去時		未完成時	
(yo)	**supe**	(yo)	sab**ía**
(tú)	**supiste**	(tú)	sab**ías**
(él/ella/usted)	**supo**	(él/ella/usted)	sab**ía**
(nosotros/as)	**supimos**	(nosotros/as)	sab**íamos**
(vosotros/as)	**supisteis**	(vosotros/as)	sab**íais**
(ellos/ellas/ustedes)	**supieron**	(ellos/ellas/ustedes)	sab**ían**

將來時		條件時	
(yo)	**sabré**	(yo)	**sabría**
(tú)	**sabrás**	(tú)	**sabrías**
(él/ella/usted)	**sabrá**	(él/ella/usted)	**sabría**
(nosotros/as)	**sabremos**	(nosotros/as)	**sabríamos**
(vosotros/as)	**sabréis**	(vosotros/as)	**sabríais**

(ellos/ellas/ustedes)	**sabrán**	(ellos/ellas/ustedes)	**sabrían**

命令式		過去分詞	
sab**e**/sab**ed**		sab**ido**	
動名詞			
sabiendo			

例句

No lo **sé**.	I don't know. 我不知道。
¿**Sabes** una cosa?	Do you know what? 你知道嗎？
Pensaba que lo **sabías**.	I thought you knew. 我以為你知道。

Sentir

感覺，遺憾

現在時		虛擬式現在時	
(yo)	**siento**	(yo)	**sienta**
(tú)	**sientes**	(tú)	**sientas**
(él/ella/usted)	**siente**	(él/ella/usted)	**sienta**
(nosotros/as)	sent**imos**	(nosotros/as)	**sintamos**
(vosotros/as)	sent**ís**	(vosotros/as)	**sintáis**
(ellos/ellas/ustedes)	**sienten**	(ellos/ellas/ustedes)	**sientan**

過去時		未完成時	
(yo)	sent**í**	(yo)	sent**ía**
(tú)	sent**iste**	(tú)	sent**ías**
(él/ella/usted)	**sintió**	(él/ella/usted)	sent**ía**

(nosotros/as)	sent**imos**	(nosotros/as)	sent**íamos**
(vosotros/as)	sent**isteis**	(vosotros/as)	sent**íais**
(ellos/ellas/ ustedes)	**sintieron**	(ellos/ellas/ ustedes)	sent**ían**

將來時		條件時	
(yo)	sentir**é**	(yo)	sentir**ía**
(tú)	sentir**ás**	(tú)	sentir**ías**
(él/ella/usted)	sentir**á**	(él/ella/usted)	sentir**ía**
(nosotros/as)	sentir**emos**	(nosotros/as)	sentir**íamos**
(vosotros/as)	sentir**éis**	(vosotros/as)	sentir**íais**
(ellos/ellas/ ustedes)	sentir**án**	(ellos/ellas/ ustedes)	sentir**ían**

命令式	過去分詞
siente/sent**id**	sent**ido**
動名詞	
sintiendo	

例句

Siento mucho lo que pasó.	I'm really sorry about what happened. 我對所發生的事情感到遺憾。
Sentí un pinchazo en la pierna.	I felt a sharp pain in my leg. 我感到腿上一陣劇痛。
No creo que lo **sienta**.	I don't think she's sorry. 我不認為她感到抱歉。

現在時		虛擬式現在時	
(yo)	**soy**	(yo)	**sea**
(tú)	**eres**	(tú)	**seas**
(él/ella/usted)	**es**	(él/ella/usted)	**sea**
(nosotros/as)	**somos**	(nosotros/as)	**seamos**
(vosotros/as)	**sois**	(vosotros/as)	**seáis**
(ellos/ellas/ustedes)	**son**	(ellos/ellas/ustedes)	**sean**

過去時		未完成時	
(yo)	**fui**	(yo)	**era**
(tú)	**fuiste**	(tú)	**eras**
(él/ella/usted)	**fue**	(él/ella/usted)	**era**
(nosotros/as)	**fuimos**	(nosotros/as)	**éramos**
(vosotros/as)	**fuisteis**	(vosotros/as)	**erais**
(ellos/ellas/ustedes)	**fueron**	(ellos/ellas/ustedes)	**eran**

將來時		條件時	
(yo)	ser**é**	(yo)	ser**ía**
(tú)	ser**ás**	(tú)	ser**ías**
(él/ella/usted)	ser**á**	(él/ella/usted)	ser**ía**
(nosotros/as)	ser**emos**	(nosotros/as)	ser**íamos**
(vosotros/as)	ser**éis**	(vosotros/as)	ser**íais**

(ellos/ellas/ustedes)	ser**án**	(ellos/ellas/ustedes)	ser**ían**

命令式		過去分詞	
sé/se**d**		**sido**	
動名詞			
siendo			

例句

Soy español.	I'm Spanish. 我是西班牙人。
¿**Fuiste** tú el que llamó?	Was it you who phoned? 是你打電話的嗎？
Era de noche.	It was dark. 天黑了。

Tener

有，擁有

現在時		虛擬式現在時	
(yo)	**tengo**	(yo)	**tenga**
(tú)	**tienes**	(tú)	**tengas**
(él/ella/usted)	**tiene**	(él/ella/usted)	**tenga**
(nosotros/as)	ten**emos**	(nosotros/as)	**tengamos**
(vosotros/as)	ten**éis**	(vosotros/as)	**tengáis**
(ellos/ellas/ustedes)	**tienen**	(ellos/ellas/ustedes)	**tengan**

過去時		未完成時	
(yo)	**tuve**	(yo)	ten**ía**
(tú)	**tuviste**	(tú)	ten**ías**
(él/ella/usted)	**tuvo**	(él/ella/usted)	ten**ía**

(nosotros/as)	**tuvimos**	(nosotros/as)	ten**íamos**
(vosotros/as)	**tuvisteis**	(vosotros/as)	ten**íais**
(ellos/ellas/ ustedes)	**tuvieron**	(ellos/ellas/ ustedes)	ten**ían**

將來時		條件時	
(yo)	**tendré**	(yo)	**tendría**
(tú)	**tendrás**	(tú)	**tendrías**
(él/ella/usted)	**tendrá**	(él/ella/usted)	**tendría**
(nosotros/as)	**tendremos**	(nosotros/as)	**tendríamos**
(vosotros/as)	**tendréis**	(vosotros/as)	**tendríais**
(ellos/ellas/ ustedes)	**tendrán**	(ellos/ellas/ ustedes)	**tendrían**

命令式	過去分詞
ten/tened	ten**ido**
動名詞	
ten**iendo**	

例句

Tengo sed.	I'm thirsty. 我渴了。
No **tenía** suficiente dinero.	She didn't have enough money. 她的錢不夠。
Tuvimos que irnos.	We had to leave. 我們不得不離開。

■ Traer

帶來

現在時		虛擬式現在時	
(yo)	**traigo**	(yo)	**traiga**
(tú)	tra**es**	(tú)	**traigas**
(él/ella/usted)	tra**e**	(él/ella/usted)	**traiga**
(nosotros/as)	tra**emos**	(nosotros/as)	**traigamos**
(vosotros/as)	tra**éis**	(vosotros/as)	**traigáis**
(ellos/ellas/ustedes)	tra**en**	(ellos/ellas/ustedes)	**traigan**

過去時		未完成時	
(yo)	**traje**	(yo)	tra**ía**
(tú)	**trajiste**	(tú)	tra**ías**
(él/ella/usted)	**trajo**	(él/ella/usted)	ra**ía**
(nosotros/as)	**trajimos**	(nosotros/as)	tra**íamos**
(vosotros/as)	**trajisteis**	(vosotros/as)	tra**íais**
(ellos/ellas/ustedes)	**trajeron**	(ellos/ellas/ustedes)	tra**ían**

將來時		條件時	
(yo)	traer**é**	(yo)	traer**ía**
(tú)	traer**ás**	(tú)	traer**ías**
(él/ella/usted)	traer**á**	(él/ella/usted)	traer**ía**
(nosotros/as)	traer**emos**	(nosotros/as)	traer**íamos**
(vosotros/as)	traer**éis**	(vosotros/as)	traer**íais**

| (ellos/ellas/ustedes) | traer**án** | (ellos/ellas/ustedes) | traer**ían** |

命令式		過去分詞	
tra**e**/tra**ed**		**traído**	
動名詞			
trayendo			

例句

¿Has **traído** lo que te pedí?	Did you bring what I asked you for? 你帶來我要的東西了嗎？
No **trajo** el dinero.	He didn't bring the money. 他沒帶錢來。
Trae eso.	Can you bring that over here? 請把那個帶過來。

Ver

看見

現在時		虛擬式現在時	
(yo)	**veo**	(yo)	**vea**
(tú)	**ves**	(tú)	**veas**
(él/ella/usted)	**ve**	(él/ella/usted)	**vea**
(nosotros/as)	**vemos**	(nosotros/as)	**veamos**
(vosotros/as)	**veis**	(vosotros/as)	**veáis**
(ellos/ellas/ustedes)	**ven**	(ellos/ellas/ustedes)	**vean**

過去時		未完成時	
(yo)	**vi**	(yo)	**veía**

(tú)	**viste**	(tú)	**veías**
(él/ella/usted)	**vio**	(él/ella/usted)	**veía**
(nosotros/as)	**vimos**	(nosotros/as)	**veíamos**
(vosotros/as)	**visteis**	(vosotros/as)	**veíais**
(ellos/ellas/ ustedes)	**vieron**	(ellos/ellas/ ustedes)	**veían**

將來時		條件時	
(yo)	ver**é**	(yo)	ver**ía**
(tú)	ver**ás**	(tú)	ver**ías**
(él/ella/usted)	ver**á**	(él/ella/usted)	ver**ía**
(nosotros/as)	ver**emos**	(nosotros/as)	ver**íamos**
(vosotros/as)	ver**éis**	(vosotros/as)	ver**íais**
(ellos/ellas/ ustedes)	ver**án**	(ellos/ellas/ ustedes)	ver**ían**

命令式	過去分詞
ve/ved	**visto**
動名詞	
viendo	

例句

No **veo** muy bien.	I can't see very well. 我看不清楚。
Los **veía** a todos desde la ventana.	I could see them all from the window. 我從窗口望去可以看到所有人。
¿**Viste** lo que pasó?	Did you see what happened? 你看到發生甚麼了嗎？

V 西英漢詞彙

A

A, an un, una 一

A&E las urgencias 急症室

able to be able poder 能

about relating to sobre 關於；**I don't know anything about it** No sé nada sobre eso 我對那事一無所知；**at about 11 o'clock** sobre las 11 大約 11 時

above above 40 degrees más de 40 grados 超過 40 度

abroad en el extranjero 在國外

abscess el absceso 膿腫

accelerator el acelerador 加速器

to accept aceptar 接受；**Do you accept this card?** ¿Acepta esta tarjeta? 這張卡能用嗎？

access el acceso 通道；**wheelchair access** el acceso para sillas de ruedas 輪椅通道

accident el accidente 意外

accident & emergency department las urgencias 急症室

accommodation el alojamiento 住宿

according to según 按照；**according to him** según él 在他看來

account (bank, internet) la cuenta（銀行、網絡）戶口

account number el número de cuenta 戶口號碼

to ache doler 疼痛；**My head aches** Me duele la cabeza 我頭痛；**It aches** Duele 很痛

actor el actor, la actriz 演員

address la dirección (pl direcciones) 地址（複數為 direcciones）；**What's the address?** ¿Cuál es la dirección? 地址是甚麼？

admission charge, admission fee el precio de entrada 入場費

to admit (to hospital)

ingresar 入（醫院）

adult el adulto 成人；**for adults** para adultos 給成人

advance in advance por adelantado 預先

to advise aconsejar 建議

aeroplane el avión (pl aviones) 飛機（複數為飛機）

afraid to be afraid of tener miedo de 害怕

after después 之後；**after the match** después del partido 比賽之後

afternoon la tarde 下午；**this afternoon** esta tarde 今天下午；**in the afternoon** por la tarde 下午；**tomorrow afternoon** mañana por la tarde 明天下午

afterwards después 以後

again otra vez 再次

against contra 反對；**I'm against the idea** Estoy en contra de la idea 我反對這個主意

age la edad 年齡

agency la agencia 代理

ago a week ago hace una semana 一週以前；**a month ago** hace un mes 一個月以前

to agree estar de acuerdo 同意

air el aire 空氣；**by air** en avión 坐飛機

air bed el colchón inflable (pl colchones) 氣墊牀（colchón 的複數為 colchones）

air conditioning el aire acondicionado 空調

air-conditioning unit el aparato de aire acondicionado 空調裝置

airline la línea aérea 航線

airmail by airmail por avión 空郵

airplane el avión (pl aviones) 飛機（複數為 aviones）

airport el aeropuerto 機場

aisle (in plane) el pasillo（飛機上的）走廊

alarm la alarma 警報

alarm clock el despertador 鬧鐘

alcoholic alcoholic 含酒精的；**Is it alcoholic?** ¿Tiene alcohol? 這個含酒精嗎？

all todo 全部；**all day** todo el día 整天；**all the apples** todas las manzanas 所有蘋果

allergic to alérgico a 對……過敏；**I'm allergic to...** Soy alérgico a... 我對……過敏

to allow permitir 允許；**It's not allowed** No está permitido 那是不允許的

all right agreed de acuerdo 同意；OK vale 可以；**Are you all right?** ¿Estás bien? 你好嗎？

almost casi 幾乎

alone solo 單獨的

along por 沿着

alphabet el alfabeto 字母表

already ya 已經

also también 也

altogether 20 euros altogether 20 euros en total 總共 20 歐元

always siempre 總是

am de la mañana 上午；**at 4 am** a las cuatro de la mañana 在凌晨四時

ambulance la ambulancia 救護車

America Norteamérica 美國

American norteamericano 美國的

amount el total 總額

anchovies (fresh) los boquerones（新鮮）鯷魚；(tinned) las anchoas（罐裝）鯷魚

and y 和

angry enfadado 生氣的

animal el animal 動物

ankle el tobillo 腳踝

annoying molesto 煩人的；**I find it very annoying** Me molesta mucho 我覺得它很煩人

another otro 另一個；**another beer** otra cerveza 再來杯啤酒；**another two**

salads dos ensaladas más 再來兩份沙律

answer la respuesta 答案

to answer responder 回答

answering machine el contestador automatico 電話答錄機

answerphone el contestador automatico 電話答錄機

antibiotic el antibiotico 抗生素

antifreeze el anticongelante 防凍劑

antihistamine el antihistamínico 抗組胺劑

antique shop el anticuario 古董店

antiseptic el antiseptico 防腐劑

any Have you any pears? ¿Tienen peras? 有沒有梨？**She doesn't have any friends** No tiene amigos 她沒朋友；**I don't smoke any more** No fumo más 我不再吸煙；**Have you any more brochures?** ¿Tienen más folletos? 你們還有小冊子嗎？

anyone (in questions) alguien（用於問句）有人；(in negative sentences) nadie（用於否定句）沒有人

anything (in questions) algo（用於問句）某物；(in negative sentences) nada（用於否定句）沒有東西

anyway de todas maneras 不管怎樣

anywhere en cualquier sitio 無論何處；**You can buy them almost anywhere** Se pueden comprar casi en cualquier sitio 無論哪裏都能買到這些

apartment el apartamento 住宅單位

apart from aparte de 除了；**apart from that...** aparte de eso... 除此之外……

apple la manzana 蘋果

application form el impreso de solicitud 申請表

appointment (at doctor, dentist) la cita 預約（醫生、牙醫）；(at hairdresser) la

hora 預約（髮型師）

approximately aproximadamente 大約

apricot el albaricoque (LAm el damasco) 否（拉美用 el damasco）

April abril 四月

arm el brazo 手臂

to arrange organizar 安排

to arrive llegar 到達

art el arte 藝術

art gallery la galería de arte 美術館

arthritis la artritis 關節炎

ashtray el cenicero 煙灰缸

to ask to ask for something pedir algo 索取某物；**I'd like to ask you a question** Quiero hacerte una pregunta 我想問你一個問題

aspirin la aspirina 阿士匹靈

asthma el asma 哮喘；**I have asthma** Tengo asma 我患有哮喘病

at a 在；en 在；**at home** en casa 在家；**at 8 o'clock** a las ocho 在八時；**at once** ahora mismo 馬上；**at night** por la noche 在晚上

attractive atractivo 有吸引力的

aubergine la berenjena 茄子

August agosto 八月

aunt la tía 阿姨

Australia Australia 澳洲

Australian australiano 澳洲的

automatic car el coche automático 自動檔汽車

auto-teller el cajero automático 自動櫃員機

autumn el otoño 秋天

avocado el aguacate 牛油果

available disponible 可用的

awake to be awake estar despierto 醒着

away far away lejos 遙遠；**He's away** Está fuera 他不在

awful espantoso 嚇人的

axle (in car) el eje（汽車的）車軸

B

baby el bebé 嬰兒

baby food los potitos 嬰兒食

品

baby milk la leche infantil 嬰兒奶粉

babysitter el/la canguro 臨時保姆

back (of body) la espalda 背部；**the back seat** (of car) el asiento trasero（汽車）後座

backpack la mochila 背包

bad (weather, news) malo 壞的（天氣、新聞）；(fruit and vegetables) pasado 過熟的（水果和蔬菜）

bag la bolsa 袋

baggage el equipaje 行李

baggage allowance el equipaje permitido 免費攜帶行李限額

baggage reclaim la recogida de equipajes 行李提取處

baker's la panadería 麵包店

ball (football) el balón (pl balones) 足球（複數為 balones）；(for golf, tennis) la pelota（高爾夫球、網球用的）球

banana el plátano (LAm la banana) 香蕉（拉美用 banana）

band (rock) el grupo（搖滾）樂隊

bandage la venda 繃帶

bank el banco 銀行

banknote el billete 紙幣

bar pub el bar 酒吧；(counter) la barra（櫃檯）吧台；**a bar of chocolate** una tableta de chocolate 一條巧克力

barbecue la barbacoa 燒烤；**to have a barbecue** hacer una barbacoa 去燒烤

barber's la barbería 理髮店

bath el baño 洗澡；**to have a bath** bañarse 洗澡

bathing cap el gorro de baño 泳帽

bathroom el cuarto de baño 洗手間；**with bathroom** con baño 連洗手間

battery (in radio, camera, etc) la pila（收音機、相機的）電池；(in car) la batería（汽車）電池

to be estar 在；ser 是

beach la playa 海灘；**on the**

beach en la playa 在海灘上
bean la alubia 豆
beautiful hermoso 美麗的
because porque 因為
to become to become ill
ponerse enfermo 生病
bed la cama 牀；**double bed** la cama de matrimonio 雙人牀；**single bed** la cama individual 單人牀；**twin beds** las camas individuales 兩張單人牀
bed and breakfast (*place*) la pension 提供早餐的住宿；**How much is it for bed and breakfast?** ¿Cuánto es la habitación con desayuno? 住宿加早餐多少錢？
bedroom (*in house, flat*) el dormitorio（房子、住宅單位的）臥室；(*in hotel*) la habitación（酒店的）房間
beef la ternera 牛肉
beer la cerveza 啤酒
before antes de 之前；**before 11** antes de las 11 11 時前；**I've seen this film before** Esta película ya la he visto 我以前看過這部電影
to begin empezar 開始；**to begin doing** empezar a hacer 開始做
behind detrás de 在後面；**behind the house** detrás de la casa 在房子後面
beige beis 米黃色
to believe creer 相信
to belong to (*club*) ser miembro de（俱樂部）是……會員；**That belongs to me** Eso es mío 那是我的
below debajo de 在下面；**below our apartment** debajo de nuestro apartamento 在我們的住宅單位下面
belt el cinturón (*pl* cinturones) 皮帶（複數是 cinturones）
beside al lado de 在……旁邊；**beside the bank** al lado del banco 在岸邊
best el mejor 最好的
better mejor 更好的；**better than** mejor que 比……更好

between entre 在……中間
bib el babero 圍嘴
bicycle la bicicleta 單車；**by bicycle** en bicicleta 踏單車
bicycle pump la bomba de bicicleta 單車打氣筒
big grande 大；**a big house** una casa grande 一幢大房子
bike pushbike la bici 單車；motorbike la moto 電單車
bikini el bikini 比堅尼泳衣
bill la factura 賬單；(*in restaurant*) la cuenta（餐廳）賬單
bin (*in kitchen*) el cubo (*LAm* el tarro)（廚房用的）垃圾桶（拉美用的 el tarro）
Biro® el bolígrafo 原子筆
birthday el cumpleaños 生日；**Happy birthday!** ¡Feliz cumpleaños! 生日快樂！；
My birthday is on 15th May Mi cumpleaños es el quince de mayo 我的生日是 5 月 15 日
birthday card la tarjeta de cumpleaños 生日賀卡
biscuits las galletas 餅乾
bit 一點；**a bit of salad** un poco de ensalada 一些沙律
bitter (*taste*) amargo（味道）苦
black negro 黑色的
blanket la manta 被褥
to bleed sangrar 流血；**My nose is bleeding** Me sangra la nariz 我流鼻血了
blind (*person*) invidente（指人）盲人；(*for window*) la persiana（用於窗子）百葉窗
blister la ampolla 水泡
blocked (*road*) cortado（道路）被封鎖的；(*pipe*) obstruido（管道）堵塞的
blond rubio 金髮的
blood la sangre 血
blood group el grupo sanguíneo 血型
blood pressure la presión sanguínea 血壓
blouse la blusa 女襯衫
blow-dry el secado a mano 吹乾
blue azul 藍色的；**dark blue** azul marino 深藍色；**light blue** azul claro 淺藍色

to board (*train, bus*) subir a 坐上（火車、巴士）；(*plane*) subir a bordo de（飛機）登機
boarding card la tarjeta de embarque 登機證
boat (*large*) el barco 大船；(*small*) la barca 小船；**by boat** en barco 乘船
body el cuerpo 身體
boiler la caldera 鍋
bone el hueso 骨頭；**fish bone** la espina 魚骨
bonnet (*of car*) el capo（汽車的）引擎蓋
book el libro 書
to book reservar 預訂
booking la reserva 預訂
booking office (*in station*) la ventanilla de billetes（車站）售票處
bookshop la librería 書店
boot (*of car*) el maletero (*LAm* el baúl (*pl* baules)),(*Mexico* la cajuela)（汽車）行李箱（拉美用 el baúl，複數為 baules；墨西哥用 la cajuela）
boots las botas 靴
bored I'm bored Estoy aburrido 我很無聊
boring It's boring Es aburrido 那個很無聊
born I was born in... Nací en... 我生於……
to borrow Can I borrow your map? ¿Me prestas el plano? 我可以借你的地圖嗎？
boss el jefe, la jefa 男上司，女上司
both los dos, las dos 兩者；**We both went** Fuimos los dos 我們倆都去了……
bottle la botella 瓶子；**a bottle of wine** una botella de vino 一瓶酒
a half-bottle of... media botella de... 半瓶……
bottle opener el abrebotellas 開瓶器
box office la taquilla 售票處
boy el chico 男孩
boyfriend el novio 男朋友
bra el sujetador 胸圍
bracelet la pulsera 手鐲
brake el freno 剎車
brake fluid el líquido de frenos 剎車油

brake light la luz de freno (*pl* luces) 剎車燈（luz 的複數為 luces）

brake pads las pastillas de freno 剎車片

branch (*of bank, shop*) la sucursal（銀行、商店的）分部

brand (*make*) la marca 品牌

bread el pan 麵包；
wholemeal bread el pan integral 全麥麵包；**Fench bread** la barra de pan 法式麵包棒；**sliced bread** el pan de molde 切片麵包

to break romper 打破

to break down (*car*) averiarse（汽車）拋錨

breakdown van la grúa 拖車

breakfast el desayuno 早餐

to breathe respirar 呼吸

bride la novia 新娘

bridegroom el novio 新郎

briefcase la cartera 公事包

bridge el puente 橋

to bring traer 帶來

Britain Gran Bretaña 英國

British británico 英國的

broadband la banda ancha 寬頻

broccoli el brócol 西蘭花

brochure el folleto 小冊子

broken roto 損壞的；**My leg is broken** Me he roto la pierna 我的腿斷了

broken down (*car*) averiado（汽車）拋錨的

brooch el broche 胸針

brother el hermano 兄弟

brother-in-law el cuñado 姐夫

brown marrón (*pl* marrones) 棕色的（複數為 marrones）

bucket el cubo 桶

buffet car el coche comedor 餐車

building el edificio 大廈

bulb (*electric*) la bombilla （電）燈泡

bullfight la corrida de toros 鬥牛

bumper (*on car*) el parachoques（汽車）保險槓

bunch (*of flowers*) el ramo （花）束；(*grapes*) el racimo （提子）串

bureau de change la caja de cambio 外幣兌換處

burger la hamburguesa 漢堡

burglar el ladrón (*pl* los ladrones) 小偷（複數為 los ladrones）

burglar alarm la alarma antirrobo 防盜警鐘

burnt quemado 燒焦的

bus el autobus 巴士；**by bus** en autobús 坐巴士

business el negocio 生意；**He's got his own business** Tiene su propio negocio 他有自己的生意

business card la tarjeta de visita 名片

business class in business class en clase preferente 坐商務艙

businessman el hombre de negocios 商人

business trip el viaje de negocios 出差

businesswoman la mujer de negocios 女商人

bus pass el bonobús 巴士乘車證

bus station la estación de autobuses 巴士總站

bus stop la parada de autobús 巴士站

busy (*person, telephone line*) ocupado（人、電話線）忙；**He's very busy** Está muy ocupado 他非常忙

but pero 但是

butcher's la carnicería 肉店

butter la mantequilla 牛油

button el botón (*pl* los botones) 按鈕（複數為 los botones）

to buy comprar 買

by beside al lado de 在……旁邊；**by the church** al lado de la iglesia 在教會旁邊；**a painting by Picasso** un cuadro de Picasso 由畢卡索作的畫；**They were caught by the police** Fueron capturados por la policía 他們被警察抓到了；**I have to be there by three o'clock** Tengo que estar allí para las tres 我必須在三時前到那裏

C

cablecar el teleférico 纜車

café el café 咖啡館

cake (*big*) la tarta（大）蛋糕；(*little*) el pastel（小）糕點

cake shop la pastelería 蛋糕店

call (*telephone*) la llamada （電話）來電；**a long distance call** una conferencia 長途電話

to call (*phone*) llamar por teléfono 打電話

camcorder la videocámara 攝錄機

camera la cámara 相機

camera phone el teléfono con cámara 可拍照的手提電話

camera shop la tienda de fotografía 攝影器材店

to camp acampar 露營

camping gas el camping gas 野營用氣罐

camping stove el hornillo de gas 露營氣爐

campsite el camping 營地

can (to be able) poder 能；**know how to** saber 知道怎樣；**I can't do that** No puedo hacer eso 我不能那樣做；**I can swim** Sé nadar 我會游泳

can la lata 罐頭

Canada el Canadá 加拿大

Canadian canadiense 加拿大的

to cancel (*flight, trip, appointment*) cancelar 取消（航班、旅行、約會）

canoeing to go canoeing hacer piragüismo 划獨木舟

can opener el abrelatas 開瓶器

cappuccino el capuchino 意大利泡沫咖啡

car el coche 汽車；**to go by car** ir en coche 坐車去

carafe la jarra（餐桌上盛酒或水的）敞口玻璃瓶

car alarm la alarma de coche 汽車警報器

caravan la caravana（可供住宿的）旅行拖車

carburettor el carburador 汽化器（汽車發動機零件）

card (*greetings, business*) la

tarjeta（祝賀、商務）卡片；
playing cards las cartas
撲克牌
cardigan la chaqueta de
punto 毛衣
careful Be careful!
¡Cuidado! 小心！
car hire el alquiler de coches
租車
car insurance el seguro del
coche 汽車保險
car park el aparcamiento 停
車場
carriage (on train) el vagón
（pl los vagones）（列車）車廂
（複數為 los vagones）
carrot la zanahoria 胡蘿蔔
to carry llevar 攜帶
case suitcase la maleta 手提
箱；**in any case** en todo
caso 無論如何
cash el dinero en efectivo 現
金
to cash (cheque) cobrar（支
票）兌現
cash desk la caja 收銀台
cash dispenser el cajero
automático 自動提款機
cashpoint el cajero
automático 自動櫃員機
cassette player el
radiocasete 盒式磁帶收錄機
castle el castillo 城堡
casualty department las
urgencias 急症室
cat el gato 貓
to catch (bus, train, plane)
coger (LAm tomar) 趕上（巴
士、火車、飛機）；
coger 拉（拉美用 tomar）
cathedral la catedral 大教堂
cauliflower la coliflor 椰菜
CD el CD 光碟
CD player el lector de CD 光
碟播放器
CD ROM CD-ROM 唯讀光碟
ceiling el techo 屋頂
cent (of euro) el céntimo（歐
元）分
centimetre el centímetro 厘
米
**central The hotel is very
central** El hotel está muy
céntrico 酒店位於非常中心
的地段
central heating la
calefacción central 中央暖氣

系統
central locking (for car) el
cierre centralizado（汽車）中
控鎖
centre el centro 中心
century el siglo 世紀
cereal los cereales 穀類食物
certificate el certificado 證書
chair la silla 椅子
chairlift el telesilla 登山吊椅
chalet el chalet 小屋
chambermaid la camarera
（通常指酒店內）打掃房間的
女工
**change I haven't got any
change** No tengo dinero
suelto 我沒有零錢；
**Can you give me change
for** 10 euros? ¿Me puede
cambiar 10 euros? 可以給我
十歐元的輔幣嗎？；**Keep
the change** Quédese con la
vuelta 不用找續了
**to change to change 50
euros** cambiar 50 euros
換 50 歐元；**to change
money** cambiar dinero 換
錢；**I'm going to change
my shoes** Voy a cambiarme
de zapatos 我想去換鞋；**to
change trains in Madrid**
hacer transbordo en Madrid
轉乘火車去馬德里
changing room el probador
試衣間
charge (fee) el precio 費用；
to be in charge ser el
responsable 負責
to charge (money) cobrar
（錢）收費；(battery) cargar
（電池）充電；**Please
charge it to my account**
Cárguelo a mi cuenta, por
favor 請算在我賬上；**I need
to charge
my phone** Necesito recargar
el móvil 我要給手提充電
charter flight el vuelo
charter 包機
chatroom la sala de chat 聊
天室
cheap barato 便宜
to check (oil level, amount)
comprobar（油量、數量）檢
查
to check in (at airport)
facturar el equipaje（機場）

辦理登機手續；(at hotel)
registrarse（酒店）辦理入住
手續
check-in la facturación de
equipajes 辦理登機手續
Cheers! ¡Salud! 乾杯！
cheese el queso 芝士
chemist's la farmacia 藥房
cheque el cheque 支票
cheque card la tarjeta
bancaria 支票卡
cherry la cereza 車厘子
chewing gum el chicle 口香
糖
chicken el pollo 雞
child (boy) el niño 男孩；(girl)
la niña 女孩
children (infants) los niños（嬰
兒）小孩們；**for children**
para niños 給小孩們
chilli el chile 辣椒
chips las patatas fritas 薯片
chiropodist el podólogo, la
podóloga 男足療師，女足療
師
chiropractor el quiropráctico
按摩師
chocolate el chocolate 朱古
力
chocolates los bombones（朱
古力）糖果
to choose escoger 選擇
chop (meat) la chuleta(肉)（豬
或羊等）排
Christian name el nombre
de pila 教名
Christmas la Navidad 聖
誕；Merry Christmas! ¡Feliz
Navidad! 聖誕快樂！
Christmas card la tarjeta de
Navidad 聖誕卡
Christmas Eve la
Nochebuena 平安夜
church la iglesia 教會
cigar el puro 雪茄煙
cigarette el cigarrillo 香煙
cigarette lighter el mechero
(LAm el encendedor) 打火機
（拉美用 el encendedor）
cinema el cine 電影院
circle (in theatre) el anfiteatro
（劇院）圓形劇場
city la ciudad 城市
city centre el centro de la
ciudad 市中心
class first class primera
clase 頭等；**second class**

segunda clase 二等
clean limpio 乾淨
to clean limpiar 清理
cleaner (*person*) la encargada de la limpieza（指人）清潔工
clear (*explanation*) claro（解釋）明確
clever inteligente 聰明的
client el/la cliente 男客戶，女客戶
climate el clima 氣候
to climb (*mountains*) escalar. 爬（山）
to go climbing hacer montañismo 登山
clinic la clínica 診所
cloakroom el guardarropa 衣帽間
clock el reloj 鐘
to close cerrar 關
close by muy cerca 附近的
closed (*shop, museum, restaurant, etc*) cerrado（商店、博物館、飯店等）關門
clothes la ropa 衣服
clothes shop la tienda de ropa 服裝店
club el club 俱樂部
clutch (*in car*) el embrague（尤指發動機和排擋的）離合器
coach (*bus*) el autocar（巴士）長途汽車
coach trip la excursión en autocar 坐長途汽車旅遊
coast la costa 海岸
coat el abrigo 外套
coat hanger la percha 衣架
cockroach la cucaracha 蟑螂
cocktail el cóctel 雞尾酒
code dialling code el prefijo 電話區號
coffee el café 咖啡；**black coffee** el café solo 黑咖啡；**white coffee** el café con leche 牛奶咖啡；**decaffeinated coffee** el café descafeinado 無咖啡因咖啡
Coke® la Coca Cola® 可口可樂
cold frío 冷；**I'm cold** Tengo frío 我感到冷；**It's cold** Hace frío 天很冷；cold water el agua fría 冷水
cold (*illness*) el resfriado（疾病）感冒；**I have a cold** Estoy resfriado 我感冒了

collar el cuello 衣領
colleague el compañero de trabajo, la compañera de trabajo 男同事，女同事
to collect recoger 收集
colour el color 顏色
colour film (*for camera*) el carrete en color（用於相機）彩色膠捲
comb el peine 梳子
to come venir 來；(to arrive) llegar 到達
to come back volver 回來
to come in entrar 進來；**Come in!** ¡Pase! 請進！
comfortable cómodo 舒服的
company (firm) la empresa 公司
compartment (*on train*) el compartimiento（火車）車廂
to complain reclamar 投訴；**We're going to complain to the manager** Vamos a reclamar al director 我們將向經理投訴
complaint (*in shop, hotel*) la reclamación（在商店、酒店）投訴
complete completo 完成的
compulsory obligatorio 必須的
computer el ordenador (*LAm* la computadora) 電腦（拉美用 la computadora）
concert el concierto 音樂會
concert hall la sala de conciertos 音樂廳
concession el descuento 折扣
conditioner el suavizante 護髮素
condom el condón (*pl* condones) 避孕套（複數為 condones）
conductor (*on train*) el revisor, la revisora 售票員
conference el congreso 會議
to confirm confirmar 確認
confirmation (*flight, booking*) la confirmación 確認（航班、預訂）
Congratulations! ¡Enhorabuena! 恭喜！
connection (*train, plane*) el enlace（火車、飛機）聯運

consulate el consulado 領事
to consult consultar 諮詢；**I need to consult my boss** Tengo que consultarlo con mi jefe 我要諮詢我的老闆
to contact ponerse en contacto con 聯繫；**Where can we contact you?** ¿Dónde podemos ponernos en contacto contigo? 我們如何聯繫到你？
contact lens la lentilla 隱形眼鏡
contact lens cleaner la solución limpiadora para lentillas 隱形眼鏡護理液
to continue continuar 繼續
contraceptive el anticonceptivo 避孕藥
contract el contrato 合約
convenient Is it convenient? ¿Le viene bien? 您方便嗎？
to cook cocinar 烹飪
cooker la cocina 廚師
cookies las galletas 曲奇餅
cool fresco 涼爽的
copy (*duplicate*) la copia（複製）影印
to copy (*photocopy*) hacer una fotocopia de（複印）影印
cork el corcho 軟木塞
corkscrew el sacacorchos 瓶塞鑽
corner (*of street*) la esquina（街）角；(*of room*) el rincón (*pl* rincones)（房間）角落（複數為 rincones）；**the shop on the corner** la tienda de la esquina 街角的商店
cornflakes los copos de maíz 粟米片
corridor el pasillo 走廊
cost (price) el precio 價格
to cost costar 花費；**How much does it cost?** ¿Cuánto cuesta? 這個多少錢？
cot la cuna 嬰兒牀
cotton el algodón 棉花
cotton wool el algodón hidrófilo 脫脂棉
cough la tos 咳嗽
to cough toser 咳嗽
cough mixture el jarabe para la tos 止咳藥

counter (*in shop*) el mostrador(商店) 櫃檯；(*in bar*) la barra(酒吧) 吧台

country (*not town*) el campo (相對於城鎮) 農村；(*nation*) el país 國家

I live in the country Vivo en el campo 我住在鄉下

couple (*2 people*) la pareja(2個人) 一對；**a couple of hours** un par de horas 數小時

courgette el calabacín (*pl* los calabacines) 小胡瓜（複數為 los calabacines）

course (*of meal*) el plato(飯餐) 一道菜；**first course** el primer plato 第一道菜；**main course** el segundo plato 主菜

cousin el primo, la prima 表哥，表姐

cover charge (*in restaurant*) el cubierto(餐廳的) 服務費

crab el cangrejo 螃蟹

crash (*car*) el accidente(汽車) 撞車意外

to crash (*car*) chocar(汽車) 撞車

crash helmet el casco protector 安全頭盔

cream (*lotion*) la crema 乳液；(*on milk*) la nata(牛奶) 忌廉

crèche la guardería infantil 託兒所

credit (*on mobile phone*) el saldo(手機) 餘額

credit card la tarjeta de crédito 信用卡

crisps las patatas fritas 薯片

to cross (*road*) cruzar 過（馬路）

crowded concurrido 擁擠的

cruise el crucero 遊輪

cucumber el pepino 青瓜

cufflinks los gemelos 袖鈕

cup la taza 杯子

cupboard el armario 儲物櫃

current la corriente 水流

customs (*at border*) la aduana(邊境) 海關

cut el corte 剪，切

to cut cortar 剪，切

to cycle ir en bicicleta 踏單車

cycle track el carril bici 單車道

cycling el ciclismo 單車運動

D

daily (*each day*) todos los días 每天

dairy products los productos lácteos 乳製品

damage los daños 傷害

damp húmedo 潮濕的

to dance bailar 跳舞

dangerous peligroso 危險的

dark oscuro 暗的；**dark green** verde oscuro 深綠色

date la fecha 日期

date of birth la fecha de nacimiento 出生日期

daughter la hija 女兒

daughter-in-law la nuera 媳婦

day el día 一天；**every day** todos los días 每天；**It costs 50 euros per day** Cuesta 50 euros por día 每天要花 50 歐元

dead muerto 死亡的

deaf sordo 聾的

dear (*on letter*) querido(信中) 親愛的；(*expensive*) caro 貴的

decaffeinated descafeinado 不含咖啡因的

December diciembre 十二月

deck chair la tumbona 躺椅

deep profundo 深的

deep freeze el ultracongelador 冷凍櫃

delay el retraso 延誤；**How long is the delay?** ¿Cuánto lleva de retraso? 要延誤多久？

delayed retrasado 延誤的

delicatessen la charcutería 熟食店

delicious delicioso 美味的

dental floss el hilo dental 牙線

dentist el/la dentista 男牙醫，女牙醫

dentures la dentadura postiza 假牙

deodorant el desodorante 除臭劑

department (*in shop*) la sección(商店) 部

department store los grandes almacenes 百貨公司

departure lounge la sala de embarque 候機廳

departures las salidas 離開

desk (*in hotel, airport*) el mostrador(酒店、機場) 櫃檯

dessert el postre 甜品

details personal details los datos personales 個人資料

detergent el detergente 洗潔精

to develop (*photos*) revelar (照片) 沖洗

diabetic diabético 患糖尿病的；**I'm diabetic** Soy diabético 我是糖尿病患者

to dial marcar 撥打

dialling code el prefijo 電話區號

dialling tone la señal de llamada 撥號音

diarrhoea la diarrea 腹瀉

dictionary el diccionario 字典

diesel (*fuel*) el gasoil(燃料) 柴油

diet I'm on a diet Estoy a régimen 我在節食；**special diet** la dieta especial 特別食譜

different distinto 不同的

difficult difícil (*pl* difíciles) 困難的（複數為 difíciles）

digital camera la cámara digital 數碼相機

dining room (*in hotel*) el restaurante(酒店) 餐廳；(*in house*) el comedor (住宅) 飯廳

dinner (*evening meal*) la cena 晚餐；**to have dinner** cenar 吃晚餐

direct (*train*) directo(火車) 直達；**direct flight** el vuelo directo 直航

directions to ask for directions preguntar el camino 問路

directory phone directory la guía telefónica 電話簿

directory enquiries la información telefónica 電話號碼查詢台

dirty sucio 髒的

disabled discapacitado 殘障的

to disagree no estar de

acuerdo 反對

disco la discoteca 的士高舞廳

discount el descuento 折扣

dish el plato 盤子

dishwasher el lavavajillas 洗碗機

disinfectant el desinfectante 消毒劑

disk floppy disk el disquete 磁碟

to dislocate (joint) dislocarse (關節) 脫臼

disposable desechable 即棄的

distilled water el agua destilada 蒸餾水

district el barrio 區

divorced divorciado 離婚的

dizzy mareado 暈的

to do hacer 做

doctor el médico, la médica 男醫生，女醫生

documents los documentos 文件

dog el perro 狗

dollar el dólar 美元

domestic domestic flight el vuelo nacional 國內航班

door la puerta 門

double doble 雙倍; **double bed** la cama de matrimonio 雙人牀; **double room** la habitación doble 雙人房

down to go down the stairs bajar la escalera 下樓

to download descargar 下載

downstairs abajo 樓下; **He's downstairs** Está abajo 他在樓下; **the flat downstairs** el piso de abajo 樓下的住宅單位

draught There's a draught Hay corriente 有氣流

draught lager la cerveza de barril 桶裝啤酒

drawing el dibujo 畫

dress el vestido 連衣裙

dressed to get dressed vestirse 穿衣服

drink la bebida 飲品

to drink beber 喝

drinking water el agua potable 飲用水

to drive conducir (LAm manejar) 開車 (拉美用 manejar)

driver el conductor, la conductora 男司機，女司機

driving licence el carné de conducir 駕駛執照

dry seco 乾的

to dry secar 晾乾

dry-cleaner's la tintorería 乾洗店

due When is it due? ¿Para cuándo está previsto? 甚麼時候到期?

during durante 在……期間

dust el polvo 灰塵

duster la bayeta 抹布

duty-free libre de impuestos 免稅

duvet el edredón nórdico 羽絨被

DVD el DVD DVD DVD 碟

DVD player el reproductor de DVD DVD 播放機

E

each cada 每一; **each week** cada semana 每週

ear el oído 耳朵

earache I have earache Me duele el oído 我耳朵痛

earlier antes 早的; **I saw him earlier** Lo vi antes 我早些時候見過他; **an earlier flight** un vuelo que sale antes 更早的航班

early temprano 早期的

earphones los auriculares 耳機

earrings los pendientes 耳環

east el este 東方的

Easter la Pascua 復活節

easy fácil (pl fáciles) 簡單的 (複數為 fáciles)

to eat comer 吃

ecological ecológico 環保的

egg el huevo 雞蛋; **fried egg** el huevo frito 煎蛋; **hard-boiled** egg el huevo duro 水煮蛋; **scrambled eggs** los huevos revueltos 炒蛋; **soft-boiled egg** el huevo pasado por agua 半熟的蛋

eggplant la berenjena 茄子

either tampoco 也不; **I've never been to Salamanca – I haven't been either** Nunca he estado en Salamanca – Yo tampoco 我

從沒去過薩拉曼卡 —— 我也沒去過

Elastoplast® la tirita (LAm la curita®) 膠布 (拉美用 la curita)

electric eléctrico 電的

electric blanket la manta eléctrica 電熱毯

electrician el electricista 電子工程師

electric razor la maquinilla de afeitar 電動剃鬚刀

electronic electrónico 電子的

electronic organizer la agenda electrónica 電子記事本

elevator el ascensor 電梯

email el e-mail 電郵; **to email somebody** mandar un e-mail a alguien 發電郵給某人

email address el e-mail 電子郵箱

embassy la embajada 大使

emergency la emergencia 緊急

empty vacío 空的

end el fin 結束

engaged (toilet, phone) ocupado 被佔用的 (洗手間、電話); (to marry) prometido (婚姻) 訂婚

engine el motor 引擎

England Inglaterra 英國

English , inglés, inglesa 英國男人，英國女人; (language) el inglés (語言) 英語

Englishman el inglés (pl los ingleses) 英國男人 (複數為 los ingleses)

Englishwoman la inglesa 英國女人

to enjoy gustar 喜歡; **I enjoy swimming** Me gusta nadar 我喜歡游泳; **I enjoy dancing** Me gusta bailar 我喜歡跳舞; **to enjoy oneself** divertirse 玩得開心

enough bastante 足夠的; **I haven't got enough money** No tengo bastante dinero 我的錢不夠; **That's enough, thanks** Con eso ya es suficiente, gracias 夠了，謝謝

enquiry desk la información 詢問處

to enter entrar en 進入

entrance la entrada 入口

entrance fee el precio de entrada 門票費

envelope el sobre 信封

equipment el equipo 裝備

escalator la escalera mecánica 自動扶梯

essential imprescindible 必須的

estate agent's la agencia inmobiliaria 地產代理公司

euro el euro 歐元

Europe Europa 歐洲

European europeo 歐洲的

even even on Sundays incluso los domingos 甚至週日；**even though, even if** aunque 儘管；**even if it rains** aunque llueva 儘管下雨

evening la tarde 傍晚；**this evening** esta tarde 今天傍晚；**tomorrow evening** mañana por la tarde 明天傍晚；**in the evening** por la tarde 在傍晚

evening meal la cena 晚餐

every cada 每一；**every time** cada vez 每次

everyone todo el mundo 每個人

everything todo 一切

everywhere en todas partes 到處

examination (school, medical) el examen (pl los exámenes) (學校的) 考試；(醫學上的) 檢查 (複數為 los exámenes)

example for example por ejemplo 例子

excellent excelente 非常好

except for excepto 除了；except for me excepto yo 除了我

exchange in exchange for a cambio de 以交換；**exchange rate** el tipo de cambio 匯率

to exchange cambiar 交換

excursion la excursión (pl excursiones) 短途旅行 (複數為 excursiones)

excuse Excuse me!

¡Perdón! 對不起！

exhaust pipe el tubo de escape 排氣管

exhibition la exposición (pl exposiciones) 展覽 (複數為 exposiciones)

exit la salida 出口

expensive caro 貴的

to expire (ticket, passport) caducar (票、護照) 到期

to explain explicar 解釋

express express train el expreso 快車

express to send a letter express enviar una carta por correo urgente 快遞

expresso un café solo 濃咖啡

extra Can you give me an extra blanket? ¿Me da una manta más？可以多給我一張被褥嗎？ **There's an extra charge** Hay que pagar un suplemento 要收額外的費用

eye el ojo 眼睛

eyeliner el lápiz de ojos 眼線筆

eye shadow la sombra de ojos 眼影

F

fabric la tela 布料

face la cara 臉

fact in fact de hecho 事實上

fair (hair, complexion) rubio (頭髮、膚色) 金黃色；**That's not fair** Eso no es justo 那不公平

fair (funfair, trade fair) la feria 遊樂場，交易會

fake falso 假的

fall autumn el otoño 秋天

to fall over caerse 摔倒；**He fell over** Se ha caído 他摔倒了

family la familia 家庭

famous famoso 著名的

fan (electric) el ventilador (電) 風扇；(cloth) el abanico (布料的) 扇子；**I'm a jazz fan** Soy muy aficionado al jazz 我是爵士樂迷；**He's a Liverpool fan** Es del Liverpool 他是利物浦隊球迷

far lejos 遠；**Is it far?** ¿Está

lejos? 很遠嗎？

farm la granja 農場

farmhouse la granja 農莊

fashionable de moda 時尚的

fast rápido 快；**too fast** demasiado rápido 太快

fat (plump) gordo (豐滿的) 胖；(in food, on person) la grasa (指食物或人) 脂肪

father el padre 父親

father-in-law el suegro 岳父、公公

fault (mechanical defect) el defecto (機械性) 缺陷；**It's not my fault** No tengo la culpa 不是我的錯

favourite favorito 最愛的

fax el fax 傳真；**by fax** por fax 發傳真

to fax mandar por fax 傳真

February febrero 二月

to feed dar de comer a 餵食

to feel sentir 感覺；**I don't feel well** No me siento bien 我不太舒服；**I feel sick** Estoy mareado 我病了

ferry el ferry 渡輪

festival el festival 節日

to fetch ir a buscar 拿來

few pocos, pocas 一些；**with a few friends** con algunos amigos 和數個朋友；

few tourists pocos turistas 一些遊客

fiancé el novio 未婚夫

fiancée la novia 未婚妻

fig el higo 無花果

file (computer) el fichero (電腦) 文檔

to fill llenar 裝滿；**Fill it up, please!** 請裝滿它！ (car) Lleno, por favor! (汽車) 請加滿，謝謝！

to fill in (form) rellenar 填寫 (表格)

fillet el filete 魚片

filling (in tooth) el empaste (補牙用) 填料

film (at cinema) la película (影院裏的) 電影；(for camera) el carrete (相機上的) 膠捲

to find encontrar 找到

fine (to be paid) la multa (要付的) 罰款；**How are you? – I'm fine** ¿Qué tal

estás? – Bien 你好嗎？——
還好

finger el dedo 手指
to finish acabar 結束
finished terminado 結束的
fire (electric, gas) la estufa
（電、煤氣）爐；(open
fire) la chimenea(明火) 壁
爐；(accidental, disaster) el
incendio(意外的、災難) 火
災

fire alarm la alarma de
incendios 火警
firm (company) la empresa 公
司
first primero 第一
first aid los primeros auxilios
急救
first class de primera clase
頭等；**to travel first class**
viajar en primera 坐頭等艙旅
行
first name el nombre de pila
名字
fish (as food) el pescado(食
物）魚
to fish pescar 釣魚
fishing la pesca 釣魚
fishmonger's la pescadería
水產店
to fit (clothes) quedar bien (衣
服）合適；**It doesn't fit**
No queda bien 這個不合身
fitting room el probador 試
衣間
to fix arreglar 修理
fizzy con gas 起泡的；**fizzy
water** el agua con gas 有氣
的清水
flash (for camera) el flash(相
機用的) 閃光燈
flask thermos el termo(保溫
瓶)
flat (apartment) el piso 住宅
單位
flat (battery) descargado 沒電
的(電池)；**It's flat (beer)**
Ya no tiene gas (啤酒) 沒氣
了
flat tyre la rueda pinchada
爆胎
flavour el sabor 口味；
Which flavour? ¿Qué
sabor? 甚麼口味？
flight el vuelo 航班
flippers las aletas 蛙鞋
floor (of building) el piso

（大廈）樓層；(of room) el
suelo(房間) 地板；**Which
floor?** ¿Qué piso? 哪一
層？；**on the ground
floor** en la planta baja 在
底層；**on the first floor**
en el primer piso 在一樓；
on the second floor en el
segundo piso 在二樓
floppy disk el disquete 磁碟
flour la harina 麵粉
flower la flor 花
flu la gripe 流感
fly la mosca 蒼蠅
to fly volar 飛
fly sheet el toldo
impermeable 防雨罩
fog la niebla 霧
foggy It's foggy Hay niebla
今天有霧
food la comida 食物
foot el pie 腳；**on foot** a pie
步行
football el fútbol 足球
football match el partido
de fútbol 足球賽
for para 為了；**for me** para
mí 為我；**for you** para ti,
para usted 為你、為您；
for five euros por cinco
euros 花 5 歐元；**I've been
here for two weeks** Hace
dos semanas que estoy aquí
我已經在這裏逗留了兩週；
**She'll be away
for a month** Estará fuera un
mes 她要離開一個月
foreign extranjero 外國的
foreigner el extranjero, la
extranjera 外國男人、外國女
人
forever para siempre 永遠
to forget olvidar 忘記；**I've
forgotten his name** Me
olvidado su nombre 我已經
忘了他的名字；**to forget
to do** olvidarse de hacer 忘
記做
fork (for eating) el tenedor(吃
飯用的) 叉子
form (document) el impreso
（指文件) 表格
fortnight quince días 兩週
forward hacia adelante 往前
four-wheel drive la tracción
a cuatro ruedas 四輪驅動
France Francia 法國

free (not occupied) libre 空閒
的；(costing nothing) gratis
免費的；**Is this seat free?**
¿Está ocupado este asiento?
這座位有人嗎？
freezer el congelador 雪櫃
French francés, francesa 法國
男人、法國女人；(language)
el francés(語言) 法語
French fries las patatas fritas
薯條
frequent frecuente 經常
fresh fresco 新鮮的
Friday el viernes (pl los
viernes) 星期五
fridge el refrigerador (Spain
la nevera) 雪櫃（西班牙用 la
nevera)
fried frito 油炸的
friend el amigo, la amiga 男
性朋友、女性朋友
friendly simpatico 友好的
from de 來自；desde
從……；**Where are you
from?** ¿De dónde eres? 你
來自哪裏？；
from nine o'clock desde las
nueve 從九時開始
front la parte delantera 前
面；**in front of** delante de
在……前面
frozen congelado 冷凍的
fruit la fruta 水果；**fruit
juice** el zumo de fruta (LAm
el jugo de fruta) 果汁（拉美
用 el jugo de fruta)
fruit salad la macedonia
(LAm la ensalada de fruta) 水
果沙律（拉美用 la ensalada
de fruta)
frying pan la sartén (pl las
sartenes) 煎鍋（複數為 las
sartenes)
fuel petrol la gasolina 汽油
fuel tank el depósito de
gasolina 油箱
full (tank, glass) lleno(油箱、
杯子）滿的；(restaurant,
hotel) completo（餐廳、酒
店）客滿的
full board la pensión
completa 全食宿
funfair la feria 遊樂場
funny divertido 好玩的
furnished amueblado 配有
傢具的
furniture los muebles 傢具

G

gallery la galería 畫廊
game el juego 遊戲
garage (to keep car) el garaje（停放汽車的）車房；(for repairs) el taller（修理用）汽車修理廠；(for petrol) la gasolinera（汽油）加油站
garden el jardín (pl los jardines) 花園（複數為 los jardines）
garlic el ajo 蒜
gas el gas 煤氣
gas cooker la cocina de gas 煤氣爐
gas cylinder la bombona de gas 煤氣罐
gate (airport) la puerta（飛機）登機口
gay (not heterosexual) gay（非異性戀）同性戀者
gear la marcha 檔；**first gear** la primera 一檔；**second gear** la segunda 二檔；**third gear** la tercera 三檔；**fourth gear** la cuarta 四檔；**neutral** el punto muerto 空檔；**reverse gear** la marcha atrás 倒檔
gearbox la caja de cambios 變速箱
gents (toilet) los servicios de caballeros 男洗手間
genuine auténtico 真正的
to get (to obtain) conseguir 獲得；(to receive) recibir 收到；(to bring) traer 帶來
to get in (vehicle) subir a 上（車）
to get out (of vehicle) bajarse de 下（車）
gift el regalo 禮物
gift shop la tienda de regalos 禮品店
girl la chica 女孩
girlfriend la novia 女朋友
to give dar 給
to give back devolver 還給
glass (for drinking) el vaso（喝水的）杯；(with stem) la copa（有腳的）高腳杯；(material) el vidrio（材料）玻璃；**a glass of water** un vaso de agua 一杯水；**a glass of wine** una copa de vino 一杯酒
glasses spectacles las gafas (LAm los anteojos) 眼鏡（拉美用 los anteojos）
gloves los guantes 手套
to go ir 去；**to go home** irse a casa 回家
to go back volver 回來
to go in entrar 進入
to go out salir 離開
God Dios 上帝
goggles (for swimming) las gafas de natación（游泳用）泳鏡；(for skiing) las gafas de esquí（滑雪用）滑雪鏡
golf el golf 高爾夫球
golf ball la pelota de golf 高爾夫球
golf clubs los palos de golf 高爾夫球桿
golf course el campo de golf 高爾夫球場
good bueno 好；**very good** muy bueno 很好；**good afternoon** buenas tardes 下午好；**good evening** buenas tardes 晚上好（天黑前）；(when dark) buenas noches 晚上好（天黑後）；**good morning** buenos días 早安；**good night** buenas noches 晚安
goodbye adios 再見
good-looking guapo 漂亮的
gram(me) el gramo 克
grandchildren los nietos 孫子們，外孫們
granddaughter la nieta 孫女，外孫女
grandfather el abuelo 爺爺，外公
grandmother la abuela 奶奶，外婆
grandparents los abuelos 祖父母，外祖父母
grandson el nieto 孫子，外孫
grapefruit el pomelo (LAm la toronja) 西柚（拉美用 la toronja）
grapes las uvas 提子
grated (cheese) rallado（芝士）磨碎的
greasy grasiento 油膩的
great wonderful estupendo 太好了
Great Britain Gran Bretaña 英國
green verde 綠色的

greengrocer's la frutería 蔬菜水果店
grey gris (pl grises) 灰色的（複數為 grises）
grill el grill 燒烤
grilled on barbecue a la parrilla 烤過的
grocer's la tienda de alimentación 雜貨店
ground floor la planta baja 底層；**on the ground floor** en la planta baja 在底層
groundsheet el aislante 防潮布
group el grupo 組
guarantee la garantía 保證
guesthouse la pensión (pl pensiones) 小旅館
guide (person) el guía, la guía（指人）男導遊，女導遊
guidebook la guía turística 旅遊指南
guided tour la visita con guía 導賞團
guitar la guitarra 結他
gums (in mouth) las encías（口腔）牙齦
gym el gimnasio 健身房
gynaecologist el ginecólogo, la ginecóloga 婦科男醫生，婦科女醫生

H

hair el pelo 頭髮
haircut el corte de pelo 剪頭髮
hairdresser el peluquero, la peluquera 男理髮師，女理髮師
hairdryer el secador de pelo（吹乾頭髮的）吹風機
half medio 一半；**half of the cake** la mitad de la tarta 半個蛋糕；**half an hour** media hora 半小時
half board media pensión 半食宿
half fare el billete reducido para niños 兒童半票
ham el jamón 火腿；(cooked) el jamón de York（熟的）約克火腿；(cured) el jamón serrano（醃製的）塞拉諾火腿
hamburger la hamburguesa 漢堡

hand la mano 手
handbag el bolso 手袋
handicapped minusválido 殘障的
handlebars el manillar 把手
hand luggage el equipaje de mano 手提行李
handsome guapo 英俊的
hangover la resaca 宿醉
to hang up (phone) colgar 掛斷（電話）
to happen pasar 發生； **What happened?** ¿Qué ha pasado? 發生了甚麼？
happy feliz 快樂的； **Happy birthday!** ¡Feliz cumpleaños! 生日快樂！； **I'm very happy to be here** Estoy muy contento de estar aquí 我很高興在這裏
harbour el puerto 碼頭
hard duro 硬；(difficult) difícil (pl difíciles) 困難的（複數為 difíciles）
hardly apenas 幾乎不； **I hardly know him** Apenas lo conozco 我幾乎不認識他； **I've got hardly any money** Casi no tengo dinero 我幾乎沒錢
hardware shop la ferretería 五金店
hat el sombrero 帽子
to have tener 有； **I have... tengo...** 我有……； **I don't have...** no tengo... 我沒有……；to have to tener que 必須； **I've done it** Lo he hecho 我已經做了； **I'll have a coffee** Tomaré un café 我要喝杯咖啡
hay fever la alergia al polen 花粉過敏
he él 他
head la cabeza 頭
headache el dolor de cabeza 頭痛； **I have a headache** Me duele la cabeza 我頭痛
headlights los faros 頭燈
headphones los auriculares 耳機
to hear oír 聽
heart el corazón 心臟
heart attack el infarto 心臟病
heartburn el ardor de estómago 胃灼熱

heater el calentador 加熱器
heating la calefacción 加熱
heavy pesado 重
heel (of foot) el talón (pl talones)（腳）跟（複數為 talones）；(of shoe) el tacón (pl tacones)（鞋）跟（複數為 talones）
hello hola 你好；(on phone) ¿Diga?（電話中）喂
helmet (for bike, motor bike) el casco（單車、電單車）頭盔
to help ayudar 幫助； **Can you help me?** ¿Puede ayudarme? 您可以幫我一下嗎？； **Help!** ¡Socorro! 救命！
her la 她；le 她；nosotros 她；su 她的； **I saw her yesterday** La vi ayer 我昨天見過她；
I gave her the book Le di el libro 我給她書了； **with her** con ella 和她一起；
her friend su amigo 她的朋友； **her friends** sus amigos 她的朋友們
here aquí 這裏； **here is...** aquí tiene... 這是……； **Here's my passport** Aquí tiene mi pasaporte 這是我的護照
hers suyo 她的；It's hers Es suyo 這是她的
Hi! ¡Hola! 你好！
high alto 高的
hill la colina 山丘
him lo 他；le 他；él 他； **I saw him last night** Lo vi anoche 我昨晚見過他；
I gave him the letter Le di la carta 我給他信了； **with him** con él 和他一起
hip la cadera 臀部
hire car hire el alquiler de coches 租車； **bike hire** el alquiler de bicicletas 租單車； **boat hire** el alquiler de barcas 租船
to hire alquilar 租借
hire car el coche de alquiler 租車
his su 他的； **his friend** su amigo 他的朋友； **his friends** sus amigos 他的朋友們；

It's his Es suyo 這是他的
historic histórico 歷史性的
hobby la afición (pl aficiones) 愛好（複數為 aficiones）； **What hobbies do you have?** ¿Qué aficiones tienes? 你有甚麼愛好？
to hold tener 有；to contain contener 包含
hole el agujero 洞
holiday las vacaciones 假期；(public) la fiesta（公眾）節日； **We're here on holiday** Estamos aquí de vacaciones 我們在這裏度假
holiday tourist guide el guía turística, la guía turística 假期旅遊指南
home la casa 家； **at home** en casa 在家裏
homeopathic homeopático 順勢療法的
honey la miel 蜂蜜
honeymoon la luna de miel 蜜月
to hope esperar 期待； **I hope so** Espero que sí 我希望是這樣； **I hope not** Espero que no 我希望別這樣
hors d'oeuvre los entremeses 開胃小菜
horse racing la hípica 賽馬
horse riding la equitación 騎馬
hospital el hospital 醫院
hostel el hostal 旅館
hot caliente 熱的； **hot water** el agua caliente 熱水； **I'm hot** Tengo calor 我感到熱
It's hot (weather) Hace calor（天氣）很熱
hotel el hotel 酒店
hour la hora 小時； **half an hour** media hora 半小時
house la casa 房子
housewife la ama de casa 家庭主婦
house wine el vino de la casa 特選餐酒
how (in what way) cómo 怎樣； **How much?** ¿Cuánto? 多少錢？； **How many?** ¿Cuántos? 多少？； **How are you?** ¿Cómo está? 您好嗎？
hungry to be hungry tener hambre 餓了

hurry I'm in a hurry Tengo prisa 我趕時間

to hurt Have you hurt yourself? ¿Te has hecho daño? 你傷了自己嗎？；

My back hurts Me duele la espalda 我背痛；**That hurts** Eso duele 這會傷人

husband el marido 丈夫

I

I yo 我

ice el hielo 冰；**ice cube** el cubito 冰塊；**with/without ice** con/sin hielo 加冰／不加冰

ice box la nevera 雪櫃

ice cream el helado 雪糕

ice lolly el polo 雪條

idea la idea 主意

if si 如果

ignition el encendido 點火

ignition key la llave de contacto（汽車的）點火開關

ill enfermo 病了

illness la enfermedad 生病的

immediately en seguida 立刻

immersion heater el calentador eléctrico 電熱水器

immobilizer (on car) el inmovilizador（汽車上的）防盜器

to import importar 入口

important importante 重要的

impossible imposible 不可能的

to improve mejorar 改進

in en 在……；dentro de 在……之內；**in London** en Londres 在倫敦；**in the hotel** en el hotel 在酒店；**in 10 minutes** dentro de diez minutos 10 分鐘之內；**in front of** delante de 在……前面

inch la pulgada 英吋

included incluido 包括在內的

indicator (in car) el intermitente（汽車上的）方向指示燈

indigestion la indigestión 消化不良

infection la infección 感染

information la información 資訊

information desk la información 詢問處

inhaler (for medication) el inhalador（醫用）吸入器

injection la inyección (pl inyecciones) 注射（複數為 inyecciones）

injured herido 受傷的

injury la herida 傷口

inn la pensión (pl pensiones) 旅館（複數為 pensiones）

inquiry desk la información 詢問處

insect el insecto 昆蟲

insect repellent el repelente contra insectos 殺蟲劑

inside dentro de 在……裏面

in spite of a pesar de 儘管

instant instant coffee el café instantáneo 即溶咖啡

instead of en lugar de 代替

insulin la insulina 胰島素

insurance el seguro 保險

insurance certificate la póliza de seguros 保險單

to insure asegurar 投保

insured asegurado 受保人

to intend to pensar 想要

interesting interesante 有趣的

international internacional 國際的

internet Internet 網絡；**on the internet** en Internet 在網上；**internet café** el cibercafé 網吧；**Do you have internet access?** ¿Tiene acceso a Internet? 可以上網嗎？

interpreter el intérprete, la intérprete 男翻譯，女翻譯

interval (in theatre) el descanso（劇院裏）中場休息

into en 在……裏；a 到……裏；**to go into town** ir al centro 去市中心；**to get into a car** subir a un coche 上車；**to go into the cinema** entrar en el cine 進入電影院

to introduce presentar a 介紹

invitation la invitación (pl invitaciones) 邀請（複數為 invitaciones）

to invite invitar 邀請

invoice la factura 發票

Ireland Irlanda 愛爾蘭；**in Ireland** en Irlanda 在愛爾蘭

Irish irlandés, irlandesa 愛爾蘭男人，愛爾蘭女人；(language) el irlandés（語言）愛爾蘭語

iron (for clothes) la plancha（熨衣服用的）熨斗

to iron planchar 熨

ironing board la tabla de planchar 熨衣板

ironmonger's la ferretería 五金店

island la isla 島

it lo 它；la 它；**It's new** Es nuevo 這是新的；**I've lost it** Lo he perdido 我把它弄丟了

to itch picar 發癢；**My leg is itching** Me pica la pierna 我的腿癢

J

jack (for car) el gato（汽車用）起重器

jacket la chaqueta 外套

jam (food) la mermelada（食物）果醬

jammed atascado 卡住的

January enero 一月

jar (of honey, jam, etc) el tarro（裝蜂蜜、果醬等用的）罐子

jeans los vaqueros 牛仔褲

jelly (dessert) la gelatina（甜品）啫喱

jet ski la moto acuática 水上電單車

Jewish judío 猶太人的

jeweller's la joyería 珠寶店

jewellery las joyas 珠寶

job el empleo 工作

to jog hacer footing 慢跑

to join (club) hacerse socio de 加入（俱樂部）

journey el viaje 旅行

juice el zumo (LAm el jugo) 果汁（拉美用 el jugo）

July julio 七月

jumper el jersey 針織套衫

jump leads (for car) los cables de arranque（汽車用的）跨接電纜線

June junio 六月

just just two sólo dos 只有兩個；**I've just arrived** Acabo de llegar 我剛到

K

to keep (*to retain*) guardar 保留

kettle el hervidor (de agua) 水壺

key la llave 鑰匙

kid child el crío, la cría 男孩，女孩

kidneys los riñones 腎

kilo(gram) el kilo(gramo) 公斤

kilometre el kilómetro 公里

kind (*person*) amable（指人）和藹的

kind sort el tipo 種類；**What kind?** ¿Qué tipo? 哪一種？

to kiss besar 吻

kitchen la cocina 廚房

knee la rodilla 膝蓋

knickers las bragas (*LAm* los calzoncillos) 短褲（拉美 los calzoncillos）

knife el cuchillo 小刀

to know (*facts*) saber 知道（事實）；(*person, place*) conocer 知道（人、地方）

I don't know No sé 我不知道；**to know how to...** saber... 會；to know how to swim saber nadar 我會游泳

L

label la etiqueta 標籤

lace (*fabric*) el encaje（織物）花邊

ladies (*toilet*) los servicios de señoras 女（洗手間）

lady la señora 女士

lager la cerveza rubia 淡啤酒

lake el lago 湖泊

lamb el cordero 羔羊

lamp la lámpara 燈

to land aterrizar 降落

landlady la dueña (de la casa) 女房東

landlord el dueño (de la casa) 男房東

language el idioma 語言

language school la escuela de idiomas 語言學校

laptop el ordenador portátil 手提電腦

large grande 大

last ultimo 最後；**the last bus** el último autobús 尾班車；**the last train** el último tren 尾班火車；**last night** anoche 昨晚；**last week** la semana pasada 上星期；**last year** el año pasado 去年；**last time** la última vez 最後一次

late tarde 遲；**The train is late** El tren viene con retraso 火車延誤了；**Sorry I'm late** Siento llegar tarde 很抱歉，我遲到了

later más tarde 更遲的

to laugh reírse 笑

launderette la lavandería automática 自助洗衣店

laundry service el servicio de lavandería 洗衣服務

lavatory (*in house*) el wáter（住宅）洗手間；(*in public place*) los servicios（公共）洗手間

lawyer el abogado, la abogada 男律師，女律師

lead covered cable (*electric*) el cable 鉛包電纜

leak (*of gas, liquid*) la fuga 洩漏（氣、液體）；(*in roof*) la gotera（屋頂）漏水

to learn aprender 學會

lease rental el alquiler 出租

least at least por lo menos 至少；**It'll cost at least 50 euros** Costará por lo menos 50 euros 這個至少要50歐元

leather el cuero 皮革

to leave (*a place*) irse de 離開（地方）；leave behind dejar 留下：

I left it at home Lo dejé en casa 我把它留在家裏了；**When does the train leave?** ¿A qué hora sale el tren? 火車何時出發？

leek el puerro 韭蔥

left on/to the left a la izquierda 在左邊

left-luggage locker la consigna automática 行李寄存櫃

left-luggage office la consigna 行李寄存處

leg la pierna 腿

legal legal 合法的

leisure centre el polideportivo 休閒娛樂中心

lemon el limón (*pl* limones) 檸檬（複數為 limones）

lemonade la gaseosa 檸檬汁

to lend prestar 借給；**Can you lend me your pen?** ¿Me prestas el bolígrafo? 借我一支筆好嗎？

lens (*photographic*) el objetivo（攝影用）鏡頭；(contact lens) la lentilla 隱形眼鏡

less menos 更少的；**less than me** menos que yo 比我少；**A bit less, please** Un poco menos, por favor 請再少一點

lesson la clase 課

to let (*to allow*) permitir 允許；(*to hire out*) alquilar 出租

letter la carta 信；(*of alphabet*) la letra 字母

letterbox el buzón (*pl* buzones) 信箱（複數為 buzones）

lettuce la lechuga 生菜

licence (*driving*) el carné de conducir 駕駛執照

to lie down acostarse 躺下

lift (elevator) el ascensor 升降機；**Can you give me a lift to the party?** ¿Me llevas a la fiesta? 你可以載我去派對嗎？

to lift levantar 舉起

lift pass (*skiing*) el forfait（滑雪時乘坐用的）纜車票

light (*not heavy*) ligero（不重的）輕的

light la luz (*pl* luces) 燈（複數為 luces）；**Have you got a light?** ¿Tiene fuego? 你有個火嗎？；**light blue** azul claro 淺藍色；**light green** verde claro 淺綠色

light bulb la bombilla 燈泡

lighter el mechero (*LAm* el encendedor) 打火機（拉美用 el encendedor）

like (*similar to*) como 像；**a city like Madrid** una ciudad como Madrid 一個馬德里這樣的城市

to like gustar 喜歡；**I like coffee** me gusta el café 我喜歡喝咖啡；**I don't like...** no me gusta... 不喜歡……；**I'd like to...** me gustaría... 我想……；**we'd like to...**

nos gustaría... 我們想……

lilo® la colchoneta hinchable 充氣墊

lime (fruit) la lima(水果)青檸

line (row, queue) la fila(隊列等)行;(telephone) la línea (電話)電話線

linen el lino 亞麻

lingerie la lencería 女性內衣

lips los labios 嘴唇

lipstick la barra de labios 唇膏

to listen to escuchar 聽

litre el litro 升

little pequeño 小;a little... un poco... 一些……

to live vivir 居住;I live in Cheltenham vivo en Cheltenham 我住在切爾滕納姆

liver el hígado 肝

living room el salón (pl salones) 客廳(複數為 salones)

loaf el pan de molde 條狀麵包

lobster la langosta 龍蝦

local de la región 本地的

lock (on door, box) la cerradura(門、箱子用的)鎖

to lock cerrar con llave 上鎖

locker (for luggage) la consigna(行李)儲藏櫃

locksmith el cerrajero 鎖匠

log (for fire) el leño(生火用)木柴

log book (for car) los papeles del coche(汽車用)駕駛日誌

lollipop la piruleta 棒棒糖

London Londres 倫敦;in London en Londres 在倫敦;to London a Londres 去倫敦

long largo 長的;for a long time por mucho tiempo 很久

long-sighted hipermétrope 有遠見的

to look after cuidar 照顧

to look at mirar 看

to look for buscar 尋找

loose (not tight) holgado(不緊的) 鬆的;disconnected suelto 鬆脫的;It's come loose Se ha soltado 這個鬆開了

lorry el camión (pl camiones) 卡車(複數為 camiones)

to lose perder 遺失

lost perdido 遺失的;I've lost... he perdido... 我遺失了……;I'm lost Me he perdido 我迷路了

lost property office la oficina de objetos perdidos 失物認領處

lot a lot of, lots of mucho 很多;lots of time mucho tiempo 很多時間;a lot of fruit mucha fruta 很多水果;a lot of people mucha gente 很多人;lots of restaurants muchos restaurants 很多餐廳

lotion la loción (pl lociones) 潔膚液(複數為 lociones)

loud (sound, voice) fuerte(聲音)響的;(volume) alto(音量)響的

loudspeaker el altavoz (pl altavoces) 音響(複數為 altavoces)

lounge el salón (pl salones) 大廳(複數為 salones)

love el amor 愛

to love (person) querer(人)愛;I love swimming Me encanta nadar 我很喜歡游泳;I love you Te quiero 我愛你

lovely precioso 可愛的

low bajo 低的

lucky to be lucky tener suerte 幸運的

luggage el equipaje 行李

luggage allowance el equipaje permitido 免費行李重量

luggage rack el portaequipajes 行李架

luggage tag la etiqueta 行李牌

luggage trolley el carrito 行李車

lump (swelling) el bulto 腫塊;(on head) el chichón 腫塊

lunch la comida 午餐

lung el pulmón (pl pulmones) 肺(複數為 pulmones)

luxury de lujo 奢侈的

M

mad loco 瘋狂的

magazine la revista 雜誌

maid (in hotel) la camarera (酒店)女服務員

maiden name el apellido de soltera 女子婚前的姓

mail el correo 郵件;by mail por correo 郵寄

main principal 主要的

main course (of meal) el plato principal(飯餐)主菜

main road la carretera principal 主幹路

make brand la marca 品牌

to make hacer 製作;made of wood de madera 木頭做的

make-up el maquillaje 化粧

man el hombre 男士

to manage (be in charge of) dirigir(負責)管理

manager el gerente, la gerente 男經理、女經理

manageress la gerente 女經理

manicure la manicura 美甲

manual (gear change) manual(變速)手動檔

many muchos, muchas 很多(陽性複數為 muchos,陰性複數為 muchas);too many demasiados, demasiadas 太多(陽性複數為 demasiados,陰性複數為 demasiadas)

map (of region, country) el mapa(地區、國家)地圖;(of town) el plano(城市)地圖

March marzo 三月

margarine la margarina 人造牛油

marina el puerto deportivo 遊艇碼頭

mark (stain) la mancha 污漬

market el mercado 市場;Where's the market? ¿Dónde está el mercado? 市集在哪裏?;When is the market? ¿Cuándo hay mercado? 甚麼時候有市集?

marmalade la mermelada de naranja 柑橘醬

married casado 已婚的;I'm married Estoy casado 我結婚了;Are you married?

¿**Está casado?** 你結婚了嗎？

mass (*in church*) la misa（教堂）彌撒

massage el masaje 按摩

match game el partido 比賽

matches las cerillas 火柴

material (*cloth*) la tela（布）料

to matter importer 有關係；**It doesn't matter** No importa 不要緊；**What's the matter?** ¿Qué pasa? 怎麼了？

mattress el colchón (*pl* colchones) 牀墊（複數為 colchones）

May mayo 五月

mayonnaise la mayonesa 蛋黃醬

maximum máximo 最大限度的

me me 我；mí 我；**Can you hear me?** ¿Me oyes? 你聽到我說話嗎？；**He gave me a bottle of wine** Me dio una botella de vino；他給了我一瓶酒 **It's me** Soy yo 是我；**without me** sin mí 沒有我；**with me** conmigo 和我一塊

meal la comida 餐食，膳食

to mean querer decir 意思是；**What does this mean?** ¿Qué quiere decir esto? 這是甚麼意思？

meat la carne 肉

medicine la medicina 藥

Mediterranean el Mediterráneo 地中海

medium (*size*) mediano（尺碼）中碼

medium dry semi-seco 半乾

medium rare (*meat*) medio hecho（肉）三成熟

to meet (*by chance*) encontrarse con（意外的）偶遇；(*by arrangement*) ver（安排的）約見；**I'm meeting her tomorrow** He quedado con ella mañana 我約她明天見面

meeting la reunión (*pl* reuniones) 會議（複數為 reuniones）

melon el melón (*pl* melones) 甜瓜（複數為 melones）

member (*of club*) el socio, la socia（俱樂部）男會員，女會員

to mend arreglar 修理

menu la carta 餐單；**set menu** el menú del día 套餐 餐單

message el mensaje 信息

metal el metal 金屬的

meter el contador 計量器

metre el metro 米

microwave oven el microondas 微波爐

midday las doce del mediodía 正午

middle el medio 中間；**in the middle of the street** en medio de la calle 街中央；**in the middle of May** a mediados de mayo 五月中旬

middle-aged de mediana edad 中年

midge el mosquito enano 小蚊

midnight la medianoche 午夜；**at midnight** a medianoche 午夜

migraine la jaqueca 偏頭痛；**I've got a migraine** Tengo jaqueca 我有偏頭痛

mile la milla 英里

milk la leche 牛奶；**with milk** con leche 加牛奶；**without milk** sin leche 不加牛奶；

long-life milk la leche de larga duración 保質期長的牛奶

soya milk la leche de soja 豆奶

milkshake el batido 奶昔

millimetre el milímetro 毫米

mince (*meat*) la carne picada 免治（肉）

mind Do you mind if...? ¿Le importa que...? 您介意 / 您可否……？；**I don't mind** No me importa 我不介意 / 我可以

mine mío 我的；**It's mine** Es mío 這是我的

mineral water el agua mineral 礦泉水

minidisc el minidisc 迷你光碟

minimum el mínimo 最低限度的

minute el minuto 分鐘

mirror el espejo 鏡子

to miss (*train, plane, etc*) perder 錯過（火車、飛機等）

Miss la señorita 小姐

missing lost perdido 遺失的；**My son is missing** Se ha perdido mi hijo 我兒子走失了

mistake el error 錯誤

to mix mezclar 混合

mobile number el número de móvil 手提電話號碼

mobile phone el teléfono móvil 手提電話

modem el módem 數據機

modern moderno 現代的

moisturizer la leche hidratante 潤膚霜

moment el momento 片刻；**just a moment** un momento 稍等

monastery el monasterio 寺院

Monday el lunes (*pl* lunes) 星期一（複數為 lunes）

money el dinero 錢

month el mes 月份；**this month** este mes 這個月；**last month** el mes pasado 上個月

next month el mes que viene 下個月

moped el ciclomotor 電動單車

more más 更多；more expensive más caro 更貴；more than before más que antes 比以前多；more than 20 más de 20 多於 20；more wine más vino 再來點酒；There isn't any more Ya no hay más 沒有了；Do you have any more? ¿Tienen más? 還有嗎？

morning la mañana 上午；in the morning por la mañana 在上午；this morning esta mañana 今天上午；tomorrow morning mañana por la mañana 明天上午

mosque la mezquita 清真寺

mosquito el mosquito 蚊子

mosquito repellent el repelente contra mosquitos 防蚊液

most más 最；the most

interesting el más interesante 最有意思的；most of the time la mayor parte del tiempo 絕大部份時間；most people la mayoría de la gente 絕大部份人

mother la madre 母親
mother-in-law la suegra 婆婆、岳母
motor el motor 引擎
motorbike la moto 電單車
motorboat la lancha motora 汽船
motorway la autopista 高速公路
mountain la montaña 山脈
mountain bike la bicicleta de montaña 越野單車
mountaineering el montañismo 登山運動
mouse (animal, on computer) el ratón (pl ratones)（動物）老鼠，（用於電腦的）滑鼠（複數為 ratones）
mouth la boca 嘴巴
to move mover 移動
movie la película 電影
MP3 player el reproductor (de) MP3 MP3 播放機
Mr el señor 先生；**Mr Moreno** el señor Moreno 莫雷諾先生
Mrs la señora 太太；**Mrs Mantolan** la señora Mantolan 蔓夢蘭女士
Ms la señora 女士
much mucho 許多；
  too much demasiado 太多；**too much money** demasiado dinero 太多錢；I feel much better Me siento mucho mejor 我感覺好多了
mugging el atraco 搶劫
museum el museo 博物館
mushrooms los champiñones 蘑菇
music la música 音樂
mussels los mejillones 蚌
must deber 必須
mustard la mostaza 芥末
my mi 我的；**my mother** mi madre 我的母親；**my son** mi hijo 我的兒子；**my parents** mis padres 我的父母

N
nail (fingernail) la uña（手指）指甲；(metal) el clavo（金屬）釘子
nailfile la lima 指甲銼
name el nombre 名字；
  My name is... Me llamo... 我叫……；**What's your name?** ¿Cómo te llamas? 你叫甚麼名字?
nanny la niñera 保姆
napkin la servilleta 餐巾紙
nappies los pañales 尿片
narrow estrecho 狹窄的
nationality la nacionalidad 國籍
natural natural 自然的
nature la naturaleza 大自然
navy blue azul marino 海軍藍
near to cerca de 接近於；
  near to the bank cerca del banco 岸邊；**Is it near?** ¿Está cerca? 很近嗎?
necessary necesario 必須的
neck el cuello 頸
necklace el collar 項鏈
need I need... necesito... 我需要；**I need to go** Tengo que ir 我要走了
needle a needle and thread una aguja e hilo 針線
negative (photo) el negativo（相片）底片
neighbours los vecinos 鄰居
nephew el sobrino 姪子、外甥
net the Net la Red 網絡
never nunca 從不；**I never drink wine** Nunca bebo vino 我從不喝酒
new nuevo 新的
news las noticias 新聞
newsagent's la tienda de prensa 報紙亭
newspaper el periódico 報紙
newsstand el quiosco de prensa 報攤
New Year el Año Nuevo 新年；**Happy New Year!** ¡Feliz Año Nuevo! 新年快樂！
New Year's Eve la Nochevieja 元旦前夕
New Zealand Nueva Zelanda 新西蘭
next próximo 下一個；luego 接下去；**next to** al lado de 緊接着；**next week** la próxima semana 下星期；**the next stop** la próxima parada 下一站；**the next train** el próximo tren 下一班火車；**What did you do next?** ¿Qué hiciste luego? 接下來你做了甚麼?
nice (person) simpático（人）友善的；(place, holiday) bonito（地方、假期）美好的
niece la sobrina 姪女、外甥女
night la noche 夜晚；**at night** por la noche 在夜晚；**last night** anoche 昨晚；**per night** por noche 每晚；**tomorrow night** mañana por la noche 明晚；**tonight** esta noche 今晚
night club el club nocturno 夜總會
no no 不；**Do you like it? - No** ¿Te gusta? - No 你喜歡嗎? —— 不喜歡；
no smoking prohibido fumar **No problem!** ¡Por supuesto! 這裏不能吸煙。—— 沒問題；
I've got no time No tengo tiempo 我沒時間
There's no hot water No hay agua caliente 沒熱水了
nobody nadie 沒人；
  Nobody came No vino nadie 沒人來
noise el ruido 噪音
noisy It's very noisy Hay mucho ruido 太吵了
non-alcoholic sin alcohol 不含酒精的
none There's none left No queda nada 用完了
non-smoking no fumador 非吸煙區
normally normalmente 通常
north el norte 北方
Northern Ireland Irlanda del Norte 北愛爾蘭
nose la nariz (pl narices) 鼻子（複數為 narices）
nosebleed la hemorragia nasal 流鼻血
not no 不；**I'm not going** No voy 我不去
note banknote el billete 紙幣；(written) la nota（手寫）

筆記；
note pad el bloc 記事本

nothing nada 甚麼也沒有；
nothing else nada más 沒別的了

notice sign el anuncio 通知；
(warning) el aviso（警告）牌；

November noviembre 十一月

now ahora 現在；**now and then** de vez en cuando 不時

nudist beach la playa nudista 裸體海灘

number el número 數字

numberplate (of car) la matrícula（汽車）車牌

nurse el enfermero, la enfermera 男護士，女護士

nursery slope la pista para principiantes（初學滑雪者的）平緩坡地

nuts (to eat) los frutos secos（吃的）堅果

O

to obtain obtener 獲得

occasionally de vez en cuando 偶爾

occupation (work) la profesión (pl profesiones)（工作）職業（複數為 profesiones）

October octubre 十月

of de ……的，由……組成的；**a glass of wine** un vaso de vino 一杯酒；**made of cotton** de algodón 棉質的

off (light, heater) apagado（燈、熱水器）關閉的；(tap, gas) cerrado（水龍頭、煤氣）關閉的；(milk) cortado（奶）加奶咖啡；I'm off Me voy 我走了

office la oficina 辦公室

often a menudo 經常；**How often?** ¿Cada cuánto? 隔多久？

oil el aceite 油

oil gauge el indicador del aceite 油量錶

OK！ ¡Vale! 好！

old viejo 老的；**How old are you?** ¿Cuántos años tienes? 你多大？；**I'm... years old** Tengo... años 我……歲

olive la aceituna 橄欖

olive oil el aceite de oliva 橄欖油

on (light, TV, engine) encendido（燈、電視、引擎）開著的；(tap, gas) abierto（水龍頭、煤氣）打開的

on en 在；sobre 在……上面；**on the TV** en la tele 電視上；**on the 2nd floor** en el segundo piso 在二樓；**on the table** en or sobre la mesa 在桌上；**on Friday** el viernes 在星期五；**on Fridays** los viernes 逢星期五

once una vez 一次；**once a week** una vez a la semana 每星期一次；**at once** en seguida 立即

onion la cebolla 洋蔥

only sólo 只；único 唯一；**We only want to stay for one night** Sólo queremos una noche 我們只留一晚；**the only day I'm free** el único día que tengo libre 唯一我有空的一天

open abierto 開的

to open abrir 打開

opening hours el horario 營業時間

opera la ópera 歌劇

operation la operación (pl operaciones) 手術（複數為 operaciones）

operator telephone operator el/la telefonista 男接線員，女接線員

opposite enfrente de 在……對面；**opposite the bank** enfrente del banco 在銀行對面；**Quite the opposite!** ¡Todo lo contrario! 完全相反！

optician's la óptica 眼鏡店

or o 或者；ni 也不；**Tea or coffee?** ¿Té o café? 茶還是咖啡？；**I don't eat meat or fish** No como carne ni pescado 我不吃肉也不吃魚

orange (fruit) la naranja（水果）橙；(colour) naranja（顏色）橙色

orange juice el zumo de naranja (LAm el jugo de naranja) 橙汁

order out of order averiado 出故障的

to order (in restaurant) pedir；(餐廳)點菜；**I'd like to order** Quiero pedir 我想點菜

organic biológico 有機的

to organize organizar 組織

other otro 另一；**the other car** el otro coche 另一輛車；**the other one** el otro, la otra 另一個（陽性、陰性）；**Have you got any others?** ¿Tiene otros? 您有別的嗎？

ought I ought to call my parents Debería llamar a mis padres 我該打電話給我父母

our nuestro 我們的

ours nuestro 我們的；**a friend of ours** un amigo nuestro 我們的一位朋友

out (light) apagado（燈）關閉的；fuera 外面；**He's out** Ha salido 他出去了；**He lives out of town** Vive fuera de la ciudad 他住在郊區

outdoor (pool) al aire libre（泳池）室外

outside fuera 外面；It's outside Está fuera 它在室外；outside the house fuera de la casa 在屋外

oven el horno 焗爐

over on top of encima de 在……上面；finished terminado 結束的；over the window encima de la ventana 在窗戶上方；over here por aquí 在這裏；It's over there Está por allí 它在那裏；over the holidays durante las vacaciones 在假期間

to overcharge cobrar de más 索價過高

overdone (food) demasiado hecho 煮過頭的（食物）

to owe deber 欠；I owe you... le debo... 我欠您……

own propio 自己的；in my own house en mi propia casa 在我自己的房子裏；on my own solo 靠自己

to own (land, house,

company) ser dueño de 擁有（土地、住宅、公司）

owner el propietario, la propietaria 男主人／女主人

oxygen el oxígeno 氧氣

P

pacemaker el marcapasos 心臟起搏器

to pack (*luggage*) hacer las maletas 收拾行李

package tour el viaje organizado 旅行團

packet el paquete 包裹

paid pagado 已付款的

pain el dolor 疼痛

painful doloroso 痛苦的

painkiller el analgesico 止痛藥

to paint pintar 上刷油漆

painting (*picture*) el cuadro 畫

pair el par 一對

palace el palacio 宮殿

pale pale blue celeste 淺藍色的；**pale green/yellow** verde/amarillo claro 淺綠色／淺黃色；**pale pink** rosa pálido 淺粉紅

pan (*saucepan*) la cacerola 平底鍋；(*frying pan*) la sartén (*pl* las sartenes) 煎鍋（複數為 las sartenes）

panniers (*on bike*) las alforjas （單車用）掛籃

panties las bragas (*LAm* los calzones) 短褲（拉美用 los calzones）

pants (*men's underwear*) los calzoncillos（男裝）內褲

panty liner el salvaslip 護墊

paper el papel 紙張

paragliding el parapente 滑翔傘運動

parcel el paquete 包裹

Pardon? ¿Cómo? 甚麼？；**I beg your pardon!** ¡Perdón! 請重複一遍！

parents los padres 父母

park el parque 公園

to park aparcar 停車

parking meter el parquímetro 停車收費器

partner (*business*) el socio, la socia（商業）男合夥人，女合夥人；boyfriend/girlfriend el compañero, la compañera

男伴／女伴

party group el grupo 派別；celebration la fiesta 派對

pass (*mountain*) el puerto （山間）山口；(*on train*) el abono（火車）月票；(*on bus*) el bonobús（巴士）多次乘車票

to pass Can you pass me the salt, please? ¿Me pasas la sal? 請把鹽遞給我。

passenger el pasajero 遊客

passport el pasaporte 護照

password la contraseña 密碼

pasta la pasta 意粉

pastry (*cake*) el pastel（蛋糕）糕點

path el camino 道路

patient (*in hospital*) el/la paciente（醫院）男病人／女病人

to pay pagar 支付；**I'd like to pay** Quisiera pagar 我想付款；**Where do I pay?** ¿Dónde se paga? 去哪裏付款？

payment el pago 付款

payphone el teléfono público 付費電話

peach el melocotón (*pl* melocotones) (*LAm* el durazno) 桃（複數為 melocotones，拉美用 el durazno）

peanut el cacahuete (*LAm* el maní (*pl* maníes)) 花生（拉美用 el maní，複數為 maníes）

pear la pera 梨

peas los guisantes (*LAm* las arvejas) 豌豆（拉美用 las arvejas）

pedalo el hidropedal 腳踏船

pedestrian el peatón (*pl* peatones) 行人（複數為 peatones）

to peel mondar 削皮

peg (*for clothes*) la pinza（曬衣服用）夾子；(*for tent*) la estaca（搭帳篷用）樁

pen el bolígrafo 原子筆

pencil el lápiz (*pl* lápices) 鉛筆（複數為 lápices）

penfriend el amigo/la amiga por correspondencia 男筆友，女筆友

pensioner el jubilado, la jubilada 退休男人，退休女人

people la gente 人

pepper (*spice*) la pimienta （香料）胡椒；(*vegetable*) el pimiento（蔬菜）辣椒

per per day al día 每天；**per person** por persona 每人

performance (*in theatre, cinema*) la función (*pl* funciones)（劇院、電影院）演出（複數為 funciones）

perfume el perfume 香水

perhaps quizás 也許

perm la permanente 電髮

permit el permiso 許可

person la persona 人

petrol la gasolina 汽油；**unleaded petrol** la gasolina sin plomo 無鉛汽油

petrol pump el surtidor 加油噴嘴

petrol station la gasolinera 加油站

petrol tank el depósito 油箱

pharmacy la farmacia 藥房

phone el teléfono 電話；**by phone** por teléfono 用電話

to phone llamar por teléfono 打電話

phonebook la guía telefónica 電話簿

phonebox la cabina telefónica 電話亭

phone call la llamada telefónica 打電話

phonecard la tarjeta telefónica 電話卡

photo la foto 照片；**to take a photo** hacer una foto 拍照

photocopy la fotocopia 影印

to photocopy fotocopiar 影印

photograph la foto 照片

to pick (*choose*) elegir 挑選

pickpocket el/la carterista 男扒手，女扒手

picnic el picnic；**to have a picnic** ir de picnic 野餐

picture (*painting*) el cuadro 畫；photo la foto 照片

pie (*fruit*) la tarta（水果）批；(*meat*) el pastel de carne（肉）批

piece el trozo 塊

pig el cerdo 豬

pill la píldora 藥丸

pillow la almohada 枕頭

pilot el/la piloto 男飛行員，女飛行員

pin el alfiler 大頭針

pineapple la piña (*LAm* el ananás) 菠蘿（拉美用 el ananás）

pink rosa 粉色

pipe (*drains*) la tubería（排水用）管道

pity What a pity! ¡Qué pena! 太遺憾了！

pizza la pizza 薄餅

place el lugar 地方

place of birth el lugar de nacimiento 出生地

plain (*yoghurt*) natural（乳酪）原味

plan (*of town*) el plano（城市）地圖

plane (*airplane*) el avión (*pl* aviones) 飛機（複數為 aviones）

plaster (*sticking*) la tirita (*LAm* la curita®)（黏貼）膠布（拉美用 la curita）; (*for broken limb*) la escayola（治療斷臂斷腿用）石膏

plastic (*made of*) de plástico 塑料（做）

plastic bag la bolsa de plástico 膠袋

plate el plato 盤

platform el andén (*pl* andenes) 月台（複數為 andenes）

play (*theatre*) la obra（劇院）劇本

to play (*games*) jugar 玩（遊戲）; (*instrument*) tocar（樂器）彈，拉

I play the guitar Toco la guitarra 我彈結他

please por favor 請

pleased contento 高興的; **Pleased to meet you!** ¡Encantado de conocerle! 很高興認識你！

plug (*electrical*) el enchufe（電）插座; (*for sink*) el tapón (*pl* tapones)（水槽）塞（複數為 tapones）

to plug in enchufar 插入

plum la ciruela 李子

plumber el fontanero 水管工

pm de la tarde 下午; **at 5 pm** a las cinco de la tarde 在下午五時

poached (*egg, fish*) escalfado 水煮的（雞蛋），清蒸的（魚）

pocket el bolsillo 口袋

police la policía 警察

policeman el policía 男警察

police station la comisaría 警察局

policewoman la policía 女警察

polish (*for shoes*) el betún（擦鞋用）鞋油

polite cortés (*pl* corteses) 禮貌的（複數為 corteses）

pool la piscina 泳池

poor pobre 可憐的，貧窮的

popular popular 流行的

pork el cerdo 豬肉

porter (*in hotel*) el portero（酒店）行李員; (*at station*) el mozo（車站）搬運工

portion (*of food*) la ración (*pl* raciones)（食物）一份（複數為 raciones）

Portugal Portugal 葡萄牙

Portuguese portugués, portuguesa 葡萄牙男人，葡萄牙女人; (*language*) el portugués（語言）葡萄牙語

possible possible 可能的

post by post por correo 郵寄

to post echar al correo 郵寄

postbox el buzón (*pl* los buzones) 郵箱（複數為 los buzones）

postcard la postal 明信片

postcode el código postal 郵編

post office la oficina de Correos 郵局

pot (*for cooking*) la olla（做菜的）鍋

potato la patata 馬鈴薯; **baked potato** la patata asada 烤馬鈴薯; **boiled potatoes** las patatas hervidas 煮熟的馬鈴薯; fried potatoes las patatas fritas 煎馬鈴薯;

mashed potatoes el puré de patatas 薯蓉; **roast potatoes** las patatas asadas 烤馬鈴薯;

sautéed potatoes las patatas salteadas 炒馬鈴薯

potato salad la ensalada de patatas 馬鈴薯沙律

pottery la cerámica 陶瓷

pound (*money*) la libra（錢）英鎊

powder el polvo 粉末

powdered en polvo 粉末狀的

power (*electricity*) la electricidad 電力

pram el cochecito (de bebé) 嬰兒車

prawn la gamba 蝦 (*LAm* el camarón (*pl* camarones)（拉美用 el camarón，複數用 camarones）

to prefer preferir 寧願

pregnant embarazada 懷孕的; **I'm pregnant** Estoy embarazada 我懷孕了

to prepare preparar 準備

prescription la receta médica 處方

present gift el regalo 禮物

president el presidente 總統

pressure la presión 壓力

pretty bonito 好看的

price el precio 價格

price list la lista de precios 價格表

priest el sacerdote 牧師

print (*photo*) la copia 沖洗（照片）

to print imprimir 打印

printer la impresora 打印機

printout el listado 打印清單

private privado 私人的

probably probablemente 或許; **He'll probably come tomorrow** Probablemente vendrá mañana. 他或許明天會來

problem el problema 問題

programme (*TV, radio*) el programa（電視、廣播）節目

to promise prometer 承諾

to pronounce pronunciar 發音; **How's it pronounced?** ¿Cómo se pronuncia? 怎麼發音？

public público 公共的; **public holiday** la fiesta (oficial) 公眾假期（官方的）

pudding el postre 布甸（飯後甜品）

to pull tirar 拉

pullover el jersey 套頭衫
pulse el pulso 脈搏
pump (for bike) la bomba（單車）打氣筒；**petrol pump** el surtidor 加油噴嘴
puncture el pinchazo 刺痕
purpose on purpose a propósito 故意地
purse el monedero 錢包
to push empujar 推
pushchair la sillita de paseo 兒童推車
to put (place) poner 放（置）
to put on (light, cooker, TV, etc) encender（燈、廚具、電視等）打開；(clothes) ponerse（衣服）穿上
Pyrenees los Pirineos 庇里牛斯山

Q

quality la calidad 質素
quantity la cantidad 數量
quarter el cuarto 四分之一；**a quarter of an hour** un cuarto de hora 十五分鐘
question la pregunta 問題；**to ask a question** hacer una pregunta 問一個問題
queue la cola 隊
to queue hacer cola 排隊
quick rápido 迅速的
quickly de prisa 快速地
quiet (place) tranquilo 安靜的（地方）
quilt el edredón (pl edredones) 被褥（複數為 edredones）
quite fairly bastante 相當；**It's quite good** Es bastante bueno 這個相當好；**quite expensive** bastante caro 相當貴；**I'm not quite sure** No estoy del todo seguro 我不太確定；**quite a lot of** bastante 相當多地

R

racket (tennis) la raqueta（網球）球拍
radiator (in car, heater) el radiador（汽車、熱水器上的）散熱器
radio la radio 收音機；**car radio** la radio del coche 車載收音機
railway el ferrocarril 鐵路

railway station la estación de tren (pl estaciones) 火車站（複數為 estaciones）
rain la lluvia 雨
to rain It's raining Está lloviendo 在下雨
raincoat el impermeable 雨衣
rare (unusual) excepcional（非尋常的）罕見的；(steak) poco hecho（牛排）三分熟
raspberry la frambuesa 紅桑子
rat la rata 老鼠
rate price la tarifa 價格
rate of exchange el tipo de cambio 匯率
rather bastante 寧願；**rather expensive** bastante caro 相當貴；**I'd rather stay in tonight** Preferiría no salir esta noche 我寧願今晚留在這裏
raw crudo 生的
razor la maquinilla de afeitar 剃刀
razor blades las hojas de afeitar（剃刀的）刀片
to read leer 讀
ready listo 準備好的；**I'm nearly ready** Estoy casi listo 我快準備好了；**The meal's ready** La comida está preparada 飯菜做好了
real verdadero 真的
really muy 非常；**They're really expensive** Son muy caros 這些非常貴；**It's really good** Es buenísimo 好極了
receipt el recibo 發票
reception desk la recepción 接待處
receptionist el/la recepcionista 男接待員，女接待員
to recharge (battery) recargar（電池）充電
recipe la receta 菜譜
to recognize reconocer 認出
to recommend recomendar 推薦
red rojo 紅色
refill el recambio 更換材料
refund el reembolso 退款
region la región (pl regiones) 地區（複數為 regiones）

to register (at hotel) registrarse（酒店）辦理入住手續
registered a registered letter una carta certificada 掛號信
registration form la hoja de inscripción 登記表
relation (family) el/la pariente（家庭）男親戚，女親戚
relationship la relación (pl relaciones) 關係（複數為 relaciones）
to remain (stay) quedarse 留下
to remember acordarse de 記起；**I don't remember** No me acuerdo 我不記得；**I can't remember his name** No me acuerdo de su nombre 我記不起他的名字
remote control el mando a distancia 遙控器
rent el alquiler 房租
to rent alquilar 租
rental el alquiler 租金
to repair reparar 修理
to repeat repetir 重複
to reply contestar 回覆
to require necesitar 需要
reservation la reserva 預訂
to reserve reservar 預訂
reserved reservado 已預訂的
resident el/la residente 男居民，女居民
rest el resto 剩餘；**the rest of the money** el resto del dinero 剩餘的錢
to rest descansar 休息
restaurant el restaurante 餐廳
restaurant car el coche restaurante 餐車
retired jubilado 退休的
to return (to go back) volver 返回
return ticket el billete de ida y vuelta 來回票
to reverse dar marcha atrás 倒退；**to reverse the charges** llamar a cobro revertido 退款
reverse gear la marcha atrás 倒車檔
rice el arroz 米飯
rich (person) rico 富有的（人）；(food) pesado 豐盛的

（食物）

to ride (*horseback*) montar a caballo（馬背）騎馬；(*on bike*) ir en bicicleta（單車）騎單車

right (*correct*) correcto 正確的；**to be right** tener razón 正確；**You're right** Tienes razón 你是對的；**That's right** Es verdad 那是對的；**on/to the right** a la derecha 在右邊

ring el anillo 戒指

ripe maduro 熟的

river el río 河

road la carretera 道路

roast asado 烤過的

roll (*bread*) el panecillo（麵包）小圓麵包

roof el tejado 屋頂

room (*in house, hotel*) la habitación (*pl* habitaciones)（住宅、酒店）房間（複數為 habitaciones）；(*space*) sitio 空間；(*double room*) la habitación doble 雙人房；**single room** la habitación individual 單人房；**family room** la habitación familiar 家庭房

room number el número de habitación 房間號碼

room service el servicio de habitaciones 客房服務

rosé wine el vino rosado 粉紅葡萄酒

row (*line, in theatre*) la fila（線路、劇院裏）排

rubber (*material*) la goma（材料）橡膠；eraser la goma de borrar 橡皮擦

rubbish la basura 垃圾

rucksack la mochila 背包

to run correr 跑

rush hour la hora punta (*LAm* la hora pico) 繁忙時段（拉美用 la hora pico）

S

sad triste 傷心的

saddle (*on bike*) el sillín (*pl* sillines)（單車上）車座（複數為 sillines）；
(*on horse*) la silla de montar（馬上）馬鞍

safe seguro 安全的；(*for valuables*) la caja fuerte（存放貴重物品的）保險箱

safety belt el cinturón de seguridad (*pl* cinturones) 安全帶（複數為 cinturones）

safety pin el imperdible 別針

to sail (*sport, leisure*) navegar（運動、休閒）航海

sailboard la tabla de windsurf 風帆滑水板

sailing (*sport*) la vela 帆船（運動）

sailing boat el velero 帆船

salad la ensalada 沙律；**green salad** la ensalada verde 蔬菜沙律；**mixed salad** la ensalada mixta 雜錦沙律；**salad dressing** el aliño 沙律醬

sale(s) las rebajas 大減價

salesman el vendedor 售貨員

sales rep el/la representante 男推銷員，女推銷員

saleswoman la vendedora 女售貨員

salmon el salmón 三文魚

salt la sal 鹽

salt water el agua salada 鹽水

salty salado 鹹的

same mismo 同樣地；**Have a good weekend! – The same to you!** ¡Que tengas un buen fin de semana! – ¡Igualmente! 祝你週末快樂！——你也一樣！

sand la arena 沙

sandals las sandalias 涼鞋

sandwich (*with French bread*) el bocadillo（用法棍做的）三文治；(*with sliced bread*) el sándwich（用切片麵包做的）三文治；**toasted sandwich** el sándwich caliente 烤三文治

sanitary towels las compresas 衛生巾

sardines las sardinas 沙甸魚

Saturday el sábado 星期六

sauce la salsa 醬油

saucepan la cacerola 平底鍋

saucer el platillo 茶碟

sausage la salchicha 香腸

savoury salado 鹹的

to say decir 説

scarf (*woollen*) la bufanda（羊毛）圍巾；**headscarf** el pañuelo 頭巾

scenery el paisaje 風景

schedule el horario 時間表

school el colegio 學校；**at school** en el colegio 在學校；**to go to school** ir al colegio 去學校；**after school** después de clase 放學；**primary school** la escuela primaria 小學

scissors las tijeras 剪刀

score (*result*) el resultado 成績；**What's the score?** ¿Cómo van? 成績如何？；

to score a goal marcar un gol 射門得分

Scotland Escocia 蘇格蘭

Scottish escocés, escocesa 蘇格蘭男人、蘇格蘭女人

screen (*on computer, TV*) la pantalla（電腦、電視）屏幕

screw el tornillo 螺絲釘

screwdriver el destornillador 螺絲刀

scuba diving el submarinismo 潛水

sea el mar 海洋

seafood los mariscos 海鮮

seasick mareado 暈船

seaside la playa 海灘；**at the seaside** en la playa 在海灘

season (*of year*) la estación (*pl* estaciones)（每年的）季節（複數為 estaciones）；**high season** la temporada alta 旺季；**in season** del tiempo 應時的

season ticket el abono 月票

seat (*chair*) la silla 椅子；(*in bus, train*) el asiento（巴士、火車上）座位

seatbelt el cinturón de seguridad (*pl* cinturones) 安全帶（複數為 cinturones）

second segundo 第二；**a second** un segundo 一秒

second-class de segunda clase 二等的；**to travel second class** viajar en segunda 坐二等車廂旅行

secretary el secretario, la secretaria 男秘書，女秘書

to see ver 看

self-service el autoservicio 自助服務

to sell vender 賣；**Do you**

sell...? ¿Tienen...? 這裏賣⋯嗎？

Sellotape® el celo 透明膠紙

to send enviar 發送

senior citizen la persona de la tercera edad 老年人

separated (*couple*) separado（夫妻）分居

separately to pay separately pagar por separado 各自付款

September septiembre 九月份

septic tank el pozo séptico 化糞池

serious (*accident, problem*) grave 嚴重的（意外、問題）

to serve servir 服務

service (*in restaurant*) el servicio (餐廳) 服務；(*in church*) la misa (教會) 崇拜／禮拜／彌撒

Is service included? ¿Está incluido el servicio? 已包含服務費了嗎？；**service charge** el servicio 服務費；**service station** la estación de servicio 服務站

to service (*car, washing machine*) revisar (汽車、洗衣機) 保養維修

serviette la servilleta 餐巾

set menu el menú del día 餐單

several varios, varias 數個（陽性、陰性）；**several times** varias veces 數次

shade in the shade a la sombra 在陰涼處

shallow poco profundo 淺的

shampoo el champú 洗頭水；**shampoo and set** lavar y marcar 洗髮並做髮型

to share compartir 分享；**divide** dividir 分攤，分配

to shave afeitarse 剃鬍子

shaver la maquinilla de afeitar 剃鬍刀

shaving cream la crema de afeitar 剃鬍膏

she ella 她

sheet la sábana 牀單

sherry el jerez 雪莉酒

ship el barco 船

shirt la camisa 襯衫

shock absorber el amortiguador 減震器

shoe el zapato 鞋

shoelaces los cordones (de los zapatos) 鞋帶

shoe polish el betún 鞋油

shoe shop la zapatería 鞋店

shop la tienda 商店

shop assistant el dependiente, la dependienta 男店員，女店員

shopping las compras 購物；**to go shopping** (*for pleasure*) ir de compras (消遣) 購物；(*for food*) ir a hacer la compra (買食品) 購物

shopping centre el centro comercial 購物中心

shop window el escaparate 櫥窗

short corto 短的

shorts los pantalones cortos 短褲

short-sighted miope 近視的

shoulder el hombro 肩膀

show el espectáculo 表演

to show enseñar 顯示

shower (*bath*) la ducha (洗澡) 淋浴；(*rain*) el chubasco (雨) 暴風雨

to take a shower ducharse 淋浴

shower gel el gel de ducha 沐浴液

shrimp el camarón (*pl* camarones) 蝦（複數為 camarones）

shut cerrado 關閉的

to shut cerrar 關上

shutters (*outside*)(在外面) las persianas 百葉窗

sick ill enfermo 生病的；**I feel sick** tengo ganas de vomitar 我覺得不舒服

side el lado 旁邊

side dish la guarnición 配菜

sightseeing to go sightseeing hacer turismo 觀光旅遊

to sign firmar 簽名

signature la firma 簽名

silk la seda 絲綢

silver la plata 銀

SIM card la tarjeta SIM SIM 卡

similar to parecido a 相似；**They're similar** Son parecidos 他們很相似

since desde 自從；puesto que 因為；**since 1974** desde 1974 自從 1974 年；

since you're not Spanish... puesto que no es español... 因為您不是西班牙人

to sing cantar 唱歌

single (*unmarried*) soltero 單身的；(*bed, room*) individual 單人（牀），單人（房）

single ticket el billete de ida 單程票

sister la hermana 姐妹

sister-in-law la cuñada 嫂子

to sit sentarse 坐；**Sit down, please** Siéntese, por favor 請坐下

site (*website*) el sitio 網站

size (*clothes*) la talla (衣服) 尺碼；(*shoes*) el número (鞋子) 尺碼

skateboard el monopatín (*pl* monopatines) 滑板

ski el esquí 滑雪板

to ski esquiar 滑雪

ski boots las botas de esquí 滑雪靴

to skid patinar 滑行

skiing el esquí 滑雪

ski instructor el monitor de esquí, la monitora de esquí 滑雪男教練，滑雪女教練

ski lift el telesquí 滑雪纜車

skimmed skimmed milk la leche desnatada 脱脂牛奶

skin la piel 皮膚

ski pass el forfait 長期滑雪票

ski pole, ski stick el bastón de esquí 滑雪杖

skirt la falda 裙

ski run, ski piste la pista de esquí 滑雪道

to sleep dormir 睡覺；**to go to sleep** dormirse 入睡

sleeping bag el saco de dormir 睡袋

sleeping car el coche cama 臥鋪車廂

sleeping pill el somnífero 安眠藥

slice (*of bread*) la rebanada (麵包) 片；(*of cake*) el trozo (蛋糕) 片；(*of fruit*) la rodaja (水果) 片；(*of ham, cheese*) la loncha (火腿、芝士) 薄片

sliced bread el pan de molde 切片麵包

slightly ligeramente 輕微地

slow lento 慢的

slowly despacio 慢慢地

small pequeño 小的；**smaller than** más pequeño que 小於

smell el olor 氣味；**a bad smell** un mal olor 臭味；**a nice smell** un buen olor 香味

to smile sonreír 微笑

to smoke fumar 吸煙；**I don't smoke** No fumo 我不吸煙；**Can I smoke?** ¿Puedo fumar? 我可以吸煙嗎？

SMS message el mensaje SMS 短訊

snack to have a snack picar algo 吃小食

snack bar la cafetería 小食店

snow la nieve 雪

to snow nevar 下雪；**It's snowing** Está nevando 下雪了

snowboarding to go snowboarding ir a hacer snowboard 去滑雪

snow chains las cadenas para la nieve 雪地防滑胎鏈

so (therefore) así que 因此；(in comparisons) tan（比較）如此；**The shop was closed so I didn't buy it** La tienda estaba cerrada, así que no lo compré 商店關門了，所以我沒有買；**It's not so expensive as the other one** No es tan caro como el otro 這個沒另一個那麼貴；**So do I** Y yo también 我也是；**so much** tanto 這麼多；**so many** tantos, tantas 這麼多（陽性複數、陰性複數）；**I think so** Creo que sí 我也這麼認為

soap el jabón 肥皂

soap powder el detergente 洗衣粉

socket (for plug) el enchufe （插頭）插座

socks los calcetines (LAm las medias) 襪子（拉美用 las medias）

soda water la soda 蘇打水

sofa bed el sofá-cama 沙發牀

soft drink el refresco 汽水

software el software 軟件

sole (of foot, shoe) la suela （腳）底，（鞋）底

some algunos 一些；**Would you like some bread?** ¿Quieres pan? 你要些麵包嗎？**some books** algunos libros 一些書；**some of them** algunos 其中一些

someone alguien 有人

something algo 某物

sometimes a veces 有時候

son el hijo 兒子

son-in-law el yerno 女婿

song la canción (pl canciones) 歌曲（複數 canciones）

soon pronto 不久；**as soon as possible** lo antes posible 儘快

sore sore throat el dolor de garganta 喉嚨痛

sorry Sorry! ¡Perdón! 對不起！；**I'm sorry!** ¡Lo siento! 抱歉！

sort el tipo 種類

soup la sopa 湯

sour and bitter amargo 苦酸的

south el sur 南方

souvenir el souvenir 紀念品

space el espacio 空間

Spain España 西班牙

Spaniard el español, la española 西班牙男人，西班牙女人

Spanish español, española 西班牙男人，西班牙女人

spare parts los repuestos 備用配件

spare tyre la rueda de repuesto 備用輪胎

spare wheel la rueda de repuesto 備用輪胎

sparkling sparkling water el agua con gas 蘇打水；

sparkling wine el vino espumoso 汽酒

to speak hablar 説話；**Do you speak English?** ¿Habla inglés? 你會説英語嗎？

speaker (loudspeaker) el altavoz (pl altavoces) 揚聲器（複數為 altavoces）

special especial 特殊的

speciality la especialidad 特長，特產

speedboat la lancha motora 快艇

speed limit la velocidad máxima 限速

speedometer el velocímetro 速度計

spell How is it spelt? ¿Cómo se escribe? 怎麼拼寫？

to spend (money) gastar （錢）花費

spicy picante 辣的

spinach las espinacas 菠菜

spirits el alcohol 烈酒

spoon la cuchara 調羹

sport el deporte 運動

sports centre el polideportivo 體育中心

sports shop la tienda de deportes 體育用品商店

spring (season) la primavera （季節）春天

square (in town) la plaza （城裏的）廣場

squash (game) el squash 壁球（運動）

squid el calamar 魷魚

stadium el estadio 體育館

stain la mancha 污漬

stairs las escaleras 樓梯

stalls (theatre) las butacas（劇院）座位

stamp el sello (LAm la estampilla) 印章（拉美用 la estampilla）

to stand estar de pie 站着

start el principio 開始；**at the start of the film** al principio de la película 在電影的開頭

from the start desde el principio 從頭開始

to start empezar 開始；(car) arrancar 發動（汽車）；**What time does it start?** ¿A qué hora empieza? 何時開始？；**to start doing** empezar a hacer 開始做；**The car won't start** El coche no arranca 汽車發動不了

starter (in meal) el entrante

（飯餐的）前菜

station la estación (pl estaciones) 車站（複數為 estaciones）

stationer's la papelería 文具店

stay la estancia 逗留；**Enjoy your stay!** ¡Que lo pase bien! 祝您在這裏一切愉快！

to stay remain quedarse 留宿；**I'm staying at the... hotel** Estoy alojado en el hotel... 我住在……酒店；**Where are you staying? In a hotel?** ¿Dónde estás? ¿En un hotel? 你住在哪裏？酒店嗎？；**to stay the night** pasar la noche 過夜；**We stayed in Madrid for a few days** Pasamos unos días en Madrid 我們在馬德里住了幾天

steak el filete 牛排

to steal robar 偷

steamed al vapor 蒸的

steering wheel el volante 方向盤

stepbrother el hermanastro 異父（母）兄弟

stepdaughter la hijastra 繼女

stepfather el padrastro 繼父

stepmother la madrastra 繼母

stepsister la hermanastra 異父（母）姐妹

stepson el hijastro 繼子

stereo el estéreo 立體聲音響

sterling las libras esterlinas 英鎊

steward (on plane) el auxiliar de vuelo（飛機上）男機艙服務員

stewardess (on plane) la azafata（飛機上）女機艙服務員

sticking plaster la tirita (LAm la curita®) 膠布（拉美用 la curita）

still still water agua sin gas 無氣泡水

sting la picadura 刺痕

to sting picar 刺

stockings las medias 長襪

stomach el estómago 胃；**He's got stomachache** Le duele el estómago 他胃痛

stone la piedra 石頭

stop bus stop la parada de autobus 巴士站

to stop parar 停止；**Do you stop at the station?** ¿Para en la estación de trenes? 在車站停嗎？；**to stop doing** dejar de hacer 停止做；**to stop smoking** dejar de fumar 戒煙

store shop la tienda 商店

storey el piso 樓層

straightaway inmediatamente 馬上

straight on todo recto 直接地

strange extraño 奇怪的

straw (for drinking) la pajita（喝東西用）吸管

strawberry la fresa 草莓

street la calle 街道

street map el plano de la ciudad 街區地圖

strike la huelga 罷工；**to be on strike** estar en huelga 罷工

striped a rayas 帶條紋的

stroke (medical) la trombosis（醫學上）中風

strong fuerte 強大的

stuck It's stuck Está atascado 卡住了

student el/la estudiante 男學生，女學生

student discount el descuento para estudiantes 學生優惠

stuffed relleno 非常滿的

stupid tonto 笨的

subway (train) el metro 地鐵（列車）

suddenly de repente 突然

suede el ante (LAm la gamuza) 麂皮（拉美用 la gamuza）

sugar el azúcar 糖

to suggest sugerir 建議

suit (men's and women's) el traje（男裝和女裝）西裝

suitcase la maleta 手提箱

summer el verano 夏天

summer holidays las vacaciones de verano 暑假

sun el sol 太陽

to sunbathe tomar el sol 日光浴

sunblock la protección solar

防曬霜

sunburn las quemaduras de sol 曬傷

suncream el protector solar 防曬乳

Sunday el domingo 星期日

sunglasses las gafas de sol (LAm los anteojos de sol) 太陽鏡（拉美用 los anteojos de sol）

sunny It's sunny Hace sol 今天陽光明媚

sunroof el techo solar 天窗

sunscreen el filtro solar 防曬霜

sunshade la sombrilla 遮陽傘

sunstroke la insolación 中暑

suntan el bronceado 曬黑

suntan lotion el bronceador 防曬乳

supermarket el supermercado 超級市場

supplement el suplemento 補充

to surf hacer surf 衝浪；**to surf the internet** navegar por internet 上網

surfboard la tabla de surf 衝浪板

surname el apellido 姓

surprise la sorpresa 驚喜；**What a surprise!** ¡Qué sorpresa! 真是一個驚喜！

sweater el jersey 毛衣

sweatshirt la sudadera 運動衫

sweet (not savoury) dulce（不鹹、不辣）甜的；**dessert** el dulce 甜品；**sweets** los caramelos 糖果

to swim nadar 游泳

swimming pool la piscina 泳池

swimsuit el bañador 泳衣

swing (for children) el columpio（孩子玩的）鞦韆

switch el interruptor 開關

to switch off apagar 關閉

to switch on encender 打開

swollen hinchado 腫的

T

table la mesa 桌子

tablecloth el mantel 桌布

table tennis el ping-pong 乒乓球

tablet la pastilla 藥片
tailor's la sastrería 裁縫店
to take (*medicine, sugar*) tomar 服（藥），吃（糖）；**take with you** lleva 帶走；(*exam, subject at school*) hacer 考（試），上（課）；**Do you take sugar?** ¿Tomas azúcar? 要糖嗎？；**I'll take you to the airport** Te llevo al aeropuerto 我會帶你去機場；**How long does it take?** ¿Cuánto tiempo se tarda? 要花多少時間？；**It takes about one hour** Se tarda más o menos una hora 要花大約 1 小時；**We take credit cards** Aceptamos tarjetas de crédito 我們接受信用卡付款
take-away (*food*) para llevar（食物）外帶
to take off (*plane*) despegar（飛機）起飛；(*clothes*) quitarse 脫（衣服）
to take out sacar 拿出
to talk hablar 說話；**to talk to** hablar con 和……說話
tall alto 高大的
tank petrol tank el depósito 油箱
tap el grifo 水龍頭
tap water el agua corriente 自來水
tape (*video*) la cinta（錄像）帶
tart la tarta 餡餅
taste el sabor 味道
to taste probar 嚐；**Can I taste it?** ¿Puedo probarlo? 我可以嚐一下嗎？
taxi el taxi 計程車
taxi driver el/la taxista 計程車司機
taxi rank la parada de taxis 計程車站
tea el té 茶；**herbal tea** la infusión 花茶；**lemon tea** el té con limón 檸檬茶；**strong tea** el té cargado 濃茶
teabag la bolsita de té 茶包
to teach enseñar 教
teacher el profesor, la profesora 男教師，女教師
team el equipo 隊
teapot la tetera 茶壺

teaspoon la cucharilla 茶匙
teenager el/la adolescente 男少年，女少年
teeth los dientes 牙齒
telephone el teléfono 電話
to telephone llamar por teléfono 打電話
telephone box la cabina telefónica 電話亭
telephone call la llamada telefónica 打電話
telephone card la tarjeta telefónica 電話卡
telephone directory la guía telefónica 電話簿
telephone number el número de teléfono 電話號碼
television la televisión 電視；**on television tonight** en televisión esta noche 今晚在電視上
to tell decir 告訴
temperature la temperatura 溫度；**to have a temperature** tener fiebre 發燒
tenant el inquilino, la inquilina 租客
tennis el tenis 網球
tennis ball la pelota de tenis 網球
tennis court la pista de tenis 網球場
tennis racket la raqueta de tenis 網球拍
tent la tienda de campaña 帳篷
tent peg la estaca 帳篷椿
terminal (*airport*) la terminal（機場）航站樓
terrace la terraza 屋頂平台
to test try out probar 試驗
to text (mandar) un mensaje de texto a 發短訊；**I'll text you** Te mandaré un mensaje 我會發短訊給你的
text message el mensaje de texto 短訊
than que 比；**Diana sings better than me** Diana canta mejor que yo 戴安娜唱歌比我好；**more than you** más que tú 比你多；**moe than five** más de cinco 多於五
thank you gracias 謝謝；

Thank you very much Muchas gracias 非常感謝
that ese, esa 那（陽性、陰性）；**that one** ése, ésa 那個（陽性、陰性）；**to think that...** creer que... 認為……；**What's that?** ¿Qué es eso? 那是甚麼？
the el 這，那（陽性、陰性）；la 這，那（陽性、陰性）；los 這些，那些（陽性、陰性）；las 這些，那些（陽性、陰性）
theatre el teatro 劇院
their su 他們的；**their children** sus hijos 他們的孩子們；**their car** su coche 他們的車
them los, las 他們，她們；les 他們，她們，它們；ellos, ellas 他們，她們；**I didn't know them** No los conocía 我不認識他們；**I gave them some brochures** Les di unos folletos 我給了他們了一些小冊子；**It's for them** Es para ellos 這是給他們的；**It's them** Son ellos 是他們
there over there allí 那裏；**there is..., there are...** hay... 有……；**there was...** había... 曾經有……；**there'll be...** habrá... 會有……
therefore por lo tanto 因此
thermometer el termómetro 溫度計
these estos, estas 這些（陽性、陰性）；**these ones** éstos, éstas 這些（陽性、陰性）
they ellos, ellas 他們，她們
thick (*not thin*) grueso（不薄）厚的
thief el ladrón (*pl* ladrones) 小偷（複數為 ladrones）
thin (*person*) delgado（人）瘦的
thing la cosa 東西；**my things** mis cosas 我的東西
to think pensar 想；(to be of the opinion) creer 認為
thirsty I'm thirsty Tengo sed 我口渴
this este, esta 這個（陽性、陰性）；**this one** éste, ésta 這個（陽性、陰性）；**What's this?** ¿Qué es esto? 這是甚

麼？

those esos, esas 那些（陽性、陰性）；**those ones** ésos, ésas 那些（陽性、陰性）

throat la garganta 喉嚨

through por 通過；**to go through Guadalajara** pasar por Guadalajara 穿過瓜達拉哈拉；**a through train** un tren directo 直通列車；**from May through to September** desde mayo hasta septiembre 從五月到九月

Thursday el jueves (pl jueves) 星期四

ticket el billete（巴士、火車、飛機）票；(entrance fee) la entrada（入場費）門票；**a single ticket** un billete de ida 單程票；**a return ticket** un billete de ida y vuelta 來回票；**a tourist ticket** un billete turístico 旅遊票；**a book of tickets** un abono 票簿

ticket collector el revisor, la revisora 男檢票員，女檢票員

ticket office el despacho de billetes 售票處

tide (sea) la marea（海洋）潮汐；**low tide** la marea baja 潮退；**high tide** la marea alta 潮漲

tidy arreglado 整齊的

tie la corbata 領帶

tight (clothes) ajustado（衣服）緊身的

tights las medias 連褲襪

till cash desk la caja 放現金的抽屜

till (until) hasta 直到；**till 2 o'clock** hasta las 2 直到二時

time el tiempo 時間；**What time is it?** ¿Qué hora es? 現在何時？；**on time** a la hora 準時；**from time to time** de vez en cuando 不時

timetable el horario 時間表

tin can la lata 罐頭

tin-opener el abrelatas 罐頭刀

tip la propina 小費

tipped (cigarette) con filtro 帶濾嘴的（香煙）

tired cansado 疲憊的

tissues los kleenex® 紙巾

to a 往；de 從；**to London** a Londres 去倫敦；**to the airport** al aeropuerto 去機場；**from nine o'clock to half past three** de las nueve a las tres y media 從九時到下午三時半；**It's easy to do** Es fácil de hacer 很容易做……；**something to drink** algo de beber 一些喝的東西

toast la tostada 吐司

tobacconist's el estanco 香煙專賣店

today hoy 今天

toe el dedo del pie 腳趾

together juntos, juntas 一起（陽性、陰性）

toilet los servicios 洗手間

toilet paper el papel higiénico 衛生紙

toiletries los artículos de baño 洗漱用品

toll (motorway) el peaje（高速路）通行費

tomato el tomate 蕃茄；**tinned tomatoes** los tomates en lata 罐裝蕃茄

tomato juice el zumo (LAm 茄汁（拉美用 el jugo de tomate)

tomorrow mañana 明天；**tomorrow morning** mañana por la mañana 明天早上；

tomorrow afternoon mañana por la tarde 明天下午；**tomorrow evening** mañana por la tarde/noche 明天晚上

tongue la lengua 舌頭

tonic water la tónica 湯力水（一種味微苦，常加於烈酒中的有氣飲料）

tonight esta noche 今晚

too (also) también 也；(excessively) demasiado 太；**My sister came too** Mi hermana también vino 我姐姐也來了；**The water's too hot** El agua está demasiado caliente 水太熱了；**too late** demasiado tarde 太遲

too much demasiado 太多；**too much noise** demasiado ruido 太吵；**£50? - That's too much** ¿50 libras? - Eso es demasiado 50 磅？── 太多了；**too many** demasiados, demasiadas 太多（陽性複數、陰性複數）

tooth el diente 牙齒

toothache el dolor de muelas 牙痛

toothbrush el cepillo de dientes 牙刷

toothpaste la pasta de dientes 牙膏

toothpick el palillo 牙籤

top the top floor el último piso 頂樓

top (upper part) la parte de arriba 上面；(of hill) la cima（山）頂；(shirt) el top（襯衫）上衣；(t-shirt) la camiseta（T恤）短袖衫；**on top of...** sobre... 在……上面

total el total 總計

to touch tocar 觸碰

tough (meat) duro（肉）硬的

tour (trip) el viaje 旅行；(of museum, etc) la visita（博物館等的）參觀；**guided tour** la visita con guía 有導遊的旅遊

tour guide el guía turístico, la guía turística 男導遊，女導遊

tourist el/la turista 男遊客，女遊客

tourist office la oficina de turismo 旅遊諮詢處

tourist ticket el billete turístico 遊覽票

towel la toalla 毛巾

town la ciudad 城市；**town centre** el centro de la ciudad 市中心；**town plan** el plano de la ciudad 市區地圖

toy el juguete 玩具

toy shop la juguetería 玩具店

traffic el tráfico 交通

traffic jam el atasco 交通擠塞

traffic lights el semáforo 交通燈

traffic warden el/la guardia de tráfico 男交通管理員，女交通管理員

train el tren 火車；**by train** en tren 坐火車；**the next train** el próximo tren 下一班火車；

the first train el primer tren 首班火車；**the last train** el último tren 尾班火車

trainers las zapatillas de deporte 運動鞋

tranquillizer el tranquilizante 鎮定劑

to translate traducir 翻譯

to travel viajar 旅行

travel agent's la agencia de viajes 旅行社

travel guide la guía de viajes 導遊

travel insurance el seguro de viaje 旅行保險

travel sickness el mareo 乘暈

traveller's cheque el cheque de viaje 旅行支票

tray la bandeja 托盤

treatment el tratamiento 治療

tree el árbol (pl árboles) 樹（複數為 árboles）

trip la excursión (pl excursiones) 短途旅行（複數為 excursiones）

trolley (for luggage, shopping) el carrito (推行李、購物用) 手推車

trousers los pantalones 褲子

truck el camión (pl camiones) 卡車（複數為 camiones）

true verdadero 真實的

trunk (luggage) el baúl (pl baúles) (行李) 大衣箱（複數為 baúles）

trunks swimming trunks el bañador 泳衣

to try probar 嘗試

to try on (clothes) probarse （衣服）試穿

t-shirt la camiseta T 恤，短袖汗衫

Tuesday el martes (pl martes) 星期二（複數為 martes）

tuna el atún 吞拿魚

to turn girar 轉向

to turn off (light, cooker, TV) apagar 關閉（燈、廚具、電視）；(tap) cerrar 關（水龍頭）

to turn on (light, cooker, TV) encender 打開（燈、廚具、

電視）；(tap) abrir 打開（水龍頭）

turquoise (colour) turquesa （顏色）藍綠色的

twice dos veces 兩次；**twice a week** dos veces por semana 每週兩次

twin twin room la habitación con dos camas 雙人房

twins los mellizos, las mellizas 男雙胞胎，女雙胞胎；**identical twins** los gemelos, las gemelas（同卵）男雙胞胎，女雙胞胎

twisted torcido 扭曲的

tyre el neumático 輪胎

tyre pressure la presión de los neumáticos 胎壓

U

ugly feo 醜陋的

ulcer la úlcera 潰瘍

umbrella el paraguas (pl paraguas) 傘（複數為 paraguas）；(sunshade) la sombrilla 遮陽傘

uncle el tío 叔叔

uncomfortable incómodo 不舒服

under debajo de 在……下；**children under 10** niños menores de 10 años 10 歲以下的孩子們

undercooked medio crudo 半熟的

underground metro el metro 地鐵

underpants los calzoncillos 內褲

to understand entender 理解；**I don't understand** No entiendo 我不明白；**Do you understand?** ¿Entiende? 您聽懂了嗎？

underwear la ropa interior 內衣褲

unfortunately Unfortunately I can't come Lo siento, pero no puedo ir 很遺憾，我來不了

United Kingdom el Reino Unido 英國

United States los Estados Unidos 美國

university la universidad 大學

unleaded petrol la gasolina sin plomo 無鉛汽油

unlikely poco probable 不太可能地

to unlock abrir (con llave) 用鑰匙打開

to unpack deshacer las maletas 打開行李

unpleasant desagradable 令人不快的

up up here aquí arriba 這上面；**up there** allí arriba 那上面；**What's up?** ¿Qué hay? 怎麼了？；**up to 50** hasta 50 直到 50；**up to now** hasta ahora 直到現在

upstairs arriba 樓上；**the people upstairs** los de arriba 樓上的人們

urgent urgente 緊急的

us nos 我們；nosotros, nosotras 我們（陽性、陰性）；**Can you help us?** ¿Nos ayuda? 您能幫我們嗎？；**Can you give us some brochures?** ¿Nos da unos folletos? 您可以給我們一些小冊子嗎？；**Why don't you come with us?** ¿Por qué no vienes con nosotras? 你要不要和我們一起？；**It's us** Somos nosotros 是我們

USA los Estados Unidos 美國

to use usar 使用

useful útil (pl útiles) 有用的（複數為 útiles）

usual habitual 通常的

usually normalmente 通常

V

vacancy (in hotel) la habitación libre (pl habitaciones)（酒店的）空房間（複數為 habitaciones）

vacant libre 空的

vacation las vacaciones 假期

vacuum cleaner la aspiradora 吸塵器

valid válido 有效的

valuable de valor 有價值的

value el valor 價值

VAT el IVA 增值稅

veal la ternera 小牛肉

vegan vegetariano estricto 嚴格的素食主義者；I'm vegan Soy vegetariano estricto 我是純素食主義者

vegetables las verduras 蔬菜
vegetarian vegetariano 素食主義者；I'm vegetarian Soy vegetariano 我是素食主義者
very muy 非常；very big muy grande 非常大；not very interesting no demasiado interesante 不太有意思；I like it very much Me gusta muchísimo 我非常喜歡
vest la camiseta 汗衫
via por 通過
to video (from TV) grabar (從電視上) 錄像
video el vídeo 錄像
video camera la videocámara 攝像機
video recorder el vídeo 錄像機
view la vista 風景
village el pueblo 村莊
vinegar el vinagre 醋
vineyard la viña 葡萄園
virus el virus 病毒
visa el visado 簽證
visit la visita 參觀
to visit visitar 參觀
visiting hours (hospital) las horas de visita (醫院) 探訪時間
visitor el/la visitante 男遊客，女遊客
voicemail el buzón de voz 語音信箱
voucher el vale 票券

W

waist la cintura 腰
waiter el camarero 男侍應
to wait for esperar 等待
waiting room la sala de espera 等候室
waitress la camarera 女侍應
to wake up despertarse 醒來
Wales Gales 威爾斯
walk un paseo 散步；to go for a walk dar un paseo 散步
to walk andar 步行
walking boots las botas de montaña 登山靴
walking stick el bastón (pl bastones) 手杖 (複數為 bastones)
wall (inside) la pared (內部) 牆壁；(outside) el muro (外部) 牆壁

wallet la cartera 錢包
to want querer 想
ward la sala 病房
wardrobe el armario 衣櫃
warehouse el almacén (pl almacenes) 倉庫 (複數為 almacenes)
warm caliente 熱的；It's warm outside Hace calor fuera 外面有點熱
to warm up (milk, food) calentar 加熱 (牛奶、食物)
to wash lavar 洗
wash and blow-dry lavado y secado a mano 清洗和吹乾
washing machine la lavadora 洗衣機
washing powder el detergente 洗衣粉
washing-up bowl el barreño 洗滌盆
washing-up liquid el líquido lavavajillas 洗衣液
wasp la avispa 黃蜂
waste bin el cubo de la basura (LAm el tarro de la basura) 垃圾桶 (拉美用 el tarro de la basura)
watch el reloj 手錶
to watch mirar 看
water el agua 水；bottled water el agua mineral 瓶裝水；cold water el agua fría 冷水；drinking water el agua potable 飲用水；hot/cold water el agua caliente/fría 熱水／冷水；mineral water el agua mineral 礦泉水；sparkling water el agua con gas 氣泡水；still water el agua sin gas 無氣泡水
water heater el calentador de agua 熱水器
watermelon la sandía 西瓜
to waterski hacer esquí acuático 滑水
watersports los deportes acuáticos 水上運動
waterwings los manguitos (學游泳時套在胳膊上的) 翼形浮袋
waves (on sea) las olas 波浪
way in la entrada 入口
way out la salida 出口
we nosotros, nosotras 我們

(陽性、陰性)
weak (coffee, tea) poco cargado 不濃的 (咖啡、茶)；(person) débil 虛弱的 (人)
to wear llevar 穿
weather el tiempo 天氣
weather forecast el pronóstico del tiempo 天氣預報
web internet la Internet 網絡
website el sitio web 網址
wedding la boda 婚禮
wedding present el regalo de boda 結婚禮物
Wednesday el miércoles (pl miércoles) 星期三 (複數為 miércoles)
week la semana 星期；last week la semana pasada 上星期；next week la semana que viene 下星期；per week por semana 每星期；this week esta semana 這星期；during the week durante la semana 在一星期內
weekday el día laborable 工作日
weekend el fin de semana 週末；next weekend el próximo fin de semana 下個週末；
this weekend este fin de semana 這個週末
to weigh pesar 量重
Welcome! ¡Bienvenido! 歡迎！
well bien 好；He's not well No se encuentra bien 他身體不太好
well done (steak) muy hecho (牛排) 全熟
Welsh galés, galesa 威爾斯男人，威爾斯女人；(language) el galés (語言) 威爾斯語
west el oeste 西方
wet mojado 濕的；(weather) lluvioso (天氣) 多雨的
wetsuit el traje de bucear 潛水服
what? ¿qué? 甚麼？
wheel la rueda 輪子
wheelchair la silla de ruedas 輪椅
when? ¿cuándo? 甚麼時候？
where? ¿dónde? 哪裏？
whether si 是否；I don't

know whether to go or not No sé si ir o no 我不知道去不去

which? ¿cuál? 哪個？；**Which one?** ¿Cuál? 哪個？；**Which ones?** ¿Cuáles? 哪些？

while mientras 與……同時；**while I'm waiting** mientras espero 在等的時候；

in a while dentro de un rato 一會；**a while ago** hace un momento 剛才；**for a while** durante un tiempo 一會

whisky el whisky 威士忌

white blanco 白色

who? ¿quién? 誰？

whole entero 完整的；**two whole days** dos días enteros 兩整天；**the whole afternoon** toda la tarde 整個下午

wholemeal bread el pan integral 全麥麵包

whose? ¿de quién? 誰的？

why? ¿por qué? 為甚麼？

wide ancho 寬

widow la viuda 寡婦

widower el viudo 鰥夫

wife la mujer 妻子

wild (animal) salvaje 野生（動物）

to win ganar 贏得

window la ventana 窗戶；(in car, train) la ventanilla （汽車、火車的）車窗 shop window el escaparate 櫥窗

windscreen el parabrisas 汽車擋風玻璃

windscreen wipers los limpiaparabrisas 雨刷

to windsurf hacer windsurf 沖浪

windy It's windy Hace viento 今天有風

wine el vino 葡萄酒；**red wine** el vino tinto 紅酒；**white wine** el vino blanco 白酒；**dry wine** el vino seco 乾型酒；**rosé wine** el vino rosado 粉紅酒；**sparkling wine** el vino espumoso 汽酒；**house wine** el vino de la casa 駐店酒；**wine list** la carta de vinos 酒單

wing mirror el retrovisor exterior 側翼後視鏡

winter el invierno 冬天

with con 和；**with ice** con hielo 加冰；**with milk** con leche 加牛奶；**with me** conmigo 和我一起；**with you** contigo 和你一起

without sin 沒有

woman la mujer 女人

wonderful maravilloso 奇妙的

wood (material) la Madera（材料）木頭；(forest) el bosque （森林）樹林

wooden de madera 木製的

wool la lana 羊毛

woollen de lana 羊毛的

word la palabra 單詞

work el trabajo 工作；**at work** en el trabajo 在工作

to work (person) trabajar （人）工作；(machine, car) funcionar（機器、汽車）運轉；**It doesn't work** No funciona 它出故障了

world el mundo 世界

worried preocupado 擔憂的

worse peor 更壞

worth It's worth 50 euros Vale cincuenta euros 這個值50歐元；**It isn't worth going** No vale la pena ir 那裏不值得去

to wrap (parcel) envolver 包（包裹）

wrapping paper el papel de envolver 包裝紙

wrist la muñeca 手腕

to write escribir 寫；Please write it down. ¿Me lo escribe? 請您寫下來。

wrong (incorrect)（錯的）；**You're wrong** Estás equivocado 你錯了；**What's wrong?** ¿Qué pasa? 怎麼了？

X

X-ray la radiografía X 光片

Y

yacht el yate 遊艇

year el año 年；**this year** este año 今年；**next year** el año que viene 明年；**last year** el año pasado 去年

yearly annual 每年的

yellow amarillo 黃色

yes sí 是

yesterday ayer 昨天；**yesterday morning** ayer por la mañana 昨天早上；**yesterday evening** ayer por la tarde 昨天傍晚

yet not yet todavía no 還沒

yoghurt el yogur 乳酪；**plain yoghurt** el yogur natural 原味乳酪

you (polite singular) usted （"你"的單數尊稱）您；(polite plural) ustedes （"你"的複數尊稱）你們；(singular with friends) tú（朋友間的單數稱呼）你；(pl with friends) vosotros, vosotras（朋友間的複數稱呼）你們

young joven (pl jóvenes) 年輕（複數為 jóvenes）

your (polite singular & plural) su（單、複數尊稱）您（們）的；(singular with friends) tu （朋友間的單數稱呼）你的；(plural with friends) vuestro （朋友間的複數稱呼）你們的

yours (polite singular & plural) suyo（單、複數尊稱）您（們）的；(singular with friends) tuyo（朋友間的單數稱呼）你的；(plural with friends) vuestro（朋友間的複數稱呼）你們的

youth hostel el albergue juvenil 青年旅舍

Z

zip la cremallera 拉鏈

zoo el zoo 動物園

zoom lens el zoom 變焦鏡頭

zucchini el calabacín (pl calabacines) 翠玉瓜（複數為 calabacines）